Os sabiás da crônica

Os sabiás da crônica

Rubem Braga
Vinicius de Moraes
Fernando Sabino
Paulo Mendes Campos
Stanislaw Ponte Preta
José Carlos Oliveira

ANTOLOGIA

1ª reimpressão

Augusto Massi ORGANIZAÇÃO E PREFÁCIO

autêntica

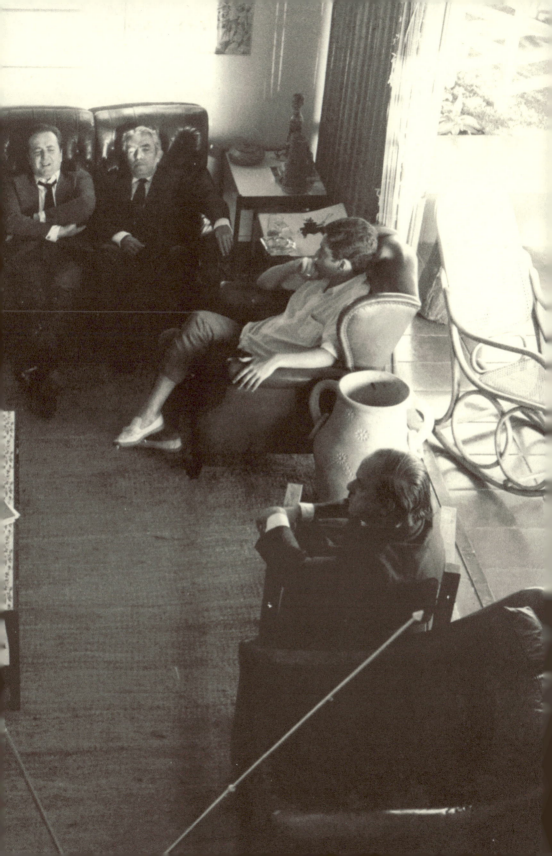

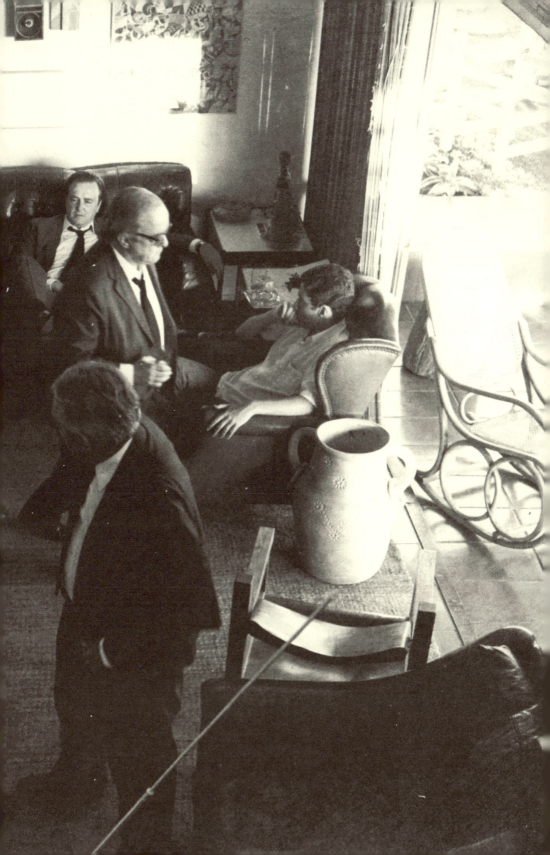

O fotógrafo

Paulo Garcez | Nasceu em 1931, em frente ao estádio do America Football Club, no bairro da Tijuca, Rio de Janeiro. A paixão pela fotografia começou cedo. Ao longo de sua trajetória profissional, adquiriu uma Rolleiflex, passou à Leica e nunca mais largou a Nikon.

Foi assistente de montagem do fotógrafo e documentarista francês Jean Manzon. Em janeiro de 1956, percorreu diversos países na comitiva da primeira viagem internacional de Juscelino Kubitschek. Na volta, declinou o convite para ser fotógrafo oficial do presidente.

Ingressou no fotojornalismo pelo *Diário Carioca*, passou ao *Jornal do Brasil* e à revista *Vogue*. Colaborou também com a Agência Image, fundada em 1962 por Flávio Damm e José Medeiros. Entre 1969 e 1971, assumiu a editoria de fotografia do *Pasquim*. Na mesma época, fez algumas capas de disco, com destaque para *Elis – Como & Porque* [1969].

Em 2002, lançou seu único livro de fotografia: *Arte do encontro* [RJ: Bem-Te-Vi], com textos de Millôr Fernandes, Sérgio Augusto e saborosas legendas de Ruy Castro. Dentre as 140 fotos estão imagens raras e irretocáveis de Leila Diniz, Nelson Rodrigues, Rubem Fonseca, Hélio Oiticica, Madame Satã, Grande Otelo, Glauber Rocha, Paulinho da Viola e Novos Baianos.

■ No verão de 1967, os sabiás da crônica se reuniram na cobertura de Rubem Braga – rua Barão da Torre, Ipanema, RJ – para realizar um ensaio fotográfico destinado à divulgação dos primeiros títulos da Editora Sabiá.

■ Na varanda do apartamento, os craques da crônica posam para a posteridade. Imitam a clássica foto da seleção de todos os tempos. De pé, da esquerda para direita: Paulo Mendes Campos, Rubem Braga, Fernando Sabino, José Carlos Oliveira. Sentados: Vinicius de Moraes e Sérgio Porto.

■ Contrastando com o time dos engravatados – linha de frente da nossa crônica – irrompe, deitado e em trajes esportivos, uma promessa da música popular brasileira, o jovem Chico Buarque.

■ Capitaneados pelo compositor, os sabiás pairam entre a vista panorâmica da praia de Ipanema (ao fundo) e a franja do jardim criado pelo paisagista Burle Marx.

■ Finda a sessão de fotos, a paisagem natural da varanda é substituída pela pinacoteca da sala. A roda de amigos abre o leque da descontração: uns descartam o paletó, outros tiram os sapatos, alguns levantam copos, outros sacam um cigarro.

■ Os volteios barrocos da cadeira de balanço e as formas bojudas do vaso de barro inspiram a contradança dos pés e das mãos de Chico Buarque e Vinicius de Moraes.

■ Assim como a vasta parede da sala reúne uma bela coleção de quadros, o apartamento de Rubem Braga sempre esteve aberto para reunir seus amigos.

■ Dança das cadeiras. Alguns sabiás ameaçam levantar voo. Só Fernando Sabino continua piando sua longa entrevista pelo telefone.

27 *Prefácio* | Retrato de grupo

Rubem Braga

65 Ao respeitável público
67 Chamava-se Amarelo
70 Reflexões em torno de Bidu
73 Almoço mineiro
75 A equipe
76 Noel Rosa, poeta e cronista
80 Fim de semana na fazenda
83 Um braço de mulher
87 Tuim criado no dedo
90 Viúva na praia
92 Marinheiro na rua
94 Rita
95 A mulher que ia navegar
97 O mistério da poesia
99 Bilhete para Los Angeles

Vinicius de Moraes

103 O exercício da crônica
105 Menino de ilha
107 Profeta urbano
109 Conto rápido
112 Batizado na Penha
114 O conde e o passarinho
116 A bela ninfa do bosque sagrado
119 Abstenção de cinema
121 Uh-uhuhuhuh-uhuhuhuh!
122 *Cidadão Kane,* o filme-revolução
126 Grandeza de Otelo
128 Feijoada à minha moda
131 Ciro Monteiro
137 Meu Caymmi
141 Antônio Maria: uma velha crônica

Fernando Sabino

151 O estranho ofício de escrever
153 A última flor do Lácio
157 O balé do leiteiro
160 Na escuridão miserável
162 Um gerador de poesia
172 A lua quadrada de Londres
175 Cada um no seu poleiro
178 Dois entendidos
181 A quem tiver carro
184 O habitante e sua sombra
188 Aqui jazz o músico
192 A vinda do filho
194 Psicopata ao volante
196 A última crônica
198 Domingo azul do bar

Paulo Mendes Campos

207 Minhas janelas
209 Belo Horizonte
211 Sombra
213 O cego de Ipanema
216 O canarinho
218 Sobrevoando Ipanema
221 Mané Garrincha
226 Um conto em vinte e seis anos
229 Copacabana-Ipanemaleblon
246 Encenação da morte
250 Réquiem para os bares mortos
252 Bom dia, ressaca
254 O bom humor de Lamartine
257 Os mais belos versos da MPB
265 Meu amigo Sérgio Porto

Sérgio Porto/Stanislaw Ponte Preta

273 Prefácio de Sérgio Porto
275 A casa demolida
277 O ídolo
279 Gol de padre
282 Com a ajuda de Deus
283 Levantadores de copo
285 O inferninho e o Gervásio
288 O guarda que falava português
289 Zulmira e o poeta
292 Por vários motivos principais
294 O operário e o leão
296 O boateiro
297 Dolores
300 Assombração musical
302 Os Vinicius de Moraes

José Carlos Oliveira

307 Solo para flauta
309 Chegada ao Rio
310 O rosto no espelho
312 Steiner
315 Evocação dos bares
318 Brasil, Pelé
320 A garota de Ipanema
322 O besouro
324 Vamos entrar na lista, querida?
326 Peripécias de uma bata — 1
329 Uma noite com os hippies
331 Vinicius e o português
333 Edu, coração de ouro
335 Meu inimigo artificial
337 A volta de Carlinhos Oliveira

339 *Bibliografia*

Retrato de grupo

Prefácio • Augusto Massi

Augusto Massi é professor de Literatura Brasileira na USP. Como poeta publicou *Negativo* [SP: Companhia das Letras, 1991], *Vida errada* [RJ: 7 Letras, 2001], *Gabinete de curiosidades* [SP: Coleção Luna Parque, 2016] e *Borra* [BH: Tipografia do Zé, 2020]. Como crítico organizou e prefaciou *Retratos parisienses* [RJ: José Olympio, 2013], de Rubem Braga, e *Diário do Hospício e O cemitério dos vivos,* de Lima Barreto [SP: Companhia das Letras, 2017].

A maior parte dos jornais, revistas e editoras que publicaram essas crônicas desapareceram. Os bares, boates e restaurantes nelas festejados fecharam suas portas. Os próprios cronistas já bateram as botas. Mas qualquer pessoa que passar os olhos por essas páginas perceberá que os textos resistiram à passagem do tempo.

Os sabiás da crônica surgiu de uma bela ideia da editora Maria Amélia Mello, que, inspirada em uma das fotos tiradas por Paulo Garcez – na cobertura de Rubem Braga, em Ipanema, no verão de 1967 –, imaginou reunir numa antologia os mesmos escritores que figuram no ensaio fotográfico, encomendado para divulgar os primeiros títulos da então recém-fundada Editora Sabiá.

Os cronistas, sempre livres, desataviados e coloquiais na linguagem, comparecem todos de terno e gravata, sapatos nos trinques, um raríssimo cigarro e nenhum copo nas mãos: Vinicius de Moraes, Paulo Mendes Campos, Sérgio Porto, José Carlos Oliveira, Fernando Sabino e Rubem Braga. Rompendo com o profissionalismo do retrato, em algumas fotos, um sabiá gaiato flauteia em trajes esportivos. O jovem compositor Chico Buarque de Hollanda aparece meio de banda, já ensaiando cair na *Roda viva*, peça teatral que viria a ser publicada pela editora.[1]

Fiel ao projeto original, organizei a antologia de modo que correspondesse, no plano textual, a um retrato de grupo. Talvez, por causa disso, o conjunto tenha adquirido a configuração de um panorama no qual a totalidade dos textos revela temas e tramas que nos remetem às

---

[1] Sob direção de José Celso Martinez Corrêa, cenografia e figurino de Flávio Império, a peça de Chico Buarque estreou em 17 de janeiro de 1968, no Teatro Princesa Isabel, Rio de Janeiro. No início de julho, abre temporada na Sala Galpão, Teatro Ruth Escobar, São Paulo. Em 18 de julho, o Comando de Caça aos Comunistas destrói parte dos cenários e agride atores e atrizes. Em setembro, *Roda viva* ainda segue para o Teatro Leopoldina, Porto Alegre, onde os atores foram espancados novamente e alguns sequestrados. A peça foi censurada e saiu de cartaz. Em dezembro de 2018, cinquenta anos depois, Zé Celso remonta *Roda vida* no Teatro Oficina, em São Paulo.

características fundamentais de um romance de formação. As noventa crônicas que compõem o volume cobrem um arco histórico que vai de 1930 até 2004, quando falece Fernando Sabino.

Fazendo uso de procedimentos de montagem, tentei reconstruir um enredo histórico cuja força reside na intensa troca de experiências coletivas e no longo aprendizado que os escritores extraem das relações mais heterogêneas: trabalho, classe, raça, amizade e vida amorosa. Em geral, biografias e ensaios dedicados às trajetórias individuais tendem a relativizar avanços estéticos engendrados por uma sociabilidade de grupo, atribuindo invenções e contribuições literárias à originalidade de um único autor. Em sentido oposto, essa antologia coloca maior ênfase nas afinidades eletivas, nas paixões compartilhadas, na boemia das altas rodas etílicas, no rodízio pelas redações de jornais e revistas. Tudo sem roubar ao leitor o prazer de bebericar e saborear separadamente cada um dos textos.

Os sabiás da crônica combina duas perspectivas. A primeira, histórica e diacrônica, propõe alguns roteiros de leitura cronológicos: o volume abre com o velho Braga e fecha com o cronista da juventude Carlinhos Oliveira; as quinze crônicas reservadas a cada escritor percorrem das obras de estreia até as coletâneas póstumas, da cidade natal à obtenção da cidadania carioca, etc. Já a segunda, literária e sincrônica, parte sempre de uma reflexão sobre o ofício, projetando um amplo prisma temático capaz de enfeixar os sabiás em torno de núcleos comuns: a etnografia sentimental dos bairros e dos bares, os diálogos com a música e o cinema, os perfis de artistas e amigos, o versiprosa, as histórias de passarinho, o futebol, os tipos urbanos, entre outros.

A ênfase na montagem dos textos é fundamental para a compreensão do retrato de grupo. Embora toda antologia tenha uma pitada de gosto pessoal, o propósito desta foi armar um quadro histórico e cultural que incorporasse os movimentos construtivos da amizade. Diferentes personalidades e visões de mundo vêm à tona e, apesar das discordâncias estéticas, sociais e políticas, não impedem o enriquecimento da reflexão coletiva. Se, de uma perspectiva crítica atual, a amizade parece a muitos uma espécie de idealização, é interessante observar como o senso de humor desses cronistas permitia que transitassem com desenvoltura da conversa lúcida para a réplica lúdica. Havia muita invenção, quebra de convenções, abertura para novas formas de vida.

A crônica se beneficia deste intercâmbio entre os *faits divers* do jornal e a experiência pessoal. Ela busca novos territórios, absorve a moeda corrente da gíria, explora novas articulações. Penso que essa antologia poderá atingir parte do seu objetivo se, além de reservar surpresas ao historiador do jornalismo, ao crítico musical, aos urbanistas, aos ecologistas e amantes da gastronomia, trouxer de volta certa respiração literária.

Os escritores nem sempre escapam aos imperativos das modas e às ideologias da época. No entanto, por força do contraste, podemos identificar as inequívocas marcas da originalidade de cada um, seja pelo grau de contestação, seja por sua adesão às diferenças e ao heterogêneo, manifesta na singularidade de suas crônicas.

Ao recusar os critérios tradicionais de seleção, *Os sabiás da crônica* procura dar voz aos próprios cronistas. Assim, ao final de cada conjunto, a décima quinta crônica lembra a famosa saideira: ao partir, o cronista brinda o próximo companheiro de ofício com o último chorinho.

Se por trás dessa fotografia está cifrada a história da Editora Sabiá, esta não existiria sem o balão de ensaio da Editora do Autor, que, por sua vez, remonta à misteriosa Editora Alvorada, com o catálogo de um só título, *Flauta de papel* (1957), de Manuel Bandeira... Se quisermos compreender todos os caminhos percorridos até chegarmos a esse retrato de grupo, é preciso retroceder no tempo, convocar novos personagens. Para que este reencontro marcado em foto, em crônica, em livro seja completo, peço ao leitor certa licença (e paciência) poética.

A capital da crônica

A história da crônica começou a ser escrita recentemente.[2] Existe certo consenso crítico em torno de três ciclos. O primeiro, de 1852

---

[2] Ver: "Fragmentos sobre a crônica", de Davi Arrigucci Jr., *in*: *Enigma e comentário* [SP: Companhia das Letras, 1987]; *A crônica: o gênero, sua fixação e suas transformações no Brasil*. Organização: Setor de Filologia da FCRB [Campinas; RJ: Editora da Unicamp; Fundação Casa de Rui Barbosa, 1992]; *Cronistas do Rio*, [org.] Beatriz Resende [RJ: José Olympio/CCBB, 1995]; *História em cousas miúdas: capítulos de história social da crônica no Brasil*. Orgs. Sidney Chalhoub, Margarida de Souza Neves e Leonardo Affonso de Miranda Pereira [Campinas: Editora da Unicamp, 2005]; *Conversa de burros, banhos de mar e outras crônicas exemplares*, antologia organizada e apresentada por John Gledson [Lisboa: Cotovia, 2006] e *A crônica brasileira no século XIX: uma breve história*, de Marcus Vinicius Nogueira Soares [SP: É Realizações, 2014].

a 1897, corresponde aos fundadores do gênero: Francisco Otaviano, José de Alencar e Machado de Assis. O segundo, de 1897 a 1922, aos cronistas da *Belle Époque*: Olavo Bilac, João do Rio, Lima Barreto e Orestes Barbosa. O terceiro, de 1922 a 1945, pertence aos modernistas, reunindo um *corpus* rico e variado: Mário de Andrade, Oswald de Andrade, António de Alcântara Machado, Manuel Bandeira, Carlos Drummond de Andrade e Cecília Meireles.

Neste último ciclo, há um esforço para ultrapassar as fronteiras e os temas cariocas. Munidos de uma linguagem de corte reflexivo e decantação ensaística, alguns cronistas enveredam pela história, revisitam nosso passado colonial, outros viajam por diferentes regiões e tratam de traduzir a contrastada realidade social e cultural do país.

O comentário não faz restrição de nenhuma ordem aos ciclos anteriores, pelo contrário, só pretende acentuar a centralidade incontornável do Rio de Janeiro, durante o Império e a República. Tal centralidade é construída por elementos estruturais que, desde a metade do século XIX até 1920, espelham os interesses políticos, econômicos e sociais da classe dominante, concentrando na capital os principais jornais e revistas, tradição teatral e protagonismo cinematográfico, sistema de transporte coletivo e os primeiros automóveis, as grandes exposições, rede de hotelaria, restaurantes e bares, a festa do carnaval e a moda das conferências. Tudo converge para a formação e a ampliação de um público leitor.

Os sabiás da crônica corresponde a um novo ciclo. Do fim da Segunda Guerra Mundial, em 1945, ao fechamento da Editora Sabiá, em 1972, assistimos ao entrelaçamento de três gerações: Rubem Braga e Vinicius de Moraes são de 1913; dez anos depois, Paulo Mendes Campos [1922], Fernando Sabino e Sérgio Porto [1923]; outros dez, José Carlos Oliveira [1934].

Vinicius e Sérgio Porto, cariocas da gema. Fernando Sabino e Paulo Mendes Campos, mineiríssimos. Rubem Braga e Carlinhos Oliveira, capixabas. Mas, para a maioria dos leitores, todos foram adquirindo uma dupla cidadania literária, cada vez mais identificada com o modo de ser carioca. Esse grupo de escritores colaborou para que o Rio de Janeiro voltasse a ser a capital da crônica.

Tais parâmetros historiográficos projetam uma linha de continuidade que perpassa as três gerações. Em meio às grandes transformações que afetam todas as camadas sociais – passagem do universo rural para o mundo urbano, da oralidade do rádio para a visualidade da televisão, da cultura popular para a cultura de massas –, a crônica maturou uma linguagem cotidiana e, na esteira das principais conquistas modernistas, abreviou consideravelmente a distância entre a língua falada e a escrita, incorporando contribuições de distintos segmentos da sociedade e preservando registros da cultura popular no bojo das manifestações ditas eruditas.

Um sabiá sozinho não faz verão. Eles foram chegando devagar. Ao longo dos anos 1930 e 1940, começaram a se reunir, com direito a idas e vindas, num ziguezaguear entre vocações literárias, incursões no jornalismo e carreiras diplomáticas. O primeiro a migrar foi Rubem Braga. Após terminar o ginásio no Colégio Salesiano, em Niterói, ingressa na Faculdade de Direito do Rio de Janeiro. Desassossegado e metido em política, passa temporadas em São Paulo, Recife, Porto Alegre e Belo Horizonte, onde conclui seu curso, e retorna ao Rio. E, mesmo aí, andou ciscando por uma infinidade de bairros, de Vila Isabel ao Catete, até pousar em definitivo na sua cobertura, em Ipanema. A fama de arredio talvez tenha dificultado a percepção do quanto atuou como um dos principais elos entre os modernistas e a nova geração.

Rubem Braga pavimenta o caminho para que a alma inconstante da crônica seja fixada em livro. Ela está no centro de suas preocupações. Ele a pensa de forma centrípeta: a poesia, a reportagem de guerra, os quase contos e a maré agitada da memória se banha sempre nas praias da crônica. Desde jovem costumava chamar a si mesmo de "velho Braga". Possui reservas de experiência.

Vinicius de Moraes desempenha uma função contrária e complementar. Partindo sempre da poesia, irradia, expande, leva o seu lirismo até o limite de outras formas estéticas. Em suas mãos, a crônica atravessa as fronteiras do conto, da música popular, da peça teatral e da crítica cinematográfica. A qualquer momento, o caldo saboroso de sua prosa dissolve uma receita de feijoada no caldeirão do poema.[3] O extraordinário mergulha no cotidiano e o prosaico deságua no sagrado.

---

[3] Ver "Feijoada à minha moda", poema de Vinicius presente nesta antologia, publicado originalmente em *Para viver um grande amor* [RJ: Editora do Autor, 1962].

Vinicius amadurece na companhia de amores e parceiros cada vez mais jovens. Desafia todas as convenções. O artista e o homem caminham rumo ao despojamento.

Em 1942, Vinicius tem dois encontros decisivos: um com o cineasta Orson Welles, de quem será cicerone cultural e companheiro de farra e filmagens, no Rio de Janeiro. O outro com o escritor americano Waldo Frank, a quem leva para conhecer a favela da Praia do Pinto e a zona do Mangue e, na sequência, acompanhará numa viagem pelo Nordeste brasileiro que mudará radicalmente a visão política do poeta: "Saí um homem de direita, voltei um homem de esquerda".

Na esteira do pós-guerra, a França perderá espaço para a cultura em língua inglesa. Na condição de poeta e dublê de cronista, Vinicius representa uma abertura para o cinema, o jazz e o uísque. Entre 1946 e 1950, no seu primeiro posto diplomático, vice-cônsul em Los Angeles, ajudará a quebrar certa resistência à crescente influência norte-americana. Entre outras iniciativas, em 1949, lança dois números da revista *Filme*, em parceria com o cineasta Alex Viany.

Penso que um quarto ciclo da crônica brasileira começa em torno de 1945. Sob essa data, podemos alinhar fatos históricos como o fim da Segunda Guerra Mundial (setembro) e, no plano interno, o fim do Estado Novo e a deposição de Getúlio Vargas (outubro). De uma perspectiva intelectual: I Congresso Brasileiro de Escritores (janeiro); a morte de Mário de Andrade (fevereiro); visita do poeta Pablo Neruda (junho); publicação de *Com a FEB na Itália*, de Rubem Braga. Os tempos eram de grande mobilização política.

Visto deste ângulo, a cena literária poderia induzir a uma conclusão oposta. Nunca tantos escritores haviam optado por exercer funções ou seguir carreira no exterior: Clarice Lispector, Fernando Sabino, João Cabral de Melo Neto, Guimarães Rosa, Vinicius de Moraes. No entanto, desafiando essa atmosfera aparentemente rarefeita e desencontrada, os diálogos adquirem densidade.

Em abril de 1944, Vinicius envia uma "Mensagem a Rubem Braga", através das páginas da *Revista Acadêmica*. Este ainda exerce as funções de correspondente de guerra, na Itália, quando decide viajar 900 quilômetros, de jipe, em pleno inverno, para encontrar Clarice, em Nápoles. Ao retornar ao Brasil, apresenta a escritora para Sabino, os dois passam a se corresponder, ela em Berna (Suíça), acompanhando o marido diplomata, ele trabalhando no Escritório Comercial do Brasil e, depois, no consulado brasileiro em Nova York (EUA), ambos observam à distância a repercussão crítica de *Sagarana* [1946], de Guimarães Rosa. Em 1947, João Cabral assume seu primeiro posto diplomático, em Barcelona, onde passará a conciliar as atividades de poeta, editor e tipógrafo, imprimindo quatorze livros na sua prensa manual, sob o selo "O Livro Inconsútil", entre eles, uma edição de cinquenta exemplares de "Pátria minha", poema longo de Vinicius. A roda da amizade coloca em movimento livros e cartas. Parafraseando "Quadrilha" de Drummond: Rubem Braga escreve a Vinicius que escreve a João Cabral que escreve a Clarice que escreve a Sabino que escreve a Otto Lara Resende que escreve a Paulo Mendes Campos que nunca escreveu a Antônio Maria que ainda não entrou na história, etc.

*

Quando ainda residiam em Belo Horizonte, os jovens sabiás já gravitavam ao redor da mitologia pessoal de Rubem Braga e Vinicius de Moraes. Em 1943, Fernando Sabino, Paulo Mendes Campos e Otto Lara Resende travam o primeiro contato com Vinicius, à frente de uma delegação de intelectuais que, a convite do prefeito Juscelino Kubitschek, visitava a capital mineira. Finda a agenda do dia, um grupo se encaminhou para o Parque Municipal e, do nada, surgiu um violão e o poeta se pôs a cantar "Stormy Weather"[4] sob uma lua deslumbrante. Resultado prático, em 1944, Fernando Sabino muda-se para o Rio de Janeiro. No ano seguinte, Otto Lara Resende e Paulo Mendes Campos tomam o mesmo rumo.

> Li que Pablo Neruda estava no Rio, em visita aos amigos brasileiros, entre eles, Di Cavalcanti e Vinicius de Moraes. Isso foi em 1945, logo após a queda de Getúlio. A vinda de Neruda ao Rio não era só um ato poético – era também um ato político. Vim conhecer Neruda, sobre o qual já havia escrito vários artigos. Artigos estes que a poeta Gabriela

---

[4] Na versão de Fernando Sabino, "Menestrel do nosso tempo", a canção era "Blue Moon", *in*: *Gente* [RJ: Record, 1975].

Mistral, que então residia como diplomata no Rio (cônsul-geral do Chile), enviava a Neruda. De forma que ele já conhecia meus artigos, o que significa dizer que já me conhecia de nome. Fiquei um mês no Rio, morando na casa de Vinicius, onde Neruda costumava aparecer. Aliás, foi na casa de Vinicius que Neruda leu para mim um trecho do *Canto general*, que eu traduziria mais tarde, um trecho lindo, aquele em que ele fala das alturas de Machu Picchu.[5]

No ano seguinte, Rubem Braga e Paulo Mendes Campos dividem um apartamento na Júlio de Castilhos, em Copacabana. Otto também divide apartamento com um amigo mineiro, na praça Serzedelo Corrêa. Fernando Sabino parte para Nova York, onde estreita relações com o mítico Jayme Ovalle e com Vinicius de Moraes, em Los Angeles.

Crônica passada em revista

O destino da crônica sempre esteve vinculado às transformações do jornalismo. No princípio, tinham endereço fixo nos jornais. Para a *Gazeta de Notícias*, Machado de Assis, Olavo Bilac e João do Rio eram cronistas da casa. Porém, com o advento da República, na virada para o século XX, assistimos à irrupção das revistas ilustradas, mensais e elitizadas, como *Kosmos* [1904-1909] e *Ilustração Brasileira* [1909-1915] ou semanais e populares, como *Revista da Semana* [1900-1959], *O Malho* [1902-1954], *Fon-Fon* [1907-1958], *Careta* [1908-1960] e *Para Todos* [1918-1932]. Graças à modernização da imprensa, os cronistas conquistaram um público mais amplo e passaram a circular por novos espaços.

Se a periodicidade mensal introduzida pelas revistas permitiu ao cronista guardar certa distância dos fatos e da reportagem, por outro lado, até mesmo nas semanais, ele se vê obrigado a disputar a atenção dos leitores, página a página, competindo com uma visualidade moderna, capitaneada pela imagem fotográfica. A técnica da escrita abre-se para distintas temporalidades, do automóvel ao cinematógrafo. E o cronista passa a flertar com a literatura e a moda, flanar entre a crítica de costumes

---

[5] "Paulo Mendes Campos: um erudito sem erudição", *in*: *A milésima segunda noite da avenida paulista*, de Joel Silveira [SP: Companhia das Letras, 2003].

e a sátira política. Lima Barreto, Álvaro Moreyra, Benjamim Costallat e J. Carlos, cada um a seu modo, reinaram nas revistas semanais.

Depois da Revolução de 1930, assistimos ao recrudescimento da censura durante o Estado Novo, ao controle político da imprensa e ao retrocesso no apuro gráfico. Visível tanto em *Carioca* [1935-1954] e *Vamos Ler!* [1936-1948], publicações da empresa A Noite, quanto em revistas claramente à esquerda, como *Leitura* [1942 e 1968]. As exceções ficam por conta de *O Cruzeiro* [1928-1985], editada pelos Diários Associados, de Assis Chateaubriand e, em menor escala, pela *Revista do Globo* [1929-1967], em Porto Alegre.

No início dos anos 1950, o Rio de Janeiro viveu uma nova expansão do mercado de revistas. Na maioria delas, o cronista ocupava um lugar de destaque, logo na porta de entrada ou na "última página", nome da coluna que Rachel de Queiroz honrou e consagrou entre 1945 e 1975, em *O Cruzeiro*. Quando impressas no miolo, as crônicas em geral eram acompanhadas por ilustrações de artistas promissores ou reconhecidos.

Para se ter uma ideia, após a contratação do fotógrafo francês Jean Manzon, em 1943, no pico de popularidade alavancada pelas suas fotorreportagens, *O Cruzeiro* alcançou, na década de 1950, tiragens recordes que oscilavam entre 500 e 700 mil exemplares. Mas, pouco a pouco, foi perdendo a batalha para aquela que seria sua principal concorrente, a recém-fundada *Manchete* [1952-2000], de Adolpho Bloch, que bateria todos os recordes da rival, oscilando entre 700 mil e 1 milhão de exemplares. No combate travado entre os dois pesos pesados da imprensa nacional, estava reservado aos sabiás um capítulo decisivo. Segundo o cronista musical Fernando Lobo, eles mal tiveram tempo para se recuperar da ressaca provocada pelo encerramento do semanário *Comício*, quando foram arrebatados por um convite surpreendente:

> A revista *O Cruzeiro* pontificava como a melhor publicação no gênero. [...] Quando chegava o dia de circulação de *O Cruzeiro*, era um corre-corre nas bancas do Brasil. Era o que havia de melhor, jornalisticamente falando. Um belo dia surge na praça a revista *Manchete*, com ares de quem queria brigar com o gigante. Os primeiros números, dirigidos por Henrique Pongetti, foram melancólicos. Havia muita cor, muitas fotos e nada de miolo. Foi quando Adolpho Bloch pintou no nosso ninho, a mesa do

bar Vilariño, em busca de munição. Foi uma revoada: Rubem Braga, Sérgio Porto, Lúcio Rangel, Darwin Brandão, Antônio Maria, Paulo Mendes Campos, Joel Silveira e Ibrahim Sued voaram para a rua Frei Caneca, onde ficava a redação da revista.[6]

Naquele período, jornalistas e cronistas peregrinavam por tantas empresas e empregos que, hoje, um historiador, sociólogo ou crítico literário enfrentam enormes dificuldades para sistematizar um panorama profissional minimamente confiável. O emaranhado ideológico era caviloso. As mudanças sucessivas de comando eram ardilosas e as operações de compra, venda e revenda envolvendo governo e proprietários de jornais, para lá de capciosas. Então, como identificar uma linha lógica de continuidade ou destrinchar vertentes ideológicas que possam orientar corretamente a leitura histórica dos fatos?

Mas, a cena da rapinagem de Adolpho Bloch e a imagem da revoada dos cronistas para a redação da *Manchete* não poderiam ser mais apropriadas à nossa narrativa. Não há margem para lance de sorte ou obra do acaso. Trata-se de uma cena fundadora que define os rumos da nossa crônica.

Seria arriscado concentrar todas as hipóteses interpretativas num único testemunho. Apesar de reconhecer que o grão literário é um fermento usado com grande liberdade por Fernando Lobo, resolvi cavar fundo até tocar na razão e nas raízes daquele encontro no Vilariño. Hoje posso afirmar que ele selou o futuro de boa parte dos cronistas ali presentes. A permanência dos sabiás na *Manchete* traduz de modo inequívoco uma reciprocidade de expectativas. Paulo Mendes Campos manteve-se fiel ao casamento por trinta e nove anos. Fernando Sabino esteve feliz por quinze, com direito a recaídas, assinando as colunas "Damas e cavalheiros", "Sala de espera" e "Aventura do cotidiano". Por cinco anos, Rubem Braga viveu em regime de total bigamia, mantendo páginas duplas com variedade de seções: "A poesia é necessária", "Gente da cidade", "Vem escrito nos livros", etc. Depois, voltou à crônica de solteiro. Sérgio Porto e Antônio Maria pediram divórcio rapidamente.

---

[6] *À mesa do Vilariño*, de Fernando Lobo [RJ: Record, 1991].

Mas, se *Manchete* representa um ponto de virada na trajetória profissional dos sabiás, qual teria sido o ponto de partida?

*

Penso que o método mais adequado seria perseguir os rastros trilhados pelos cronistas, fazendo um breve inventário das publicações de pequena circulação nas quais estiveram juntos, não apenas por motivos profissionais mas, em especial, porque anteviam nelas uma fresta para fustigar o horizonte político e cultural estabelecido pelo regime de Getúlio Vargas.

Chama a atenção como, antes da *Manchete*, os sabiás alternavam períodos longos em órgãos da grande imprensa com temporadas breves em revistas de caráter independente e quase sempre com uma linguagem gráfica mais arrojada. Talvez seja proveitoso recompor o roteiro de publicações que pesaram na formação dos cronistas ou daquelas que eles ajudaram a ganhar corpo: *Revista Acadêmica* [1933-1948], *Sombra* [1940-1960], *Comício* [1952], *Revista da Música Popular* [1954-1956], *Diário Carioca* [1928-1964] e *Senhor* [1959-1964].[7]

Por maior que fossem as diferenças ideológicas, não é difícil reunir nossos cronistas numa frente ampla, geral e irrestrita: antigetulistas, intelectuais à esquerda, simpatizantes do governo JK e refratários ao golpe de 1964. Por causa dessa plataforma, é provável que, ao longo dos anos, tenham sonhado com um jornalismo independente e embarcado em aventuras editoriais diferenciadas. E, por vezes, tenham até resolvido piar por conta própria, caso de *Comício*.

A partir de 1950, a imprensa carioca passou por um novo processo de modernização. Além do aparecimento da *Tribuna da Imprensa* [1949], de Carlos Lacerda, e da *Última Hora* [1951], de Samuel Wainer, veículos tradicionais como o *Diário Carioca* e o *Jornal do Brasil* passaram por amplas reformas.[8] As revistas também vivenciam novo surto de criatividade. Isso sem falar na entrada da televisão que prenunciava

---

[7] Poderiam ser incluídas nessa lista revistas como o *Mundo Ilustrado* [1952-1963] ou jornais como *Jornal de Letras* [1949-1993] e *Pasquim* [1969-1991].

[8] Em São Paulo, alinhado ao mesmo processo de modernização, temos a criação da revista *Visão* [1954] e do *Suplemento Literário d'O Estado de S. Paulo* [1956].

uma cultura de massas, alicerçada numa juventude de classe média, urbana e universitária.

Embora nesse período circulassem vinte e dois jornais no Rio de Janeiro e os historiadores o tenham denominado como a época de ouro da imprensa, seria saudável relativizar tal visão histórica confrontando-a com relatos e memórias de profissionais atuantes no dia a dia das redações. Com uma boa dose de humor, a maioria recorda a necessidade de se ter dois empregos (e ainda fazer bicos), correr atrás de salários atrasados e recorrer a pagamentos feitos com vales, etc. Sem contar as matérias negociadas e pagas por políticos. A modernização, elogiável pelo ângulo da renovação do parque gráfico e pela introdução de novas técnicas jornalísticas, não modifica substancialmente as relações de trabalho marcadas pela informalidade.

Dito isso, os cronistas saíram favorecidos desta segunda onda de expansão. E como nenhum deles provinha de famílias abastadas, no início de carreira tiveram que multiplicar empregos, dividir moradias e subtrair o automóvel. O que sobrava do salário era consumido nas rodas da boemia, que, para os cronistas da noite – Antônio Maria, Carlinhos Oliveira, Sérgio Porto –, se confundia com plantão noturno e horas extras por restaurantes, bares e boates.

*

A *Revista Acadêmica*, lançada em setembro de 1933, traz Murilo Miranda como diretor e Lúcio Rangel como secretário de redação. Apesar do nome – fundada na Faculdade Nacional de Direito do Rio de Janeiro –, a publicação não tinha nada de acadêmica e os diretores eram tão boêmios que ela podia ser comprada no Café Alencar, à rua Marquês de Abrantes, e na Taberna da Glória. O caráter amador explica as colaborações não serem pagas e a periodicidade irregular.

Em 1934, Murilo e Lúcio escrevem a Mário de Andrade, solicitando um livro inédito para que, paralelamente à revista, eles pusessem em marcha uma pequena editora. O escritor atende ao pedido da dupla e, no ano seguinte, sai *O Aleijadinho e Álvares de Azevedo* [RJ: Revista Acadêmica, 1935]. Mário esteve ligado à *Acadêmica* desde sua criação, alternando entre a condição de leitor, colaborador assíduo, membro do conselho e orientador intelectual até o ano de sua morte. Essa relação

entre a revista e a editora vai se aprofundar ao longo dos anos e produzir alguns dos mais interessantes livros já publicados no país, entre eles o álbum *Mangue* [1944], com texto de Mário de Andrade, Manuel Bandeira, Jorge de Lima e ilustrações de Lasar Segall.

A partir de 1935, Moacir Werneck de Castro e Carlos Lacerda engrossam a equipe de redatores. E, no ano seguinte, *Acadêmica* institui um conselho diretor composto por Álvaro Moreyra, Aníbal Machado, Artur Ramos, Érico Veríssimo, Graciliano Ramos, Jorge Amado, José Lins do Rego, Oswald de Andrade, Portinari, Rubem Braga, Santa Rosa, Sérgio Milliet e Mário de Andrade.[9] Braga integrava o conselho por convicções ideológicas e afinidades literárias. E ainda estava ligado ao diretor da revista por razões pessoais: sua irmã, Yedda Braga, casou-se com Murilo Miranda em 1939.

No entanto, quando se fala do papel desempenhado pela *Revista Acadêmica*, poucos se recordam de Lúcio Rangel [1914-1979],[10] seu primeiro secretário de redação. De personalidade discreta, esse fantástico colecionador de discos de samba, choro e jazz, estudioso da música popular, era conhecido por ser um ardoroso purista na defesa do samba e do jazz autêntico. Leitor cultivado, dominava profundamente a

---

[9] Ver: *Literatura em revista*, de Raul Antelo [SP: Ática, 1984], e *Mário de Andrade: exílio no Rio*, de Moacir Werneck de Castro [RJ: Rocco, 1989].

[10] Ver: "Lúcio Rangel comendo ovos quentes com Noel Rosa: a invenção de uma historiografia da música popular", de José Geraldo Vinci de Moraes, *in*: *Revista Brasileira de História*, n. 77, SP, jan.-abr. 2018.

literatura francesa dos séculos XVIII e XIX, leitor de Flaubert desde os quatorze anos e membro da *Société des Amis* de Marcel Proust. Seria quase impossível explicar os sabiás sem mencionar o papel desempenhado pelo futuro crítico musical.

Além de ser tio de Sérgio Porto, era um dos melhores amigos de Braga, Vinicius e Paulo Mendes Campos. Através de sua atuação na imprensa, seja na condição de cronista, seja como editor e redator-chefe, de forma generosa e agregadora, sempre abriu espaço para a colaboração dos mais jovens. Elemento de ligação entre as três gerações, contribuiu efetivamente para o diálogo entre o universo erudito e popular, entre a crônica e a música, entre o samba e o jazz.[11]

Sombra circulou entre dezembro de 1940 e junho de 1960. Existiam outras revistas com projetos gráficos similares, *Rio* e *Rio Magazine*, impressas em papel *couché*, em formatos maiores, em torno de 27 x 32,5 cm, capas coloridas assinadas por artistas plásticos e voltadas para cobrir o mundo da alta sociedade e a vida diplomática.

Nos três primeiros anos, teve Walther Quadros como diretor responsável e Aloysio de Salles como redator-chefe. A redação funcionava na rua México, 98, no 4º andar. Desde o princípio, contou com a colaboração de artistas modernos. A maioria deles europeus que migraram para o Brasil durante a Segunda Guerra Mundial escapando da escalada nazista. Nos cinco primeiros anos, *Sombra* teve o privilégio de contar com capistas, ilustradores e designers do calibre do desenhista e cartunista romeno Saul Steinberg, do pintor e cenógrafo húngaro Laszlo Meitner, e do português Eduardo Anahory.[12]

Até hoje *Sombra* é desprezada pelos pesquisadores por ser uma revista voltada para a alta sociedade. Embora esse fosse o seu público-alvo, ela abrigava igualmente em suas páginas escritores e artistas modernistas que, além de uma boa remuneração, desfrutavam de recursos gráficos

---

[11] Parte significativa de sua produção crítica foi reunida em *Sambistas e chorões* [RJ: Francisco Alves, 1962], reeditado pelo Instituto Moreira Salles, em 2018, e na coletânea, *Samba, jazz & outras notas*. Organização, apresentação e notas de Sérgio Augusto [RJ: Agir, 2007]. Todo o acervo de Lúcio Rangel foi incorporado ao IMS.

[12] O raciocínio é extensivo à fotografia: em especial, os franceses Jean Manzon [contratado], Marcel Gautherot e Pierre Verger [colaboradores] e os alemães, Ed Keffel e Peter Scheier [contratados] em *O Cruzeiro*.

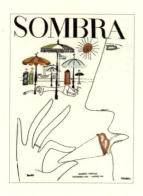 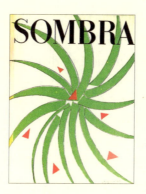 

raros em nosso meio. Por exemplo, o primeiro número estampa na capa um desenho de Saul Steinberg (e exibe outros dez cartuns nas páginas internas). Na mesma edição, traz "Sinos de Oxford", poema de Vinicius de Moraes; o Ballet Russe de Monte Carlo, com destaque para a bailarina Nini Theilade, acompanhado por ensaio fotográfico de Jorge de Castro e versos de Mário de Andrade.

Se Rubem Braga e Vinicius já colaboravam esporadicamente, após o ingresso de Lúcio Rangel como redator, em 1944, passam a escrever com maior assiduidade. "Conto rápido", de Vinicius – presente em nossa antologia –, veio à luz na edição de agosto de 1944.

Em 1948, Lúcio figura nos créditos como redator-chefe, cargo que ocuparia até junho de 1954. *Sombra* passa a exibir originais de Alexander Calder [n. 83] em suas capas e, no miolo, poemas como "Infância", de Manuel Bandeira, ilustrado por Cícero Dias [n. 82]. Os jovens cronistas também começam a frequentar as páginas da revista, entre eles, Fernando Sabino e Paulo Mendes Campos. É digno de nota observar que Paulo estreia com a crônica "Saudades do meu avô" [n. 84] e logo passa a assinar uma coluna, "Todos os planos" [n. 117, jan.-fev., 1952], com direito à página dupla.

Mas, em meio às cavações profissionais, podemos identificar os entrelaçamentos e as convergências intelectuais que se impõem na pauta da revista. Em dezembro de 1949, Sérgio Porto inicia uma série de artigos sob a rubrica "Sombra do jazz", embrião do seu primeiro livro.[13] E o mais

---

[13] *Pequena história do jazz* [RJ: Ministério da Educação e Saúde, 1953].

simbólico, em setembro de 1951, Lúcio, Vinicius e Sérgio organizam um número dedicado ao jazz. Sinal de que as contribuições individuais começam a adquirir configurações coletivas.

A *Revista da Música Popular* [1954-1956], dirigida e animada por Lúcio Rangel e Pérsio de Moraes, foi naturalmente o próximo passo. Desde o índice fica evidente a filiação modernista expressa no resgate de textos como "No enterro de Sinhô", de Manuel Bandeira, e "Ernesto Nazareth", de Mário de Andrade. Se na historiografia musical, Lúcio Rangel é um militante aguerrido cujo recorte crítico purista só privilegia um elenco de sambistas e músicos de jazz autênticos, nas páginas da revista, flui uma sociabilidade mais elástica que pode reunir tanto Ary Barroso e o cantor Mário Reis quanto Pixinguinha e o milionário Jorge Guinle,[14] responsável pela seção "Discografia selecionada de jazz tradicional". Um raro lugar de reflexão, aberto, organizado e coletivo.[15]

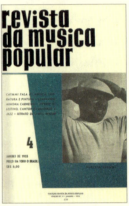

Num outro plano, a aproximação entre os bambas do modernismo – Mário de Andrade e Manuel Bandeira – e a nova geração – Vinicius de Moraes, Paulo Mendes Campos, Sérgio Porto e Fernando Lobo –, mais do que um projeto, era uma realidade. Havia farto espaço para o samba, o jazz e o resgate de crônicas e estudos modernistas – "Sambistas" [n. 2] e "Literatura de violão" [n. 12], de Manuel Bandeira; "Origem do fado" [n. 6], de Mário de Andrade; "Mestre Ismael Silva" [n. 5] e

---

[14] *Jazz panorama*, de Jorge Guinle. Prefácio de Vinicius de Moraes [RJ: Agir, 1953].
[15] Na época, Rubem Braga registrou: "Apareceu o primeiro número da *Revista da Música Popular*, com Pixinguinha na capa e a direção inigualavelmente competente de Lúcio Rangel [...] Acho importante a existência dessa revista; ela certamente não irá enriquecer Lúcio e será menos uma empresa comercial que um ato de amor. Acho importante porque é a primeira publicação especializada em um setor meio esquecido de nossa cultura" ("Discos", *in*: *Folha da Tarde*, SP, 10 nov. 1954). Ver: os quatorze números da *Revista da Música Popular* foram reunidos num único volume, edição facsimilar [RJ: Funarte/Bem-Te-Vi, 2006].

"Os independentes da Gávea" [n. 7], de Vinicius –, assim como textos e entrevistas com compositores populares – Almirante, Ary Barroso, Orestes Barbosa, Dorival Caymmi. Desta perspectiva, a militância de Lúcio projeta e reata linhas de continuidade entre a *Revista da Música Popular* e a *Revista Acadêmica*.

O *Diário Carioca* [1928-1965], fundado por José Eduardo Macedo Soares, foi um dos pioneiros no processo de modernização vivido pela imprensa brasileira na década de 1950. A reformulação incluía uma nova sede projetada pelo arquiteto Affonso Eduardo Reidy e uma gráfica equipada com máquinas de última geração. Porém, nada disso faria sentido se não fosse acompanhado da renovação das técnicas do jornalismo, substituindo o modelo francês pelo padrão norte-americano. Pompeu de Sousa importou o conceito de *lead*, implantou o *copydesk* e produziu o primeiro manual de redação do país.

Em maio de 1950, sob a liderança de Luiz Paulistano e Prudente de Morais Neto, um novo *Diário Carioca* chega às bancas: cadernos coloridos, revista feminina, suplemento infantil e um suplemento literário com nomes do calibre de Carlos Drummond de Andrade, Gilberto Freyre, Manuel Bandeira e Sérgio Buarque.

Apesar de ter largado na frente do processo de modernização, no final dos anos 1950, já apresentava sinais de declínio. O charme do jornal residia, em parte, na redação composta por profissionais como Armando Nogueira, Carlos Castello Branco, Ferreira Gullar, Jânio de Freitas, José Louzeiro, José Ramos Tinhorão, Newton Carlos, Paulo Francis, Prudente de Morais Neto e Sábato Magaldi.

Para os sabiás, o *Diário Carioca* sempre foi uma referência. Todos colaboravam em outras publicações semanais e mensais mas tinham no jornal um porto seguro. Rubem Braga só foi correspondente de guerra, entre setembro de 1944 e abril de 1945, por intervenção do jornal. Antônio Maria, Sabino, Carlinhos Oliveira, Otto Lara Resende, Paulo Mendes Campos e Vinicius, com direito a idas e vindas, exerceram ali o seu ofício. Por fim, foi no *Diário Carioca*, em 1953, que nasceu o personagem que consagraria Sérgio Porto: Stanislaw Ponte Preta.

Parte desta atmosfera do *Diário Carioca* se transferiu para o *Comício*. O tabloide teve vida breve: 23 números. O suficiente para marcar o percurso intelectual dos que viveram essa experiência. Sob direção de Joel

Silveira, Rafael Corrêa de Oliveira e Rubem Braga, o semanário circulou entre maio e outubro de 1952.

De acordo com Paulo Mendes Campos:

> A redação era a sala ampla dum vigésimo andar da rua Álvaro Alvim. Nela trabalhavam e brincavam (sobretudo brincavam) Rubem, Joel Silveira, Millôr Fernandes e, a partir de certa data, eu. Colaboradores mais assíduos eram Otto Lara Resende, Fernando Sabino, Carlos Castello Branco, Edmar Morel, Lúcio Rangel, Thiago de Mello, Newton Prates, Luís Martins (Sucursal em São Paulo) e Clarice Lispector, que, sob o pseudônimo de Tereza Quadros,[16] fazia a página feminina. Foi também *Comício* que revelou Antônio Maria e Sérgio Porto como cronistas, Pedro Gomes como repórter, e Rubem Braga como tesoureiro.[17]

Essa percepção excessivamente leve e despretensiosa deve ser temperada pelo testemunho de Fernando Sabino: "Na realidade, vinha a ser o que depois passou a se chamar de *imprensa alternativa* ou *nanica* – em resumo: um pasquim. Como, aliás, surgiria mais tarde o que consagrou esse nome, e do qual fomos uma espécie de

---

[16] O pseudônimo Tereza Quadros foi proposto por Rubem Braga. A experiência de "Entre mulheres", em *Comício*, volta a se repetir nas páginas do *Correio da Manhã*, entre 1959-1961, sob o disfarce de Helen Palmer, e no *Diário da Noite*, entre 1960 e 1961, como *ghost-writer* da atriz Ilka Soares. Essa produção jornalística se encontra reunida em dois livros: *Correio feminino* [2006] e *Só para mulheres, conselhos, receitas e segredos* [2008], ambos organizados por Aparecida Maria Nunes e publicados pela Rocco.
Vale a pena mencionar experiência semelhante (e hilariante) vivida por Vinicius de Moraes que, sob as vestes de "Helenice", assinou a coluna "Abra o seu coração", entre abril e novembro de 1953, no semanário *Flan*, comandado por Samuel Wainer. Com a saída forçada do poeta que não queria desencarnar do personagem, a coluna foi retomada por Suzana Flag, ou melhor, Nelson Rodrigues.

[17] "Uma revista alegre", de Paulo Mendes Campos, *in*: *Manchete*, Rio de Janeiro, 15 mai. 1965.

precursores",[18] e que seria confirmada por Millôr Fernandes ao evocar sua experiência em *Comício* no editorial de lançamento do *Pasquim*. Para afinar a discussão, é fundamental destacar o subtítulo: *semanário independente*. A ênfase no contexto de liberdade de pensamento encontra correspondência no exercício político da amizade, na trincheira antigetulista e na militância pela crônica.

A questão da escala também é decisiva. A diminuição das páginas de um jornal padrão para o formato tabloide introduz uma série de reduções: o número de jornalistas na redação (favorece a conversa), a quantidade de reportagens (pede uma pauta mais seletiva) e o tamanho dos textos (incentiva a depuração do estilo). Quando havia espaço, a literatura era sempre contemplada com colaborações de Aníbal Machado, Cyro dos Anjos, Clarice Lispector ou Antônio Fraga. Sem falar nas entrevistas, entre saborosas e polêmicas, com Dorival Caymmi, Manuel Bandeira, João Cabral e Alberto Cavalcanti. E no traço irreverente das caricaturas de Hilde Weber, muitas vezes estampadas na capa. Fecho com uma última consideração: a redução estrutural em vários níveis – da baixa qualidade da impressão às restrições de ordem financeira – nunca diminuiu o humor dos sabiás. A roda de amigos é um pequeno comício.

Entre a famosa revoada para *Manchete* e a criação da Editora do Autor, houve uma senhora revista chamada *Senhor* [1959-1964].[19] Dirigida por Nahum Sirotsky, Paulo Francis e Luiz Lobo, ela representou um salto qualitativo do nosso jornalismo cultural. Todos os sabiás participaram ativamente: Rubem Braga, Vinicius, Sabino, Lúcio Rangel, Paulo Mendes Campos, Clarice Lispector, Sérgio Porto e Antônio Maria.

Senhor sinalizava que havíamos saído da esfera ditatorial de Vargas e ingressado no ciclo democrático e desenvolvimentista de Juscelino. No intervalo histórico que separa a miséria gráfica de *Comício* da riqueza visual da *Senhor* reverbera a divisa de JK: cinquenta anos em cinco.

---

[18] *O tabuleiro de damas* [RJ: Record, 1988].

[19] *O melhor da Sr./Uma senhora revista*, organização de Ruy Castro, concepção e coordenação de Maria Amélia Mello. SP: Imprensa Oficial do Estado de São Paulo, 2012.

Os avanços, entretanto, não superam contradições antigas e recorrentes da nossa vida cultural. Assim como o nome, *Revista Acadêmica*, não traduzia o conteúdo arrojado e arejado daquela publicação, *Senhor* soa inadequado para uma revista cujo projeto é marcadamente experimental, aberto às mais diferentes linguagens e com disposição para se reinventar a cada número. Como explicar, então, que tenham escolhido um título sisudo, hierárquico e signo máximo de poder?

Senhor revela tensões semelhantes na busca de um modelo jornalístico. Curiosamente, entre *Esquire* e *The New Yorker*, procurava temperar territórios masculinos com um variado cardápio cultural e literário, justamente quando batia à porta da política internacional um sentimento anti-imperialista, simpático ao vento socialista que soprava por toda a América Latina, inspirado na Revolução Cubana[20] e nos movimentos de emancipação das mulheres.

Em sua primeira fase – de março de 1959 a março de 1962 – a revista soube tirar proveito dessas tensões. Contando com colaborações inéditas de prosadores do calibre de Clarice Lispector, Guimarães Rosa, Jorge Amado e nomes que começavam a se firmar, como Antônio Callado, Osman Lins, Ferreira Gullar.

---

[20] Nesse sentido, Rubem Braga e Fernando Sabino demonstraram percepção histórica e inclinação política ao publicarem *Furacão sobre Cuba*, de Jean-Paul Sartre [RJ: Editora do Autor, 1960], e *Nossa luta em Sierra Maestra*, de Ernesto Che Guevara [RJ: Editora Sabiá, 1968]. Aliás, Braga esteve em Cuba para traçar um perfil de Fidel Castro para a *Senhor*.

Do ponto de vista gráfico, a cargo dos pintores Carlos Scliar e Glauco Rodrigues, a revista atingiu um patamar de criatividade que raramente voltou a ser alcançado. E para isso contaram com a modernização e o desenvolvimento da indústria do livro, do disco, do cinema, da moda e da fotografia. O designer e historiador da nossa produção visual Chico Homem de Melo foi preciso:

> O time de designers da Editora do Autor repetia nomes vinculados à *Senhor*. Incluía desde os titulares da revista, Carlos Scliar e Glauco Rodrigues, até a iniciante Bea Feitler e os cartunistas Jaguar e Fortuna. Foi uma das raras ocasiões em que ocorreu o trânsito de profissionais entre revistas e livros.[21]

A crônica em livro: de autor a editor

▧ Editora Alvorada

Em 1957, Rubem Braga espalhou a notícia:

> Apareceu uma editora nova, Alvorada, que começou por cima, editando um livro de crônicas de Manuel Bandeira, sob o título que me dá muita inveja, *Flauta de papel*. Na contracapa, anuncia para depois *Poesia*, com toda a obra poética de Vinicius de Moraes; *Os subterrâneos do Rio de Janeiro*[22] curiosíssimo livro de Stanislaw Ponte Preta, também conhecido por Sérgio Porto, filho natural e o mais carioca de todos os cronistas chamados frívolos; para mais tarde ainda, *Crônicas escolhidas*, de Antônio Maria e um novo livro de Vão Gôgo [Millôr Fernandes]. A editora, me parece, é de Irineu Garcia, aquele que edita discos de poesia com Carlos Ribeiro e que por sinal lançou ontem um disco de Pablo Neruda; quem escolhe os livros é Paulo Mendes Campos, garantia de bom gosto.[23]

---

[21] "Design de livros: muitas capas, muitas caras", *in*: *O design gráfico brasileiro, anos 60*, [org.] Chico Homem de Melo [SP: Cosac Naify, 2006].

[22] Não há nenhum manuscrito que comprove a existência de *Subterrâneos do Rio de Janeiro*. Caso viesse à luz, em 1957, Stanislaw Ponte Preta antecederia a estreia de Sérgio Porto em livro, *O homem ao lado* [RJ: José Olympio, 1958].

[23] "Nota", *in*: *Folha da Manhã*, SP, 10 maio 1957.

Na capa do livro – além do perfil de Bandeira no traço finíssimo de Carlos Drummond de Andrade –,[24] coabitam duas antigas aspirações dos sabiás: uma coleção consagrada aos *Cronistas do Brasil* e títulos da linhagem de *Flauta de papel* capazes de galvanizar em uma só imagem, crônica, música e edição.

No prefácio, o poeta reforça a nossa hipótese em torno da persistente sociabilidade do grupo, lembrando que "a ideia da publicação partiu de Irineu Garcia, Lúcio Rangel e Paulo Mendes Campos". Embora não tenha conseguido ultrapassar o primeiro título, como o nome da editora sugere, é bem provável que este exitoso fracasso tenha sido a alvorada da Editora do Autor. Quase todos os cronistas envolvidos ou citados na contracapa – Bandeira, Drummond, Vinicius, Paulo Mendes Campos, Stanislaw Ponte Preta – fariam parte do catálogo da Editora do Autor. A nota dissonante fica por conta da incompreensível ausência de Antônio Maria.[25]

---

[24] Drummond, três anos antes, havia feito um desenho genial, à la Steinberg – misto de vinheta e caricatura –, para a capa de *Itinerário de Pasárgada*, de Manuel Bandeira [RJ: Edição Jornal de Letras, 1954]. Consta nos créditos: projeto de capa de Carlos Drummond de Andrade. Chico Homem de Melo me chamou a atenção para a existência de um diálogo entre a capa de *Flauta de papel* com a da segunda edição do *Itinerário de Pasárgada* [RJ: Editora do Autor, 1966], que traz na capa um desenho de Carlos Scliar similar. O círculo das relações de amizade interage com o das relações intelectuais, estabelecendo um repertório conceitual, gráfico e visual de grupo.

[25] A estranheza é ainda maior agora que sabemos que tinha um volume em preparação, cujo título chegou a ser anunciado e, mesmo assim, permaneceu como o único cronista que, em vida, não teve suas crônicas reunidas em livro. Ver: *Vento vadio: estudo sobre as crônicas de Antônio Maria*, de Guilherme Tauil. Dissertação de Mestrado, Universidade de São Paulo, 2020.

■ Editora do Autor

Passados três anos, Rubem Braga e Fernando Sabino fundam a Editora do Autor. O primeiro título é *Furacão sobre Cuba* [1960], série de artigos em que o filósofo Jean-Paul Sartre registra suas impressões durante a viagem, acompanhado de Simone de Beauvoir, pela única ilha de comunismo em continente americano.

Demostrando senso de oportunidade editorial, política e cultural, os editores conseguiram traduzir os textos às pressas e aproveitaram a visita do filósofo ao Brasil para realizar um megalançamento em setembro de 1960.[26] E fecharam o ano lançando quatro livros simultaneamente, em clima de festa: *Antologia poética*, de Vinicius de Moraes, *Ai de ti, Copacabana!*, de Rubem Braga, *O homem nu*, de Fernando Sabino e *O cego de Ipanema*, de Paulo Mendes Campos.

Aliás, os lançamentos coletivos tornaram-se uma marca registrada. Eram verdadeiros *happenings*. Talvez, o de maior repercussão tenha sido a noite de autógrafos no Clube dos Marimbás, Copacabana, em 26 de novembro de 1962: *A bolsa & a vida*, de Drummond, *Para viver um grande amor*, de Vinicius, *A mulher do vizinho*, de Sabino, *Homenzinho na ventania*, de Paulo Mendes Campos e *O retrato na gaveta*, de Otto Lara Resende. Rubem Braga ainda propôs que cada escritor deveria convidar uma madrinha e nos lançamentos compareceram Edla Van Steen, Leila Diniz, Lourdes de Oliveira, Márcia Rodrigues, Odete Lara, Tônia Carrero e Ângela Diniz. E eram replicados em diversas praças do país.

Outra iniciativa que conferiu prestígio e rendeu bons dividendos foi a coleção *Antologia poética*, sugestão de Rubem Braga, para quem, desde sua coluna em *Manchete*, "a poesia é necessária". O pacto selado com os poetas está explícito no catálogo da Editora do Autor (e da futura Editora Sabiá). Os cronistas se dedicaram com afinco e regularidade à coleção, publicando antologias de Vinicius de Moraes [1960], Manuel Bandeira [1961], Carlos Drummond de Andrade [1962], Cecília Meireles [1963], Alphonsus de Guimaraes Filho [1963], Cassiano Ricardo [1964], Augusto Frederico Schmidt [1964], João Cabral de Melo Neto [1965], Mário Quintana [1966], Jorge de Lima [Editora Sabiá, 1968] e

---

[26] "Confissões de um jovem editor", de Rubem Braga, *in: Manchete*, RJ, 1 out. 1960. Quando Sartre doou os direitos do livro à Editora do Autor, o cronista saiu com essa: "É o autor ideal!".

Prefácio · 51

Dante Milano [Editora Sabiá, 1971]. Lembrando que a maioria delas contava com a seleção de Rubem Braga e Paulo Mendes Campos.

Mas, é preciso agregar à nossa narrativa, dedicada à época de ouro da crônica, um projeto que deu grande visibilidade à Editora do Autor. Em 1960, apesar da crescente concorrência da televisão, a presença do rádio ainda era vital para o cotidiano carioca. Só no Rio de Janeiro havia treze emissoras. Entre as mais populares estavam a Rádio Nacional [PRE-8], a Mayrink Veiga [PRA-9] e a Tupi [PRG-3]. Outras, como a Rádio Ministério da Educação e Saúde [PRA-8] e Roquette-Pinto [PRD-5], desfrutavam de prestígio cultural. Em março de 1961, o ex-diretor da *Revista Acadêmica*, Murilo Miranda, assume a direção da Rádio Ministério da Educação e Saúde e, em pouquíssimo tempo, a emissora ocupa o terceiro posto entre os ouvintes das classes A e B. Depois de incrementar a grade com uma rica e variada programação musical, realizou incursões no terreno literário: "Como compreender Shakespeare", por Eugênio Gomes; "Camões, poeta de todos os tempos", por Cleonice Berardinelli, e "Obras-primas da literatura universal", por Cecília Meireles. Em abril, dentro dêsse viés, leva ao ar "Quadrante", programa dedicado à crônica, lidas e interpretadas por Paulo Autran. O sucesso é imediato.

A Editora do Autor, em parceria com a Rádio, lança duas coletâneas: *Quadrante 1* [1962] e *Quadrante 2* [1963]. Cada uma delas trazendo dez crônicas por autor: Carlos Drummond de Andrade, Cecília Meireles, Dinah Silveira de Queiroz, Fernando Sabino, Manuel

Bandeira, Paulo Mendes Campos e Rubem Braga. As duas entraram nas listas dos mais vendidos e tiveram mais de três edições no ano em que foram lançadas.[27]

Outro aspecto importante: visando à maior transparência na hora da prestação de contas dos direitos autorais, todos os exemplares vinham numerados. Graças a tal procedimento, hoje podemos afirmar com absoluta certeza de que a primeira edição de *O cego de Ipanema*, de Paulo Mendes Campos, saiu realmente com uma tiragem inicial superior a quatro mil exemplares. Eu, por exemplo, comprei num sebo o de número 4202.

Por causa do êxito nas vendas, a Editora do Autor acabou provocando um intenso debate em torno da publicação da crônica em livro. E nem sempre a recepção foi calorosa, como descreve o crítico Marcus Vinicius Nogueira Soares ao registrar a polêmica aberta por Francisco de Assis de Almeida Brasil, que, contrariado, reagiu à "enxurrada de livros de crônica publicada ultimamente" em ácido artigo publicado no *Jornal do Brasil*, "A crônica é o limite". Os desdobramentos resultaram em uma série de ataques disparados por Carlos Heitor Cony e, de certo modo, referendados por Temístocles Linhares e Tite de Lemos. A defesa partiu de José Carlos Oliveira.[28]

*

A simples comparação entre as obras de Rubem Braga editadas pela José Olympio e as lançadas pela Editora do Autor nos permite reconhecer um padrão: o título das crônicas usa caixa alta, as fontes do miolo são serifadas, o corpo é grande e o entrelinhamento generoso; o texto é precedido de capitular e inicia na metade da página. Tudo leva a crer que Rubem Braga tenha palpitado nessas decisões. Em outras

---

[27] Na esteira de *Quadrante*, foi criado outro programa, *Vozes da cidade*, na Rádio Roquette-Pinto [PRD-5], com crônicas interpretadas por Jorge da Silva, na gestão do diretor Murilo Miranda. E também virou livro: *Vozes da cidade* [RJ: Record, 1965], seleção de crônicas de Bandeira, Cecília, Drummond, Genolino Amado, Henrique Pongetti, Maluh de Ouro Preto e Rachel de Queiroz.

[28] *A crônica brasileira do século XIX: uma breve história*, de Marcus Vinicius Nogueira Soares [SP: É Realizações, 2014, p. 48-56].

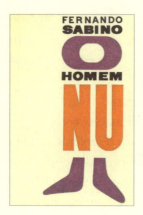 

palavras, sistematizou uma forma de editar crônica em livro.[29] Os da Editora do Autor, ainda hoje, dão um imenso prazer à leitura.

Do ponto de vista gráfico, as capas conservam uma sobriedade moderna, dotadas de soluções simples e geniais. É o caso da coleção *Antologia poética* dedicada aos principais poetas brasileiros do século XX. A jovem designer Bea Feitler trabalhou no limite entre experimentação radical e regras do mercado. Todas as informações básicas aparecem distribuídas na capa – título: *Antologia poética*; nome do autor: *Vinicius de Moraes*; nome da editora: *do Autor*; quantidade de edições: *quinta*. E, ao mesmo tempo, é como se tivéssemos acesso às páginas internas, podendo ler a estrofe de um poema. Verso e inverso. O livreiro e o leitor podem penetrar no livro por dois módulos, duas janelas gráficas: uma aberta para dentro, outra para fora.[30]

A inteligência visual de Bea vai mais longe na capa de *O homem nu*, de Fernando Sabino, mesclando arte de vanguarda e espírito de *outdoor*. De cara, o título é desconstruído verbalmente para ser reconstruído e

---

[29] Ao confrontar os livros de Braga pela José Olympio, talvez, se possa afirmar que este padrão tenha se cristalizado a partir de *A borboleta amarela* [RJ: José Olympio, 1955]. O único ponto descartado pela Editora do Autor e pela Sabiá foi a eliminação da página em branco que trazia somente o título da crônica, abrindo a página seguinte apenas com o texto da crônica, precedido pelo uso de uma capitular.

[30] Em "Bea de Ipanema venceu como moça de fita", Rubem Braga traça um perfil bastante elogioso da jovem artista. Ao mesmo tempo, apesar de reconhecer seu talento em todos os trabalhos realizados para a revista *Senhor* e para a Editora do Autor, do qual era um dos donos, admite: "até hoje, a editora aproveita a ideia de Bea para a capa da *Antologia poética* de Vinicius em outras antologias". in: *Visão*, v. 28, n. 10, 11 mar. 1966.

reinterpretado visualmente. O homem é o estilo: despojado e desnudado. "O" artigo funciona como cabeça, cabeçalho, olho, ó de espanto; o substantivo "homem" surge no horizonte vernacular castiço; o adjetivo "nu" sintetiza e traduz o escândalo cromático da nudez.

A editora também se permitia recorrer a profissionais de outras áreas. O fotógrafo José Medeiros responde pelas capas de *Ai de ti, Copacabana!*, de Rubem Braga, e da segunda edição de *A vida real*, de Fernando Sabino. Na prática, as inovações gráficas podiam contemplar desde amadores como Otto Lara Resende, responsável pela capa de *A mulher do vizinho*, de Fernando Sabino [1962],[31] até profissionais sofisticados, como o designer Aloísio Magalhães, capaz de arriscar uma interpretação da poética de João Cabral de Melo Neto na capa da coletânea *Terceira feira* [1961].

Outro acerto foi atrair os jovens cartunistas da revista *Senhor* e a futura trupe de choque do *Pasquim*: Jaguar, Fortuna e Ziraldo. A escolha de Jaguar para desenhar as capas, criar ilustrações e vinhetas que conversassem com as narrativas ferinas e anedotas cáusticas de Stanislaw Ponte Preta: *Tia Zulmira e Eu* [1961], *Primo Altamirano e Elas* [1962], *Rosamundo e os outros* [1963], *Garoto linha dura* [1964], *Festival de Besteira que Assola o País – Febeapá 1* [1966], *Febeapá – 2*

---

[31] Ao ser relançado pela Editora Sabiá, a capa foi substituída, sob protesto bem-humorado de Otto: "Quanto à *Mulher do vizinho*, fiquei chateado de ter sido passado para trás pelo Ziraldo, minha única capa! Mas, a dessa 4ª edição está ótima, à altura da minha", *in*: *O Rio é tão longe: cartas a Fernando Sabino*, de Otto Lara Resende. Introdução e notas de Humberto Werneck. [SP: Companhia das Letras, 2011].

[1967] e *Febeapá 3 – Na terra do crioulo doido* [Editora Sabiá, 1968]. O espaço reservado a Jaguar não é decorativo. Os desenhos não desejam, ilustram. Se, às vezes, optam pelo diálogo com as crônicas, em outros momentos, demonstram autonomia completa. A parceria aponta para uma pluralidade de leituras: convergentes, paralelas e simultâneas.

De qualquer modo, é preciso ressaltar que a passagem de Stanislaw em diferentes meios de comunicação – jornal, rádio, teatro, televisão e cinema – potencializou sua criatividade reciclando recursos de linguagem oriundos de todos esses veículos, reinventando a crônica ao empregar recursos internos e externos de comunicação. Por exemplo, quando o cronista interpela o leitor – "Como, minha senhora?" –, confere ao texto o ritmo de uma conversa ao telefone, de um programa de rádio e da TV ao vivo. A comunicação é imediata. Do mesmo modo, as ilustrações de Jaguar provocam uma sensação de mão dupla. Embora leia a crônica em livro, o leitor sente que algo o transporta de volta à informalidade das páginas de um jornal.

■ Editora Sabiá

No começo de 1967, Fernando Sabino e Rubem Braga deixam a Editora do Autor, que passa a ser tocada apenas por Walter Acosta. No meio do ano, com a sobriedade de costume, Braga anuncia em um artigo, "A Editora é Sabiá",[32] discorrendo sobre a criação da nova casa editorial e enfatizando a saga em busca do nome. Em *O tabuleiro de damas* [1988], Sabino entrega o protagonismo da decisão: "Rubem queria Sabiá, e Sabiá ficou sendo". E ainda fornece detalhes preciosos: "Inventamos várias novidades – e nisso Rubem é mestre; a caixinha com lançamento de quatro autores de uma só vez, por exemplo, foi invenção dele. Começamos a lançar livros aparados, que não se usava, até tinham de ser abertos por espátulas. E fomos dos primeiros a plastificar as capas".

A primeira noite de autógrafos da Sabiá, em 1967, vinha com a sua comissão de frente: *A traição das elegantes,* de Rubem Braga; *A inglesa deslumbrada,* de Fernando Sabino; *Hora do recreio,* de Paulo Mendes Campos; *Febeapá – 2*, de Stanislaw Ponte Preta. O destaque era a estreia de Carlinhos Oliveira pela Sabiá com *A revolução das bonecas.* Os

---

[32] In: *Diário de Notícias*, RJ, 14 jul. 1967.

cronistas ainda desfrutavam da potência da palavra poética: *Livro dos sonetos*, de Vinicius de Moraes, e *Morte e vida severina*, de João Cabral de Melo Neto (que afinal não participou do lançamento).[33] A semelhança entre o catálogo e o projeto gráfico das editoras é tão evidente que o melhor caminho crítico seria destacar as diferenças.

Comecemos pelos nomes. Editora do Autor expressa de maneira simples e objetiva, sem dar margem a especulações, as motivações de seus fundadores: o *direito* de publicar apenas suas próprias obras (e as de poucos amigos) e assegurar maior porcentagem nos lucros, aumentando as margens de *direitos* autorais. A editora dispensa logotipo. O nome é a marca.

A Editora Sabiá, ao contrário, nos reserva uma rede de relações simbólicas. Os pássaros sempre foram portadores de ressonâncias universais (o albatroz, a andorinha, a coruja, o corvo, a cotovia, o melro, o rouxinol...) entre natureza e cultura. Desde "A canção do exílio", de Gonçalves Dias, o sabiá sobrevoa o mapa imaginário da literatura brasileira. Ele sintetiza polos de atração e recusa, reatualizados pelas paródias modernistas (Oswald de Andrade, Murilo Mendes, Carlos Drummond...) e, depois, reinterpretados pela crônica e pela música popular ("Sabiá", de Tom Jobim e Chico Buarque).

Sabemos que a batuta de Braga orientou a escolha do nome da editora, mas, quem o batizou como o "sabiá da crônica"? Tudo indica que foi Paulo Mendes Campos. Poucos sabem quando e onde o apelido foi soprado pela primeira vez. Salvo engano, "Conversa com passarinho...", crônica de Paulo Mendes Campos, está na origem de tudo.[34] Em homenagem a Rubem Braga, inseri uma pequena seleção de histórias de passarinhos que se entrelaçam na folhagem da antologia. O sobrevoo começa no "Fim de semana na fazenda", de Braga, passa por uma provocação marota de Vinicius em "O conde e o passarinho", pelo *timing* perfeito com as palavras em "Cada um no seu poleiro", de Sabino, contorna a melancolia luminosa de "O canarinho", de Paulo Mendes Campos e termina com o *nonsense* de "Besouro", de Carlinhos Oliveira.

---

[33] A história dos lançamentos, passando por Brasília e Curitiba, está contada numa sequência de crônicas de Stanislaw Ponte Preta: "A revoada dos sabiás I, II e III", nas páginas do *Última Hora*, 17 jan. 1968.

[34] Ver: revista *Sombra*, n. 105, RJ, ago. 1950.

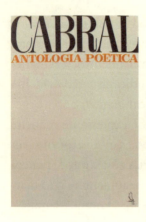  

Por tudo isso, o pequeno sabiá encomendado a Ziraldo conferiu forte identidade visual à nova casa.[35] Chama a atenção a extrema liberdade com que o artista retrabalha o logotipo, introduzindo pequenas variações num elemento que, tradicionalmente, existe para fixar a marca. Impressiona a graça e a sutileza com que desloca o sabiá ora para dentro de um minúsculo *grid*/grade de uma gaiola, ora o deixa solto no fundo branco, piando em algum canto superior ou inferior da capa. Às vezes, surge pousado num traço fininho de galho, outras vezes, fica cismando pela capa: "Vou voltar/ Sei que ainda vou voltar/ Para o meu lugar".

Ziraldo também correu um grande risco ao reatualizar o projeto que Bea Feitler concebeu para a coleção *Antologia poética*. Embora, de saída, deixe claro que está propondo um diálogo. Além de introduzir um fundo branco, ele limpa a capa dos contrastes tipográficos criados por Bea, inserindo somente o nome ou o sobrenome do poeta, potencializando na contracapa o nome completo do autor, cuja legibilidade se torna possível devido ao dualismo cromático que diferencia nome e sobrenome.

Na nova coleção lançada pela Editora Sabiá, *Poesias completas*, Ziraldo inventa novas variações em torno do projeto gráfico da *Antologia*

---

[35] Em *O tabuleiro de damas*, Fernando Sabino dá a sua versão: "O logotipo foi outro problema. O de Carybé não serviu, porque, segundo Rubem, parecia mais um urubu. O de Ziraldo, de bico aberto, era bonitinho mas meio chegado a um periquito. Ambos, pelo menos, justiça se faça, mais tarde desenhariam para nós as mais lindas capas. O logotipo definitivo acabou sendo um sabiazinho que eu mesmo desenhei, copiando uma foto de enciclopédia, e que, modéstia à parte, não ficou de todo mal".

poética. A radicalidade está no uso título e no nome do poeta blocados, tomando a capa quase por completo e fazendo uso de uma letra sem serifa. O brutalismo gráfico não é suavizado pelo paralelismo cromático que decupa nome e título.

Por fim, como não lembrar de Ziraldo zapeando pelo pop na capa de *A revolução das bonecas*, utilizando recursos gráficos em sintonia fina com a crônica de Carlinhos Oliveira? O trabalho que ele desenvolveu como designer dentro da Editora Sabiá rivaliza com a radicalidade de Bea Feitler em sua passagem pela Editora do Autor.

*

Nos doze anos em que estiveram à frente da Editora do Autor e da Editora Sabiá, Rubem Braga e Fernando Sabino escreveram um capítulo importante da história editorial brasileira. Esta percepção crítica está mais avançada no âmbito do design gráfico. Já no campo dos estudos literários e da história da edição, ainda não dispomos de livros ou ensaios que deem a dimensão real do que ambas as editoras representaram para a renovação e a consolidação da crônica entre nós.[36]

Um simples olhar retrospectivo pode iluminar aspectos relevantes da trajetória individual de cada um dos cronistas. O período mais criativo de Paulo Mendes Campos está atrelado visceralmente às duas casas editoriais. Desde sua estreia com *O cego de Ipanema* [1960] até o encerramento das atividades da Editora Sabiá, Paulo Mendes Campos lançou seis livros e se consolidou como um de nossos principais cronistas. Ao longo da década de 1970, a sua produção diminui drasticamente, resumindo-se a um livro de crônica.

O argumento também vale para Vinicius. Os dois únicos volumes de crônica que organizou em vida saíram pela Editora do Autor. É claro que devemos relativizar essa afirmação, pois, no mesmo período, o sucesso do compositor já demandava uma dedicação quase integral do artista.

---

[36] Só recentemente foi publicada a primeira tese sobre *A editora do passarinho: um estudo sobre a Editora Sabiá*, de Rafael Fernandes Carvalho. Centro Federal de Educação Tecnológica de Minas Gerais, Programa de Pós-Graduação em Estudos de Linguagens, Belo Horizonte, 2019. Ver também *Caderno de pesquisa: Editora Sabiá e Editora do Autor*, por Mariana Newlands, blog do IMS, revista *Serrote*, 9 set. 2011 ; e "Editora do Autor", verbete de *Ela é carioca: uma enciclopédia de Ipanema*, de Ruy Castro [SP: Companhia das Letras, 2021. 4ª edição].

A morte precoce de Stanislaw Ponte Preta, em 1968, aos quarenta e cinco anos, veda qualquer tipo de consideração análoga. Por outro lado, como negar que havia uma relação de total empatia entre o engajamento crescente do cronista e o alinhamento à esquerda do catálogo da Editora Sabiá? O recrudescimento da ditadura militar e o acirramento da censura começaram a bater com uma certa frequência às portas da editora.

Entre todos os sabiás, Carlinhos Oliveira talvez tenha sido o mais prejudicado pelo emparedamento político. O auge de sua popularidade como cronista se confunde com um radicalismo desencantado das novas gerações. Nesse sentido, o intervalo que separa a boa acolhida d'*A revolução das bonecas* [1967] da recusa reiterada de seu romance autobiográfico, *O pavão desiludido* [RJ: Edições Bloch, 1972], é bastante revelador. Prova de que, dentro da editora, a amizade nunca impediu o exercício da crítica.

Em 1972, Rubem Braga e Fernando Sabino vendem a Sabiá para a José Olympio. De uma perspectiva histórica, tal decisão encerra simbolicamente o quarto ciclo da crônica brasileira. Porém, não estamos diante de um fracasso comercial ou de um fim melancólico. Pelo contrário, poderia discorrer longa e detalhadamente sobre escolhas certeiras do catálogo, como, por exemplo, a abertura pioneira para a narrativa latino-americana: Jorge Luis Borges, Gabriel García Márquez, Mario Vargas Llosa, Manuel Puig, etc.

Entretanto, de toda essa aventura editorial, o fato que me parece mais relevante e até hoje permanece quase invisível não se relaciona ao espírito pragmático da empreitada comercial, mas à decisão crítica e empenhada dos próprios cronistas em mudar o patamar literário do gênero. Entre os últimos lançamentos da casa – na esteira do sucesso alcançado pelas antologias *Quadrante 1* e *2* – figura-se *Elenco de cronistas modernos* [1971], coletânea que reúne Carlos Drummond de Andrade, Clarice Lispector, Fernando Sabino, Manuel Bandeira, Paulo Mendes Campos, Rachel de Queiroz e Rubem Braga. Embora no volume não conste qualquer informação sobre o responsável pela seleção dos cronistas e das crônicas, a brevíssima nota preliminar, assinada discretamente "A Editora", reponta a consciência da tarefa: "Procuramos dar ao público leitor, com vistas especialmente aos estudiosos de nossa literatura contemporânea, uma visão do que vem a ser esse gênero tão mal definido, egresso das páginas fugazes de jornais e revistas, e, no entanto, em certos casos como o presente, merecedor das condições de permanência entre o que há de melhor no patrimônio literário do Brasil".

Uma década depois, Antonio Candido parece responder aos cronistas com um ensaio notável: "A vida ao rés-do-chão".[37] Na sequência, escritores que cultivaram o gênero passam a ser contemplados com uma série de edições criteriosamente anotadas e capitaneadas por *Bons Dias!*, de Machado de Assis, a cargo de John Gledson, a qual se sucederam edições exemplares de José de Alencar, João do Rio, Lima Barreto, Olavo Bilac, entre outros, e uma proliferação de ensaios, teses e obras coletivas dedicadas à crônica.

Parafraseando um verso de Drummond – "A poesia fugiu dos livros, agora está nos jornais" –, é possível afirmar que a crônica se libertou dos jornais, hoje mora no coração dos livros.

*

É hora de retornar ao retrato de grupo. Se o amadorismo militante e boêmio da *Revista Acadêmica* foi um ponto de partida; se a profissionalização dos sabiás na *Manchete* representou um ponto de virada; a migração progressiva da crônica para o universo do livro representa um ponto de chegada.

Paulo Garcez conseguiu fixar todos os sabiás na foto. Eles estão enredados por uma linha invisível que parte dos pés de Rubem Braga (bem plantados no chão) e que ao subir bifurca-se num risco em V – um passarinho apoiado na asa do outro – até atingir o morro mais alto daquela paisagem humana, a cabeça de Stanislaw Ponte Preta.

Segundo Roland Barthes, "toda fotografia é um certificado de presença". Em nossa memória até mesmo os ausentes permanecem impregnados no negativo da foto: Antônio Maria, Carlos Drummond de Andrade, Clarice Lispector, João Cabral, Lúcio Rangel, etc. A crônica deste retrato de grupo lembra o trabalho de organizar uma antologia: reunir as pessoas, inventar uma narrativa, fixar uma época no papel. Nem tudo se revela.

Repare bem, leitor, algo no retrato já se movimenta, não se deixa capturar. Dentro de minutos, eles vão se dispersar, levantar voo, sair do enquadramento. ■

---

[37] In: *Para gostar de ler: crônicas, vol. 5 [SP: Ática, 1981].*

Rubem Braga

Ao respeitável público

Chegou meu dia. Todo cronista tem seu dia em que, não tendo nada a escrever, fala da falta de assunto. Chegou meu dia. Que bela tarde para não se escrever!

Esse calor que arrasa tudo; esse Carnaval que está perto, que aí vem no fim da semana; esses jornais lidos e relidos na minha mesa, sem nada interessante; esse cigarro que fumo sem prazer; essas cartas na gaveta onde ninguém me conta nada que possa me fazer mal ou bem; essa perspectiva morna do dia de amanhã; essa lembrança aborrecida do dia de ontem; e outra vez, e sempre, esse calor, esse calor, esse calor...

Portanto, meu distinto leitor, portanto, minha encantadora leitora, queiram ter a fineza de retirar os olhos desta coluna. Não leiam mais. Fiquem sabendo que eu secretamente os odeio a todos; que vocês todos são pessoas aborrecidas e irritantes; que eu desejo sinceramente que todos tenham um péssimo Carnaval, uma horrível quaresma, um infelicíssimo ano em 1934, uma vida toda atrapalhada, uma morte estúpida!

Aproveitem este meu momento de sinceridade e não se iludam com o que eu disser amanhã ou depois, com a minha habitual falta de vergonha. Saibam que o desejo mais sagrado que tenho no peito é mandar vocês todos simplesmente às favas, sem delicadeza nenhuma.

Por que ousam gostar ou aborrecer o que escrevo? O que têm comigo? Acaso me conhecem, sabem alguma coisa de meus problemas, de minha vida? Então, pelo amor de Deus, desapareçam desta coluna. Este jornal tem dezenas de milhares de leitores; por que é que no meio de tanta gente vocês, e só vocês, resolveram ler o que escrevo? O jornal é grande, senhorita, é imenso, cavalheiro, tem crimes, tem esporte, tem política, tem cinema, tem uma infinidade de coisas. Aqui, nesta coluna, eu nunca lhes direi nada, mas nada de nada, que sirva para o que quer que seja. E não direi porque não quero; porque não me interessa; porque vocês não me agradam; porque eu os detesto.

Portanto, se a senhorita é bastante teimosa, se o cavalheiro é bastante cabeçudo para me ter lido até aqui, pensem um pouco, sejam bem-educados e deem o fora. Eu faço votos para que vocês todos amanheçam amanhã atacados de febre amarela ou de tifo exantemático. Se houvesse micróbios que eu pudesse lhes transmitir assim, através do jornal, pelos olhos, fiquem sabendo que hoje eu lhes mandaria as piores doenças: tracoma, por exemplo.

Mas ainda insistem? Ah, se eu pudesse escrever aqui alguns insultos e adjetivos que tenho no bico da pena! Eu lhes garanto que não são palavras nada amáveis; são dessas que ofendem toda a família. Mas não posso e não devo. Eu tenho de suportar vocês diariamente, sem descanso e sem remédio. Vocês podem virar a página, podem fugir de mim quando entenderem. Eu tenho de estar aqui todo dia, exposto à curiosidade estúpida ou à indiferença humilhante de dezenas de milhares de pessoas.

Fiquem sabendo que eu hoje tinha assunto e os recusei todos. Eu poderia, se quisesse, neste momento, escrever duzentas crônicas engraçadinhas ou tristes, boas ou imbecis, úteis ou inúteis, interessantes ou cacetes. Assunto não falta, porque eu me acostumei a aproveitar qualquer assunto. Mas eu quero hoje precisamente falar claro a vocês todos. Eu quero, pelo menos hoje, dizer o que sinto todo dia: dizer que se eu os aborreço, vocês me aborrecem terrivelmente mais.

Amanhã eu posso voltar bonzinho, manso, jeitoso; posso falar bem de todo o mundo, até do governo, até da polícia. Saibam desde já que eu farei isto porque sou cretino por profissão; mas que com todas as forças da alma eu desejo que vocês todos morram de erisipela ou de peste bubônica. Até amanhã. Passem mal.

São Paulo, fevereiro, 1934.

Chamava-se Amarelo

Nasci em Cachoeiro de Itapemirim, em uma casa à beira de um córrego, o Amarelo, poucos metros antes de sua entrada no rio Itapemirim. Eu devia ser ainda de colo quando meu pai derrubou essa casa e comprou outra, do outro lado do córrego. Desde muito pequenos, antes da idade de se aventurarem pelas correntezas do rio e depois pelas ondas do mar, os meninos da casa brincavam no Amarelo.

A gente passava as horas de folga ali, pescando de anzol quando o córrego estava cheio, ou de peneira, quando ele estava raso. A fauna não era muito variada: piabas (que no Espírito Santo para o Norte é o que no Sul chamam de lambari); carás dourados, um peixe de fundo que a gente chamava moreia, e que não pinicava a isca, dava um puxão longo e inconfundível; outro de boca maior chamado cumbaca; pequenos mandis que ninguém comia e duas ou três espécies de camarão, entre os quais um que a gente chamava de lagosta porque tinha para mais de vinte centímetros.

Até hoje me lembro dessas lagostas de água doce aqui no Rio, quando vejo, depois do jantar, nas noites quentes de Copacabana, quantas mulheres e moças saem à rua, ficam zanzando na calçada da praia, tomando a fresca. Nossos lagostins vivem sistematicamente na oca, debaixo das pedras, mostrando apenas os bigodes sensíveis e as puás; mas o calor em Cachoeiro é tão forte, que às vezes, de tarde, eles saem passeando lentamente na água rasinha sobre a areia, se mostrando.

Conhecíamos o nosso pequeno trecho de córrego palmo a palmo, desde a cachoeirinha em que ele se despencava do morro até a beira do rio – cada pedra, cada tufo de capim, cada tronco atravessado, cada pé de inhame ou de taioba. Os peixes maiores – robalos, piaus, traíras, piabinhas – não o subiam, e era raro um bagre pequeno. O peixe maior que peguei numa peneira me deu o maior susto de minha vida; um amigo ou meu irmão cutucava com um pau todo bicho que estivesse debaixo da pedra, para espantar, enquanto eu esperava mais abaixo, com uma peneira grande. Quando levantei a peneira, veio o que me pareceu uma grande cobra preta saltando enfurecida em minha cara; era um muçum, que atirei longe com peneira e tudo, enquanto eu caía para trás, dentro d'água, de puro medo.

Um pouco para cima o córrego formava um açude fundo, que em alguns lugares não dava pé. De um lado havia árvores grandes, de sombra muito suave, de outro era a aba do morro. A gente escorregava do alto do morro, pelo capim, cada um sentado em uma folha de pita – tchibum n'água! Com troncos de pita ou de bananeira, improvisá-vamos toscas jangadas amarradas a cipó. O córrego e seu açude eram uma festa permanente para nós.

O açude não existe mais.

O açude não existe mais e o córrego está morrendo. Sempre que vou a Cachoeiro o vejo, porque nossa casa continua a mesma. Há coisa de quatro meses estive lá, e fui até a ponte dar uma espiada no córrego. Embora no último inverno tenha chovido bem por aquelas bandas, o Amarelo estava tão magrinho, tão sumido, tão feio, que me cortou o coração. Era pouco mais que um fio d'água escorrendo entre as pedras, a foz quase entupida de areia.

Havia um sujeito qualquer parado ali, puxei conversa com ele, ele disse que é isso mesmo, o córrego parece que está sumindo, nos anos de muita seca até já para de correr, ficam só umas poças e lami-nhas. Nas grandes chuvas ele é uma enxurrada grossa, vermelho de barro, açambarcando margens; mas depois definha, definha até quase morrer de sede.

Lembro-me, quando menino, eu ouvia falar com espanto e achando graça de uns rios do Nordeste que sumiam na seca, a gente podia andar pelo seu leito; não acreditava muito. O Amarelo está ficando assim.

O Brasil está secando. A gente lê nos jornais artigos sobre desflo-restamento, necessidade de proteger os cursos d'água, essas coisas que desde criança a gente sabe porque lê nos artigos de jornais.

Mas agora eu sei: eu sinto. Nem sequer pretendo chamar a atenção das autoridades etc. etc. sobre a gravidade do problema etc. etc., que exige uma série de providências impostergáveis etc. etc. Aliás, fulano de tal já dizia que no Brasil o homem é o plantador de desertos etc. etc. etc. etc. etc. etc. etc...

Não, esta crônica não pretende salvar o Brasil. Vem apenas dar testemunho, perante a História, a Geografia e a Nação, de uma agonia humilde: um córrego está morrendo. E ele foi o mais querido, o mais alegre, o mais terno amigo de minha infância.

Reflexões em torno de Bidu

Extraordinariamente feio, o Teatro Santa Isabel! Alguns "smokings" aparecem entre as roupas comuns de casimira e de brim. Há senhoras de vestido de baile e senhoras de chapéu. Há senhoritas de boina. As senhoritas de boina se empoleiram pelas torrinhas. São leves, portáteis, lindas, como passarinhos. Uma loura com um chapéu verde, a morena com uma boina marrom sobre cabelos castanhos; e elas se dão adeusinhos de longe, vibrando os dedos finos no ar, como se tocassem piano no espaço.

Entra Bidu, Bidu! Vem com um vestido excelente no corpo excelente; flores de cores misturadas feito uma cortina. A cortina é colante no corpo de Bidu. Aplico a Bidu um adjetivo que aprendi na minha terra. Adjetivo que serve para mulheres que não são lindíssimas, mas que exprime uma simpatia poderosa da carne e da alma. Bidu é simplástica. Essa palavra singular foi um negro que me ensinou.

Ela canta. Não entendo nada de canto, e com certeza vou dizer bobagem. Mas o que me emociona demais nos cantos de Bidu é sua voz sempre humana. Mesmo quando é um agudo, quando o som se desumaniza para ser um som puro, Bidu não perde seu grande acento humano. É sempre uma voz de mulher, uma voz saída de uma garganta de carne. Tenho ouvido grandes cantoras que me desgostam. Parece que a voz delas em certo ponto perde a graça natural; a mulher desaparece, fica só a voz, sem sexo nem humanidade, como se houvesse no palco um instrumento magnífico.

Bidu é incondicionalmente mulher, sua voz é sempre a voz da fêmea.

Perdoe, Bidu. Podeis entender em sentido figurado, perdoai se isso não vos agrada; sois sempre mulher... mulata. Há uma ternura nas vozes das mulatas que não encontro nas outras. Essa ternura, essa voz de mestiçagem, esse gosto de voz de mulata eu sinto nos cantos de

Bidu. Haveria outro meio de dizer isso. Diria que ela é intensamente brasileira. Um dengue poderoso, uma graça de terra que se ama porque se ama desde os primeiros amores. Aquele troço tristíssimo de Mozart que ela enxertou na primeira parte: havia ali uma tristeza de tal jeito que só acho comparação na tristeza da voz de lavadeira cantando na beira do rio, longe, de tarde, uma lavadeira bem pobre, desinfeliz.

Vide e ouvi como Bidu faz feminino o tom marcial da "Marcha Turca". É um milagre de feminilidade. Aqueles clarins que avançam e passam são clarins tocados em bocas rubras de mulheres moças.

A "Ária da Loucura" foi uma coisa enorme. Aconteceu que o flautista era um velhinho de óculos. O velhinho começou sem acertar com o piano, um pouco alto demais. O pianista Ernani Braga (que não é meu tio) olhou para ele. O velhinho apitou outra vez na flauta e encabulou irresistivelmente. A flauta fazia greve e tremia nas suas mãos. E quando ele queria soprar uma nota, a flauta soprava outra. O velhinho, soprando com medo de soprar, tremia demais; e então Bidu pôs olhos lindos ferozes nele. Pra quê! O velhinho olhou Bidu e não teve nem coragem de olhar o povo, quase que engolia a flauta, disse que estava mui-muito emo-cio... nado e não po-podia tocar não podia não podia. Na plateia houve murmúrios e emoções. Que pena sentimos do velhinho! Vai ver, pensei, que isso era o grande minuto da vida dele. Ele esperou cinquenta anos para tocar flauta nos cantos de Bidu, era sua glória número um. E na hora da glória encabulou, num fracasso completo. Que pena! O velhinho se foi, martirizado. Depois soube que ele até que é um velhinho especial na flauta, se chama Billoro e veio do Rio de avião só para tocar naquele minutinho ali. Mas que desgraça! Todo mundo atrapalhado, uns sentindo raiva, outros com pena, outros quase chorando, outros querendo rebentar na gargalhada. Uma grande desgraça do gênero humano.

Ernani Braga ficou meio atrapalhado, teve de tocar flauta no piano.

Gounod abriu a terceira parte. Depois veio "L'éclat de rire". Risadas matinalíssimas de uma frescura de delícia, teve de repetir. Ninguém mais cantará aquilo melhor que Bidu. Depois a graça de "El Piropo" e "Mi Niña", esta quase melosa de tão doce.

A "Serenata" de Alberto Costa não me agrada. No fim a "Canção da Felicidade", aquilo que já se sabe, a infalível tempestade de aplausos.

Bidu fez gentileza extrema de cantar mais três vezes, acabou com a "Rosamonde" e saiu do palco com aquele seu jeito altamente gostoso e bonito de andar, de sorrir, de se curvar agradecendo, qualquer coisa de uma Aracy Côrtes, que fosse finíssima.

Foi uma noite de delícias fartíssimas. É horrivelmente vergonhoso pensar que dos 450 mil habitantes do Recife só um punhadinho possa gozar tanta riqueza de sentimento, tanta vibração de beleza. Àquela hora, meia-noite, a imensa população trabalhadora dormia extenuada para acordar hoje cedo e trabalhar faminta... Mesmo se não houvesse tantas misérias tão graves, tão angustiosas, tão básicas, bastaria esse fato em demais triste de nem todo mundo ter direito de ouvir uma artista como Bidu para justificar uma revolução. Que não será a arte quando ela não for mais um odioso privilégio de classe? Que riqueza musical espantosa não se estraga para sempre no seio da massa, e como é absolutamente necessário que todo mundo ouça artistas como Bidu! No Teatro Santa Isabel há uma placa de bronze com uma frase de Nabuco: "aqui vencemos a abolição". Mas não vi nenhum negro no recital. Os negros e os brancos pobres – o enorme povo – não entra ali. Para ele estão fechadas as portas de todos os altos bens da vida humana. Velho Nabuco, há muitas abolições a fazer ainda.

Recife, setembro, 1935.

Almoço mineiro

Éramos dezesseis, incluindo quatro automóveis, uma charrete, três diplomatas, dois jornalistas, um capitão-tenente da Marinha, um tenente-coronel da Força Pública, um empresário do cassino, um prefeito, uma senhora loura e três morenas, dois oficiais de gabinete, uma criança de colo e outra de fita cor-de-rosa que se fazia acompanhar de uma boneca.

Falamos de vários assuntos inconfessáveis. Depois de alguns minutos de debates ficou assentado que Poços de Caldas é uma linda cidade. Também se deliberou, depois de ouvidos vários oradores, que estava um dia muito bonito. A palestra foi decaindo, então, para assuntos muito escabrosos: discutiu-se até política. Depois que uma senhora paulista e outra carioca trocaram ideias a respeito do separatismo, um cavalheiro ergueu um brinde ao Brasil. Logo se levantaram outros, que, infelizmente, não nos foi possível anotar, em vista de estarmos situados na extremidade da mesa. Pelo entusiasmo reinante supomos que foram brindados o soldado desconhecido, as tardes de outono, as flores dos vergéis, os proletários armênios e as pessoas presentes. O certo é que um preto fazia funcionar a sua harmônica, ou talvez a sua concertina, com bastante sentimento. Seu Nhonhô cantou ao violão com a pureza e a operosidade inerentes a um velho funcionário municipal.

Mas nós todos sentíamos, no fundo do coração, que nada tinha importância, nem a Força Pública, nem o violão de seu Nhonhô, nem mesmo as águas sulfurosas. Acima de tudo pairava o divino lombo de porco com tutu de feijão. O lombo era macio e tão suave que todos imaginamos que o seu primitivo dono devia ser um porco extremamente gentil, expoente da mais fina flor da espiritualidade suína. O tutu era um tutu honesto, forte, poderoso, saudável.

É inútil dizer qualquer coisa a respeito dos torresmos. Eram torresmos trigueiros como a doce amada de Salomão, alguns louros, outros mulatos. Uns estavam molinhos, quase simples gordura. Outros eram duros e enroscados, com dois ou três fios.

Havia arroz sem colorau, couve e pão. Sobre a toalha havia também copos cheios de vinho ou de água mineral, sorrisos, manchas de sol e a frescura do vento que sussurrava nas árvores. E no fim de tudo houve fotografias. É possível que nesse intervalo tenhamos esquecido uma encantadora linguiça de porco e talvez um pouco de farofa. Que importa? O lombo era o essencial, e a sua essência era sublime. Por fora era escuro, com tons de ouro. A faca penetrava nele tão docemente como a alma de uma virgem pura entra no céu. A polpa se abria, levemente enfibrada, muito branquinha, desse branco leitoso e doce que têm certas nuvens às quatro e meia da tarde, na primavera. O gosto era de um salgado distante e de uma ternura quase musical. Era um gosto indefinível e puríssimo, como se o lombo fosse lombinho da orelha de um anjo louro. Os torresmos davam uma nota marítima, salgados e excitantes da saliva. O tutu tinha o sabor que deve ter, para uma criança que fosse *gourmet* de todas as terras, a terra virgem recolhida muito longe do solo, sob um prado cheio de flores, terra com um perfume vegetal diluído mas uniforme. E do prato inteiro, onde havia um ameno jogo de cores cuja nota mais viva era o verde molhado da couve – do prato inteiro, que fumegava suavemente, subia para a nossa alma um encanto abençoado de coisas simples e boas.

Era o encanto de Minas.

São Paulo, 1934.

A equipe

Uma velha, amarelada fotografia de nosso time.

No primeiro plano vê-se a linha intrépida, ajoelhada sobre o joelho esquerdo, prestes a erguer-se, uma vez batida a chapa, e atacar com fúria.

A defesa está atrás, de pé pelo Brasil.

Esse de gorro era nosso melhor elemento. Lembro que nesse jogo Nico foi expulso de campo, injustamente, pelo juiz; mas não antes de marcar dois "goals".

Esse mais gordo era Roberto Vaca-Brava, nosso "center-half", homem capaz de jogar em qualquer posição. Até hoje lembro do time, como da letra de uma velha canção: Joca, Liberato e Zico; Tião, Roberto e Sossego; Baiano, eu, Coriolano, Antonico e Fuad.

Era um onze imortal, como aliás se nota nessa fotografia, nessa chuvosa tarde, antigamente heroica eternamente, em que empatamos, porém todos reconheceram que foi nossa a vitória moral.

E olhando o retrato, olho especialmente o meu: um rapazinho feio, de ar doce e violento, sobre quem disse o jornal: "o valoroso meia-direita" – e com toda razão, modéstia à parte.

Esse alto, nosso quipa Joca Desidério, quando a linha fechava ele gritava para os beques – sai tudo, sai da frente – e avançava na linha. E chorava de raiva quando uma bola entrava. Mais tarde, por causa de um italiano, ele se fez assassino, mas com toda razão, segundo me contaram. Alviverde camisa do Esperança do Sul Futebol Clube, conhecido como os capetas verdes – somos nós!

Nós todos envergando essas cores sagradas; e no coração, dentro do peito, cada um tinha uma namorada na bancada. Cada um, menos um: era Fuad, que não interessava a ninguém, e morreu tuberculoso, sacrificado de tanto correr na extrema, pelas cores do clube – glória eterna! Era esse aqui, de nariz grande, esse turquinho feio.

Rio, novembro de 1952.

Noel Rosa, poeta e cronista

Só uma vez troquei duas palavras com aquele homenzinho sem queixo e de olhos de criança. Tenho agora nas mãos, por favor de Gáudio, uma boa parte de suas músicas. Vendo essas letras eu me pergunto se Noel Rosa não foi, tanto quanto sambista, um cronista e um poeta. Está visto que, sem a música, as letras perdem muito. Mas assim mesmo podem nos dar uma boa medida do seu estro – ou, mais precisamente – de sua bossa cem por cento carioca.

Entre os seus temas está Vila Isabel, a Vila onde viveu e morreu. "Vila de meus amores, onde até o capim dá flores...." A Vila que ele nomeou "capital do Rio de Janeiro". No samba de parceria com Vadico sobre o feitiço da Vila ele diz com aquele jeito tão seu "...mas tenho que dizer, modéstia à parte, meus senhores, eu sou da Vila!".

O grande samba orfeônico "Palpite infeliz" mostra que esse seu orgulho bairrista é um sentimento generoso. Noel confraterniza com os outros redutos do samba "Salve Estácio, Salgueiro, Mangueira, Osvaldo Cruz e Matriz, que sempre souberam muito bem que a Vila não quer abafar ninguém, só quer mostrar que faz samba também...". E logo nos afirma que "a Vila é uma cidade independente que tira samba mas não quer tirar patente...". Vila irredenta de Noel Rosa! Lembro-me de uma noite em que fui ouvir um ensaio da Escola da Estação Primeira da Mangueira. O preto Cartola fez cantar os sambas da Escola. E o único samba "lá de baixo", o único samba não produzido na própria escola que ali se cantou foi o "Palpite infeliz". O morro respeitando Noel. Depois do estribilho, Cartola e outro preto iam improvisando novas letras, numa fertilidade espantosa e absurda:

> *Bidú Saião um dia deste entristeceu*
> *Tomou veneno pra morrer e não morreu...*
> *Subiu no morro e encontrou lindas atriz*
> *Quem é você que não sabe o que diz!*

Só quem conhece uma escola de samba com o seu imenso orgulho exclusivista pode conceber o valor de uma homenagem como essa prestada a Noel. O tema do amor ele não o sabia cantar melosamente. Os poucos sambas que fez assim não estão entre os seus melhores. Sabia cantar tristezas do amor muito triste mas com um ar de ligeireza moleque, uma espécie de displicência carioca. A marchinha "Pierrot apaixonado" em que a colombina embriagada manda o "pierrot cacete" tomar sorvete é bem típica.

Os seus sambas de amor mais tristes têm na letra ou na música alguma coisa que evita o patético pegajoso do tango. E muitas vezes a questão do amor é intimamente associada à do dinheiro, ou melhor, da falta de dinheiro. Assim em "Com que roupa?". Em "Para me livrar do mal", o sentimento não impede o uso de expressões como estas duas: "vou largar você de mão" e "levei muito golpe contra", linguagem de jogador do campista. Não esqueçamos este admirável:

Você vai se quiser.
Pois a mulher
Não se deve obrigar a trabalhar.
Mas não vá dizer depois
Que você não tem vestido
E o jantar não dá pra dois!

Nesse samba Noel comenta o avanço das mulheres nos empregos masculinos e o abandono das cozinhas. Em "Quantos beijos" ele lembra que andava sem dinheiro para dar à amada o que ela queria. Em "Prazer em conhecê-lo" conta o encontro que teve em um baile com a ex-amada, que se limitou a repetir a fórmula – "Tenho muito prazer...". E o poeta com tristeza diz que o atual amado da morena ficou cheio de ciúme, querendo brigar, por não saber "que mais prazer eu teria em não te conhecer...".

Um exemplo de sua grande tristeza pitoresca, tristeza fabricada com todos os elementos do cotidiano, com toda a trivial graça da vida, é o antigo "Vai haver barulho no chatô". O poeta diz que quase sempre evita bate-boca no lar porque não quer ir para o distrito "por questão particular...". Mas dessa vez avisa que vai haver barulho e pede: "Se eu ficar detido por favor vai me soltar – tenho o coração ferido, quero me desabafar...".

Fala ainda da prisão no "Mulato bamba" cujo esporte era passear no "tintureiro", nome do carro de presos no Rio.

O tema da morte foi explorado com a maior felicidade em "Último desejo" e "Fita amarela". Vamos ler:

Se alguma pessoa amiga
Pedir que você lhe diga
Se você me quer ou não
Diga que você me adora,
Que você lamenta e chora
A nossa separação!
Às pessoas que eu detesto
Diga sempre que eu não presto
Que o meu lar é o botequim...
Que eu arruinei sua vida
Que eu não mereço a comida
Que você pagou pra mim!

Depois de cantar assim a morte de seu amor, canta a própria, com este coro inesquecível: "quando eu morrer não quero choro nem vela: quero uma fita amarela gravada com o nome dela...". Pede à mulata que sapateie no seu caixão, pede um choro de flauta e cavaquinho no enterro e comenta com ironia:

Meus inimigos
Que hoje falam mal de mim
Vão dizer que nunca viram
Uma pessoa tão boa assim...

Mas Noel é muito grande e o espaço muito curto. No humorismo e na crônica ele nos dá o leilão em que mete um samba sem introdução e sem segunda parte que nasceu no Salgueiro e "exprime dois terços do Rio de Janeiro". No "X do problema" ele nos avisa que "palmeira do Mangue não vive na areia de Copacabana". Em outro samba participa da discussão sobre o dialeto brasileiro dizendo que "tudo aquilo que o malandro pronuncia com voz macia é brasileiro, já passou de português". E onde está em Lima Barreto ou em Marques Rebelo um quadro mais vivo do ambiente carioca que essa simples

"Conversa de botequim"? E "Cem mil réis", e "Amor de parceria", e "O orvalho vem caindo", e "Três apitos" e "Dama do cabaré"?

Noel está precisando de um estudo sério. Um dia alguém o compreenderá e o fará – porque aquele homenzinho sem queixo e de olhos de criança muitas vezes exprimiu, na ingênua malícia tão saborosa de sua linguagem, mais de "dois terços do Rio de Janeiro"...

Revista da Música Popular, n. 1,
Rio de Janeiro, setembro, 1954.

Fim de semana na fazenda

São fazendas dos fins do século passado, não mais. Seus donos ainda estão lá; já não se balançam, é verdade, nas cadeiras austríacas da varanda; nem ouvem a partida desse bando de maritacas que se muda para o morro do outro lado da várzea.

Ou talvez ouçam, quem sabe. Mas estão hirtos dentro de suas molduras, nas paredes da sala. Assim, rígidos, pintados a óleo, eles parecem reprovar nossos uísques e nossas conversas. Mas eis que Mário Cabral toca o "Corta-Jaca" no velho piano de cauda, e creio que eles gostam, talvez achem uma interessante novidade musical vinda da Corte. Mário ataca uma velha música francesa – "Solitude" – e creio bem que vi, ou senti, a senhora viscondessa suspirar de leve.

Ah, senhora viscondessa! Que solidão irremediável não sentis dentro de vossas grossas molduras douradas. Olhais para a frente, dura, firme. Lá fora as mangueiras e jabuticabeiras estão floridas, na pompa da manhã. Um beija-flor azul corta o retângulo da janela no seu voo elétrico e se imobiliza no ar, zunindo; insetos zumbem; a menina da casa passa no cavalo em pelo, a galope. Onde está vosso belo silhão? Onde está o senhor visconde?

Ele está em outra parede, também duro, de uniforme e espada, e seu casaco militar tem um pendão de penas de tucano. Não olha a esposa. Os dois não se olham. Alguma intriga? Não. Apenas eles estão cansados de estar casados, cansados de estar mortos, cansados de estar pintados, cansados de estar emoldurados e pendurados – e tão cansados e enfadados que há mais de sessenta anos não chupam uma só jabuticaba, sequer.

*

Se eu dissesse que cantava, mentiria. Não cantava. Estava quieto; demorou-se algum tempo, depois partiu.

Mas eu presto meu depoimento perante a História. Eu vi. Era um sabiá, e pousou no alto da palmeira. "Minha terra tem palmeiras onde canta o sabiá." Não cantou. Ouviu o canto de outro sabiá que cantava longe, e partiu.

Era um sabiá-laranjeira, de peito cor de ferrugem; pousou numa palmeira cheia de cachos de coquinhos, perto da varanda. Ouviu um canto distante, que vinha talvez dos pés de mulungu. Sabeis, naturalmente: é agosto e os mulungus estão floridos, estão em pura flor, cada um é uma grande chama cor de tijolo. Foi de lá que veio um canto saudoso, e meu sabiá-laranjeira partiu.

Mas ele estava pousado na palmeira. Descansa em paz nas ondas do mar, meu velho Antônio Gonçalves Dias; dorme no seio azul de Iemanjá, Antônio. Ainda há sabiás nas palmeiras, ainda há esperança no Brasil.

*

Vamos pela estrada, e de vez em quando divisamos a sede de uma fazenda. Esses fazendeiros das margens do Rio Preto e do Paraibuna eram todos barões, pelo menos. E tanto mais fidalgos quanto maiores suas senzalas e seus terreiros de café. Diante das casas plantavam palmeiras imperiais.

As enxurradas arrastaram o húmus de seus cafezais, abriram voçorocas; os negros libertos viraram erosão social e as casas imensas ficaram mal-assombradas. Restaram os morros de pasto, hoje pintalgados de vacas holandesas. Dentro das capoeiras altas os pés de café velho se escondem, como árvores nativas; viraram mato. Agora, de vez em quando, um bisneto derruba o mato, planta café novo, com mão de obra cara e difícil. Revejo com alegria essa eterna paisagem de minha infância, os morros penteados de cafezais, entre rios tortos. Mas as novas gerações não aprenderam nada e não esqueceram nada. Os cafeeiros continuam a ser plantados morro acima, sem obedecer à curva de nível, sem nenhuma defesa contra as águas precípites dos temporais estrondosos de verão. O penoso trabalho de meio século da natureza vai ser outra vez desperdiçado; voltamos a plantar decadência.

Ah, no lugar de palmeiras imperiais refaçam suas aleias com palmeiras finas e líricas de palmitos. Assim pelo menos os seus netos cortarão as palmeiras e comerão os palmitos, antes de partir definitivamente para um emprego em qualquer iapeteque.

*

Mas ainda há cercas-vivas de bambu, no lombo dos morros. Ainda há céu; ainda acontecem nuvens de leite nas amplas tardes morenas. E os rios, talvez mais magros, continuam a rolar entre pedras sob os ramos pensativos das ingazeiras pardas e verdes. E nos beirais continua a haver andorinhas.

Passo a tarde à toa, à toa, como o poeta, vendo andorinhas. Amo seu azul metálico, a elegância aguda de suas asas em voo, seu chalrear álacre dos mergulhos enviesados, quando caçam insetos. Onde vivia a andorinha, no tempo que não havia casas? Ela é amiga da casa do homem. Arquiteto, meu amigo arquiteto, nenhuma casa é funcional se não tiver lugar para a andorinha fazer seu ninho.

Mas é na casa da fazenda que a andorinha está à vontade. Melhor do que nessas casas imensas dos coronéis e dos velhos barões, elas só se dão mesmo nas grandes casas de Deus, as velhas igrejas escuras e úmidas que elas povoam de vida e de inquietação. Nenhuma outra ave do céu é mais católica.

*

É noite na fazenda; e a lua nasce, atrás do morro. Fico sozinho na varanda assistindo com uma vaga, irracional emoção, a esse antigo mistério. Luar, amar... Seria preciso amar alguém, talvez aquela sinhá tão moça e tão antiga, cujo retrato está no salão de jogos. A mesma que aparece com seus quarenta e cinco anos, ainda bela, no quadro ao lado. Essa já viveu na República. Ouvi contar suas histórias. Era mesmo linda, e foi feliz; o marido a adorava.

Ah, se eu fosse daquele tempo ela não seria minha, a bela sinhá. Ela seria a moça fazendeira e eu seria um colono pobre e feio, sempre meio barbudo e calado.

Penso de repente essa coisa triste, triste, e deixo a varanda, abandono a lua, regresso ao governo Kubitschek.

Estado do Rio, setembro, 1957.

Um braço de mulher

Subi ao avião com indiferença, e como o dia não estava bonito, lancei apenas um olhar distraído a esta cidade do Rio de Janeiro e mergulhei na leitura de um jornal. Depois fiquei a olhar pela janela e não via mais que nuvens, e feias. Na verdade, não estava no céu; pensava coisas da terra, minhas pobres, pequenas coisas. Uma aborrecida sonolência foi me dominando, até que uma senhora nervosa ao meu lado disse que "nós não podemos descer!". O avião já havia chegado a São Paulo, mas estava fazendo sua ronda dentro de um nevoeiro fechado, à espera de ordem para pousar. Procurei acalmar a senhora.

Ela estava tão aflita que embora fizesse frio se abanava com uma revista. Tentei convencê-la de que não devia se abanar, mas acabei achando que era melhor que o fizesse. Ela precisava fazer alguma coisa, e a única providência que aparentemente podia tomar naquele momento de medo era se abanar. Ofereci-lhe meu jornal dobrado, no lugar da revista, e ficou muito grata, como se acreditasse que, produzindo mais vento, adquirisse maior eficiência na sua luta contra a morte.

Gastei cerca de meia hora com a aflição daquela senhora. Notando que uma sua amiga estava em outra poltrona, ofereci-me para trocar de lugar, e ela aceitou. Mas esperei inutilmente que recolhesse as pernas para que eu pudesse sair de meu lugar junto à janela; acabou confessando que assim mesmo estava bem, e preferia ter um homem – "o senhor" – ao lado. Isto lisonjeou meu orgulho de cavalheiro: senti-me útil e responsável. Era por estar ali eu, um homem, que aquele avião não ousava cair. Havia certamente piloto e copiloto e vários homens ao avião. Mas eu era o homem ao lado, o homem visível, próximo, que ela podia tocar. E era nisso que ela confiava: nesse ser de casimira grossa, de gravata, de bigode, a cujo braço acabou se agarrando. Não era o meu braço que apertava, mas um braço de homem, ser de misteriosos atributos de força e proteção.

Chamei a aeromoça, que tentou acalmar a senhora com biscoitos, chicles, cafezinho, palavras de conforto, mão no ombro, algodão nos ouvidos, e uma voz suave e firme que às vezes continha uma leve repreensão e às vezes se entremeava de um sorriso que sem dúvida faz parte do regulamento da aeronáutica civil, o chamado sorriso para ocasiões de teto baixo.

Mas de que vale uma aeromoça? Ela não é muito convincente; é uma funcionária. A senhora evidentemente a considerava uma espécie de cúmplice do avião e da empresa e no fundo (pelo ressentimento com que reagia às suas palavras) responsável por aquele nevoeiro perigoso.

A moça em uniforme estava sem dúvida lhe escondendo a verdade e dizendo palavras hipócritas para que ela se deixasse matar sem reagir.

A única pessoa de confiança era evidentemente eu: e aquela senhora, que no aeroporto tinha certo ar desdenhoso e solene, disse duas malcriações para a aeromoça e se agarrou definitivamente a mim. Animei-me então a pôr a minha mão direita sobre a sua mão, que me apertava o braço. Esse gesto de carinho protetor teve um efeito completo: ela deu um profundo suspiro de alívio, cerrou os olhos, pendeu a cabeça ligeiramente para o meu lado e ficou imóvel, quieta. Era claro que a minha mão a protegia contra tudo e contra todos, estava como adormecida.

O avião continuava a rodar monotonamente dentro de uma nuvem escura; quando ele dava um salto mais brusco, eu fornecia à pobre senhora uma garantia suplementar apertando ligeiramente a minha mão sobre a sua: isto sem dúvida lhe fazia bem.

Voltei a olhar tristemente pela vidraça; via a asa direita, um pou-co levantada, no meio do nevoeiro. Como a senhora não me desse mais trabalho, e o tempo fosse passando, recomecei a pensar em mim mesmo, triste e fraco assunto.

E de repente me veio a ideia de que na verdade não podíamos ficar eternamente com aquele motor roncando no meio do nevoeiro – e de que eu podia morrer.

Estávamos há muito tempo sobre São Paulo. Talvez chovesse lá embaixo; de qualquer modo a grande cidade, invisível e tão próxima, vivia sua vida indiferente àquele ridículo grupo de homens e mulheres presos dentro de um avião, ali no alto.

Pensei em São Paulo e no rapaz de vinte anos que chegou com trinta mil réis no bolso uma noite e saiu andando pelo antigo Viaduto do Chá, sem conhecer uma só pessoa na cidade estranha. Nem aquele velho viaduto existe mais, e o aventuroso rapaz de vinte anos, calado e lírico, é um triste senhor que olha o nevoeiro e pensa na morte.

Outras lembranças me vieram, e me ocorreu que na hora da morte, segundo dizem, a gente se lembra de uma porção de coisas antigas, doces ou tristes. Mas a visão monótona daquela asa no meio da nuvem me dava um torpor, e não pensei mais nada. Era como se o mundo atrás daquele nevoeiro não existisse mais, e por isto pouco me importava morrer. Talvez fosse até bom sentir um choque brutal e tudo se acabar. A morte devia ser aquilo mesmo, um nevoeiro imenso, sem cor, sem forma, para sempre.

Senti prazer em pensar que agora não haveria mais nada, que não seria mais preciso sentir, nem reagir, nem providenciar, nem me torturar; que todas as coisas e criaturas que tinham poder sobre mim e mandavam na minha alegria ou na minha aflição haviam-se apagado e dissolvido naquele mundo de nevoeiro.

A senhora sobressaltou-se de repente e muito aflita começou a me fazer perguntas. O avião estava descendo mais e mais e entretanto não se conseguia enxergar coisa alguma. O motor parecia estar com um som diferente: podia ser aquele o último desesperado tredo ronco do minuto antes de morrer arrebentado e retorcido. A senhora estendeu o braço direito, segurando o encosto da poltrona da frente, e então me dei conta de que aquela mulher de cara um pouco magra e dura tinha um belo braço, harmonioso e musculado.

Fiquei a olhá-lo devagar, desde o ombro forte e suave até as mãos de dedos longos. E me veio uma saudade extraordinária da terra, da beleza humana, da empolgante e longa tonteira do amor. Eu não queria mais morrer, e a ideia da morte me pareceu tão errada, tão feia, tão absurda, que me sobressaltei. A morte era uma coisa cinzenta, escura, sem a graça, sem a delicadeza e o calor, a força macia de um braço ou de uma coxa, a suave irradiação da pele de um corpo de mulher moça.

Mãos, cabelos, corpo, músculos, seios, extraordinário milagre de coisas suaves e sensíveis, tépidas, feitas para serem infinitamente amadas. Toda a fascinação da vida me golpeou, uma tão profunda delícia e gosto de viver, uma tão ardente e comovida saudade, que retesei os músculos do corpo, estiquei as pernas, senti um leve ardor nos olhos. Não devia morrer! Aquele meu torpor de segundos atrás pareceu-me de súbito uma coisa doentia, viciosa, e ergui a cabeça, olhei em volta, para os outros passageiros, como se me dispusesse afinal a tomar alguma providência.

Meu gesto pareceu inquietar a senhora. Mas olhando novamente para a vidraça adivinhei casas, um quadrado verde, um pedaço de terra avermelhada, através de um véu de neblina mais rala. Foi uma visão rápida, logo perdida no nevoeiro denso, mas me deu uma certeza profunda de que estávamos salvos porque a terra *existia*, não era um sonho distante, o mundo não era apenas nevoeiro e havia realmente tudo o que há, casas, árvores, pessoas, chão, o bom chão sólido, imóvel, onde se pode deitar, onde se pode dormir seguro e em todo o sossego, onde um homem pode premer o corpo de uma mulher para amá-la com força, com toda sua fúria de prazer e todos os seus sentidos, com apoio no mundo.

No aeroporto, quando esperava a bagagem, vi de perto a minha vizinha de poltrona. Estava com um senhor de óculos, que, com um talão de despacho na mão, pedia que lhe entregassem a maleta. Ela disse alguma coisa a esse homem, e ele se aproximou de mim com um olhar inquiridor que tentava ser cordial. Estivera muito tempo esperando; a princípio disseram que o avião ia descer logo, era questão de ficar livre a pista; depois alguém anunciara que todos os aviões tinham recebido ordem de pousar em Campinas ou em outro campo; e imaginava quanto incômodo me dera sua senhora, sempre muito nervosa. "Ora, não senhor." Ele se despediu sem me estender a mão, como se, com aqueles agradecimentos, que fora constrangido pelas circunstâncias a fazer, acabasse de cumprir uma formalidade desagradável com relação a um estranho – que devia permanecer um estranho.

Um estranho – e de certo ponto de vista um intruso, foi assim que me senti perante aquele homem de cara desagradável. Tive a impressão de que de certo modo o traíra, e de que ele o sentia.

Quando se retiravam, a senhora me deu um pequeno sorriso. Tenho uma tendência romântica a imaginar coisas, e imaginei que ela teve o cuidado de me sorrir quando o homem não podia notá-lo, um sorriso sem o visto marital, vagamente cúmplice. Certamente nunca mais a verei, nem o espero. Mas o seu belo braço foi um instante para mim a própria imagem da vida, e não o esquecerei depressa.

Tuim criado no dedo

João-de-barro é um bicho bobo que ninguém pega, embora goste de ficar perto da gente; mas de dentro daquela casa de joão-de-barro vinha uma espécie de choro, um chorinho fazendo tuim, tuim, tuim...

A casa estava num galho alto. Um menino subiu até perto. Depois, com uma vara de bambu, conseguiu tirar a casa sem quebrar e veio baixando até o outro menino apanhar. Dentro, naquele quartinho que fica bem escondido depois do corredor de entrada para o vento não incomodar, havia três filhotes, não de joão-de-barro, mas de tuim.

De todos esses periquitinhos que tem no Brasil, tuim é capaz de ser o menor. Tem bico redondo e rabo curto e é todo verde, mas o macho tem umas penas azuis para enfeitar. Três filhotes, um mais feio que o outro, ainda sem penas, os três chorando. O menino levou-os para casa, inventou comidinhas para eles; um morreu, outro morreu, ficou um.

Em geral a gente cria em casa é casal de tuim, especialmente para se apreciar o namorinho deles. Mas aquele tuim macho foi criado sozinho e, como se diz na roça, criado no dedo. Passava o dia solto, esvoaçando em volta da casa da fazenda, comendo sementinhas de imbaúba. Se aparecia uma visita fazia-se aquela demonstração: era o menino chegar na varanda e gritar para o arvoredo: tuim, tuim, tuim! Às vezes demorava, a visita achava que aquilo era brincadeira do menino, de repente surgia a ave, vinha certinho pousar no dedo do garoto.

Mas o pai disse: "Menino, você está criando muito amor a esse bicho, quero avisar: tuim é acostumado a viver em bando. Esse bichinho se acostuma assim, toda tarde vem procurar a gaiola para dormir, mas no dia que passar pela fazenda um bando de tuins, adeus. Ou você prende o tuim ou ele vai-se embora com os outros. Mesmo preso, ouvindo o bando passar, você está arriscado a ele morrer de tristeza".

E o menino vivia de ouvido no ar, com medo de ouvir bando de tuim.

Foi de manhã, ele estava catando minhoca para pescar quando viu o bando chegar; não tinha engano: era tuim, tuim, tuim... Todos desceram ali mesmo em mangueiras, mamonas e num bambuzal, divididos em pares. E o seu? Já tinha sumido, estava no meio deles. Logo depois todos foram para uma roça de arroz. O menino gritava com o dedinho esticado para o tuim voltar; nada.

Só parou de chorar quando o pai chegou a cavalo, soube da coisa, disse: "Venha cá". E disse: "O senhor é um homem, estava avisado do que ia acontecer, portanto não chore mais".

O menino parou de chorar, porque tinha brio, mas como doía seu coração! De repente, olhe o tuim na varanda! Foi uma alegria só na casa, até o pai confessou que ele também tinha ficado muito infeliz com o sumiço do tuim.

Houve um conselho de família, quando acabaram as férias: deixar o tuim, levar o tuim para São Paulo? Voltaram para a cidade com o tuim, o menino toda hora dando comidinha a ele na viagem. O pai avisou: "Aqui na cidade ele não pode andar solto; é um bicho da roça e se perde, o senhor está avisado".

Aquilo encheu de medo o coração do menino. Fechava as janelas para soltar o tuim dentro de casa, andava com ele no dedo, ele voava pela sala; a mãe e a irmã não aprovavam, o tuim sujava dentro de casa.

Soltar um pouquinho no quintal não devia ser perigoso, desde que ficasse perto; se ele quisesse voar para longe, era só chamar, que voltava. Mas uma vez não voltou.

De casa em casa, o menino foi indagando pelo tuim: "Que é tuim?" – perguntavam pessoas ignorantes. "Tuim?"

Que raiva! Pedia licença para olhar no quintal de cada casa, perdeu a hora de almoçar e ir para a escola, foi para outra rua, para outra.

Teve uma ideia, foi o armazém de "seu" Perrota: "Tem gaiola para vender?". Disseram que tinha. "Venderam alguma gaiola hoje?" Tinham vendido uma para uma casa ali perto.

Foi lá, chorando, disse ao dono da casa: "Se não prenderam o meu tuim, então por que o senhor comprou gaiola hoje?".

O homem acabou confessando que tinha aparecido um periquitinho verde sim, de rabo curto, não sabia que chamava tuim. Ofereceu comprar, o filho dele gostara tanto, ia ficar desapontado quando voltasse da escola e não achasse mais o bichinho. "Não senhor, o tuim é meu, foi criado por mim." Voltou para casa com o tuim no dedo.

Pegou uma tesoura: era triste, uma judiação, mas era preciso: cortou as asinhas. Assim ele poderia andar solto no quintal, e nunca mais fugiria.

Depois foi lá dentro fazer uma coisa que estava precisando fazer, e, quando voltou para dar comida a seu tuim, viu só algumas penas verdes e as manchas de sangue no cimento. Subiu num caixote para olhar por cima do muro, e ainda viu o vulto de um gato ruivo que sumia.

Rio, setembro, 1958.

Viúva na praia

Ivo viu a uva; eu vi a viúva. Ia passando na praia, vi a viúva, a viúva na praia me fascinou. Deitei-me na areia, fiquei a contemplar a viúva.

O enterro passara sob a minha janela; o morto, eu o conhecera vagamente; no café da esquina a gente se cumprimentava às vezes, murmurando "bom-dia"; era um homem forte, de cara vermelha; as poucas vezes que o encontrei com a mulher ele não me cumprimentou, fazia que não me via; e eu também. Lembro-me de que uma vez perguntei as horas ao garçom, e foi aquele homem que respondeu; agradeci; este foi nosso maior diálogo. Só ia à praia aos domingos, mas ia de carro, um Citroën, com a mulher, o filho e a barraca, para outra praia mais longe. A mulher ia às vezes à praia com o menino, em frente à minha esquina, mas só no verão. Eu passava de longe; sabia quem era, e que talvez me conhecesse de vista; eu não a olhava de frente.

A morte do homem foi comentada no café; eu soube, assim, que ele passara muitos meses doente, sofrera muito, morrera muito magro e sem cor. Eu não dera por sua falta, nem soubera de sua doença.

E agora estou deitado na areia, vendo a sua viúva. Deve uma viúva vir à praia? Nossa praia não é nenhuma festa; tem pouca gente; além disso vamos supor que ela precise trazer o menino, pois nunca a vi sozinha na praia. E seu maiô é preto. Não que o tenha comprado por luto; já era preto. E ela tem, como sempre, um ar decente; não olha para ninguém, a não ser para o menino, que deve ter uns dois anos.

Se eu fosse casado, e morresse, gostaria de saber que alguns dias depois minha viúva iria à praia com meu filho – foi isso o que pensei, vendo a viúva. É bem bonita, a viúva. Não é dessas que chamam a atenção; é discreta, de curvas discretas, mas certas. Imagino que deve ter 27 anos; talvez menos, talvez mais, até 30. Os cabelos são bem negros; os olhos são um pouco amendoados, o nariz direito; a boca um pouco dentucinha, só um pouco; a linha do queixo muito nítida.

Ergueu-se, porque, contra suas ordens, o garoto voltou a entrar n'água. Se eu fosse casado, e morresse, talvez ficasse um pouco ressentido ao pensar que, alguns dias depois, um homem – um estranho, que mal conheço de vista, do café – estaria olhando o corpo de minha mulher na praia. Mesmo que olhasse sem impertinência, antes de maneira discreta, como que distraído.

Mas eu não morri; e eu sou o outro homem. E a ideia de que o defunto ficaria ressentido se acaso imaginasse que eu estaria aqui a reparar no corpo de sua viúva, essa ideia me faz achá-lo um tolo, embora, a rigor, eu não possa lhe imputar essa ideia, que é minha. Eu estou vivo, e isso me dá uma grande superioridade sobre ele.

Vivo! Vivo como esse menino que ri, jogando água no corpo da mãe que vai buscá-lo. Vivo como essa mulher que pisa a espuma e agora traz ao colo o garoto já bem crescido. O esforço faz-lhe tensos os músculos dos braços e das coxas; é bela assim, marchando com a sua carga querida.

Agora o garoto fica brincando junto à barraca e é ela que vai dar um mergulho rápido, para se limpar da areia. Volta. Não, a viúva não está de luto, a viúva está brilhando de sol, está vestida de água e de luz. Respira fundo o vento do mar, tão diferente daquele ar triste do quarto fechado do doente, em que viveu meses. Vendo seu homem se finar; vendo-o decair de sua glória de homem fortão de cara vermelha e de seu império de homem da mulher e pai do filho, vendo-o fraco e lamentável, impertinente e lamurioso como um menino, às vezes até ridículo, às vezes até nojento...

Ah, não quero pensar nisso. Respiro também profundamente o ar limpo e livre. Ondas espoucam ao sol. O sol brilha nos cabelos e na curva do ombro da viúva. Ela está sentada, quieta, séria, uma perna estendida, outra em ângulo. O sol brilha também em seu joelho. O sol ama a viúva. Eu vejo a viúva.

Rio, setembro, 1958.

Marinheiro na rua

Era um pequeno marinheiro com sua blusa de gola e seu gorro, na rua deserta que a madrugada já tornava lívida. Talvez não fosse tão pequeno, a solidão da rua é que o fazia menor entre os altos edifícios.

Aproximou-se de uma grande porta e bateu com os nós dos dedos. Ninguém abriu. Depois de uma pausa, voltou a bater. Eu o olhava de longe e do alto, do fundo de uma janela escura, e ainda que voltasse a vista para mim ele não poderia me ver. Esperei que a grande porta se abrisse e ele entrasse; ele também esperava, imóvel. Quando bateu novamente, foi com um punho cerrado; depois com os dois e com tanta força que o som chegava até mim. Chegava uma fração de segundo depois de seu gesto; assim na minha infância eu via as lavadeiras baterem roupa nas pedras do outro lado do rio.

Esta recordação da infância me fez subitamente suspeitar que o marinheiro fosse meu filho, e essa ideia me deu um pequeno choque. Se fosse meu filho eu não poderia estar ali, no escuro, assistindo impassível àquela cena. Eu deveria me reunir a ele, e bater também à grande porta; ou telefonar para que alguém lá dentro abrisse, ou chamar outras pessoas – a imprensa, deputados da oposição, bombeiros, o Pronto-Socorro.

Fosse o que fosse que houvesse lá dentro, princesa adormecida ou um animal ganindo em agonia, seria urgente abrir. Essas ideias me passaram pela cabeça com grande rapidez, pois quase imediatamente depois de pensar que o marinheiro poderia ser meu filho, me veio a suspeita de que era eu mesmo; talvez lá dentro, no bojo do imenso prédio, estivesse estirada numa rede, meio inconsciente, minha impassível amada, talvez doente, talvez sonhando um sonho triste, e eu precisaria estar a seu lado, segurar sua mão, dizer uma palavra de ternura que a fizesse sorrir e a pudesse salvar.

Cansado de bater inutilmente, o marinheiro recuou vários passos e ergueu os olhos para a porta e para a fachada do edifício, como alguém que encara outra pessoa pedindo explicações. Ficou ali, perplexo e patético. E assim, olhando para o alto, me parecia ainda menor sob seu gorro, onde deveria estar escrito o nome de um desconhecido navio. Olhava. A fachada negra permaneceu imóvel perante seu olhar, fechada, indiferente. Caía uma chuva fina, na antemanhã filtrava-se uma débil luz pálida.

Vai-te embora, marinheiro! Onde estão teus amigos, teus companheiros? Talvez do outro lado da cidade, bebendo vinho grosso em ambiente de luz amarela, entre mulheres ruivas, cantando... Vai-te embora, marinheiro! Teu navio está longe, de luzes acesas, arfando ao embalo da maré; teu navio te espera, pequeno marinheiro...

Quando ele seguiu lentamente pela calçada, fiquei a olhá-lo de minha janela escura, até perdê-lo de vista. A rua sem ele ficou tão vazia que me veio a impressão de que todos os habitantes haviam abandonado a cidade e eu ficara sozinho, numa absurda e desconhecida sala de escritório do centro, sem luz, sem saber por que estava ali, nem o que fazer.

Sentia, entretanto, que estava prestes a acontecer alguma coisa. Olhei a fachada escura do prédio em que ele tentara entrar. Olhei... Então lá dentro todas as luzes se acenderam, e o edifício ficou maior que todos na rua escura; sua fachada oscilou um pouco; alguma coisa rangeu, houve rumores vagos, e o prédio começou a se mover pesadamente como um grande navio negro – e lentamente partiu.

Rita

No meio da noite despertei sonhando com minha filha Rita. Eu a via nitidamente, na graça de seus cinco anos.

Seus cabelos castanhos – a fita azul – o nariz reto, correto, os olhos de água, o riso fino, engraçado, brusco...

Depois um instante de seriedade; minha filha Rita encarando a vida sem medo, mas séria, com dignidade.

Rita ouvindo música; vendo campos, mares, montanhas; ouvindo de seu pai o pouco, o nada que ele sabe das coisas, mas pegando dele seu jeito de amar – sério, quieto, devagar.

Eu lhe traria cajus amarelos e vermelhos, seus olhos brilhariam de prazer. Eu lhe ensinaria a palavra cica, e também a amar os bichos tristes, a anta e a pequena cutia; e o córrego; e a nuvem tangida pela viração.

Minha filha Rita em meu sonho me sorria – com pena deste seu pai, que nunca a teve.

Janeiro, 1955.

A mulher que ia navegar

O anúncio luminoso de um edifício em frente, acendendo e apagando, dava banhos intermitentes de sangue na pele de seu braço repousado, e de sua face. Ela estava sentada junto à janela e havia luar; e nos intervalos desse banho vermelho ela era toda pálida e suave.

Na roda havia um homem muito inteligente que falava muito; havia seu marido, todo bovino; um pintor louro e nervoso; uma senhora morena de riso fácil e engraçado; um físico, uma senhora recentemente desquitada, e eu. Para que recensear a roda que falava de política ou de pintura? Ela não dava atenção a ninguém. Quieta, às vezes sorrindo quando alguém lhe dirigia a palavra, ela apenas mirava o próprio braço, atenta à mudança da cor. Senti que ela fruía nisso um prazer silencioso e longo. "Muito!", disse quando alguém lhe perguntou se gostara de um certo quadro – e disse mais algumas palavras; mas mudou um pouco a posição do braço e continuou a se mirar, interessada em si mesma, com um ar sonhador.

Quando começou a discussão sobre pintura figurativa, abstrata e concreta, houve um momento em que seu marido classificou certo pintor com uma palavra forte e vulgar; ela ergueu os olhos para ele, com um ar de censura; mas nesse olhar havia menos zanga do que tédio. Então senti que ela se preparava para o enganar.

Ela se preparava devagar, mas sem dúvida e sem hesitação íntima nenhuma; devagar, como um rito. Talvez nem tivesse pensado ainda que homem escolheria, talvez mesmo isso no fundo pouco lhe importasse, ou seria, pelo menos, secundário. Não tinha pressa. O primeiro ato de sua preparação era aquele olhar para si mesma, para seu belo braço que lambia devagar com os olhos, como uma gata se lambe no corpo; era uma lenta preparação. Antes de se entregar a outro homem, ela se entregaria longamente ao espelho, olhando e meditando seu corpo de 30 anos com uma certa satisfação e uma certa melancolia, vendo as marcas do maiô e da maternidade, se sorrindo vagamente, como quem diz: eis um belo barco prestes a se fazer ao mar; é tempo.

Talvez tenha pensado isso naquele momento mesmo; olhou-me, quase surpreendendo o olhar com que eu a estudava; não sei; em todo caso, me sorriu e disse alguma coisa, mas senti que eu não era o navegador que ela buscava. Então, como se estivesse despertando, passou a olhar uma a uma as pessoas da roda; quando se sentiu olhado, o homem inteligente que falava muito continuou a falar encarando-a, a dizer coisas inteligentes sobre homem e mulher; ela ia voltar os olhos para outro lado, mas ele dizia logo outra coisa inteligente, como quem joga depressa mais quirera de milho a uma pomba. Ela sorria, mas acabou se cansando daquele fluxo de palavras, e o abandonou no meio de uma frase. Seus olhos passaram pelo marido e pelo pequeno pintor loiro e então senti que pousavam no físico. Ele dizia alguma coisa à mulher recentemente desquitada, alguma coisa sobre um filme do festival. Era um homem moreno e seco, falava devagar e com critério sobre arte e sexo. Falava sem pose, sério; senti que ela o contemplava com uma vaga surpresa e com agrado. Estava gostando de ouvir o que ele dizia à outra. O homem inteligente que falava muito tentou chamar-lhe a atenção com uma coisa engraçada, e ela lhe sorriu; mas logo seus olhos se voltaram para o físico. E então ele sentiu esse olhar e o interesse com que ela o ouvia, e disse com polidez:

– A senhora viu o filme?

Ela fez que sim com a cabeça, lentamente, e demorou dois segundos para responder apenas: vi. Mas senti que seu olhar já estudava aquele homem com uma severa e fascinada atenção, como se procurasse na sua cara morena os sulcos do vento do mar e, no ombro largo, a secreta insígnia do piloto de longo, longo curso.

Aborrecido e inquieto, o marido bocejou – era um boi esquecido, mugindo, numa ilha distante e abandonada para sempre. É estranho: não dava pena.

Ela ia navegar.

O mistério da poesia

Não sei o nome desse poeta, acho que boliviano; apenas lhe conheço um poema, ensinado por um amigo. E só guardei os primeiros versos: *Trabajar era bueno en el Sur. Cortar los árboles, hacer canoas de los troncos.*

E tendo guardado esses dois versos tão simples, aqui me debruço ainda uma vez sobre o mistério da poesia.

O poema era grande, mas foram essas palavras que me emocionaram. Lembro-me delas às vezes, numa viagem; quando estou aborrecido, tenho notado que as murmuro para mim mesmo, de vez em quando, nesses momentos de tédio urbano. E elas produzem em mim uma espécie de consolo e de saudade não sei de quê.

Lembrei-me agora mesmo, no instante em que abria a máquina para trabalhar nessa coisa vã e cansativa que é fazer crônica.

De onde vem o efeito poético? É fácil dizer que vem do sentido dos versos; mas não é apenas do sentido. Se ele dissesse: *Era bueno trabajar en el Sur*, não creio que o poema pudesse me impressionar. Se no lugar de usar o infinito do verbo *cortar* e do verbo *hacer* usasse o passado, creio que isso enfraqueceria tudo. Penso no ritmo; ele sozinho não dá para explicar nada. Além disso, as palavras usadas são, rigorosamente, das mais banais da língua. Reparem que tudo está dito com os elementos mais simples: *trabajar, era bueno, Sur, cortar, árboles, hacer canoas, troncos*.

Isso me lembra um dos maiores versos de Camões, todo ele também com as palavras mais corriqueiras de nossa língua:

A grande dor das coisas que passaram.

Talvez o que impressione seja mesmo isso: essa faculdade de dar um sentido solene e alto às palavras de todo dia. Nesse poema sul-americano a ideia da canoa é também um motivo de emoção.

Não há coisa mais simples e primitiva que uma canoa feita de um tronco de árvore; e acontece que muitas vezes a canoa é de uma grande beleza plástica. E de repente me ocorre que talvez esses versos me emocionem particularmente por causa de uma infância de beira-rio e de beira-mar. Mas não pode ser: o principal sentido dos versos é o do trabalho, um trabalho que era bom, não essa "necessidade aborrecida" de hoje. Desejo de fazer alguma coisa simples, honrada e bela, e imaginar que já se fez.

Fala-se muito em mistério poético; e não faltam poetas modernos que procurem esse mistério enunciando coisas obscuras, o que dá margem a muito equívoco e muita bobagem. Se na verdade existe muita poesia e muita carga de emoção em certos versos sem um sentido claro, isso não quer dizer que, turvando um pouco as águas, elas fiquem mais profundas...

Bilhete para Los Angeles

Tu, que te chamas Vinicius
De Moraes, inda que mais
Próprio fora que Imorais
Quem te conhece chamara
– Avis rara!

Tens uns olhos de menino
Doce, bonito e ladino
E és um calhordaço fino:
Só queres amor e ócio,
Capadócio!

Quando a viola ponteias
As damas cantando enleias
E as prendes em tuas teias
– Tanto mal que já fizeste,
Cafajeste!

Apesar do que, faz falta
Tua presença, que a malta
Do Rio pede em voz alta:
Deus te dê vida e saúde
Em Hollywood!

Rio, 1949.

Vinicius
de Moraes

O exercício da crônica

Escrever prosa é uma arte ingrata. Eu digo prosa fiada, como faz um cronista; não a prosa de um ficcionista, na qual este é levado meio a tapas pelas personagens e situações que, azar dele, criou porque quis. Com um prosador do cotidiano, a coisa fia mais fino. Senta-se ele diante de sua máquina, acende um cigarro, olha através da janela e busca fundo em sua imaginação um fato qualquer, de preferência colhido no noticiário matutino, ou da véspera, em que, com as suas artimanhas peculiares, possa injetar um sangue novo. Se nada houver, resta-lhe o recurso de olhar em torno e esperar que, através de um processo associativo, surja-lhe de repente a crônica, provinda dos fatos e feitos de sua vida emocionalmente despertados pela concentração. Ou então, em última instância, recorrer ao assunto da falta de assunto, já bastante gasto, mas do qual, no ato de escrever, pode surgir o inesperado.

Alguns fazem-no de maneira simples e direta, sem caprichar demais no estilo, mas enfeitando-o aqui e ali desses pequenos achados que são a sua marca registrada e constituem um tópico infalível nas conversas do alheio naquela noite. Outros, de modo lento e elaborado, que o leitor deixa para mais tarde como um convite ao sono: a estes se lê como quem mastiga com prazer grandes bolas de chicletes. Outros, ainda, e constituem a maioria, "tacam peito" na máquina e cumprem o dever cotidiano da crônica com uma espécie de desespero, numa atitude ou-vai-ou-racha. Há os eufóricos, cuja prosa procura sempre infundir vida e alegria em seus leitores, e há os tristes, que escrevem com o fito exclusivo de desanimar o gentio não só quanto à vida, como quanto à condição humana e às razões de viver. Há também os modestos, que ocultam cuidadosamente a própria personalidade atrás do que dizem e, em contrapartida, os vaidosos, que castigam no pronome na primeira pessoa e colocam-se geralmente como a personagem principal de todas as situações. Como se diz que é preciso um pouco de tudo para fazer um mundo, todos estes "marginais da imprensa", por assim dizer, têm o seu papel a cumprir. Uns afagam vaidades, outros as espicaçam; este é lido por puro deleite, aquele por puro vício. Mas uma coisa é certa: o público não dispensa a crônica, e o cronista afirma-se cada vez mais como o cafezinho quente seguido de um bom cigarro, que tanto prazer dão depois que se come.

Coloque-se porém o leitor, o ingrato leitor, no papel do cronista. Dias há em que, positivamente, a crônica "não baixa". O cronista levanta-se, senta-se, lava as mãos, levanta-se de novo, chega à janela, dá uma telefonada a um amigo, põe um disco na vitrola, relê crônicas passadas em busca de inspiração – e nada. Ele sabe que o tempo está correndo, que a sua página tem uma hora certa para fechar, que os linotipistas o estão esperando com impaciência, que o diretor do jornal está provavelmente coçando a cabeça e dizendo a seus auxiliares: "É... não há nada a fazer com Fulano...". Aí então é que, se ele é cronista mesmo, ele se pega pela gola e diz: "Vamos, escreve, ó mascarado! Escreve uma crônica sobre esta cadeira que está aí em tua frente! E que ela seja benfeita e divirta os leitores!". E o negócio sai de qualquer maneira.

O ideal para um cronista é ter sempre uma ou duas crônicas adiantadas. Mas eu conheço muito poucos que o façam. Alguns tentam, quando começam, no afã de dar uma boa impressão ao diretor e ao secretário do jornal. Mas se ele é um verdadeiro cronista, um cronista que se preza, ao fim de duas semanas estará gastando a metade do seu ordenado em mandar sua crônica de táxi – e a verdade é que, em sua inocente maldade, tem um certo prazer em imaginar o suspiro de alívio e a correria que ela causa, quando, tal uma filha desaparecida, chega de volta à casa paterna.

Menino de ilha

Às vezes, no calor mais forte, eu pulava de noite a janela com pés de gato e ia deitar-me junto ao mar. Acomodava-me na areia como numa cama fofa e abria as pernas aos alísios e ao luar; e em breve as frescas mãos da maré-cheia vinham coçar meus pés com seus dedos de água.

Era indizivelmente bom. Com um simples olhar podia vigiar a casa, cuja janela deixava apenas encostada; mas por mero escrúpulo. Ninguém nos viria nunca fazer mal. Éramos gente querida na ilha, e a afeição daquela comunidade pobre manifestava-se constantemente em peixe fresco, cestas de caju, sacos de manga espada. E em breve perdia-me naquela doce confusão de ruídos... o sussurro da maré montante, uma folha seca de amendoeira arrastada pelo vento, o gorgulho de um peixe saltando, a clarineta de meu amigo Augusto, tuberculoso e insone, solando valsas ofegantes na distância. A aragem entrava-me pelos calções, inflava-me a camisa sobre o peito, fazia-me festas nas axilas, eu deixava a areia correr de entre meus dedos sem saber ainda que aquilo era uma forma de contar o tempo. Mas o tempo ainda não existia para mim; ou só existia nisso que era sempre vivo, nunca morto ou inútil.

Quando não havia luar era mais lindo e misterioso ainda. Porque, com a continuidade da mirada, o céu noturno ia desvendando pouco a pouco todas as suas estrelas, até as mais recônditas, e a negra abóbada acabava por formigar de luzes, como se todos os pirilampos do mundo estivessem luzindo na mais alta esfera. Depois acontecia que o céu se aproximava e eu chegava a distinguir o contorno das galáxias, e estrelas cadentes precipitavam-se como loucas em direção a mim com as cabeleiras soltas e acabavam por se apagar no enorme silêncio do Infinito. E era uma tal multidão de astros a tremeluzir que, juro, às vezes tinha a impressão de ouvir o burburinho infantil de suas vozes. E logo voltava o mar com o seu marulhar ilhéu, e um peixe pulava perto, e um cão latia, e uma folha seca de amendoeira era arrastada pelo vento, e se ouvia a tosse de Augusto longe, longe. Eu olhava a casa, não havia ninguém, meus pais dormiam, minhas irmãs dormiam, meu irmão pequeno dormia mais que todos. Era indizivelmente bom.

Havia ocasiões em que adormecia sem dormir, numa semiconsciência dos carinhos do vento e da água no meu rosto e nos meus pés. É que vinha-me do Infinito uma tão grande paz e um tal sentimento de poesia que eu me entregava não a um sono, que não há sono diante do Infinito, mas a um lacrimoso abandono que acabava por raptar-me de mim mesmo. E eu ia, coisa volátil, ao sabor dos ventos que me levavam para aquele mar de estrelas, sem forma e sem peso, mesmo sentindo-me moldar à areia macia com o meu corpo e ouvindo o breve cochicho das ondas que vinham desaguar nas minhas pernas.

Mas – como dizê-lo? – era sempre nesses momentos de perigosa inércia, de mística entrega, que a aurora vinha em meu auxílio. Pois a verdade é que, de súbito, eu sentia a sua mão fria pousar sobre minha testa e despertava do meu êxtase. Abria os olhos e lá estava ela sobre o mar pacificado, com seus grandes olhos brancos, suas asas sem ruído e seus seios cor-de-rosa, a mirar-me com um sorriso pálido que ia pouco a pouco desmanchando a noite em cinzas. E eu me levantava, sacudia a areia do meu corpo, dava um beijo de bom-dia na face que ela me entregava, pulava a janela de volta, atravessava a casa com pés de gato e ia dormir direito em minha cama, com um gosto de frio em minha boca.

Profeta urbano

Era a imagem de uma ruína do que antes devia ter sido um monumento de homem e portava as clássicas barbas do profeta.

– Pois é – disse, limpando a boca com um gesto que acabou por levar seu dedo em riste em direção ao Corcovado [e no ímpeto quase cai de tão bêbado que estava]. – Pois é. Fica lá ele, coitado, o dia inteiro de braços abertos abençoando a cidade... [seu olhar dardejou em torno], abençoando a cidade que nem liga mais para ele. Eu, Mansueto, filho de Anacleto, digo isso porque sei. Eu, Mansueto, sei que aquele homem lá, que por sinal não é homem não é nada, é Jesus Cristo, filho de Maria, rei dos reis, tábua da salvação, esperança do mundo, conforto dos aflitos, pai dos pecadores [a partir daí sua voz embargou-se e ele começou a choramingar], eu, Mansueto, sei que aquele homem lá está sozinho, está sozinho no alto daquela montanha também chamada Corcovado. Eu, Mansueto, sei que toda santa noite aquele homem lá derrama as suas santas lágrimas de pena por esta pobre cidade mergulhada no crime e no pecado...

Foi deste ponto em diante que eu tirei a caneta e comecei a anotar rápido o teor das lamentações do profeta urbano.

– Porque em cada coração habita a luxúria, a maldade e a sede de ouro! Porque todos só pensam no poder e no luxo! Porque cada um só quer ter o seu rabo-de-peixe [o profeta estava um pouco atrasado no tempo diante da atual mania dos Mercedes] e o povo nem sequer tem peixe para comer... [aí os soluços embargaram-lhe a voz e ele teve de parar para enxugar os olhos com a manga do paletó em farrapos].

E então exclamou com os punhos cerrados na direção do Cristo:

– Por que, Senhor, pergunto eu, Mansueto, filho de Anacleto, por que continuas abençoando esta cidade de vício e abandonas o pobre ao seu triste destino de comer o resto dos ricos? Por que ficas de braços abertos feito um pateta em vez de lançar os vossos exércitos contra o fariseu, feito o seu Guimarães lá do armazém que só fia se apalpar a mulher dos outros. Eu sei porque eu vi. Português descarado! Ainda hei de fazer o mesmo com a tua mulher, ouviu! Que embora seja uma santa senhora há de pagar pelo pecador!

Neste momento ele olhou em torno com ar de briga e dando comigo me interpelou com veemência:

– Você aí! Que sabes da maldade humana? Repara só nele lá em cima, de braços abertos, abençoando esta cidade toda esburacada, chorando de noite de tristeza porque seus filhos o abandonaram para cair na farra com mulheres que não valem nem para jogar no lixo, em todas essas Copacabanas [seu braço girou violentamente em torno] de mulatinhas todas pintadas como se fossem umas [censura], que aliás são! São umas [censura] de [censura] que saem remexendo a [censura] e atacando os homens como se fossem tigres. E para quê? Dizei-me, para quê? Não sabe? Ah! [apontando-me] Ele não sabe... Bem se vê que é um mocinho [obrigado, profeta!] rico que não sabe de nada senão cavar o ouro e ir gastar com as mulheres de todas essas Copacabanas! Mas eu te peço, Senhor: lança os vossos exércitos contra o fariseu e deixa dessa pose que não te adianta nada, porque esse negócio de ficar de braço aberto não resolve, a gente quer ver mesmo é diminuir o preço das coisas, as pessoas vão acabar mesmo é se comendo umas às outras, porque carne não tem, só a carne dessas [censura] de todas essas Copacabanas que o raio de Deus fulmine e consuma e toque fogo em toda essa [censura] que anda por aí!

Dito o quê, ele me olhou com um olhar cheio de lágrimas, que parecia vir do fundo de um caos bíblico de recordações, misérias, humilhações e ressentimentos sofridos, moveu a cabeça com um ar trêmulo de animal vencido e saiu em frente, dois passos para cá, três para lá, em meio à risota e aos comentários dos circunstantes; mas mesmo de longe sua voz me chegava como a de um Isaías imprecando:

– Mas essa sopa vai acabar! Essa sopa vai acabar!

Conto rápido

Todas as manhãs de sol ia para a praia, apertada num maiô azul. Por onde passasse, deixava atrás de si olhares de homens colados a suas pernas douradas, a seus braços frescos. Os fornecedores vinham para a porta, os velhos para a janela, as ruas transversais movimentavam-se extraordinariamente à sua passagem cotidiana. Deixava uma sensação perfeita de graça e leviandade no espaço. Era loura, mas podiam-se ver massas castanhas por baixo da tintura dourada do cabelo. Trazia sempre o roupão meio aberto – e o vento da praia o enfunava alegremente, deixando-lhe à mostra as coxas vibrantes, cobertas de uma penugem tão delicada que só mesmo a claridade intensa deixava ver. Não tinha idade precisa. O corpo era de vinte anos, no entanto os cabelos pareciam velhos, mortificados de permanentes, e faltava-lhe aos olhos verdes a luz da mocidade. Usava uns sapatinhos vaidosos, de saltos incrivelmente altos, que lhe afirmavam melhor a elegância um pouco mole, um pouco felina. Seu filhinho, um lindo garoto de três anos, ela o arrastava consigo naquelas longas passeatas pela areia, pois nunca deixava de perambular um pouco para receber, aqui e ali, galanteios nem sempre delicados, que a deliciavam.

Ficava sob uma barraca parecidíssima com ela, uma coisa colorida e fagueira, localizável de qualquer distância. Ali arrumava cuidadosamente seus pertences, esticava o roupão, acamava a areia com o corpo e depois se esfregava longamente de óleo, as alças do maiô caídas, o início do colo infantil bem desnudado, os dois pequenos seios soltos como limões. O garotinho ficava brincando por ali, ora em correrias, ora agachado ante a maravilha de uma concha, de um tatuí, de um pedaço de pau. Isso era o ritual de todos os dias, que lhe dava tempo para a vinda dos admiradores habituais. Chegavam invariavelmente, um após outro, uns rapagões torrados do sol, de tórax enxutos e carões bonitos, curiosamente parecidos, todos. Ela ficava deitada, os braços em cruz, afagando a areia, afagando a cabecinha do filho, que, às vezes, lhe corria a trazer alguma descoberta. Os rapazes pintavam com o menino, alguns enfezavam-no, como a convidá-lo a ir brincar mais longe. Ela deixava, mole para reagir, e de vez em quando deitava um olhar complacente para a praia, a vigiá-lo quando o via um pouco longe. Mas o guri fugia das brincadeiras brutas dos rapazes e ela o esquecia, perdida em sua tagarelice, até que um mais ousado a forçava a um beijo rápido, entre a gargalhada dos demais. Contavam-se fitas de cinema, festas e mexericos de praia, jogavam peteca e uma vez ou outra os rapazes lutavam jiu-jítsu para ela, que se extasiava. Cada meia hora, corriam todos em bando para um mergulho coletivo, e ficavam brincando na água, sem se importar com os demais – os rapazes a empurrá-la, a pegá-la, ela gritando, se defendendo, batendo neles, uma delícia! Nessas horas o menininho chorava, vendo se afastar a mãe. Mas ela voltava e o comia de beijos sempre consoladores. Na verdade, a vida naquela barraca de praia era a coisa mais inconsequente e agradável da orla marítima.

E assim foi todo o verão. Só nas manhãs de chuva a praia perdia a sua figurinha loura, mas isso mesmo era razão demais para o encontro dos outros dias: ela, o menino e os rapazes de sungas curtíssimas, os tórax crus, a dar lindas "paradas" para ela ver, a pegar nela, a jogar peteca, a lutar jiu-jítsu. A jovem penca humana aumentou consideravelmente durante aquele período, e tudo não se passou sem uns dois ou três incidentes entre os atletas, inclusive uma briga feroz a que ela assistiu emocionada e que terminou por uma linda chave de braço com distorção muscular. Essa briga, naturalmente, provocou outras, em bares e festas de verão, mas que se passaram longe de seus olhos e que ela ouvia contar na praia. Muitas brigas provocou ela, com seu maiô azul e a sua infantil tagarelice, mas nunca ninguém poderia dizer que tivesse recusado um novo fã, desses que conhecem um da roda e depois, astuciosamente, se aboletam e passam a ser o preferido de duas semanas. E todos sempre adorando o garotinho, achando-o uma beleza, jogando-o para cima, coisa que o apavorava e fazia sempre correr para longe. Ela se zangava levemente, mas acabava rindo com as cócegas que lhe faziam os rapazes, com os tapas que levava. Comia o menino de beijos e depois se estirava voluptuosamente, centro de uma rosa de olhares que não disfarçavam o objetivo. Houve um dia em que um, meio de pileque, chegou a dar-lhe uma mordida na perna. Ela zangou-se de verdade, pegou o filhinho e foi para casa. Deixou atrás um ruído de vozes masculinas se interpelando com ar de briga. Ficou-lhe uma semana uma marca roxa em meia-lua, pouco acima do joelho.

Um dia, quase no fim do verão, estava ela, como sempre, com seu grupo a contar um baile a que tinha ido na noite anterior, maravilha de riqueza e bom gosto. O menino brincava junto às ondas, e os rapazes debruçavam-se todos, em atitudes elásticas, sobre o seu jovem corpo estirado, ouvindo-a tagarelar. Pois imaginassem: tinha sido servido um jantar americano, e cada convidado trouxera uma garrafa de uísque, e às dez horas apagaram todas as luzes do terraço para aproveitar a claridade do luar: tinha havido tanto pileque e se via cada coisa de espantar, puxa, menino! Cada beijo em plena sala! Como ela não via desde as festas de Carnaval...

Eram quase duas horas e a praia estava completamente deserta. Só a barraca colorida alegrava a hora vazia e ensolarada, recortada contra a espuma forte das ondas e o azul vivo do céu. Ela contava sua festa aos rapazes, inteiramente embebida nas recordações da noite. Foi quando chegou um pretinho correndo:

– Moça, aquele menino não é da senhora?

Ela sentou-se:

– É sim. Por quê?

O pretinho apontou:

– O mar levou ele.

Os rapazes se precipitaram todos e se jogaram n'água.

Ela saiu atrás, numa corridinha frágil, os braços meio içados numa atitude infantil de pânico. As ondas enormes alteavam-se longe e se abatiam em estampidos de espuma até a praia. Depois refluíam.

Em vão. O mar levara mesmo o menino.

Os rapazes voltaram, incapazes de lutar contra os vagalhões e temerosos da correnteza.

Afrouxado sobre a areia branca, seu corpo fazia uma graciosa mancha azul.

Agosto de 1944.

Batizado na Penha

Eu sou um sujeito que, modéstia à parte, sempre deu sorte aos outros (viva, minha avozinha diria: "Meu filho, enquanto você viver não faltará quem o elogie..."). Menina que me namorava casava logo. Amigo que estudava comigo acabava primeiro da turma. Sem embargo, há duas coisas com relação às quais sinto que exerço um certo pé-frio: viagem de avião e esse negócio de ser padrinho. No primeiro caso o assunto pode ser considerado controverso, de vez que, num terrível desastre de avião que tive, saí perfeitamente ileso, e numa pane subsequente, em companhia de Alex Viany, Luís Alípio de Barros e Alberto Cavalcanti, nosso *Beechcraft*, enguiçado em seus dois únicos motores, conseguiu no entanto pegar um campinho interditado em Canavieiras, na Bahia, onde pousou galhardamente, para gáudio de todos, exceto Cavalcanti, que dormia como um justo.

Mas no segundo caso é batata. Afilhado meu morre em boas condições, em período que varia de um mês a dois anos. Embora não seja supersticioso, o meu coeficiente de afilhados mortos é meio velhaco, o que me faz hoje em dia declinar delicadamente da honra, quando se apresenta o caso. O que me faz pensar naquela vez em que fui batizar meu último afilhado na Igreja da Penha, há coisa de uns vinte anos.

Éramos umas cinco ou seis pessoas, todos parentes, e subimos em boa forma os trezentos e não sei mais quantos degraus da igrejinha, eu meio cético com relação à minha nova investidura, mas no fundo tentando me convencer de que a morte de meus dois afilhados anteriores fora mera obra do acaso. Conosco ia Leonor, uma pretinha de uns cinco anos, cria da casa de meus avós paternos.

Leonor era como um brinquedo para nós da família. Pintávamos com ela e a adorávamos, pois era danada de bonitinha, com as trancinhas espetadas e os dentinhos muito brancos no rosto feliz. Para mim Leonor exercia uma função que considero básica e pela qual lhe pagava quatrocentos réis, dos grandes, de cada vez: coçar-me as costas e os pés. Sim, para mim cosquinha nas costas e nos pés vem praticamente em terceiro lugar, logo depois dos prazeres da boa mesa; e se algum dia me virem atropelado na rua, sofrendo dores, que haja uma alma caridosa para me coçar os pés e eu morrerei contente.

Mas voltando à Penha: uma vez findo o batizado, saímos para o sol claro e nos dispusemos a efetuar a longa descida de volta. A Penha, como é sabido, tem uma extensa e suave rampa de degraus curtos que cobrem a maior parte do trajeto, ao fim da qual segue-se um lance abrupto. Vínhamos com cuidado ao lado do pai com a criança ao colo, o olho baixo para evitar alguma queda. Mas não Leonor! Leonor vinha brincando como um diabrete que era, pulando os degraus de dois em dois, a fazer travessuras contra as quais nós inutilmente a advertimos.

Foi dito e feito. Com a brincadeira de pular os degraus de dois em dois, Leonor ganhou *momentum* e quando se viu ela os estava pulando de três em três, de quatro em quatro e de cinco em cinco. E lá se foi a pretinha Penha abaixo, os braços em pânico, lutando para manter o equilíbrio e a gritar como uma possessa.

Nós nos deixamos estar, brancos. Ela ia morrer, não tinha dúvida. Se rolasse, ia ser um trambolhão só por ali abaixo até o lance abrupto, e pronto. Se conseguisse se manter, o mínimo que lhe poderia acontecer seria levantar voo quando chegasse ao tal lance, considerada a velocidade em que descia. E lá ia ela, seus gritos se distanciando mais e mais, os bracinhos se agitando no ar em sua incontrolável carreira pela longa rampa luminosa.

Salvou-a um herói que quase no fim do primeiro lance pôs-se em sua frente, rolando um para cada lado. Não houve senão pequenas escoriações. Nós a sacudíamos muito, para tirá-la do trauma nervoso em que a deixara o tremendo susto passado. De pretinha, Leonor ficara cinzenta. Seus dentinhos batiam incrivelmente e seus olhos pareciam duas bolas brancas no negro do rosto. Quando conseguiu falar, a única coisa que sabia repetir era: "Virge Nossa Senhora! Virge Nossa Senhora!".

Foi o último milagre da Penha de que tive notícia.

Novembro de 1952.

O conde e o passarinho

Rubem Braga é, sabidamente, um conhecedor de passarinhos. Suas crônicas alegram-se e se entristecem com frequência de nomes de pássaros nacionais que eu só conheço de ouvir dizer – o que me dá um certo complexo de inferioridade. Já andei, certa vez, planejando estudar ornitologia por causa disto, e lembro-me de que na viagem que fiz com ele à sua Cachoeiro do Itapemirim, quando da homenagem que lhe prestou a cidade, foi com um sentimento de gula que recebi o maravilhoso disco de pios artificiais de passarinhos, feito pela família Coelho, que disso criou uma pequena indústria local. Tais projetos nunca foram adiante, como vários outros, entre os quais um de estudar carpintaria: e este, inclusive, concertado com o próprio Rubem – e que resultou em arrancarmos, ato contínuo, a porta da garagem da minha antiga casa, sairmos meia hora depois para matar o calor com uma cerveja gelada, e nunca mais voltarmos à dita porta, que se quedou jazente por dias a fio, vítima de nossa impostura.

O Braga conhece bem sua passarada, isso ninguém lhe tira. O que não impede, porém, que tenha dado um "baixo" ornitológico que merece registro, segundo me conta minha irmã Lygia, testemunha ocular do mesmo. Pois o que se deduz da história é que o Braga pode conhecer muito bem tico-tico, curió, sanhaço, cardeal, tié-sangue, sabiá, gaturamo, cambaxirra e até mesmo vira-bosta – mas em matéria de canário trata-se de um otário completo e acabado. Dito o quê, passemos à narrativa.

Parece que o Braga vinha um dia assim muito bem pela Cinelândia, quando topou com um vendedor de passarinhos oferecendo a preço de ocasião um casal de canários dentro de uma gaiola cuja bossinha era ser dividida por uma separação levadiça em dois compartimentos, um para o macho, outro para a fêmea. A gracinha era abrir a portinhola do macho, deixá-lo fugir e depois vê-lo voltar docemente, no pio da fêmea.

O Braguinha, que além de gostar de pássaros não é tolo (imagina para quanta mulherzinha ele não ia poder fazer aquele truque!), assistiu com o maior interesse a mais essa demonstração de que, como diz o samba, o homem sem mulher não vale nada, entregou o dinheiro, meteu a gaiola debaixo do braço e tocou-se para o Leblon, sequioso de mostrar seu novo brinco ao aborígine. E deu-lhe a sorte de encontrar minha irmã Lygia, que além de ser uma esplêndida assistência para demonstrações desse teor, é pessoa mais de se apiedar que de caçoar da desdita alheia.

O Braga colocou a gaiola em posição, abriu a porta e lá se foi o canarinho pelo azul afora, em lindas evoluções. A fêmea, como previsto, abriu o bico, e o canário, ao ouvi-la, fez direitinho como mandava o figurino: voltou e posou junto à porta aberta. Mas o divórcio entrou? Nem o canário. O bichinho ficou prudentemente à porta, mas entrar dentro mesmo da gaiola que é bom... ahn-ahn. O Braga animou a ave canora com milhões de piu-pius, fez-lhe mentalmente enérgicas perorações contra a sua calhordice – tudo isso, conta minha irmã Lygia, com olhos onde se começava a notar uma certa apreensão. O canário, nada.

Quem sabe, ponderou minha irmã, um elemento verde qualquer colocado junto à porta, uma folha de alface, por exemplo, não animaria o bichinho? Foi trazida a folha de alface e colocada junto à porta. Durante essa operação, o canário levantou voo, e a canarinha, aproveitando-se da ocupação dos dois, fez força com o biquinho e acabou por erguer a portinhola da separação; dali para o Jardim Botânico, não teve nem graça.

Diz minha irmã que o Braga ficou triste, triste. E como a esperança é a última que morre, antes de ir embora ainda ajeitou a gaiolinha para uma espera: quem sabe os pilantras não voltariam à noite...

Canário, hein Braguinha?...

A bela ninfa do bosque sagrado

Hollywood, novembro de 1946 – A noite é alta, Ciro's terminou e estamos todos – um destacado grupo de "estrelas" e "astros", entre os quais sou um modesto meteorito – na casa de Beverly Hills de Herman Hover, o notório dono da famosa boate de Sunset Boulevard. Vou nas águas de minha amiga Carmen Miranda, com quem saí e a quem, como um cavalheiro que sou, depositarei em sua vivenda de Bedford Street. Lá estão também as figuras ciclópicas de José do Patrocínio de Oliveira, o não menos conhecido Zé Carioca, e seu sonoplástico parceiro Nestor Amaral, ambos homens dos sete instrumentos, sendo que este é capaz de tocar o Hino Nacional batendo com um lápis nos dentes e o "Tico-tico no fubá" mediante pequenos cascudos acústicos aplicados no cocuruto – tudo diante de um microfone, bem entendido.

Carmen está quieta, sentada no braço de minha poltrona. Tornamo-nos rapidamente grandes amigos. Celebramo-nos com o devido foguetório quando nos encontramos e uma vez juntos temos assunto para conversas intermináveis, sempre salpicadas de história sobre seus inícios como cantora, que me encantam. Sua verve é inesgotável e ninguém imita como ela antigas situações marotas em que se viram envolvidos, nos primeiros contatos com o público, seus velhos companheiros Mário Reis, Francisco Alves e Ari Barroso, na fase renascentista do samba carioca. Aprendi a querer-lhe muito bem e admirar a coragem com que enfrenta, ela uma mulher toda sensibilidade, a tortura de se ter tornado um grande cartaz comercial para Hollywood e de ter de sorrir à boçalidade, com raríssimas exceções, dos produtores, diretores, cenaristas, cinegrafistas, iluminadores e demais mão de obra dos estúdios.

Mas hoje Carmen está quieta. Seus imensos olhos verdes se horizontalizam numa linha de cansaço, quem sabe tédio, daquilo tudo já "tão tido, tão visto, tão conhecido", como diria Rimbaud. Cerca de nós, o ator Sonny Tufts toca um piano mais bêbado que o do genial Jimmy Yancey nas faixas em que foi gravado sem saber. Depois seu corpanzil oscila, ele se levanta só Deus sabe como e sai por ali cercando frango, não sem antes abraçar à passagem a atriz Ella Raines, que compareceu de noivo em punho e deixa-se estar com este a um canto, com um ar de Alicinha que só enganaria os drs. Sobral Pinto e Albert Schweitzer.

Numa poltrona a meu lado estira-se, com um viso suficientemente decomposto, o magnata Howard Hughes. Troco duas palavras com ele, mas o tedioso multimilionário e *playboy*, descobridor e bicho-papão de "estrelas", me parece muito mais interessado em Ella Raines – espécie de Grace Kelly de 1940, só que menos pasteurizada. Deixo-o, pois, à sua nova conquista, enquanto no meio da sala, Zé Carioca e Nestor Amaral "se viram" para chamar a atenção sobre os seus dotes de instrumentistas. Mas a pressão geral é grande e cada um procura cavar o pão da noite como pode, enquanto Herman Hover passeia com um ar de Napoleão em Marengo. Há propostas para um banho de piscina, para um concurso de rumba e outras trivialidades, mas ninguém topa mesmo porque o Sol (ou melhor "Ele", como dizem com o maior nojo meus amigos Américo e Zequinha Marques da Costa) já deve, contumaz ginasta matutino, estar pendurado à barra do horizonte para a sua atlética flexão de cada dia. O ambiente se está nitidamente desgastando em álcool e semostração.

Vou propor a Carmen irmos embora quando uma cortina se entreabre e surge uma mulher espetacular. Não creio que ninguém houvesse reparado, mas a mim ela me pareceu tão linda, tão linda que foi como se tudo tivesse de repente desaparecido diante dela. Fiquei, confesso, totalmente obnubilado ante tanta beleza, muito embora essa beleza se movimentasse, por assim dizer, um pouco à base da dança a que chamam quadrilha: dois passinhos para diante e três para trás com direito a derrapagem. Mas o que o corpo fazia, o rosto desconhecia; pois esse rosto tinha mais majestade que Carlos Machado entrando no Sacha's. Ela olhou em torno com um soberano ar de desprezo e logo, dando com Carmen, tirou um ziguezague até ela, vindo postar-se no esplendor de todo o seu pé-direito justo diante de mim, coitadinho que nunca fiz mal a ninguém.

– *Hey, Carmen* – disse ela.

– *Hey, honey* – respondeu Carmen com o seu sorriso n.º 3.

– *Gee, Carmen. I think you're wonderful, you know. I think you're tops, you know. Tops. You're terrific.*

Para quem não sabe inglês, esse diálogo inteligente exprimia a admiração da moça por Carmen, a quem ela chamava de "do diabo", de "a máxima" e toda essa coisa. Passado o quê, dá ela de repente comigo lá embaixo, pobre de mim que tive bronquite em criança, e olhando-me por cima de suas pirâmides, fez-me a seguinte pergunta num tom de rainha para vassalo:

– *Who are you?* (– Quem é você?)

Declinei minha condição de modesto servidor da pátria no estrangeiro, o que não pareceu interessá-la um níquel. Em seguida, sem aviso prévio, ela debruçou-se a ponto de eu poder ver o algodãozinho que havia juntado no seu umbigo, pôs as mãos sobre os meus braços, trouxe o rosto até um centímetro do meu e cuspindo-me todo como devia fez-me a seguinte indagação:

– *Do you think I'm beautiful?* (– Você me acha bonita?)

Fiz-lhe os elogios de praxe. Ela esticou-se novamente e concordou comigo:

– *You're right. I'm very beautiful. But morally, I stink!* (– Você está certo. Eu sou muito bonita. Mas moralmente eu... – como traduzir sem ofender tanta beleza, tirante os ouvidos do leitor? – não cheiro muito bem.)

Dito o quê, partiu como chegara, através da mesma cortina, para onde suponho houvesse um bar privado. Só sei que aquilo deu-me uma grande animação, a festa continuou até "Ele" raiar e eu acabei dançando com a linda moça, ela bastante mais alta do que eu, o que permitia ouvir-lhe bater o coração, de resto levemente taquicárdico. Antes de sair vi vários casais no jardim que não se sabia mais quem era quem, vi Sonny Tufts atravessado num sofá, vi coisas como só se vê em baile de carnaval. Festinha familiar, como diria a finada dona Sinhazinha.

Fora perguntei a Carmen se ela sabia quem era a deusa.

– É uma atriz nova que está entrando agora. Bonita, não é? Chama-se Ava Gardner.

Abstenção de cinema

Ando cumprindo mal meus deveres de cronista. Não está certo, não, Vinicius de Moraes. O público te paga para escrever, e você, em vez, fica a andar de bicicleta com o Rubem Braga pelas praias do Leblon ou a roer a sua solidão nos bares de Copacabana, ingerindo chopes, além de tudo uma coisa que não pode fazer bem à sua colite. Você vai num mau caminho, meu rapaz. Você devia era entrar no cinema e ir ver Shirley Temple – mas como dói! Anteontem, passando em frente ao Rian, você teve mentalmente o seguinte comentário diante do cartaz: *Casei-me com um nazista.* "Quem mandou..." Nada disso está certo. Você é um rapaz de responsabilidade, com dois filhos, uma bela carreira na sua frente, talvez até com mais um ou dois livros a escrever. Você devia acordar mais cedo, olhar a aurora nascer, encher os pulmões da salsa brisa atlântica, fazer uma hora de ginástica, tomar um banho frio e escrever um poema sobre a eugenia. Mas, não. Há uma semana você não vai ao cinema. Olhe que você com essa sua abstenção pode ter feito mal a algum fiel leitor seu – esse desconhecido... – que, por incauto, e sem a sua rija orientação cinematográfica, se deixasse seduzir pela burrice dos cartazes, e... mais uma alma no inferno do cinema...

O médico em você se rebela contra essas surtidas dos monstros, Vinicius de Moraes. Ouve a voz que te conclama ao sereno e imparcial cumprimento do dever. Fecha os olhos, vai ao cinema. Ingere Shirley Temple e outras adolescências seniais como ingerias o teu óleo de rícino na infância, ministrado pela mão mussoliniana de tua tia. O público assim o quer. Deixa de hipocondrias. Sê cronista. Vence a sedução da máquina e o canto de sereia do Rubem Braga. Atira-te à confecção de pequenas joias de bom gosto cinematográfico, pipocando em conceitos do mais alto interesse artístico, e larga essa mania de querer andar sem mãos e quem sabe – ó sonho! – de costas para a frente, na bicicleta. Ainda domingo passado pagaste quarenta cruzeiros ao garagista. Estás louco, rapaz, com o quilo de carne a três cruzeiros e sessenta centavos?

Não está certo, não, Vinicius de Moraes. É preciso comer cenouras, tomar pelo menos meio litro de leite por dia – e não uma bagaceirazinha ou outra, está ouvindo? –, ir ao cinema e depois meditar uma boa crônica ante um chá com *waffle and maple* numa das cadeiras da Americana, entre senhoras abastadas – e não chope, está ouvindo?, que é uma coisa que encharca o estômago e não nutre nada...

(Mas, afinal de contas, esse negócio de cevada é ou não é batata?)

1943.

Uh-uhuhuhuh-uhuhuhuh!

Eu amiga ver Tarzan Ritz. Amiga bonita. Tarzan mais bonito e forte que eu. Azar meu. Amiga mais bonita que Jane. Jane chata. Jane cara burra. Namorada mais inteligente que Jane. Rainha preta linda. Eu Tarzan passava Jane para trás boas condições. Rainha preta uva. Toda boa Tarzan dá pulo. Macaca Chita faz macacada tempo todo. Chita melhor atriz fita longe. Comissário inglês cara cretino. Gostei bandido matou ele metralhadora. Eu gosto bandido fita americana. Chita rouba relógio comissário. Relógio toca musiquinha. Tarzan voa no cipó daqui a avenida Presidente Vargas. Tarzan bacano. Tarzan ama Jane. Besteira. Jane cara panqueca solada. Rainha preta sim. Boa boa.

Fita boba. Eu gostei. Amiga ao lado essa coisa. Fita muito pedaço roubado outras fitas África. Não tem briga de bicho. Pena. Tarzan luta planta carnívora. Índios lutam bem jiu-jítsu, *catch-as-catch-can*, capoeira, fazem qualquer negócio. Índio mau mascarado. Rainha preta também mascarada mas toda boa.

Weissmuller melhor. Maureen O'Sullivan antiga Jane muito melhor que nova. Weissmuller muito gordo. Eu também um pouco. Weissmuller muito velho fazer Tarzan. Weissmuller cara muito burra mas falava língua Tarzan espetáculo.

Tarzan cai cachoeira, atira faca certeira cabeça cobra mecânica, mata sete cada vez feito alfaiate contos carochinha. Tarzan vê Jane dormindo faz olho morno. Aí Tarzan! Jane empalamo completo. Jane devia ser mulher comissário inglês assassinado e rainha preta mulher Tarzan. Isso sim. Mulheres mal distribuídas.

Tarzan e Jane brincam jogos aquáticos pura patifaria. Chita assiste, tapa os olhos, ri sem-vergonhamente. Jacaré vem vindo. Tarzan joga água Jane. Jacaré vem vindo. Jane joga água Tarzan. Jacaré vem vindo. Tarzan diz com licença, com licença, com licença. Bola fraca.

Cada um deve levar sua Jane ver Tarzan. Tem rapto Sabinas no fim com pileque geral tribo inimiga. Muito sensual para brotos e macróbios. Perfil amiga lindo escuro cinema.

1951.

Cidadão Kane, o filme-revolução

> *Não há artifício capaz de esconder,*
> *aos olhos da câmera, aquilo que existe*
> *ou não existe numa alma.*
> F. W. Murnau

É arbitrário o julgamento de um artista jovem pela sua primeira obra, sobretudo porque esse artista que se inicia vive quase sempre a experiência pródiga e desordenada da própria descoberta. Pode-se sentir, em geral, sua natureza e a qualidade do impulso que o leva a criar. Mas a definição da sua arte torna-se imprudente, se uma crítica não quer ficar nos limites da obra criada, como, me parece, deveria ser sempre que a ela se depara, além de uma forma em busca de se exprimir, uma natureza poderosamente marcada pelo privilégio de criação.

Tal não se dá com Orson Welles. Já se tem visto antes dessas exceções à regra que permanece, sem embargo, o caso verificável. Podem-se citar cem, mil exemplos, contra um só Flaubert ou um só Radiguet, que depositaram numa primeira obra o melhor de si mesmos, dentro daquele equilíbrio necessário às coisas perduráveis. Há casos especiais, como o de Proust. Aliás, em função de Welles, os exemplos não podiam ser pior escolhidos. Porque Welles não realizou com *Citizen Kane* uma obra de equilíbrio, no sentido em que *Madame Bovary* ou *Le Bal du Comte d'Orgel* são obras de equilíbrio. Creio mesmo que Welles tenha, no ato de fazer o seu filme, mandado todo e qualquer equilíbrio estético *to the deuce*, como é tão bom de dizer em inglês, e sem que isso implique incúria ou despreocupação sua em relação aos elementos cinematográficos, que tão magistralmente tratou.

Esse cineasta de vinte e seis anos, que surge com uma imagem cujo poder lembra um King Vidor; dando à câmera um valor que, desde Murnau, nunca tínhamos visto tão bem ajustado à narração; com um senso de tomada que faz estremecer o pedestal de um Dupont;

iluminando suas imagens com uma riqueza, uma novidade mesmo, só encontrável talvez num Sternberg; com uma grandeza de concepção, uma vitalidade, uma potencialidade cinematográfica que roça um Von Stroheim; solucionando seu complexo roteiro com uma naturalidade, uma liberdade, uma astúcia, poder-se-ia dizer que traz à ideia o melhor cinema russo; esse grande cineasta, que viveu uma vida tumultuosa e apaixonada, resolvendo suas dificuldades artísticas no cultivo de Shakespeare, estudando, montando e representando Shakespeare; que tem em Chaplin e Disney as duas figuras que mais ama e admira na América – é uma renovação, uma ressurreição, é uma revolução completa na moderna cinematografia. [...]

Não nos vamos dar ao luxo de procurar no filme os defeitos, poucos, que realmente tem, aqui e ali, mas que me parecem antes defeitos, ou melhor, qualidades negativas de Welles que de *Cidadão Kane*. O filme... É Welles. Sente-se o homem transbordando na emoção de todas as imagens, mergulhado na sua personagem a ponto de confundir-se com ela, de emprestar-lhe uma vida que, sente-se, é a vida do ator que a representa. Welles realiza essa unidade de roteiro, direção, ação e montagem, de que falamos em crônica passada, e que encontrou na arte de Chaplin o mais perfeito equilíbrio dos seus componentes. Isso faz de Welles, depois de Chaplin, o homem mais importante, do ponto de vista da arte, no atual Cinema, e com ele o único que soube dar ao som um valor exclusivamente cinematográfico. Aí está um filme que, perdoem o paradoxo, realiza, sonoramente, o ideal da imagem muda. O som, para valer como Cinema, deve ser um elemento virtual da imagem como a luz ou o movimento. Welles se sai dessa dificuldade de um modo admirável, resolvendo o problema, várias vezes, no decorrer do filme, justo como o próprio Pudovkin o resolveu para si, no seu *Film technique*, e não sem uma certa angústia, quando fere a questão da valorização do som na imagem que a arte fez muda para o Cinema.

Isso não é, infelizmente, a regra geral no filme. Welles carregou-o de diálogos desnecessários para marcar-lhe melhor o caráter panfletário que, evidentemente, tem. Mas, de qualquer forma, representa um passo de sete léguas nesse país delicadíssimo do som. Notem o tantonar misterioso que há no fundo daquela série de imagens em fusão, onde se narra a carreira de Susan Alexander através de vários teatros americanos. Welles montou (nunca a palavra coube tão bem!) a melodia das óperas com uma legítima dança guerreira africana, conseguindo um efeito "cinematográfico" de som, realmente devastador. Notem a música da ópera diluidíssima na imagem na cena de tentativa de suicídio de Susy. Notem o som de buzina quando o "boss Lellys" fecha a porta da casa de Susy, vindo de ter a sua altercação com Kane. Notem os gritos histéricos de mulher e a "montagem sonora" (que prazer em reunir essas palavras no verdadeiro espírito do Cinema!) da tenda, no piquenique...

Welles é positivamente magistral. É impossível imaginar o que esse homem não será capaz de fazer em Cinema. Não lhe faltam defeitos, repito. Mas não interessa mostrá-los aqui, de tal modo eles se diluem na grandeza real do todo. Às vezes há um excesso de "brio", talvez condenável, que Welles poderia resolver mais simplesmente e com mais Cinema. Sua técnica é, francamente, a da valorização da câmera, sem o exagero a que Murnau levou a teoria. O que me parece é que Welles não quis, ou antes, não se preocupou em criar uma genuína obra de arte. Tentou-o muito mais, e isso ele o conseguiu à maravilha, revelar com imagens a crueza de uma vida, emprestando-lhe um sentido que, muitas vezes, ultrapassa o âmbito do Cinema. E, nesse caso, concordamos francamente com sua técnica de narração.

Sua imagem é portentosa. Welles caracteriza e descaracteriza quem ele bem quer no momento que quer e com o simples recurso do claro-escuro. Só ilumina as emoções que vêm do íntimo como se a luz lhes brotasse natural. E nunca abusa do material perigosamente plástico que tem nas mãos. Seus *backgrounds* são admiráveis como composição, e por esse lado, ninguém, nem mesmo um Feyder, o bate. Welles é uma revolução. Com seu *Cidadão Kane*, coloca-se, a meu ver, entre os cinco ou seis maiores cineastas do momento...

*

A parte por assim dizer cabotina de Welles não é cabotinismo. Welles vê muito de fora para dentro. Trata-se, não o esqueçamos, de um americano. Há, ao mesmo tempo que uma grande frieza aparente no seu modo de aceitar a vida como ela é, uma força que o eleva muito acima da cotidianidade e do aparato com que vive. Ele o explicou, aliás, e nós não podemos deixar de concordar com ele, aceite-se ou não o seu ponto de vista; diz o seguinte: "não sou um artista comercial, nem quero fazer arte comercial; por outro lado, preciso de dinheiro para criá-la; qual é o meu papel? explorar uma fraqueza do meu país, o seu gosto de mágicas e de exibição, do que foge ao respeito humano; é assim que anuncio os meus filmes comigo mesmo; apareço em *parties* com a perna encanada; monto um *Macbeth* só com artistas negros; faço a loucura que me passa pela cabeça; com isso interesso o público; com o interesse do público por mim, faço a minha arte...".

É esse o seu modo, que é que se vai fazer? Não é, evidentemente, *comme il faut*, mas não deixa de ter a sua ética. E desde que Welles – seja como for – continue a dirigir cinema como dirigiu em *Citizen Kane*, por meu lado pode fazer todas as mágicas que quiser, andar nas mãos, virar pantana, irradiar até o Apocalipse, que eu estou com ele, para o que der e o que vier.

1941.

Grandeza de Otelo

Tenho que Grande Otelo é o maior ator brasileiro do momento, incluindo gente de teatro, cinema, rádio e o que mais haja. O danado tem realmente uma bossa fantástica para representar – e o certo é que se trata de uma vocação no mais justo sentido da palavra, quanto haja vista o modo como Otelo tem progredido de dentro dos seus próprios recursos, organicamente, e bem para cima, como as árvores mais dignas. É certo que a experiência de cassinos, o trato com o público oblíquo e entediado dos *grill-rooms* o devem ter ajudado muito a se defender sozinho das dificuldades e dos imprevistos cênicos, mas, por outro lado, que mal não lhe poderia isso ter feito! Em vez, não. Quando Orson Welles filmava as cenas de morro do seu filme brasileiro, tive oportunidade de conversar com ele sobre Grande Otelo. Orson Welles o achava não o maior ator brasileiro, mas o maior ator da América do Sul. Não o dizia gratuitamente, tampouco. Um dia me explicou longamente o temperamento artístico desse pretinho tão genuíno, que nem os sofisticados sambas pseudopatrióticos, nem o contato diário com os piores cantores e autores de cassinos, conseguiu estragar. Dizia-me haver nele um trágico de primeira qualidade e lamentava não poder exercitá-lo melhor nesse sentido.

No quadro das artes cênicas brasileiras, é efetivamente de admirar um caso como o de Grande Otelo. Ainda outro dia eu conversava com Aníbal Machado sobre o assunto. Aníbal é um dos poucos homens conscientes do estado em que vive o nosso palco e o nosso cinema, e anda empenhado até os olhos em ajudar o desenvolvimento do nosso teatro dentro de novas perspectivas. Falar verdade, não sei como é que ele vai se sair desta, mas eu gostaria de chamar a sua atenção como a dos nossos bons diretores e dirigentes para o caso de Otelo, que é um valor estupendo muitíssimo mal aproveitado.

Ainda não vi *Moleque Tião*, o filme que o Vitória no momento exibe e onde Otelo tem o papel preponderante. Tenho certeza, de antemão, que o seu trabalho deve ser bom. Otelo tem essa naturalidade rara do grande ator, e o que me espanta é ser tão modesto. Trata-se de uma peça rara. Eu, pessoalmente, tenho com Otelo relações que não chegam a ser de amizade, mas confesso que muito me alegraria se soubesse que ele gostaria que fôssemos amigos. É uma pessoa especialmente rica como criatura humana, de um formidável patético e com uma extraordinária capacidade de ternura, que se esconde sob uma certa ironia e verve. Um "boa-praça", como diz Rubem Braga. Por falar em praça, como é possível deixar de querer-lhe bem, ele que deu, de parceria com Herivelto Martins, o grande e triste samba do Rio, cujas notas cantam como gemidos para o coração da cidade: "Vão acabar com a praça Onze...".

1943.

Feijoada à minha moda

Amiga Helena Sangirardi
Conforme um dia eu prometi
Onde, confesso que esqueci
E embora – perdoe – tão tarde

(Melhor do que nunca!) este poeta
Segundo manda a boa ética
Envia-lhe a receita (poética)
De sua feijoada completa.

Em atenção ao adiantado
Da hora em que abrimos o olho
O feijão deve, já catado
Nos esperar, feliz, de molho.

E a cozinheira, por respeito
À nossa mestria na arte
Já deve ter tacado peito
E preparado e posto à parte

Os elementos componentes
De um saboroso refogado
Tais: cebolas, tomates, dentes
De alho – e o que mais for azado

Tudo picado desde cedo
De feição a sempre evitar
Qualquer contato mais... vulgar
Às nossas nobres mãos de aedo
Enquanto nós, a dar uns toques
No que não nos seja a contento

Vigiaremos o cozimento
Tomando o nosso uísque *on the rocks*.

Uma vez cozido o feijão
(Umas quatro horas, fogo médio)
Nós, bocejando o nosso tédio
Nos chegaremos ao fogão

E em elegante curvatura:
Um pé adiante e o braço às costas
Provaremos a rica negrura
Por onde devem boiar postas

De carne-seca suculenta
Gordos paios, nédio toucinho
(Nunca orelhas de bacorinho
Que a tornam em excesso opulenta!)

E – atenção! – segredo modesto
Mas meu, no tocante à feijoada:
Uma língua fresca pelada
Posta a cozer com todo o resto.
Feito o quê, retire-se caroço
Bastante, que bem amassado
Junta-se ao belo refogado
De modo a ter-se um molho grosso

Que vai de volta ao caldeirão
No qual o poeta, em bom agouro
Deve esparzir folhas de louro
Com um gesto clássico e pagão.

Inútil dizer que, entrementes
Em chama à parte desta liça
Devem fritar, todas contentes
Lindas rodelas de linguiça

Enquanto ao lado, em fogo brando
Desmilinguindo-se de gozo
Deve também se estar fritando
O torresminho delicioso

Em cuja gordura, de resto
(Melhor gordura nunca houve!)
Deve depois frigir a couve
Picada, em fogo alegre e presto.

Uma farofa? – tem seus dias...
Porém que seja na manteiga!
A laranja gelada, em fatias
(Seleta ou da Bahia) – e chega.

Só na última cozedura
Para levar à mesa, deixa-se
Cair um pouco da gordura
Da linguiça na iguaria – e mexa-se.

Que prazer mais um corpo pede
Após comido um tal feijão?
– Evidentemente uma rede
E um gato para passar a mão...

Dever cumprido. Nunca é vã
A palavra de um poeta... – jamais!
Abraça-a, em Brillat-Savarin
O seu Vinicius de Moraes.

Petrópolis, 1962.

Ciro Monteiro

Se há no Brasil um homem senhor de um reino, esse homem é Ciro Monteiro e esse reino chama-se a rua Silveira Martins, ali no Catete: perto da qual mora também Di Cavalcanti. Ciro, como Di, acha a zona sul falsa e sofisticada. E como quem tem um reino é rei, Ciro o é. Primeiro e único, nessa encantadora rua desse simpático bairro onde eu também gostaria de morar, não fosse uma fidelidade à infância na Gávea e em Botafogo, e à mocidade em Ipanema e no Leblon.

Ciro mora atualmente na Tavares Bastos, uma transversal da Bento Lisboa, num apartamento que comprou em 1964, por dez réis de mel coado (mas suado!). Mas acontece que sua rua atual fica a uma esticada apenas da Silveira Martins, e não há dia em que Ciro (ou Formigão, como o chamam alguns amigos) não vá assinar o ponto no boteco do Homem Bom, apelido que deram ao proprietário, e no do Seu Domingos, ou dos caixotes – por isso que são o assento dos fregueses, como está na cara. É lá que Ciro encontra a sua patota: Filé de Borboleta, Manga Rosa, Nelsinho Charuto, Pernambuco, Miguel Nanquim, Bató, Gato, Cláudio Botafoguense, Edelson, Jojô, Tendinha, Pedro Corumbá, o alfaiate geral, Wilson, o dentista geral, e muitos outros – porque Ciro ama todo mundo no seu reino e todo mundo ama Ciro. Houve tempos em que as menininhas da rua apanhavam balas e pirulitos na carrocinha da esquina e diziam simplesmente: "Põe na conta do tio Ciro". Ele achava isso um deleite. Uma manhã há muitos anos, atravessada da noite anterior, Américo Marques da Costa e eu, com muita uca na cuca, sentimos terríveis saudades de Ciro e fomos bater em seu antigo "barraquinho", como ele amorosamente o chamava: um conjugado desse tamanhinho, que vivia de porta aberta para quem quisesse entrar e onde eu conheci algumas mulatas que realmente não eram deste planeta. Lu, sua mulher, que ele conheceu quando ambos trabalhavam num filme da Atlântida, *Segura essa mulher* (Ciro só fez obedecer), deu-nos dois velhos calções de banho, dois pares de tamancos e lá fomos os três para os caixotes do Seu Domingos, onde a patota ia se revezando e os trabalhos foram intensíssimos. Era pleno verão, e só terminamos nossa sauna de cerveja para cair nos braços de um ensopadinho de abóbora, que Lu faz maravilhosamente, e logo a seguir, nos de Morfeu. Roncamos e urinamos como pagãos, prova evidente de nossa felicidade e bem-estar, e do bom funcionamento dos nossos rins. Porque não há nada que tenha melhores fluidos que a casa de Lu e Ciro. Onde quer que eles morem ou estejam, até em quarto de hotel, respira-se um ambiente de carinho e proteção. Ciro é, como eu, da linha de Xangô e Lu, como minha mulher Gesse, é filha de Iansã. Não pode haver combinação mais divina.

Ouvi Ciro cantar pela primeira vez em 1942, num cassino que havia na Bahia chamado Tabaris. Era em plena guerra, e toda nossa costa estava em regime de *blackout*. Eu acompanhava um (então) famoso escritor americano, Waldo Frank, numa viagem até o Norte, a pedido do chanceler Oswaldo Aranha, que nos sabia amigos. Ele queria escrever um livro sobre a América Latina (que aliás escreveu, *South America Journey*) e era um velhão danado de duro, tipo Hemingway. Mas nessa noite, de tanto subir ladeira, deu o prego e eu, na força da idade, aproveitei a deixa. Ciro cantou e eu o achei, de saída, genial e com um grande domínio de um público bastante maroto, porque altamente alcoolizado: tanto assim que pouco depois saiu um pau de meter medo. Eu não o conhecia ainda, mas atrevi-me a mandar-lhe um bilhete convidando-o para um drinque – e que ele provavelmente rasgou para não ter que aturar mais um chato. Daí perdi-o de vista por muitos anos, em minha vida errante: de vista, mas não de música. Ciro tinha estourado com "Se acaso você chegasse", um samba de Lupicínio Rodrigues e Felisberto Martins, e com o qual o cantor carioca e o sambista gaúcho lançaram-se mutuamente para a fama. Depois, veio muita coisa, sobretudo o sucesso de "Falsa baiana", do grande Geraldo Pereira: de quem Ciro promete agora todo um LP. É estranho pensar que Ciro gravou o primeiro e o último samba de Geraldo Pereira, ou seja, "Falsa baiana" e "Escurinho", e que esse extraordinário compositor, de quem Ciro era amicíssimo, morreu em seus braços, de uma morte inteiramente fora de tempo. Durante toda essa época aconteceu muito samba mais: "Beijo na boca", de Ciro de

Souza; "Beija-me", de Roberto Martins e Mário Rossi; "Seu Oscar" e "O bonde São Januário", de Wilson Batista e Ataulfo Alves; e "Mascarada", "Enquanto houver amor", "Sossegadinha", "Quem sou eu" e "Madame Fulano de tal", do próprio Ciro, de parceria com Dias da Cruz. Tudo lançamento dele. Um banho.

Ciro é para mim, como foi Luiz Barbosa (sua maior influência) e como é até agora João Gilberto, um cantor ímpar na música popular brasileira. Quando Ciro morrer – o que eu espero aconteça o mais tarde possível e um pouquinho só depois de mim, que é para eu não morrer, também, de saudades dele – morrerá com ele um estilo de cantar. Uma vez eu disse numa contracapa que escrevi para o seu LP, *Sr. Samba*, que o segredo da simplicidade de Ciro, como em João Gilberto, não tem nada de simples. "Em ambos estes mestres da arte de cantar samba, não é apenas a bossa que conta. Eles foram não somente os descobridores máximos de divisões e síncopes inéditas na música popular carioca, mas os artífices pacientes e laboriosos de um modo de emitir o samba, que dá a impressão, a quem os ouve, de que qualquer pessoa pode cantar. Em vez de inibir o ouvinte com interpretações viciadas por tiques, inflexões desnecessárias, vibratos anódinos ou obsoletos, sem qualquer raiz na verdade do canto, eles trabalham o que cantam até atingir o ponto mais próximo da perfeição, que é aquele onde mora a simplicidade."

Se alguém me perguntasse quem eu gostaria de ser, se não fosse eu próprio, responderia sem hesitar... não, eu confesso que hesitaria entre Pixinguinha e Ciro Monteiro. Porque se Pixinguinha é a pureza total, em estado de graça, Ciro é pureza por opção: pois malícia não lhe falta. Tendo vivido uma vida de muito amor e muito sofrimento, muita luta e muita responsabilidade, muito céu e muito abismo, não faltaram a Ciro oportunidades de se entregar à amargura e à descrença, como fazem tantos por bastante menos. Convivendo igualmente, e no mesmo plano de relações, com o grosso do fino e o fino do grosso, Ciro aprendeu todos os pulos do gato, e mais um: o para o futuro. Depois das experiências, a que nunca se negou por uma dialética existencial sem precedentes, jogava fora as injustiças e ingratidões e guardava no bornal as flores do amor e da amizade, transformando muitas vezes, para não se fazer notar, um ríctus de dor num sorriso. Como no lindo samba autorretrato desse imenso Nelson Cavaquinho, "As rugas (também) fizeram residência no seu rosto" e cavam sua extraordinária máscara mestiça de tanta compreensão e bondade, tanta dignidade e doçura – e tudo tão filtrado pelo tempo – que ninguém em sã consciência ousaria levantar a mão contra ela. Também, os que fizeram se deram mal. Ciro tem a coragem dos justos, e em boa causa topa qualquer parada. Que o diga Péricles Dutra, o Dutrinha, em defesa de quem Ciro guarda como lembrança uma profunda cicatriz de faca. De outra vez, numa briga de bar, teve que gritar com Lu que queria acabar com uma garrafada um crioulo que a provocara, e a quem Ciro mantinha imobilizado numa poderosa gravata. Eu, por exemplo, só casualmente vim a saber, anos mais tarde, que uma noite, no bar do hotel Comodoro, em São Paulo, Ciro insultou e expulsou da mesa um cara ultraparrudo que tinha falado mal de mim. Ele jamais me tocara no assunto. Porque Ciro tem a vocação – eu diria melhor, exerce o sacerdócio – da amizade. Seus verdadeiros amigos são sagrados para ele.

Em 1956, eu o chamei para fazer o papel de Apolo, o pai do meu *Orfeu da Conceição*, no Teatro Municipal. Ciro nunca havia trabalhado como ator. Pois bem: houve-se com tanta naturalidade, que constituiu, em todo o transcorrer da temporada, um dos pontos seguros do espetáculo. Deem-lhes umas e outras, e um pouco de corda, e Ciro chora, fácil, ao lembrar o ambiente maravilhoso de trabalho e as terríveis paixões que se desencadearam durante os ensaios. Foi a época gloriosa do Clube da Maçã, fundado por ele e Haroldo Costa, no camarim deste, e do qual fez-se o bom Haroldo o flecheiro-mor. O que se faturou de escurinhas não foi mole.

Um ano depois, na boate Cave, em São Paulo, e levado por nosso querido amigo comum Zequinha Marques da Costa, Ciro fez uma *rentrée* sensacional. Íamos vê-lo todas as noites. E aí eu fui para a Europa, depois para o Uruguai, e quando finalmente voltei, soube que os bichinhos tinham roído o pulmão esquerdo de Ciro. Ele estava no Sanatório de Corrêas, aos cuidados de um excelente tisiólogo, dr. Francisco Benedetti, que o preparava com todo carinho para uma toracoplastia indispensável. Era preciso ver Ciro lá dentro, junto com os outros doentes. Ele criara à sua volta um clima de tal animação e otimismo que eu, que sou meio chegado a uma internação, quase fico por lá. Tinha levado, a seu pedido, o violão, e a turma do bacilo, que também organizara um conjunto, mimoseou-me com várias canções: de maneira que houve uma grande troca de brindes musicais. Lembro-me que havia uma jovem *crooner* cuja voz mal lhe saía dos foles, de tão tuberculosazinha. Quinze dias depois, voltando para visitá-lo, perguntei por ela. "Pois é, poeta" – disse-me Ciro franzindo a testa daquele seu modo todo especial – "imagine você que ela 'se mandou' ontem de tarde. Veja só..." A verdade é que a experiência comum da moléstia e do perigo solidarizara tanto aqueles seres, que a morte parecia haver perdido todas as suas arestas. O *crash without a sound*, o choque sem ruído, de que fala num poema a genial Emily Dickinson, processava-se num clima realmente abstrato, aleatório. Como se a morte fosse incolor, inaudível, fluida, rarefeita. Sempre a grande esperada, muito mais que o resgate, que constituía apenas uma esperança.

Depois que o Dr. Benedetti extraiu-lhe três costelas, para praticar a toracoplastia, junto com os médicos assistentes Drs. João Manuel, Gabriel e Girão (a quem peço perdão por não lhes haver anotado os sobrenomes), Ciro, convalescente, fez um samba que pouca gente conhece e diz assim:

Dr. João descobriu na minha operação
Que as minhas costelas eram iguais às de Adão.
Sem perder tempo
Ele apanhou três delas
Caprichou e fez três mulheres belas.
Eu sabendo disso
Reclamei o meu quinhão
E ele sorrindo
Me mandou lamber sabão
E foi dizendo:
– Você não tem nada não!
Só fiz uma pra mim
Uma pro Gabriel
E uma pro Girão.
E eu, que era o dono das costelas
Fiquei sem elas
Sem as belas
– Fiquei na mão.

Ficou na mão?... – aqui, ó! Está firme, com sua companheira de vinte anos, a quem ama e protege e por quem é muitíssimo amado e protegido: porque Lu é Iansá de frente: se é que vocês sabem o que isso quer dizer. Toma seu uísque regularmente, juntamente com seu Litrison (eu agora receitei-lhe também Purinor, fiel aos ensinamentos de meu "colega" e amigo Dr. Clementino Fraga Filho): tudo para proteção da célula hepática, porque fígado (como mãe) só existe um (uma). Agora vai gravar sambas inéditos da turma mais jovem e continua cada vez mais doentemente Flamengo. Aliás, é a única coisa que não compreende em mim. "Poeta" – diz-me sempre com uma expressão cheia de tristeza – "a única coisa que eu não entendo é que você, que tem tudo para ser Flamengo, seja Botafogo..." A última vez que fui visitá-lo, disse-me uma coisa linda: "Eu tenho horror a desconfiar das pessoas: prefiro até ser enganado. Quando elas me enganam ou desiludem, o problema é delas...". E por isso toma, vez por outra, uma boa traulitada. Aliás, como eu.

Mas não há de ser nada, meu Ciro: a má consciência, como dizia a minha avozinha, carrega-a quem a tem. Só que mais tarde, ela dá câncer.

Pasquim, n. 48, Rio de Janeiro, 21 a 27 de maio de 1970.

Meu Caymmi

Conheço Dorival Caymmi desde o início da década de 1940, quando cheguei da Inglaterra, onde estudava, fugindo à Segunda Grande Guerra. Encontrava o baiano ali pelo Leblon, que nessa época estava começando apenas a dar um ar de sua graça. Minha casa ficava na rua General San Martin, e entre uma sortida e outra à praia, nossa patota (naquele tempo se dizia turma) descansava o espírito num bar-mercearia que havia na esquina da Ataulfo de Paiva com a Carlos Góes: éramos eu, Rubem Braga, Moacir Werneck de Castro, Jimmy Abercrombie, Carlos Leão, Juca Chaves (o engenheiro e futuro dono do famoso Juca's Bar, de saudosa memória) e outros aderentes eventuais, alguns dos quais já se mandaram há muito. Caymmi morava numa casa de aparência estranha, no fim da Ataulfo de Paiva, que, se não me engano, ainda existe. Nada prenunciava ainda que o Leblon se fosse tornar um bairro tão em voga. O baiano gostava de tomar um conhaquinho, devagar e sempre. Nós éramos do chope e da cerveja. O verão carioca eliminava tudo na transpiração.

Desde então ficamos amigos. Nossas vidas eram diferentes. Caymmi era mais da patota de Jorge Amado. Eu tinha tido um período de compositor, aí pelos 16 anos, com os Irmãos Tapajós, dupla vocal famosa na época, mas depois deixei. Só viria a retomar 27 anos mais tarde, quando Antônio Maria entrou de sola em nossas vidas. Já o forte de Caymmi era a composição. Alguns de seus mais belos sambas e canções datam dessa época.

Quando, em 1950, regressei de meu posto de vice-cônsul em Los Angeles, depois de cinco anos de ausência, Caymmi e Antônio Maria começaram a frequentar assiduamente minha casa. As facilidades diplomáticas então existentes induziram-me a trazer 30 caixas de uísque que tiveram o poder de aguçar extraordinariamente o faro de meus amigos. A casa vivia cheia, dia e noite. Lembro-me que uma tarde estava com Paulo Mendes Campos no Juca's Bar, na cidade, quando ouvi um cara desconhecido, na mesa ao lado, convidar um outro para ir à minha casa, onde – assegurava ele – o uísque corria. Só sei dizer que 360 garrafas do mais puro escocês foram absorvidas em cerca de dois meses: o que representa uma média de 6 unidades por dia. É, a moçada já era sadia.

Entre 1950 e 53, ano em que parti em posto para Paris, Caymmi e eu nos víamos com bastante frequência, em companhia de Antônio Maria, Aracy de Almeida, Paulinho Soledade, Fernando Lobo e outros encaixotadores de sereno. Encontrávamo-nos à noite, no finado Vogue, depois íamos para o Sacha's, depois ainda para o Clube da Chave, onde conheci, pouco antes de partir, meu parceiro Antonio Carlos Jobim. A conversa era ágil e maledicente. Caymmi seguia compondo. Quando, posteriormente, começou a trabalhar no Club 36 da rua Rodolfo Dantas, nós não saíamos de lá. Era uma época boa e descompromissada, com a voz de Aracy, Elizeth, Nora Ney, Doris Monteiro, Ângela Maria e depois Maysa enlanguescendo as madrugadas...

Saudade, torrente de paixão
Emoção diferente
Que aniquila a vida da gente
Uma dor que eu não sei de onde vem...

Eu fizera, sozinho, meus primeiros sambas. Amávamos a noite como se ela fosse uma mulher. Nosso último reduto era o Pescadores, na Francisco Otaviano, onde se comia os melhores ovos com presunto da madrugada e, eventualmente, saía cada pau de meter medo, porque a turma já vinha de muitas horas de voo.

Em 1957, estando eu em Paris, soube que Caymmi ia chegar. Sem poder ir ao aeroporto, pedi à relações-públicas da velha Panair que o localizasse para mim em Orly, e falamos ao telefone. Fiz questão de assinar o ponto da amizade, e muito bem obrei, pois os baianos residentes, à frente dos quais se colocou Odorico Tavares, que viajara com ele, o sequestraram de tal modo, que só o pude ver uma noite, no Calavadoes, onde ele tocou violão e cantou para o trio local, Los Latinos: nome a que nós, frequentadores de sempre, acrescentávamos maldosamente a letra R.

Mas foi somente em fins de 1964 que nossa amizade se solidificou para valer, graças a um convite de Aloysio de Oliveira e Paulinho

Soledade, proprietário do Zum-Zum, para que fizéssemos um show juntos, escorados pelo Quarteto em Cy e o conjunto de Oscar Castro Neves. O show constituiu um grande sucesso, e nele lançou Caymmi sua bela valsa "Das rosas", cuja criação me anunciara uns 7 anos antes, uma tarde em casa de Jorge Amado: isso para dar uma pala de como o baiano curte o que compõe. Nós todos o acompanhávamos na belíssima "História de pescadores". Eu dizia sempre "O dia da criação", com a boate no mais absoluto silêncio, e isso para mim foi muito bom, esse contato poético com o público, que me certificou de que a poesia ainda não havia morrido. Nosso bate-papo entre os números, na base do improviso, ficou muito popular na noite carioca, e Aloysio pensou mesmo em dele tirar um LP, que afinal não foi avante. Mas as fitas existem por aí, para documentar de sua espontaneidade, e das maravilhosas e sábias tiradas de Caymmi, que faziam o público morrer de rir.

De pouquíssimos seres humanos eu gosto tanto. Não há amigo mais perfeito, se não se exigir mais do que ele, em sua baianidade, pode e sabe dar: e não é por acaso este o segredo da amizade, a gente não forçar a barra do amigo, deixá-lo ser ele mesmo, usufruir do seu convívio no que ele tem de mais saboroso e autêntico?

"Acontece que eu sou baiano", disse ele num de seus melhores sambas. E é realmente difícil encontrar alguém mais baianamente dengoso que Caymmi, apesar de sua grande quilometragem carioca. Sua barriga redonda e cheia de ritmo, que parece dançar por conta própria quando ele canta – a barriga de um homem que viveu e amou a vida – é o retrato da sua Bahia. Como, de resto, sua cor; a malemolência brejeira de seus olhos, quando interpreta, e o balanço gordo e descansado do seu samba; samba que parece ter o visgo gostoso do ar da Bahia, feito de calor e brisa, o quebranto de suas ladeiras, por onde as baianas descem desmanchando as ancas; a untuosidade pungente de suas comidas e seus pirões afrodisíacos, onde o dendê, o amendoim, o gengibre e a pimenta de cheiro são condimentos obrigatórios; a pátina do seu casario, como no Pelourinho; e a misteriosa claridade de seu lar, que o fez dizer, num verso da mais alta síntese poética, em sua canção sobre a Lagoa do Abaeté:

A noite tá que é um dia...

Caymmi constitui, a meu ver, com Pixinguinha, Noel Rosa, Antonio Carlos Jobim e já agora, despontando no amanhecer, Chico Buarque de Hollanda, um dos grandes cinco cimos solitários da música popular brasileira. Canções como "O mar", "Dora", "João Valentão", "É doce morrer no mar", "A lenda de Abaeté", "Saudade de Itapuã" e "Rosa Morena" são obras-primas sem jaça; das maiores de todos os tempos no populário nacional ou estrangeiro. E assim é meu Caymmi: grande, sábio, vasto, intenso: um excelso mandarim baiano, que ainda representa melhor que ninguém esse maravilhoso berço mestiço da nacionalidade que é sua Bahia nativa – a terra onde os preconceitos não têm cor e a falta de bossa não tem vez.

Pasquim, n. 64, Rio de Janeiro, 10 a 16 de setembro de 1970.

Antônio Maria: uma velha crônica

A noite é grande e cabe todos nós...
de uma marcha de A.M.
que me foi dedicada

Você lembra, Antônio Maria, os tempos do velho Clube da Chave, aí por volta de 1953, quando eu morava ali na Francisco Otaviano e vivia tão "duro" que precisava fazer "papagaio" para pagar um aluguel de quatro contos? Naquela época nós andávamos sempre juntos. Um dia, Otto Lara Resende, sabendo que eu estava doente, passou pelo meu apartamento e, na saída, me deixou na mão, bem dobradinha, uma nota de cinco cruzeiros.

Eu tinha você e Jayme Ovalle sempre à mão. Ovalle morava justo ao lado do clube, num sétimo andar, e você, vira e mexe, passava com o seu Cadillac na minha porta, e nós saíamos em frente. Tudo acabava no Clube da Chave. Ou, às quartas-feiras, em casa dos Cattan, naquelas noites de música onde foi lançada tanta gente nova. Naquele tempo você dava as cartas. Ao seu lado havia sempre uma linda Mulher Azul. "Ninguém me ama", "Menino grande", aquele samba bonito com Ismael Neto, e cujo nome agora me esqueço (um que dizia: "Nunca mais vou fazer o que o meu coração pedir...") faziam furor. Às vezes nós dávamos uma escapada até o finado Vogue. Lá estavam o Barão von Stuckart, sempre sorrisos, e o barão entre os barões, o único, o assinalado, Barão Lúcio Schiller. E nossos demais amigos da madrugada: Fernando Ferreira, Fernando Lobo, Paulinho Soledade, Serginho Figueiredo, Aracy de Almeida, tantos outros... Alguns já aí pelas suas bandas.

Em janeiro nascera minha filha Georgiana. Eu e o seu fidagal Ronaldo Bôscoli, então meu cunhado, revezávamos neuroses: e hoje garanto que nem você queria mal a ele, nem ele a você: era tudo essa mania que vocês têm de andar sempre brigando. Meu vago-simpático tinha disfuncionado de A à Z. Uma noite Dreyfus Cattan chegou a minha casa e disse: "Ponha a roupa de briga e vamos tomar um pileque". No Clube da Chave, naturalmente. No dia seguinte eu estava bom. Falara pelos cotovelos, durante a noite em que, a horas tantas, Paulinho Mendes Campos baixou em grande forma, e com mão fraterna me ajudou a sair do poço.

Eu fizera meu primeiro samba, tudo meu, música e letra, com verdadeiro deslumbramento. Nunca me julgara capaz de fazer música: letras sim. Nós o cantávamos pela noite, sob o céu de estrelas. Você tinha um apartamento no primeiro andar do Vogue e se dava ao luxo de ter como secretário um bom poeta português, que morreu naquele desastre da Air France, pobrezinho, porque não sabia nadar: o querido Carlos Maria Araújo de Moraes, que achava você "um santo homem" e a quem, se esse negócio por aí for mesmo à vera, eu lhe peço dê um grande abraço. De Moraes por Moraes para Moraes.

E tudo acabava no Clube da Chave. Havia ocasiões em que você saía com sua linda Mulher Azul, eu ficava admirando de longe um outro menino grande, de mecha loura sobre a testa, que, debruçado sobre o piano, tirava acordes que eu ainda não tinha ouvido na noite, e cantava baixinho uns sambas tão lindos: "Outra vez", "Foi a noite...". Depois me apresentaram a ele, chamava-se Antonio Carlos Jobim. Eram ele, Donato, João Gilberto. Se me pegavam, só me largavam quando toda a indiarada matutina começava a trafegar em frente ao Pescador, lá no fim da Nossa Senhora de Copacabana, e onde se fazia os melhores ovos com presunto da madrugada carioca, porque os ovos vinham inteiros e o presunto, torradinho. E onde, sistematicamente, o pau comia.

Em setembro desse mesmo ano, eu escrevi uma página que teve a honra de ser espetada a tachinha na camurça verde do quadro do clube, perto da porta do mictório. Quero retranscrevê-la para você, meu Maria, e para seus amigos de então e de sempre, porque ela me pareceu, ao relê-la agora, dizer coisas proféticas sobre o homem que você se tornou: um ser claustral.

*

Outro dia, ao ver o show de Bethânia e Ítalo sobre você e Dolores, meu Maria, eu abri o chorador. Chorei paca. Chorei tanto que, passada meia hora, não podia nem abrir os olhos. Fiquei apenas ouvindo os dois queridos intérpretes dentro da bruma da minha saudade: uma saudade excruciante, que hora me trazia você, Bochecha, em toda a sua solidão; ora você, meu Maria, rodando pela madrugada seu velho Cadillac ao longo da orla atlântica, eu a seu lado, frequentemente uma mulherzinha entre nós: às vezes minha, às vezes sua, nunca de ambos, que nós não nos dávamos a esses desfrutes.

Você dirigia descansado, o cotovelo esquerdo para fora da janela, o cigarro na mão direita, levando o carro em velocidade pouca e o mais das vezes cantarolando uma canção, de preferência sua...

Nunca mais vou fazer
o que o meu coração pedir...

Nós éramos os reis da noite. Não havia condição de não nos encontrarmos. Eu tinha conhecido você através de Caymmi, uma noite em que havia festa em minha casa, aí pelo verão de 1950. Tinha chegado de meu posto em Los Angeles com dez quilos e 36 caixas de uísque a mais, o que aguçou extraordinariamente o faro dos amigos e aderentes. Vinha gente até de São Paulo para beber o Vat-69, que sobreviveu uns três meses, num total de 432 ampolas. Não posso esquecer a noite em que Caymmi, convidado por mim, trouxe você a reboque. Eu avaliei seu pé-direito, seu carão de lua e seu corpanzil de lutador de *catch* – e fui todo. Naquele tempo, Danuza era nossa musa mais jovem: uma graça total de menina, cheia de bossa no vestir e no falar. As moças não diziam desdenhosamente como agora: "Sem essa...". Elas falavam, exagerando bem a inflexão e assumindo um ar de incredulidade consternada: "Existe?!". Você, meu Maria, se babava com todas. Isso nos uniu mais ainda, essa vocação total para a mulher. Um dia, em Paris, eu vi você suar na testa quando eu lhe apresentei uma ex-namorada minha. Foi na hora. Sua testa ficou pelada de suor, e eu vi nos seus olhos uma inesquecível expressão de angústia diante do irremediável, como quem diz: "Estou perdido...". E na verdade quase você se estrepa, porque a moça não era de bordados, pôs logo uma argola no seu nariz e saiu puxando você por ali tudo, até pela Alemanha. Acho que foi, aliás, a única mesma mulher em nossa vida.

Mas deixa pra lá. Você era, diante da mulher, como um bicho acuado. Quando, aquela noite em Paris, a moça pegou e carregou você para as boates, o último olhar que você me deu, já da porta do restaurante, era igual ao do boi que erra o vau do rio e é levado pela correnteza. Digo porque já vi acontecer, no Paraíba, perto de Resende. O coitado, enquanto ia indo, ficou de focinho virado para mim, me olhando tão triste que nunca mais pude esquecer.

Naquele tempo nós íamos muito ao finado Vogue, onde pontificavam dois barões assinalados, Lúcio Schiller e Von Stuckart: o primeiro ainda mais dono que o segundo. Por um tempo você fez relações públicas para a boate, e aí mesmo é que nós não saíamos de lá. Lembro-me de Aracy de Almeida e Ângela Maria cantando, e depois você pegando o microfone e dando também seu recado: "Ninguém me ama... Ninguém me quer...", enquanto o Barão Von Stuckart, sentado à nossa mesa, contestava baixinho, cheio de real comiseração, em seu sotaque austríaco: "Amam sim, pobrrrezinho... querrrer muito-muito focê...". A gente, em geral, punha a nossa Aracy no táxi que a levava ao Encantado (a boa Araçá tinha um sempre a seu serviço) e saíamos flanando sobre rodas. Um dia, de manhãzinha, paramos diante do posto 2 e ficamos vendo uns estrangeiros fazendo ginástica: levanta-abaixa-gira-volta-um-dois, esse negócio todo. Ficamos bem uns dez minutos vendo os caras fazer ginástica, juntinho uns dos outros, porque a espécie é bastante gregária. E juramos solenemente nunca mais fazer um só exercício em toda nossa vida.

Meu Maria, você terá deixado uma meia dúzia de inimigos, com o seu espírito por vezes demasiadamente cáustico. Mas as dúzias de amigos que você deixou lembram-se, como eu, diariamente de você. É só perguntar a Aracy, a Verinha Nascimento Silva, a Di Cavalcanti, a Paulinho Soledade, a Fernando Ferreira, a Fernando Lobo (malgrado as pinimbas), a Lúcio Schiller, a Dreyfus Cattan, a Dorival Caymmi, e posteriormente a Paulo Francis, a Ivan Lessa, a Murilinho de Almeida. Você é um amigo inesquecível, porque além de forte em sua fraqueza, você era no fundo um bom. A última vez que eu vi você, no Château, eu vindo de chegar da Europa, lembro-me que você me disse: "Poesia (você me dava com frequência esse nominativo não sei até que ponto merecido): a única coisa que eu peço no mundo é morrer antes de Rubem Braga (que estava brigado com você).

Eu não quero estar aí para ler a quantidade de besteiras que vão escrever sobre o Braguinha...". Depois nós fomos àquela portinha da Princesa Isabel que se chamava Bossa Nova e onde se comia um picadinho de carne seca com abóbora simplesmente divino. Duas crioulas não menos divinas começaram a papear conosco. Eu estava acompanhado de uma ex-mulher minha, e comecei a ficar preocupado com a quantidade de picadinho que você mandava ver. Acabei chamando sua atenção: pô, você tinha tido um infarto arretado, não era melhor maneirar um pouco na comida, e tal e coisa? Você me olhou com aqueles olhinhos muito pícaros que você fazia quando sentia alguém querendo lhe proteger (porque você se sentia sempre o protetor) e me disse: "Sabe de uma coisa, Poesia? – eu vou morrer ou numa briga, ou comendo muito, ou lambendo costa de mulher.". Diante do que eu passei o zipe, disse tchau e deixei você lá, às voltas com o picadinho e as duas crioulas: e não sem uma certa inveja. Foi assim nossa despedida, até que a eternidade em mim mesmo me mude.

Você vê, meu Maria, é uma zorra. Só de pensar nessas coisas, enquanto escrevo, já estou com os olhos cheios d'água. Você ia se encontrar comigo em Barão de Mauá, no dia 16 de outubro de 1964, e eu já tinha até reservado seu quartinho no chalé contíguo ao meu: isso uma semana depois desse nosso encontro que relatei. Era de manhã e eu estava justamente escrevendo uma crônica sobre você, para uma revista, quando vieram me avisar que me estavam chamando do Rio. E eu saí do meu chalé, pela grande aleia que levava à casa-grande da pensão Bühler, ao encontro de sua morte. Ela me doeu terrivelmente. Foi assim como um coice da morte levado através do interurbano. Voltei ao chalé completamente arrasado. E aí foi muito engraçado. Pois não é que um passarinho todo gordo entrou pela varanda adentro como um louco, e pôs-se a voar à minha volta, tirando cada fino em mim que eu cheguei a ficar arrepiado. Até hoje tenho certeza que aquele passarinho gordo era você, meu Maria, fazendo palhaçada para me tirar da fossa. Ato contínuo, escrevi toda uma entrevista "póstuma" com você, baseada na conversa que tínhamos tido no Château uma semana antes: e onde a morte foi a personagem principal.

É fogo, meu Maria. Era para eu fazer um perfil seu, e acabei escrevendo um repositório de saudades. E agora, do módulo da memória, surgem-me tantas imagens que eu nem sei como dizer: sua primeira viagem a Paris, eu indo buscar você e voltando (de propósito) pelo cais do Sena para lhe mostrar Notre-Dame. Seu comentário: "É, Poesia: eu já trabalhei de corcunda nessa catedral...". E durante um mês você não viu Paris, por culpa minha. Você morava no hotel Chambiges, da rua homônima, e saía de lá para o restaurante Stresa, bem em frente, onde eu esperava cheio de moças. Eu bebia Sancerre e você Beaujolais até dar trismo facial. Mário, o dono, nos deixava ficar depois do almoço, com um garçom para nos servir. Era uma boemia tão despreocupada que contagiou todo mundo. Até uma grande aristocrata amiga minha dava suas fugidinhas para estar conosco, à base de queijo, vinho e violão. Lá fora ficava Paris, com seus encantos outros; mas nós nem dávamos bola. Nós contracanteávamos, no pilequinho:

O amor nasce de repente
não precisa a gente
atrás dele andar...

Nós amávamos as moças, meu Maria, e as moças nos amavam. Era lindo. Depois, pegamos meu carro e fomos de batida até Cannes, para cobrir o festival de cinema. Festival? O nosso começava às 11 da noite, quando íamos religiosamente traçar um *poulet grillé* maravilhoso, a criança se desmanchando toda. Depois, o Festival terminou, nós esticamos por nossa conta, Cannes vazia: que nos importava? Ficamos permanentes de uma boate de lésbicas, você caindo de dólares, muita champagne, muito papo furado. Lésbicas? Não ficou uma só para contar a história. A moçada não aguentou o rolo compressor. Foi demais para elas. E de madrugada eram os caminhos floridos da Costa Azul, os perfumes estonteantes, a sueca Ingrid com 1,80m: basta dizer que era a que ficava no topo da pirâmide no final do *strip-tease*. Ela tirava os sapatos e agachava-se toda para dançar comigo. Uma delicadeza de mulher.

Meu Maria, se você ainda estivesse por aqui, garanto que estaria na patota d'*O Pasquim*. Essa (que palavra chata!) homenagem que lhe prestamos, nós a fazemos também pelo seu pioneirismo. Você foi dos primeiros a liberar a língua do seu engravatamento vernacular. Você escrevia como vivia: livremente e sem medo, comprometido tão somente com o amor e candando e agando para as leis gramaticais.

146

Sua regência era a da espontaneidade: natural como a fala dos que se comunicam sem formalismos e pés-atrás. Você, na obrigação cotidiana de umas quantas laudas, sem se dar conta, escreveu coisas lindas.

E você era ademais – como dizia com sotaque carregado nosso amigo o poeta português Carlos Maria de Araújo, que morreu, coitadinho – tão frágil! – naquele desastre da Panair, na saída do Galeão, só porque não sabia nadar – "um santo homem". Mesmo.

Olhe aqui, meu Maria: a coisa que me dá mais pena é você não poder ver sua afilhada Luciana, depois que ela chegou do Egito. Ela está uma coisinha. Você ia vidrar nela. E não ter conhecido Gesse, minha mulher. A baiana é da pesada.

Pasquim, n. 47, Rio de Janeiro, 14 a 20 de maio de 1970.

Fernando Sabino

O estranho ofício de escrever

Éramos três condenados à crônica diária: Rubem no *Diário de Notícias*, Paulo no *Diário Carioca* e eu no *O Jornal*. Não raro um caso ou uma ideia, surgidos na mesa do bar, servia de tema para mais de um de nós. Às vezes para os três. Quando caiu um edifício no Bairro Peixoto, por exemplo, três crônicas foram por coincidência publicadas no dia seguinte, intituladas respectivamente: "Mas não cai?", "Vai cair" e "Caiu".

Até que um dia, numa hora de aperto, Rubem perdeu a cerimônia:

— Será que você teria aí uma crônica pequenininha para me emprestar?

Procurei nos meus guardados e encontrei uma que talvez servisse: sobre um menino que me pediu um cruzeiro para tomar uma sopa, foi seguido por mim até uma miserável casa de pasto na Lapa: a sopa existia mesmo, e por aquele preço. Chamava-se "O preço da sopa". Rubem deu uma melhorada na história, trocou "casa de pasto" por "restaurante", elevou o preço para cinco cruzeiros, pôs o título mais simples de "A Sopa".

Tempos mais tarde chegou a minha vez – nada como se valer de um amigo nas horas difíceis:

— Uma crônica usada, de que você não precisa mais, qualquer uma serve.

— Vou ver o que eu posso fazer – prometeu ele.

Acabou me dando de volta a da sopa.

— Logo esta? – protestei.

— As outras estão muito gastas.

Sou pobre mas não sou soberbo. Ajeitei a crônica como pude, toquei-lhe uns remendos, atualizei o preço para dez cruzeiros e liquidei de uma vez com ela, sob o título: "Esta sopa vai acabar."

Estranho ofício é este de escrever. De toda crônica que publiquei na vida, houve sempre um leitor para achar que era a melhor e outro a pior que já escrevi.

Crônica? Nunca a célebre definição de Mário de Andrade (sobre o conto) veio tão a propósito: crônica é tudo aquilo que chamamos de crônica. Rubem Braga, de quem se diz que jamais praticou outro gênero, o maior cronista brasileiro, é autor de alguns dos melhores contos de nossa literatura, sempre tidos e lidos como crônicas. O mesmo se poderia afirmar de Paulo Mendes Campos.

Quanto a mim, como dizia o poeta, outros que não eu a pedra cortem: limito-me a escrever aquilo que me agradaria ler – e ler passando preguiçosamente os olhos pela matéria escrita, à procura de uma brecha de interesse por onde entrar. Macaco velho, venho de longa experiência, para meter a mão em cumbuca. Nunca me esqueço o dia em que o Carlos Castello Branco me disse, a propósito das crônicas que eu escrevia no falecido *Diário Carioca*, já se vão muitos anos:

– Eu, se fosse você, parava um pouco. Esta sua última crônica estava de amargar.

Parei dois anos por causa disto. Quando recomecei, como todo cronista que se preza, vez por outra recauchutava um escrito antigo, à falta de coisa melhor, confiante no ineditismo que o tempo lhe conferia. Até que chegou o dia em que no meu estoque não restava senão uma, jamais republicada – aquela que o Castellinho havia estigmatizado com seu implacável juízo crítico. Vai essa mesmo – decidi, tapando o nariz e escondendo a cara de vergonha.

Pois não vem o mesmo Castellinho me dizer, efusivo, a propósito da mesmíssima crônica:

– É das melhores coisas que você já escreveu.

Havia-se esquecido, o mandrião. E por causa dele eu passara dois anos no estaleiro. Quando lhe acusei a distração, ele não se perturbou:

– Agora achei boa. Ou a crônica melhorou, ou eu é que piorei.

A última flor do Lácio

Estou numa sala de aula do Ginásio Mineiro, em Belo Horizonte. Acabamos de entrar na classe em fila, como soldados. O modelo de nosso uniforme, aliás (de cor cáqui, calça comprida e dólmã), é de nítida inspiração militar.

Eis que chega o professor. Todos nos erguemos num movimento único e só tornamos a nos sentar quando ele assim o ordena com um gesto de mão, já aboletado à sua mesa, sobre um estrado. É um velho magro, crânio pelado, olhos suaves por detrás dos óculos grossos, terno escuro meio surrado, voz indiferente e monótona. Ele agora está fazendo a chamada e cada um se levanta dizendo *presente*. Todos têm um número, o meu é o onze.

Mas ele se dirige a nós pelo sobrenome e nos chama de senhor: Senhor Sabino, sente-se direito; Senhor Pellegrino, tenha modos. Este, sempre irrequieto na carteira à minha frente, volta-se para me dizer um gracejo, e corremos ambos o mesmo risco de ser convidados a sair da sala, como frequentemente acontece, antes que comece a aula.

É uma aula de Português. Sujeito, predicado e complemento. Concordância, regência. Figuras de retórica. Idiotismos linguísticos. Já aprendemos o que é anacoluto – não é um palavrão. Aprendemos outras coisas também – algumas que cheiram a dentista, como *próclise, mesóclise*. Só que dentro em pouco esqueceremos tudo.

As funções do quê, por exemplo, que é a matéria da aula de hoje. De que me adiantará na vida saber que o *quê* pode ser tudo na oração, menos verbo? "Pode ser até substantivo: como nesta frase que acabei de dizer" – acrescenta o professor. O quê? Ouço uma mosca zumbindo no ar. Vejo o Senhor Pellegrino à minha frente a olhar distraído pela janela um pardal pousado na grade que circunda o ginásio. E o professor falando com voz arrastada, de vez em quando se arrastando ele próprio até o quadro-negro para escrever qualquer coisa. E o ruído do

Fernando Sabino · 153

giz na lousa me arrepiando a pele. Os olhos me pesam de sono, deixo pender a cabeça. O aluno número onze está dormindo.

Acordo de súbito com uma tremenda gritaria. Olho ao redor e me vejo cercado de alunos também de doze a treze anos, mas com uniformes esportivos, camisas leves, calças curtas – e saias, porque há meninos e meninas misturados. Alegres e veementes, estão todos respondendo ao mesmo tempo a uma pergunta do professor. A sala de aula é outra, outros são os alunos e – verifico estupefato – o professor na verdade é uma professora: uma jovem de calças compridas e blusa fina, de pé, apoiada na mesa, um livro aberto na mão. Tem cabelos louros, olhos claros, é de despertar a admiração, para dizer o menos, do aluno número onze do Ginásio Mineiro.

Mas já não estou no Ginásio Mineiro e sim num colégio do Leblon, em 1974.

É também uma aula de Português. O plá, como dizem os alunos, vem a ser comunicação: *Comunicação em Língua Portuguesa para a 7ª série de Primeiro Grau*. Equivale ao nosso 2º ano de ginásio, é o que me informam. A autora se chama Magda Soares: atualmente uma das maiorais do livro didático, é o que também me informam. Outra das melhores, segundo ouvi dizer, é Maria Helena Silveira. Esse negócio de livro didático eu não entendo – só sei que o assunto é controverso e explosivo. A apresentação gráfica é admirável – disso entendo alguma coisa, afinal já fui editor.

E aqui termina meu entendimento: que diabo vem a ser isto? História em quadrinhos? Revista infantil? Passo os olhos pelos livros ricamente ilustrado em cores. (Num deles dou até com um texto de minha autoria.) Não é preciso muito esforço para perceber que se trata nada mais nada menos que de uma revolução. Parece que enfim estão tentando tirar a camisa de força que tolhia o ensino do Português no Brasil.

A última flor do Lácio inculta e bela estava simplesmente murchando. O que se ensinava nos colégios em matéria de Português era apenas para nos fazer desprezar para sempre a nossa língua. Ninguém aguentava ler Garrett, Herculano, Camilo – para não falar em Vieira, Frei Luís de Sousa ou mesmo Gil Vicente – depois das implacáveis análises lógicas a que eram submetidos. Dos portugueses, só o Eça escapou, e assim mesmo porque escritor realista não tinha vez. E quanto aos brasileiros, ficamos sabendo por Euclides da Cunha que o sertanejo era antes de tudo um forte; *Os Sertões* era antes de tudo um chato, principalmente a primeira parte. De Machado de Assis, foi-nos dado ler "Soneto à Carolina", o poema "A mosca azul" e "A pêndula" – só que sem a primeira frase do célebre capítulo: "Saí dali a saborear o beijo.". Quando poderiam muito bem nos ter iniciado nos segredos da prosa do grande lascivo e sua voluptuosidade do nada, com o capítulo anterior do mesmo *Brás Cubas*, sobre o próprio beijo. Ou o de *Dom Casmurro*: Capitu abrochando os lábios...

Isso, quanto à prosa. E que dizer da poesia? Nunca conseguimos passar das armas e dos barões assinalados: *Os Lusíadas* se tornou para nós um pesadelo, porque ninguém sabia onde diabo se escondia o sujeito da oração naqueles versos retorcidos. É verdade que nos impingiam, de mistura com versinhos piegas de poetas medíocres, alguma coisa melhor de Bilac, Castro Alves, Raimundo Correia, Cruz e Souza. Mas não sabíamos distinguir o que era bom do que era ruim. O bisturi da análise sintática ia arrebentando versos, violentando palavras, assassinando a poesia dentro de nós.

E o velho professor sentado à minha frente, com ar de desgosto, a dizer que poesia modernista é um negócio de pedra no meio do caminho e outras bobagens. Pois vejam só se isso lá é poesia: café-com-pão, café-com-pão, café-com-pão... Seu sorriso irônico se funde ante meus olhos ao da jovem professora do Leblon, lendo para os alunos encantados o mesmíssimo poema de Manuel Bandeira, que o livro de Magda Soares apresenta sob a sugestiva rubrica: "Vamos sentir a poesia das palavras".

Mudam-se os tempos, mudam-se as vontades – como dizia o dos barões assinalados: com uma professora como esta, no nosso tempo todos nós seríamos poetas.

Agora estou com dezoito anos e sou eu o professor. No Instituto Padre Machado, 3º ano ginasial: mais-que-perfeito do indicativo, pretérito imperfeito do subjuntivo, verbos defectivos. E eu tentando meter tudo isso na cabeça dos meninos. Tenho de ficar sentado, não posso fumar – a disciplina é rígida, inclusive para os professores – mas como fazer com que aprendam uma coisa chamada preposição subordinada conjuncional ou o que venha a ser verbo incoativo?

Meu amigo Otto Lara Resende, filho do diretor, leciona neste mesmo colégio. É excelente professor, tem experiência de ensino, embora ainda não haja feito vinte anos. Um dia, a propósito do sentido de certas palavras, começou a falar aos alunos sobre Carlos Drummond de Andrade, foi deste a outros conhecidos seus, contou vários casos pessoais. Na lição seguinte os alunos pediram que continuasse, e assim suas aulas passaram a ser um curso sobre a própria vida, tendo sempre em vista o uso das palavras e a eficiência da linguagem.

Era um precursor do que estou vendo hoje, fascinado, nesta aula a que vim assistir por curiosidade: uma professora cercada de alunos também fascinados, porque ela lhes ensina que as palavras têm vida e os inicia na arte da convivência através da comunicação. Ou, como diz Magda Soares no seu atraente livro: "Aprendemos a língua usando-a, não falando a respeito dela. Saber teoria gramatical – sintaxe, morfologia – não significa saber comunicar-se bem. Usar a língua e não teorizar sobre ela.".

Pois o velho professor do Ginásio Mineiro parece desconsolado, porque o aluno número onze acaba de dizer que o *se* de uma oração é um pronome, quando está na cara que se trata de uma partícula apassivadora.

De minha parte, também sinto desconsolo, pois estou diante do quadro-negro escrevendo para os meus alunos uma lista de verbos irregulares, e, quando me volto, dou com um deles dormindo. Em vez de acordá-lo como faziam comigo, prefiro sair de mansinho, dizendo adeus para sempre aos demais alunos e ao ensino de Português.

E continuo na sala de aula: agora os meninos me envolvem de perguntas, sob a risonha e franca aprovação da professora, a quem chamam familiarmente de "tia" e "você". Sinto uma ponta de melancolia, finda a aula, ao vê-los partir em alegre algazarra: gostaria de ser um deles.

É com este sentimento que me despeço de sua linda mestra, e somos três: eu, o professor de dezoito anos e o aluno número onze.

O balé do leiteiro

No edifício da esquina ainda há várias janelas acesas. No terceiro andar mora um casal de velhos. Vejo um pedaço de cama, um pé, um pijama riscado, o jornal aberto. Eis que entra a velha metida numa camisola feito um balão murcho, arranca sem cerimônia o jornal das mãos do marido, agacha-se para olhar debaixo da cama. A luz se apaga.

No último andar os homens fumam, vejo a brasa dos cigarros.

No quinto moram duas meninas. Estão debruçadas na varanda, olhando a rua. Uma usa suéter amarelo, outra, blusa branca. Assim de longe têm um ar desbotado de quem já lavou o rosto para dormir. Dormem de janelas hermeticamente fechadas.

No segundo andar uma mulher passeia pelo quarto e gesticula, parece estar falando sozinha.

Na casa em frente mora uma velha feiticeira com seu cachorro. É possível que depois da meia-noite ela se transforme numa princesa de cabelos cor de ouro e vá dançar numa boate. Mas ainda são onze horas e atualmente a megera, num vestido preto e medonho, o mais que faz é passar a mão numa vassoura e brandi-la contra o cachorro, obrigando-o a recolher-se.

Meia-noite. Quase todas as luzes já se apagaram. Ao longe o Morro dos Cabritos deixa ver alguns de seus casebres, que não chegam a perturbar a paisagem dos moradores do último andar. A luz da lua dá aos edifícios fronteiros uma coloração amarelada. Uma pequena multidão acaba de sair do cinema. Alguns se detêm no ponto de ônibus; outros vão andando. Meia dúzia de carros se movimenta. A lua também se apaga por detrás de uma nuvem. Vem o ônibus; o último, e arrebanha este resto de vida.

E a cidade morre. Daqui por diante apenas um bonde, um táxi ou uma conversa de notívagos sacudirá por instantes o ar de morte que baixou sobre a cidade. A mulata poderá discutir com o porteiro

Fernando Sabino · 157

do edifício, o vigia da construção poderá vir espiar. Ouvirei uma buzina, um choro de criança, apito de guarda, miados de gato, tosse de homem, riso de mulher. Um rato cruzará o asfalto de esgoto a esgoto, um rapaz passará assobiando. Serão débeis sinais de vida que não iludirão a morte, nessa hora em que os homens se esquecem e dormem.

*

Mas alguém está acordado e continua vivendo. Não o conheço, não sei quem é, se é homem ou mulher. Vejo apenas sua janela acesa, às vezes adivinho sua sombra, distingo a fumaça de seu cigarro. Não sei que profissão exerce, se lê ou escreve livros, se espera alguém, por que razão vai não dormir. Melhor que não saiba: já me acostumei à presença desse desconhecido companheiro da madrugada que, amargurado ou distraído, estabelece em meio à aceitação da noite a clareira de sua vigília, a certeza de uma presença humana sempre acesa dentro da escuridão. Vontade de comunicar-me com ele, estender o braço por sobre as árvores e edifícios que nos separam e cumprimentá-lo, mostrando-lhe a minha janela também acesa, e indicar-lhe que também não estou dormindo. Aqui estou eu, irmão. A noite vai tranquila, aguenta a mão aí, deixa o barco correr. É bom que nos saibamos cada um no seu posto, de sentinela enquanto a cidade dorme, à espera de um novo dia. Deixa a noite correr! Cada um na sua janela, nós nos entendemos: a noite é nossa.

Mas ao longe, por detrás dos edifícios, surge uma réstia de claridade – é a madrugada que avança. Eis que a janela acesa de súbito se apaga. O céu vai-se tornando roxo e a cidade aos poucos empalidece. Estou sozinho. Nem uma luz senão a minha. Há um instante de equilíbrio entre a sombra e o silêncio, entre a minha solidão e a de todos – e então irrompe no ar o ruído alegre e matinal da carroça do leiteiro lá embaixo, na rua, as garrafas retinindo.

*

Vejo da janela, como de um camarote, o leiteiro se aproximar. Agora ele deteve sua carroça na esquina, enquanto uma negra surgida não sei de onde parece desafiá-lo à distância.

– Negra sem-vergonha! Ah, se eu te pego.

Do outro lado, junto ao tapume, o vigia da construção assiste à cena. O leiteiro e a mulher se olham como dois animais. Ele bate com o pé no chão, fingindo que vai correr, e ela sai em disparada, desaparece na esquina.

– Não posso entregar o leite, que aquela negra está querendo me furtar uma garrafa. É só largar a carroça e ela vem.

Fica indeciso, dá um passinho para lá, outro para cá. Finge afastar-se e rodopia sobre o meio-fio, para surpreender a mulher. Não vendo ninguém, apanha duas garrafas e, desconfiado, se afasta em direção a um edifício.

Surge a negra na esquina. Vem vindo de mansinho, colada à parede. Encosta-se na carroça como quem não quer nada – o leiteiro olha de longe. Passa a mão numa garrafa e o leiteiro se precipita aos gritos, foge a negra espavorida. Deixa cair a garrafa, o leite se esparrama no chão. O leiteiro berra, ameaçador:

– Sua cachorra! Olha só o que me fez! Eu te mato, diabo.

Detém-se junto à carroça, olha o leite derramado, os cacos da garrafa – chora o leite derramado:

– Numa hora dessas não aparece nem um guarda.

Levanta os olhos e dá comigo à janela.

– O senhor quer fazer o favor de tomar conta da carroça enquanto entrego o leite? Aquela mulher...

– Quem, eu? – inflo-me de energia, do alto do meu quinto andar. Lanço à rua um olhar capaz de afugentar a mais temerária das mulheres que furtam garrafas dos leiteiros: – Poder, posso. Mas acontece que comigo aqui em cima ela furta até a carroça. Será que ela me respeita?

Desanimado, o leiteiro voltou-se para o vigia:

– Nem um guarda! Já me quebrou uma garrafa, olha aí. O senhor será que podia...?

O vigia, um mulato vigoroso e decidido, atravessa a rua e vai postar-se junto à carroça. O leiteiro agradece, apanha de novo duas garrafas e sai correndo em direção ao edifício. Pela calçada vem vindo a negra, de mansinho, vem vindo...

– O que é que você quer? – ameaça o vigia.

Aproximam-se um do outro, conversam baixinho alguns minutos. O vigia segura a negra pelo braço. Depois atravessa com ela a rua e ambos desaparecem no interior da construção.

Na escuridão miserável

Eram sete horas da noite quando entrei no carro, ali no Jardim Botânico. Senti que alguém me observava, enquanto punha o motor em movimento. Voltei-me e dei com uns olhos grandes e parados como os de um bicho, a me espiar, através do vidro da janela, junto ao meio-fio. Eram de uma negrinha mirrada, raquítica, um fiapo de gente encostado ao poste como um animalzinho, não teria mais que uns sete anos. Inclinei-me sobre o banco, abaixando o vidro:

– O que foi, minha filha? – perguntei, naturalmente, pensando tratar-se de esmola.

– Nada não senhor – respondeu-me, a medo, um fio de voz infantil.

– O que é que você está me olhando aí?

– Nada não senhor – repetiu. – Tou esperando o ônibus...

– Onde é que você mora?

– Na praia do Pinto.

– Vou para aquele lado. Quer uma carona?

Ela vacilou, intimidada. Insisti, abrindo a porta:

– Entra aí, que eu te levo.

Acabou entrando, sentou-se na pontinha do banco, e enquanto o carro ganhava velocidade, ia olhando duro para frente, não ousava fazer o menor movimento. Tentei puxar conversa:

– Como é o seu nome?

– Teresa.

– Quantos anos você tem, Teresa?

– Dez.

– E o que estava fazendo ali, tão longe de casa?

– A casa da minha patroa é ali.

– Patroa? Que patroa?

Pela sua resposta, pude entender que trabalhava na casa de uma família no Jardim Botânico: lavava roupa, varria a casa, servia à mesa. Entrava às sete da manhá, saía às oito da noite.

— Hoje saí mais cedo. Foi jantarado.

— Você já jantou?

— Não. Eu almocei.

— Você não almoça todo dia?

— Quando tem comida pra levar, eu almoço: mamãe faz um embrulho de comida pra mim.

— E quando não tem?

— Quando não tem, não tem – e ela até parecia sorrir, me olhando pela primeira vez. Na penumbra do carro, suas feições de criança, esquálidas, encardidas de pobreza, podiam ser as de uma velha. Eu não me continha mais de aflição, pensando nos meus filhos bem nutridos – um engasgo na garganta me afogava no que os homens experimentados chamam de sentimentalismo burguês:

— Mas não te dão comida lá? – perguntei, revoltado.

— Quando eu peço eles dão. Mas descontam no ordenado, mamãe disse para eu não pedir.

— E quanto é que você ganha?

Diminuí a marcha, assombrado, quase parei o carro. Ela mencionara uma importância ridícula, uma ninharia, não mais que alguns trocados. Meu impulso era voltar, bater na porta da tal mulher e meter-lhe a mão na cara.

— Como é que você foi parar na casa dessa... foi parar nessa casa? – perguntei ainda, enquanto o carro, ao fim de uma rua do Leblon, se aproximava das vielas da praia do Pinto. Ela disparou a falar:

— Eu estava na feira com mamãe e então a madame pediu para eu carregar as compras e aí noutro dia pediu a mamãe pra eu trabalhar na casa dela, então mamãe deixou porque mamãe não pode deixar os filhos todos sozinhos e lá em casa é sete meninos fora dois grandes que já são soldados pode parar que é aqui moço, obrigado.

Mal detive o carro, ela abriu a porta e saltou, saiu correndo, perdeu-se logo na escuridão miserável da praia do Pinto.

Um gerador de poesia

Um dia lhe mostrei qualquer coisa que eu havia escrito, e ele me chamou a atenção para um trecho que, na sua opinião, deveria ser cortado:

— Você colaborou. Um escritor de verdade não colabora.

E como eu protestasse, justificando o tal trecho:

— Você está errado. Quer que eu chore, para provar?

Tirou o monóculo e começou a chorar, um choro de criança, lágrimas grossas escorrendo dos olhos claros e tombando no prato. Estávamos num restaurante em Nova York, onde morávamos, e os outros fregueses olhavam, estupefatos, aquele senhor de cabelos grisalhos em pranto diante de mim. Veio o garçom, veio o próprio gerente para saber o que havia, e ele sempre a chorar, gaguejando entre soluços:

— Está convencido agora? Tenho ou não tenho razão?

No quarto do hotel, ele pegou o violão e tocou até cansar. Depois deu mais alguns acordes com a mão já frouxa, deixou cair a cabeça e ficou em silêncio. Assim imóvel, murmurou para si mesmo:

— O silêncio das coisas tem um sentido. Quem não entende isso, não entende nada.

E ergueu para mim o olhar vazio como o de um cego:

— Não é, João?

Não me admiraria se estivesse me confundindo com o apóstolo João.

Indignado, porque o gerente de um hotel em Nova York o interpelou com maus modos ao sabê-lo estrangeiro:

— Que é que o senhor estava pensando? Que eu fosse americano? Está muito enganado, meu nome é Jayme Ovalle, eu não sou daqui, sou de Jerusalém.

Ovalle, meu irmãozinho, tu que és hoje estrela brilhante lá do alto-mar,
Manda à minha angústia londrina um raio de tua quente eternidade.

Vontade de pedir-lhe, como Manuel Bandeira, que me mande um raio de sua inspiração, quando me disponho a escrever sobre ele: "Um artista tão profundo, um boêmio tão largado, um funcionário aduaneiro tão exemplar na sua honradez e competência, e um ser moral de ternura a um tempo tão ardente e esclarecida...".

De vez em quando me perguntam: Por que você não escreve sobre Jayme Ovalle? Não sei responder. Como escrever sobre alguém que até eu mesmo duvido de haver existido?

Com o tempo, ele foi se tornando um mito. Quando meus amigos o encontraram depois de mim, eu dizia: vocês não conheceram o verdadeiro Ovalle, o de Nova York, em 1946. E Vinicius: o verdadeiro Ovalle era o de 1936... Schmidt e Murilo Mendes falavam em 1926, Manuel Bandeira e Dante Milano iam mais longe ainda, aos tempos das serestas boêmias ao violão, com Catulo, Olegário Mariano, Villa-Lobos. Empurrando para trás, de década em década, o verdadeiro Jayme Ovalle talvez pudesse ser encontrado há dois mil anos atrás, entre os discípulos de Cristo em Jerusalém, que é onde ele deveria mesmo ter nascido.

No batizado, a menininha não parava de chorar. Ele assistia a tudo, compenetrado, mas vendo-me ainda mais compenetrado no meu papel de pai, tranquilizou-me:

– Este pegou mesmo, não tem dúvida. Deus é como vacina, quando pega, imuniza para sempre.

Sua intimidade com Deus me assustava. Ele é meu amigo – costumava dizer: Deus tem seus amigos também. Os poetas, por exemplo, costumam ser amigos Dele. Olhe, eu vou lhe contar, não conte para ninguém: Deus gosta mais de uns que de outros. Essa é que é a Justiça Divina, a verdadeira, a que ninguém entende, nem eu, nem você. A outra, a que dizem por aí, é pura publicidade.

E voltava-se para o crucifixo:

– Estou exagerando?

Às vezes o crucifixo o desmentia e ele se esbofeteava com violência:

– Toma, para você aprender.

Deus, segundo ele, se ocupava apenas em observar as folhas que caem das árvores e as que não caem, contente de ver que elas procediam direitinho – os anjos que cuidassem do resto. E ele próprio, ao entrar no céu, haveria de chorar, "como fazem, ao nascer, todas as crianças".

Fonte de inspiração para quem dele se aproximasse, parecia irradiar uma força magnética geradora de poesia –, poesia feita de ar e imaginação. Nunca encontrei quem, mais do que ele, soubesse viver poeticamente o que há de prosaico na vida de todos os dias. Parecia vinculado a uma realidade mágica que transcende os nossos sentidos embotados pelo cotidiano.

Talvez por isso fosse tão pouco afeito aos atos corriqueiros da vida prática. Não sabia telefonar, pregar selo em carta, redigir telegrama, e sua caligrafia nem ele mesmo decifrava. Assim perdeu seus melhores poemas: por não conseguir ele próprio ler o que escrevia. Variar de restaurante era um suplício e para comprar o que desejava via-se forçado a cortejar a caixeirinha da loja.

Quando regressou ao Brasil, hospedou-se no único lugar do Rio que lhe ocorreu: o Palace Hotel, porque já havia morado ali (onde fora noivo de uma pomba). Lá ficou como único hóspede, pois o prédio estava fechado e já em princípio de demolição.

Mudou-se depois para o quarto de uma maternidade que havia no Leblon, apropriadamente em cima de um bar. Onde passou a morar algum tempo, satisfeito da vida, entre parturientes e recém-nascidos. Passeando no corredor, viu pela porta entreaberta uma velha na cama:

– E a senhora? Teve uma netinha?

Um dia dei com ele no centro da cidade, olhando para cima, em pleno asfalto da rua Debret, correndo o risco de ser atropelado.

– Passarinho? – perguntei.

– Não – respondeu, sem me olhar, ainda voltado para a janela dos edifícios: – Estou procurando o Sobral Pinto.

E me informou que seu amigo trabalhava por ali, num daqueles prédios, não sabia direito qual. Levei-o até a portaria do mais próximo, era lá mesmo: deram o andar e o número da sala.

– Não sei como me arranjo sem você – disse ele, me abraçando, agradecido.

Muito antes de estarmos juntos eu já havia lido os poemas de Bandeira nele (ou por ele) inspirados. E a crônica "O místico", a propósito de sua partida para Londres. E a "Nova Gnomonia", sobre sua classificação de todos os seres humanos em cinco categorias. Schmidt já me falara das "noivas de Jayme Ovalle", não só através de seu belo poema, mas pessoalmente, contando casos pitorescos com ele vividos em noites de boemia na Lapa. Já ouvira de Di Cavalcanti as suas histórias de Paris. Conhecia "Azulão", "Berimbau", "Modinha", sabia de sua fama de músico e poeta. Mas era ainda um mito, de contornos imprecisos, cuja existência eu atribuía em parte à imaginação criadora de seus amigos.

Até que vim conhecê-lo pessoalmente – e foi um impacto para a minha vida. Nosso convívio diário durante quase três anos, morando a princípio no mesmo hotel em Nova York, era um deslumbramento permanente para a minha sensibilidade. Bebíamos juntos todas as noites, almoçávamos juntos todos os dias, e embora a diferença de idade entre nós fosse de mais de trinta anos, éramos como dois velhos amigos.

De uma conversa com Vinicius de Moraes, em maio de 1953, sob o testemunho inspirador e participante de Otto Lara Resende, nasceu uma entrevista que é o mais completo documento existente sobre ele:

P. – Que é o ato criador, Ovalle?
R. – É qualquer coisa assim como um desastre. Tem o imprevisto de um choque. Qualquer coisa extremamente ligada ao pecado. No fundo, é a revelação das coisas que nós deixamos de viver por falta de oportunidade e sobretudo por covardia.

Qual o segredo de uma existência de tal maneira sensível ao mistério da poesia? Como podia ele aceitar com tamanha naturalidade o que houvesse de mais inesperado e surpreendente na realidade de todos os dias?

A obra que deixou não teve até hoje a divulgação que fizesse justiça à sua grandeza de poeta e compositor. Certamente continuará guardada em algum lugar deste mundo, dentro da mesma mala que ele conservava debaixo da cama.

Os originais de seu livro de poemas *O pássaro bobo* (ou, mais precisamente, *The Foolish Bird* – pois, nunca se soube por que, ele só escrevia em inglês) repousam para sempre no limbo para onde vão os nossos brinquedos perdidos na infância.

P. – A Poesia, Ovalle, que é a Poesia?

R. – É a coisa mais importante do mundo. Todo mundo nasce com ela, porque ela é a própria vida. Todo mundo é criado com o dom da poesia, e só deixa de ser poeta porque perde a inocência.

Era capaz de reencontrar a inocência onde ela estivesse, com a sua incrível capacidade de ver as coisas como se fosse pela primeira vez.

– Já reparou como respirar é bom? – me disse um dia: – Das melhores coisas que Deus nos deu nesta vida. E é de graça, não pagamos nada para respirar.

Eu concordei, e paramos na esquina, ficamos respirando fundo como dois mentecaptos o ar poluído de Nova York.

Depois fomos respirar o ar um pouco mais puro do Central Park, apreciar as focas que brincavam no meio de um tanque.

Muito sério, de luvas, chapéu e sobretudo, ele olhava para a frente naquele seu jeito meio duramente interrogativo de franzir uma das sobrancelhas em torno do monóculo.

– As focas são inocentes – falou, sério. – Não se incomodam de serem vistas assim, completamente nuas.

Naquele instante se aproximou de nós uma velha amiga e bateu-lhe cordialmente nas costas, de surpresa. Com o gesto inesperado, o monóculo se desprendeu do sobrolho (dizia que dava à língua portuguesa a última oportunidade de ainda usar esta palavra), tombou ao chão e se espatifou. Imperturbável, levou a mão ao bolsinho do colete, retirou outra lente, encaixou-a diante do olho e só então, como se nada houvesse acontecido, é que se voltou para cumprimentar a autora do gesto desastrado.

Estávamos agora sentados à volta da mesa de um bar em Greenwich Village: o poeta José Auto, com a inteligência da sua mansidão, o pintor Anton, com sua melancia cheia de conhaque, o refugiado espanhol Manrique, com seu olho de vidro. Às tantas Manrique tirou o olho e ficou brincando com ele sobre a mesa, como se fosse uma bola de gude. Alguém, que pode muito bem ter sido Fernando Lobo, pegou o olho e jogou-o dentro do copo de uísque de Jayme Ovalle. Este, distraído, e para decepção geral, continuou a beber, sem nada ter visto. Mas a certa altura voltou-se para mim:

– Acho que vou pedir outro uísque, porque este aí não tira o olho de mim.

Apaixonado da noite para o dia, subitamente se casou com uma jovem escritora americana. Ela tivera um primeiro casamento anulado no civil e no religioso, porque o marido, na noite de núpcias, lhe confessou o seu segredo, que o levou a ser internado num hospício:

– Eu sou Jesus Cristo.

Ovalle foi feliz com ela enquanto viveu, e tiveram mesmo uma filha – mas às vezes, preocupado, ele se perguntava:

– Quem é que me garante que ele não era mesmo Jesus Cristo?

P. – O sacrifício de Cristo vale para todo o Universo, caso sejam os outros planetas habitados?

R. – Os outros planetas não são habitados. Só a Terra. Todo o resto é luxo, prodigalidade de Deus. É como o carpinteiro que para fazer um móvel deixa se espalhar uma quantidade de pó de serragem. Deus é um esbanjado. Deus faz muito rascunho. O hipopótamo, por exemplo, é um rascunho do cavalo.

Impossível entendê-lo sem aceitar o sobrenatural. Costumava dizer que não tinha muito tempo a perder com quem não acredita em Deus – isso, em geral, referindo-se a algum chato.

– O chato é que é o verdadeiro psicanalista: a gente faz verdadeiras curas com um chato. Depois de conversar com ele, não existe mais problema nenhum.

Mas preferia a companhia dos anjos. Tinha particular preferência pelo anjo da guarda de seu grande amigo Di Cavalcanti.

Quando nos encontramos pela primeira vez, ele me disse, depois de uma longa noite de conversa, que a princípio pensara que eu fosse anjo, mas viu logo que não era.

– Por quê?

– Porque não tem asas, ora essa. Você já viu anjo sem asas?

Contou-me que certa vez, em Londres, ao atravessar uma rua, seu anjo da guarda fizera uma brincadeira de mau gosto: empurrara-o à frente de um automóvel, quase foi atropelado. Ficaram brigados algum tempo por causa disso:

– Talvez ele andasse meio impaciente comigo, não sei.

O anjo, cansado de ficar às suas costas a noite inteira no bar, ia esperá-lo no quartinho do hotel, punha-o para dormir, velava pelo seu sono. De vez em quando, porém, fazia umas coisas esquisitas:

– Ontem, por exemplo, me apareceu vestido de marinheiro. E se divertiu sem parar, tirando o copo de minha mão, não gosto disso.

Todas as tardes, às seis em ponto, me esperava na esquina da Sexta Avenida com Rua 46 e me entregava o dinheiro contadinho para comprar uma garrafa de uísque no *liquor store* pouco adiante.

– Por que não compra você mesmo?

– Não gosto daquele lugar.

Na verdade não tinha era jeito para entrar em lojas e fazer compras. No dia em que me atrasei, fui encontrá-lo no quarto do hotel, sem uísque, à minha espera:

– Você hoje não apareceu – queixou-se. – Tive de ir lá eu mesmo e foi muito desagradável: custam a atender a gente, dão tiros, quebram garrafas, não têm muita consideração. Bem que eu disse que não gosto daquele lugar.

Deixei no ar o que ele dizia, como costumava acontecer quando eu não o entendia. Fomos para o bar, e já por volta de meia-noite aparecia o jornaleiro de sempre com a edição do *Daily News* do dia seguinte. Na primeira página, em letras enormes: "Assalto na Rua 46", e a foto de um homem morto no chão da loja. A onda de assaltos em farmácias e lojas de bebida nas vizinhanças fizera com que a polícia escondesse um detetive em cada uma delas. Naquela tarde o assaltante foi recebido a tiros exatamente quando Ovalle entrava para comprar o seu uísque, e ficou esperando ser atendido em meio ao fogo cruzado. Havia mesmo uma referência a um *old gentleman* que esperava calmamente, sob risco de ser morto, como aconteceu ao bandido.

P. – Onde vive a Música?

R. – Fora de nós. Nós somos os instrumentos. Quanto melhor o instrumento, melhor a música. Se formos um Stradivarius, que beleza. Mas tem muito instrumento ordinário por aí.

Numa recepção em Paris, em meio a artistas do teatro e do cinema, foi apresentado a todos na sua genuína qualidade de grande compositor brasileiro. Imediatamente o arrastaram a um piano, instrumento que ele só tocava para si mesmo, na intimidade. Resistiu, mas tanto pediram que acabou tocando com um dedo só as sete notas da escala: dó, ré, mi, fá, sol, lá, si. Alguém a seu lado se inclinou, insistente, dizendo que deixasse de fita, tocasse logo alguma coisa. Era Charles Boyer.

– Cada um faz o que sabe – disse ele. – Eu toco, mas só se você me der um beijo.

P. – Que é a loucura, Ovalle?

R. – É o vácuo entre a criação e a obra criada.

P. – Que acha de Freud e da psicanálise?

R. – Freud foi um louco genial, que descobriu as causas da própria loucura e acabou se curando. Seu erro foi ter generalizado sua loucura através da psicanálise.

P. – Que é o câncer?

R. – É a tristeza das células.

P. – Por que os açougues ficam acesos de madrugada?

R. – Porque a carne é muito vaidosa.

P. – Que acha do suicídio?

R. – É um ato de publicidade: a publicidade do desespero.

Ele trabalhava no 54º andar do Rockefeller Center: eu lhe telefonava e nos encontrávamos na esquina. Um dia me disse que não poderia descer porque "estava no céu, entre as nuvens". "Imediatamente fui lá para ver o que acontecia, pois não era costume seu ir ao céu nas horas de expediente. Encontrei-o na sua mesa, agitando os braços, feliz, literalmente entre nuvens, nadando em nuvens: abrira a janela pouco antes e a nuvem que rodeava o edifício invadira a sala aos poucos, envolvendo-o por todos os lados, trazendo aos seus olhos um pouco de eternidade."[*]

---

[*] Ver a crônica "O hóspede do 907", in: *A cidade vazia*, de Fernando Sabino. RJ: O Cruzeiro, 1950. (N.A.)

E para a eternidade lá se foi ele, de mansinho, deixando este mundo sem nos pedir licença: eu andava de viagem, ali por volta de 55, só algum tempo depois soube que havia partido – e, numa última surpresa para os amigos que foram ao seu enterro: com uma longa barba branca.

Só me resta dizer, como Manuel Bandeira ao despedir-se dele,

Que um dia afinal seremos vizinhos
Conversaremos longamente
De sepultura a sepultura
No silêncio das madrugadas
Quando o orvalho pingar sem ruído
E o luar for uma coisa só.

P. – Que é a noite, Ovalle?
R. – É a única coisa que a gente tem. Olhe lá: lá está ela. É minha e sua. O dia não é de ninguém.

Em carta a Odylo Costa, filho, Manuel Bandeira contou que a viúva de Augusto Frederico Schmidt, para tirar umas dúvidas do espólio, lembrou-se de evocar o espírito do falecido numa sessão espírita. Mas quem se apresentou não foi Schmidt e sim o Ovalle, que disse apenas estas palavras:
– Aqui estamos todos nus.

Mensagem do além

Aqui estamos todos nus
Jayme Ovalle

Aqui é tudo o que olhamos
Nu como o céu, como a cruz,
Como a folha e a flor nos ramos:

As vestes que aí usamos
Nada adiantam. Se o supus,
Se o supões, nos enganamos:
Aqui estamos todos nus.

Dinheiro que aí juntamos,
Joias que pões (e eu já as pus),
De tudo nos despojamos:
Aqui estamos todos nus.

Aos pés de Deus, que adoramos
Sob a sempiterna luz,
É nus que nos prosternamos:
Aqui estamos todos nus.

Manuel Bandeira

Vinicius acaba de me telefonar da Bahia. Peço-lhe que me defina Jayme Ovalle, e ele me responde imediatamente:

– É o poeta em estado virgem. A mais bela crisálida de poesia que jamais existiu, desde William Blake. É o mistério poético em toda a sua inocência, em toda a sua beleza natural. É voo, é transcendência absoluta. É amor em estado de graça.

A lua quadrada de Londres

Eu vinha voltando para casa, dentro da noite de Londres. Uma noite fria, nevoenta, silenciosa – uma noite de Londres. Noite de inverno que começa às quatro horas da tarde e termina às oito da manhã. Noite de navio perdido em alto-mar, de cemitério, de charneca, de fim de ano, de morro dos ventos uivantes. Noite de vampiros, de lobisomens, de fantasmas, de assassinos, de Jack, o Estripador. Eu vinha vindo e apressava o passo, querendo chegar depressa, antes que aquela noite tão densa me dissolvesse para sempre em suas sombras. De espaço a espaço, a luz amarelo âmbar dos postes pontilhava a rua com seu pequeno foco, como olhos de pantera a seguir-me os passos na escuridão.

Foi quando a neblina se esgarçou, translúcida, e a lua apareceu. Uma lua enorme, resplendente, majestosa – e quadrada.

Os meus olhos a fitavam, assombrados, e eu não podia acreditar no que eles viam. Quadrada como uma janelinha aberta no céu. Mas amarela como todas as luas do mundo, flutuando na noite, plena de luz, solitária e bela.

As luas de Londres... Ah, Jayme Ovalle, Manuel Bandeira! A lua de Londres era quadrada!

Pensei estar sonhando e baixei os olhos humildemente, indigno de merecê-la, tendo bebido mais do que imaginava. Entrei em casa bêbado de lua e fui refugiar-me em meu quarto, refeito já do estranho delírio, no ambiente cálido e acolhedor do meu tugúrio, cercado de objetos familiares.

Mas foi só chegar à janela, e lá estava ela, dependurada no céu em desafio: uma lua deslumbrante que a neblina não conseguia ofuscar, cubo de luz suspenso no espaço, de contornos precisos, nítido em seus ângulos retos, a desafiar-me com seu mistério. A lua quadrada de Londres!

Evitei olhá-la outra vez, para não sucumbir ao seu fascínio. Corri as cortinas e fui dormir sob seus eflúvios – enigma imemorial a zombar de todas as astronomias através dos séculos, da mais remota antiguidade aos nossos dias, e oferecendo unicamente a mim a sua verdadeira face. É possível que um sábio egípcio, há cinco mil anos, do alto de uma pirâmide, a tenha vislumbrado uma noite e tentado perquirir o seu segredo. É possível que em Babilônia um cortesão de Nabucodonosor se tenha enamorado perdidamente de uma princesa, na moldura quadrada de seus raios. É possível que na China de Confúcio um mandarim se tenha curvado reverente no jardim, entre papoulas, sob o império de seu brilho retilíneo. É possível que na África, numa clareira das selvas, um feiticeiro da tribo lhe tenha oferecido em holocausto a carcaça sangrenta de um antílope. É possível que nos mares gelados do Norte um *viking* tenha há doze séculos levantado os olhos sob o elmo de chifres, e contemplado aquela surpreendente forma geométrica, procurando orientar por ela o seu bergantim. É possível que na Idade Média um alquimista tenha aumentado, sob a influência de sua radiância quadrangular, o efeito milagroso de um elixir da longa vida. É possível que, no longo dos anos, mais de uma donzela haja estremecido em sonhos ao receber no corpo a carícia estranhamente angulosa do luar. Mas, nos dias de hoje, somente a mim a lua se oferecia em toda a sua nudez quadrilátera. Dormi sorrindo, ao pensar que os astronautas modernos se preparam para ir à Lua em breve – sem ao menos desconfiar que ela não é redonda, mas quadrada como uma janela aberta no cosmo – verdade celestial que só um noctívago em Londres fora capaz de merecer.

Lembro-me de uma história – história que inventei, mas que nem por isso deixa de ser verdadeira. Era um marinheiro dinamarquês, de um cargueiro atracado no porto do Rio de Janeiro por uma noite apenas. Saíra pela cidade desconhecida, de bar em bar, e vinha voltando solitário e bêbado pela madrugada, quando se deu o milagre: nas sujas águas do canal do Mangue, viu refletida uma claridade difusa – ergueu os olhos e viu que as nuvens se haviam rasgado no céu, e o Cristo surgira para ele, braços abertos, em todo o seu divino esplendor. Fulminado pela visão, caiu de joelhos e chorou de arrependimento pela vida de pecado e impenitência que levara até então. De volta à sua terra, converteu-se, tornou-se místico, acabou num convento. E anos mais tarde, depois de uma vida inteira dedicada a Deus, o monge recebe a visita de um brasileiro. Aquele homem era da cidade em que se dera o milagre da sua conversão.

– Deixa para lá, seu padre – tornou o carioca – Para cima de mim? Milagre nada, o que o senhor viu foi a estátua do Corcovado.

Não diz a história se o religioso deixou de sê-lo, por causa da prosaica revelação. Não diz, porque me eximo de acrescentar que, na realidade, depois de viver tanto tempo uma crença construída sobre o equívoco, este equívoco passava a ser mesmo um milagre, como tudo mais nesta vida.

O milagre da lua quadrada de Londres não me foi desfeito por nenhum londrino descrente do surrealismo astronômico nos céus britânicos. Bastou olhar de manhã pela janela e pude ver, recortado contra o céu, o gigantesco guindaste no cume de uma construção, e numa das pontas da armação de aço atravessada no ar, junto ao contrapeso, o quadrado de vidro que à noite se acende. A minha lua quadrada de Londres.

Quadrado que talvez simbolize todo um sistema de vida, mais do que anuncia a pequena palavra *Laing* nele escrita, marca de fabricação do guindaste. De qualquer maneira, os ingleses ganharam, pelo menos na minha imaginação, o emblema do seu modo de ser, impresso nessa visão de uma noite, que foi a lua quadrada de Londres.

Cada um no seu poleiro

Mal começa a clarear o dia, ele desanda a berrar lá fora:
— Poeta! Poeta!

Salto da cama, morto de sono, para fechar a janela. Ainda assim seus gritos atravessam o vidro e acabo desistindo de dormir. Volto à janela para receber a primeira brisa da manhã e vejo-o lá embaixo, ao fundo de uma das casas da vila, mexendo-se inquieto no seu poleiro, sacudindo a corrente que lhe prende o pé. Assobio, faço-lhe caretas, procuro chamar sua atenção.

— Eh, papagaio!

— Poeta! — saúda-me ele, alegremente, eriçando as asas verdes.

Certamente me toma por outra pessoa. Não sou poeta e ainda venho do tempo em que as anedotas de papagaio tinham graça. A da mágica no navio. A do pinto pelado, piu-piu-piu. A da galinha no caminhão. E outras, centenas de outras, envolvendo incursões em galinheiros e de significado fescenino, quase sempre em tiradas de baixo calão. Um papagaio que se preza é sempre desbocado e assume ares de poder retrucar com um nome feio à menor provocação, compenetrado de seu papel de símbolo da malícia, da irreverência e da safadeza, curupaco papaco! a mulher do macaco. Ela fuma, ela pita, ela toma tabaco.

— Poeta! — berra o bichinho lá de baixo, todo amigão.

Este, porém, parece não saber dizer senão esta palavra. Como e por que a aprendeu? A menos que, apurando melhor o ouvido, para minha desilusão, não venha eu a entender que ele me chama de pateta.

— Pateta — experimento.

— Poeta — tranquiliza-me ele.

Às vezes sou inclinado a acreditar que o que ele diz é "careca!" — referindo-se, logicamente, a outra pessoa, pois tampouco vejo ainda ameaçada a integridade de meus cabelos. Acabo concluindo que o vocabulário de sua papagaiada se resume a uma só palavra, que vem a ser um misto das três, assumindo o papel de qualquer delas, segundo as conveniências. Somente assim o diálogo se torna possível entre nós dois:

— Passo os meus dias tentando um meio de expressão daquilo que me vai na alma e que vem a constituir a súmula de minha experiência vital. Talvez eu haja errado de vocação. Na sua abalizada opinião, é possível que no fundo eu não venha a ser senão o quê?

— Poeta! — berra ele de lá.

— Muito obrigado. Aproxima-se a época das eleições. As instituições vigentes, cada vez mais vigentes, preparam-se para propiciar ao povo o exercício das prerrogativas democráticas na escolha do governante que represente a sua vontade soberana. Já sabemos qual o candidato que vai ganhar. Pode me dizer qual o que vai perder?

— Careca! — ele responde imediatamente.

— E quem não acredita nisso, que vem a ser?

— Pateta!

— Então responda a esta última: Edgar Poe o que era?

— Poeta!

— Muito bem — cumprimento-o, satisfeito. Mais satisfeito ainda, torna a abrir as asas, o pilantra, executa uma dancinha para lá e para cá, até que lhe acaba acontecendo algo que não estava no programa: cai do poleiro.

Fica dependurado pelo pé, a balançar-se como um pêndulo, meio perplexo ainda, sem entender bem o que foi que houve. Depois tenta subir, pela própria corrente, com ajuda do bico, mas a meio caminho despenca outra vez, agitando-se, desesperado. Experimenta a escalada por um cano da parede, mas a corrente não dá — ou dá, ou desce.

Poeta! Careca! Pateta! se esbalda de gritar — em vão, ninguém vem em seu socorro. Sinto muito, mas daqui de cima nada posso fazer por ele. A vizinha aparece à janela da cozinha; faço-lhe sinais, apontando o papagaio. Ela não parece entender e fica me olhando com cara de papagaio. Prudentemente, resolvo retirar-me antes que o marido, cuja cabeça — por sinal careca — acaba de surgir em outra janela, interprete mal os meus gestos: papagaio come milho e periquito leva a fama. Agora te aguenta aí, meu louro. Quem te encomendou tamanho assanhamento? Lembra-te do exemplo da coruja, que não fala, mas presta muito mais atenção. "Never more", como diz teu negro primo. E adeus, vê se agora me deixa dormir.

Antes que eu me retire, todavia, ele volta a tentar a subida batendo obstinadamente as asas curtas. Logra alcançar apoio na corrente até morder a lata com o bico e consegue afinal, depois de muito esforço, alçar-se de novo ao poleiro. Estala a língua preta num suspiro de alívio, eta mágica besta!, inclina para mim a cabecinha com seu olho duro em desafio e então – palavra de honra –, para não negar a raça, deixa escapar enfim o que, sem sombra de dúvida, me pareceu distintamente um sonoro palavrão.

Dois entendidos

Dizem que tem uma memória extraordinária e sabe tudo sobre futebol. Suas lembranças desafiam contestação.

Um dia, porém, viu-se numa reunião em que se achava outro com igual prestígio. E os dois acabaram se defrontando:

— Você se lembra da primeira Copa Roca disputada no Brasil? — perguntou-lhe o outro.

— Se me lembro.

E disse o dia, o mês e o ano.

— Fazia um calor danado.

— Isso mesmo: um calor danado. Lembra-se da formação do time brasileiro?

— Quem é que não se lembra?

Cantou para o outro o time todo. O outro ia confirmando com a cabeça. Fez apenas uma ressalva quanto ao extrema-esquerda.

— Eu sei: mas estou falando o time titular. Agora vou lhe dizer os reservas.

Declamou a lista dos reservas, e sugeriu, por sua vez:

— Você naturalmente se lembra da formação do time argentino.

O outro embatucou: o time argentino? Não, isso ninguém era capaz de dizer.

— Pois então tome lá.

E recitou o time argentino. O outro, meio ressabiado, procurou recuperar o terreno perdido:

— Para nomes não sou muito bom. Mas me lembro que o goleiro argentino segurou um pênalti.

— Um pênalti mal cobrado, foi por isso: faltavam sete minutos para acabar o jogo.

O outro, como que ocasionalmente, disse quem cobrara o pênalti, fazendo nova investida:

– E lhe digo mais: o juiz apitou quinze faltas contra nós no primeiro tempo, dezessete contra eles. No segundo tempo...

– Está aí, isso eu não sou capaz de garantir. Tudo mais sobre o jogo eu lhe digo. Aliás, sobre esse jogo, ou qualquer outro que você quiser, de 1929 para cá. Mas essa história de número de faltas... Como é que você sabe disso, com tanta certeza?

– Sei – tornou o outro, triunfante – porque fui o juiz da partida.

Com essa não contava. O juiz da partida.

– Como é mesmo o seu nome?

Ficou a rolar na língua o nome do outro.

– Você tinha algum apelido?

O outro deu uma gargalhada:

– Juiz, com apelido? Naquele tempo eu já me fazia respeitar.

– Sei, sei – e ele sacudiu a cabeça, pensativo. – Engraçado, me lembro perfeitamente do juiz, não se parecia com você. Chamava-se... Espera aí: se não me falha a memória...

– Ela costuma falhar, meu velho.

Ao redor a expectativa dos circunstantes crescia, ante o duelo dos dois entendidos.

– ... o juiz era grande, pesadão, anulou um gol nosso, houve um começo de sururu...

– Emagreci muito desde então. E anulei o gol porque já tinha apitado quando ele chutou. Houve realmente um ligeiro incidente, mas fiz valer minha autoridade e o jogo prosseguiu.

– Você já tinha apitado...

– Já tinha apitado.

Os dois se olharam em silêncio.

– Quer dizer que quem apitou aquele jogo foi você – recomeçou ele, intrigado.

– Fui eu. E lhe digo mais: quando Fausto fez aquele gol de fora da área...

– Já na prorrogação.

– Na prorrogação: quiseram protestar dizendo que ele estava impedido...

– Não estava impedido.

– Eu sei que não estava. Tanto assim que não anulei. Mesmo porque, a regra naquele tempo era diferente.

– Nem naquele tempo nem hoje nem nunca aquilo seria impedimento. Se o juiz me anula aquele gol...

– ... teria que anular também o primeiro gol dos argentinos...

– ... que foi feito exatamente nas mesmas condições.

Calaram-se um instante, medindo forças. Mas o outro teve a infelicidade de acrescentar:

– Mesmo que o bandeirinha tivesse assinalado...

Ele saltou de súbito, brandindo o dedo no ar:

– Já sei! É isso mesmo! Você não foi juiz coisa nenhuma! Você era o bandeirinha! Me lembro muito bem de você: era mais gordo mesmo, todo agitadinho, corria se requebrando... Tinha o apelido de Zuzu.

O outro não teve forças para negar e se rendeu à memória do adversário. Mesmo porque, encafifado, fazia uma cara de Zuzu.

A quem tiver carro

O carro começou a ratear. Levei-o ao Pepe, ali na oficina da rua Francisco Otaviano:

— Pepe, o carro está rateando.

Pepe piscou um olho:

— Entupimento na tubulação. Só pode ser.

Deixei o carro lá. À tarde fui buscar.

— Eu não dizia? Defeito na bomba de gasolina.

— Você dizia entupimento na tubulação.

— Botei um diafragma novo, mudei as válvulas.

Estendeu-me a conta: de meter medo. Mas paguei.

— O carro não vai me deixar na mão? Tenho de fazer uma viagem.

— Pode ir sem susto que agora está o fino.

Fui sem susto, a caminho de Itaquatiara. O fino! Nem bem chegara a Tribobó o carro engasgou, tossiu e morreu. Sorte a minha: mesmo em frente ao letreiro de "Gastão, o Eletricista".

— Que diafragma coisa nenhuma, quem lhe disse isso? – e Gastão, o Eletricista, um mulatão sorridente que consegui retirar das entranhas de um caminhão, ficou olhando o carro, mãos na cintura: – O senhor mexeu na bomba à toa: é o dínamo que está esquentando.

Molhou uma flanela e envolveu o dínamo carinhosamente, como a uma criança.

— Se tornar a falhar é só molhar o bichinho. Vai por mim, que aqui em Tribobó quem entende disso sou eu.

Nem em Tribobó: o carro não pegava de jeito nenhum.

— Então esse dínamo já deu o prego, tem de trocar por outro. Não pega de jeito nenhum.

Para desmenti-lo, o motor subitamente começou a funcionar.

— Vai morrer de novo – augurou ele, e voltou a aninhar-se no seu caminhão.

Fernando Sabino · 181

Resolvi regressar a Niterói. À entrada da cidade a profecia do capadócio se realizou: morreu de novo. Um chofer de caminhão me recomendou o mecânico Mundial, especialista em carburadores – ali mesmo, a dois quarteirões. Fui até lá e em pouco voltava seguido do Mundial, um velho compenetrado, arrastando a perna e as ideias:

– Pelo jeito, é o carburador.

Olhou o interior do carro, deu uma risadinha irônica:

– É lógico que não pega! O dínamo está molhado!

Enxugou o dínamo com uma estopa: o carro pegou.

– Eu se fosse o senhor mandava fazer uma limpeza nesse carburador – insistiu ainda: – Vamos até lá na oficina...

Preferi ir embora. Perguntei quanto era.

– O senhor paga quanto quiser.

Já que eu insistia, houve por bem cobrar-me quanto ele quis.

Cheguei ao Rio e fui direto ao Haroldo, no Leblon, que me disseram ser um monstro no assunto:

– Carburador? – e o Haroldo não quis saber de conversa: – Isso é o platinado, vai por mim.

Cutucou o platinado com um ferrinho. Fui-me embora e o carro continuava se arrastando aos solavancos.

– O platinado está bom – me disse o Lourival, lá da Gávea: – Mas alguém andou mexendo aqui, o condensador não dá mais nada. O senhor tem de mudar o condensador.

Mudou o condensador e disse que não cobrava nada pelo serviço. Só pelo condensador.

No dia seguinte o carro se recusou a sair da garagem.

– Não é o diafragma, não é o carburador, não é o dínamo, não é o platinado, não é o condensador – queixei-me, deitando erudição na roda de amigos. Todos procuravam confortar-me:

– Então só pode ser a distribuição. O meu estava assim...

– Você já examinou a entrada de ar?

– Para mim você está com vela suja.

E recomendavam mecânicos de sua preferência:

– Tem uma oficina ali na rua Bambina, de um velho amigo meu.

– Lá em São Cristóvão, procure o Borracha, diga que fui eu que mandei.

– O Urubu, ali do posto 6, dá logo um jeito nisso.

Não procurei o Urubu, nem o Borracha, nem o Zé Pára-Lama; nem o Caolho dos Arcos, nem o Manquitola do Rio Comprido, nem o Manivela de Voluntários, nem o Belzebu dos Infernos: esqueci o automóvel e fui dormir. Pela minha imaginação desfilava um lúgubre cortejo de tipos grotescos, sujos de graxa, caolhos, pernetas, manetas, desdentados, encardidos, toda essa fauna de mecânicos improvisados que já tive de enfrentar, cuja perícia obedece apenas à instigação da curiosidade ou à inspiração do palpite, que é a mais brasileira das instituições.

Mas pela manhã me lembrei de um curso que se anuncia aconselhando: "Aprenda a sujar as mãos para não limpar o bolso". Resolvi candidatar-me – e quem tiver ouvidos para ouvir, ouça, quem tiver carro para guiar, entenda.

Fui à garagem, abri o capô, e fiquei a olhar intensamente o motor do carro, fria e silenciosa a esfinge com seu enigma. Havia um fio solto, coloquei-o no lugar que me pareceu adequado. Mas não podia ser tão simples...

Era. Desde então, o carro passou a funcionar perfeitamente.

O habitante e sua sombra

No ano atrasado, em Paris, já não cheguei a vê-lo. Tinha sido operado e não podia receber visitas. Mas Jorge Edwards, o escritor chileno, seu amigo e fiel auxiliar, me contou que ele compensava a apreensão trazida pela doença com a alegria por ter recebido o Prêmio Nobel.

Alegria só superada pela que lhe trouxera a vitória de Allende no Chile, de quem se havia tornado Embaixador na França. A pátria, tão festejada em seus versos, finalmente se identificava com a sua esperança de justiça social. Em pouco cruzaria o mar de volta ao seu país, de onde nunca mais sairia – o mar, poderoso elemento de inspiração de sua poesia.

Quando uma violenta ressaca assolou a costa do Chile, houve quem temesse que sua casa tivesse sido levada pelas águas com o poeta e tudo. Algum tempo depois meia dúzia de versos revelaram que ele soubera resistir:

Na ponta do Trovão andei
recolhendo sal no rosto
e do oceano, na boca,
o coração do vendaval;
eu o vi estrondar até o zênite,
morder o céu e cuspi-lo.

Jorge Edwards, no prefácio da *Antologia poética* em edição brasileira que publicamos pela nossa Editora Sabiá, nos diz das várias fases da poesia de Neruda que podem ser assinaladas segundo seu permanente diálogo com o mar. Na primeira juventude, o mar é todo envolvimento: "Eu só quero que me leves!". Nos anos de maior compromisso político, o mar se torna uma força hostil que humildes pescadores enfrentam. Com o advento do socialismo, a natureza será dominada e o mar vencido pelos homens: "Te amarraremos pés e mãos/ os homens pela tua pele passearão cuspindo [...]/ te montando e te domando/ te dominando a alma". E finalmente em plena maturidade o mar sugere um tom de serena comunhão, o poeta quer ser "mais espuma sagrada, mais vento da onda".

Foi diante deste mar, em sua casa nas encostas do Pacífico, que o poeta se refugiou para morrer.

Uribe, Oyarzum e Bontá – eram estes os nomes dos três chilenos fantásticos que um dia surgiram em Belo Horizonte para deslumbrar a ingenuidade de nossos dezoito anos ávidos. Uribe era um professor – Oyarzum e Bontá, ambos Orlando de nome, eram dois seres gigantescos, ciclópicos, que no auge de uma discussão resolviam a parada despindo a camisa e se atracando em violenta luta corporal. Ambos carregavam pelas ruas um livro enorme, de capa folheada a ouro, chamado *El Libro de las Américas*, com o qual percorriam o continente colhendo assinaturas de grandes personalidades: Roosevelt, Getúlio Vargas, e outros menos graúdos. Desconfio que as contribuições espontâneas por eles recebidas vinham a constituir discretamente o que hoje chamamos de *trambique*. Uribe não era de nada. Bontá era um gigante manso e meio sobre o subalterno. Oyarzum era uma verdadeira convulsão da natureza. Amava os circos, os palhaços e as prostitutas, os bêbados, os mendigos e os poetas. Induzia-nos, a Paulo Mendes Campos e a mim, a tomar com ele porres de licor de ovo, às vezes na atuante companhia dos outros dois, Hélio Pellegrino e Otto Lara Resende. Mas o que nos tocava mais fundo eram as mirabolantes histórias que nos contava de seu maior e mais íntimo amigo, companheiro de aventuras na mocidade: o grande poeta de nossa admiração, de quem conhecíamos tantos versos de cor, que saltavam de nossas bocas pelas ruas nas loucas madrugadas da cidade adormecida. Histórias nas quais, em raros momentos nossos de bom senso, evidentemente não acreditávamos.

Quando, em 1945, Paulo veio ao Rio juntar-se a mim com a finalidade específica de curtir pessoalmente o poeta, tivemos oportunidade de lhe dizer certa noite em minha casa:

– Um dia apareceu em Belo Horizonte um sujeito chamado Oyarzum...

Ele cortou-nos a palavra num gesto largo e categórico:
– *Es todo verdad*.

Ficou entre nós algum tempo e era visto por todo lado: na casa de Portinari, ou de Vinicius, que já era seu amigo, ou com Di Cavalcanti, também velho amigo. No Alcazar, o nosso bar daquela época, a gente se reunia em torno dele em sucessivas rodadas de chope: Rubem Braga, Moacir Werneck de Castro, às vezes Manuel Bandeira, e creio mesmo que Drummond, pelo menos uma vez. E ele sempre falando em seu grande amigo Jorge Amado.

Certa noite Schmidt apareceu com a sugestão de tomarmos em seu apartamento no último andar daquele mesmo edifício "algo muito melhor" – o que redundou num tremendo pileque do mais fino vinho francês. Às tantas o dono da casa, chupando uma mexerica, perguntou ao poeta chileno se no mundo socialista que ele preconizava haveria vinhos tão raros. Neruda afirmou que sim, enquanto Paulo, Moacir e eu estudávamos à sorrelfa um plano insensato de furtar algumas garrafas, atirando-as pela janela para que um de nós as aparasse lá embaixo.

Houve por esse tempo um jantar à mineira em minha casa, oferecido ao poeta, com a presença dos amigos de sempre, acrescida de alguns adventícios trazidos por ele do Bar Vermelhinho. O mínimo que aconteceu foi uma dança de Jayme Ovalle com o Barão de Itararé, ao som desvairado de minha bateria de jazz.

Só tornei a vê-lo nove anos mais tarde. Eu passava de ônibus pela avenida Copacabana e julguei reconhecê-lo diante de uma vitrine da Casa Sloper. Saltei imediatamente e o abordei. Ele pareceu lembrar-se vagamente de mim, mas já não era o mesmo homem: tinha o ar cansado e triste. A impressão que me deu foi a de alguém esquivo e desconfiado, como se o aborrecesse todo aquele que não partilhasse de suas convicções políticas. De minha parte, na impulsiva irreverência da juventude, registrei a impressão num artigo. Tanto bastou para que ele me concedesse a glória em vida: distinguiu-me com uma resposta lá do Chile, publicada em página inteira num vespertino carioca, presenteando-me com os mais expressivos insultos.

Isso se deu por volta de 1954. Em 1965, à falta de alguém melhor, fui enviado de Londres ao Congresso Internacional do Pen Clube em Bled, na Iugoslávia, como representante do Brasil. E me vejo, num grupo de trabalho, sentado exatamente ao lado dele. Era uma situação constrangedora, e evidentemente não nos falamos, embora no íntimo eu acreditasse que ele nem sequer se lembrava mais do incidente. Até que, numa de suas intervenções, ele se referiu inesperadamente a mim, nos termos mais lisonjeiros. Fiz o mesmo em relação a ele, quando chegou a minha vez de intervir, e depois deste rasgar de sedas, ele abriu os braços para me acolher, finda a reunião: vamos deixar de bobagem, eu era muito intolerante e hoje não sou mais, está tudo esquecido, vamos conversar, vamos ser amigos, vamos falar do Thiago de Mello.

Foram alguns dias de afetuoso convívio, durante os quais pude ver que a paixão política cedera lugar a uma terna compreensão dos problemas da vida e do homem, debaixo da mesma sede de amor e da mesma fome de justiça social.

Estive com ele ainda uma última vez, no Rio, em companhia de seu amigo Irineu Garcia. Foi quando nos sugeriu a publicação de *Cem anos de solidão* de García Márquez, "a obra mais importante da língua espanhola desde *Dom Quixote de La Mancha*".

Agora, a notícia de sua morte, quase simultânea com a morte da esperança em sua pátria, faz renascer em mim a lembrança dos versos que amei desde a primeira mocidade. E eles me ocorrem em turbilhões enquanto escrevo, procurando desajeitadamente prestar aqui a minha homenagem particular à sua memória. As notícias estarrecedoras sobre o vilipêndio praticado com a depredação de sua casa e a grandeza trágica de seu funeral me deixam deprimido. Eu queria, como no seu célebre verso, "escrever as palavras mais tristes esta noite". Porque o sinto teimosamente presente, integrado em meu escasso mundo de lembranças – ou, como ele próprio diz:

Porque continua a minha sombra em outra parte
ou sou a sombra de um teimoso ausente.

Aqui jazz o músico

Hoje, peço licença para tratar de um assunto que me toca muito particularmente. Não haverá aqui uma palavra que não seja para os verdadeiros iniciados. Quem tiver ouvidos para ouvir, ouça.

É curioso como nós, os maníacos, costumamos impingir aos incautos as nossas predileções particulares. Pomos um disco – preste atenção neste sax-tenor! – para interrompê-lo no meio e substituir por outro – agora veja este piano – e acabar tocando no ar um trompete imaginário. Na verdade estamos falando uma linguagem só inteligível aos inoculados pelo mesmo vírus.

Comecei a gostar de jazz ainda menino, com a orquestra de Harry Roy. Na época era o suprassumo da música comercial americana, tanto mais extraordinário quanto se tratava de um inglês. Paradoxalmente, havia uns ingleses que davam as cartas em matéria de sucesso popular: Nat Gonella, imitador de Armstrong; Bert Ambrose, o pianista Carroll Gibbons, o baterista Joe Daniels. Era o que havia de bom para o nosso mau gosto da época. Anos mais tarde descubro em Londres uma espelunca no West End onde Harry Roy tocava e vou visitá-lo. O famoso *band-leader*, que encantou a Europa na década de 40, com mais de mil gravações tocadas diariamente em todas as rádios do mundo, não passava de um fantasma de si mesmo. Gordo, careca, envelhecido, arruinado e desiludido, ainda foi capaz de acender no olhar uma centelha de entusiasmo pelo passado ao saber-me seu antigo admirador. Como? Ainda havia quem se lembrasse dele? Pouco tempo depois morria na pobreza e no anonimato.[*]

Ir para Nova York significava para os meus vinte anos ir viver no mundo do jazz. Já superara a fase Tommy Dorsey (*I'm getting*

---

[*] Ver crônica "Fotografia na parede", in: *A inglesa deslumbrada*. RJ: Editora Sabiá, 1967. (N.A.).

sentimental over you) com um *crooner* chamado Frank Sinatra. Ou a de Glenn Miller (*Moonlight serenade*) e seus arranjos adocicados que as orquestras dos cassinos no Brasil procuravam reproduzir. Já me cansara da clarineta de Artie Shaw (*Begin the beguine*). Meu instrumento não era mais o piano de Eddy Duchin nem o trompete de Billy Butterfield e não chegara ainda a ser o trombone (imaginário) que costumo tocar da janela de meu apartamento em noites de lua cheia, acompanhando Kid Ory (*Muskrat ramble*): era a bateria de Gene Krupa (*Sing, Sing, Sing*), que cheguei a tocar sofrivelmente ao curso dos pileques mais incontroláveis na Pampulha ou no Vogue – meu amigo Sacha que o diga. Cheguei a comprar uma, na qual treinava desvairadamente noite adentro, para desespero dos vizinhos.

A esta altura devo declarar francamente que não passo de um músico frustrado. Trocaria tudo o que fiz ou deixei de fazer desde os vinte anos por aquele convite que o pianista Chameck, da orquestra Kollman, me fez um dia, de seguir com ele e mais um contrabaixo em *tournée* pela Europa durante três meses. Tivesse eu abandonado tudo (mulher e emprego) como faria dez anos mais tarde (muito tarde) e seguido com ele, não estaria aqui perdido em bobas reminiscências, mas tocando tão bem quanto os grandes mestres (Zutty Singleton, Jo Jones, Art Blakey).

Em vez disso, fui parar com Vinicius em Nova York, e eram onze horas da noite de nossa chegada quando encontrei um bilhete na portaria do hotel: "estou te esperando no Palladium para ouvirmos Gene Krupa." Atirei-me no primeiro táxi mas meu inglês não dava para a saída e o motorista entendeu mal, acabou me levando a outro lugar, onde estava tocando Benny Goodman. Este era então para mim o paradigma do jazz, em especial no pequeno conjunto (*Nagasaki, Dardanella*), contrapondo-se às grandes orquestras (Jimmie Lunceford, Count Basie) entre as quais evidentemente se destacava meu grande ídolo de sempre: Duke Ellington.

Pois eis senão quando me vejo timidamente sentado à mesa de um salão maior que uma garagem coletiva, gente por todo lado, e a orquestra de Benny Goodman mandando brasa (*Oh, Lady Be Good!*). Teddy Wilson ao piano, Lionel Hampton no vibrafone; Gene Krupa não estava, mas que eu poderia querer mais? Pedi um uísque, resolvido a encher a cara até o final dos tempos.

Eis que às tantas se estabelece ligeira perturbação ambiente e vejo entrar uns crioulos que vão sentar-se na mesa ao lado. Sentia-se no ar, pelos olhares que se voltavam, que era gente importante.

Era ele próprio, com alguns amigos: Duke Ellington em pessoa.

Só faltei desmaiar. Depois de algum tempo e mais um uísque, possuído de uma audácia que sempre me tem faltado nos momentos decisivos de minha vida, fui até ele e o abordei. Desta vez Deus fez com que o inglês não me faltasse – e à falta de outras credenciais, me apresentei humildemente como um escritor brasileiro interessado em conversar com ele.

– Sobre o quê? – perguntou, intrigado.

– Sobre Debussy.

Surpreendido com resposta tão estapafúrdia, o homem não só me fez sentar, como me convidou a assistir ao seu ensaio no dia seguinte no cinema Paramount, onde estrearia em breve – chegou mesmo a me dar uma senha para entrar (convite que eu, por timidez, deixaria de atender). E quando o dono da festa veio de lá para abraçá-lo, me cumprimentou também. Eu, Duke Ellington e Benny Goodman! Era demais para a minha primeira noite em Nova York.

Saí dali tonto de deslumbramento, sentindo o mundo do jazz a meus pés. Quando o táxi passava às quatro da manhã pelo Time Square, vislumbrei o nome Palladium num letreiro já apagado. Pare! – ordenei ao motorista. O lugar já estava fechado e às escuras. Mas pela porta de vidro vi uma luz lá dentro, pus-me a bater. Um garçom veio abrir, desconfiado, e acabou me deixando entrar. Numa mesa ao fundo, encontrei Vinicius, já cansado de esperar (Count Basie acabara de sair), bebendo uísque com Gene Krupa.

Que significa o jazz para mim? A alegria de se comunicar além das palavras, pela mais pura criação coletiva surpreendida no seu nascedouro. A convivência incorruptível, a comunhão através do som. Eles, quando estão tocando, falam uma linguagem que é a minha e que eu gostaria de poder falar. Sérgio Porto me iniciou no jazz de

Chicago (Muggsy Spanier, George Brunies). Lúcio Rangel me iniciou em Armstrong (Hot Five). Jorginho Guinle ia às últimas de uma raridade em solo de clarineta (Johnny Dodds). Em Belo Horizonte, Eloy Lima ouvia *The Pearls* (Wilbur De Paris), no Rio José Sanz ouvia *The Pearls* (Jelly Roll Morton). No Paraguai, o Conselheiro Tabajara trauteando *Perdido* (Johnny Hodges), ao som da vitrola. E Sílvio Túlio Cardoso escrevendo, Paulo Santos irradiando. O próprio Vinicius, no limiar da bossa nova, indo às origens do blues (Jimmy Yancey), Hélio Pellegrino no meio da noite pedindo pelo amor de Deus que tocássemos *Body and Soul* (Coleman Hawkins). Narceu de Almeida em Londres, siderado pela clarineta de George Lewis. José Guilherme Mendes, no Leblon, envolvido pelo sax de John Coltrane.

Mas os adeptos da seita de Fats Waller foram ficando cada vez mais raros: alguns morreram, outros evoluíram para o silêncio, outros ficaram ali pelas alturas de Bill Evans, do *bee-bop* (Dizzy Gillespie) ou se perderam no *cool* (Chet Baker). O *west-coast* estava na moda (Gerry Mulligan, Paul Desmond) e o jazz, como improvisação polifônica, cedia lugar à alienação de esotéricos solos individuais.

O jazz também já era, como tudo mais neste mundo a partir de abril de 1964. Eu próprio me vi cuidando de outras coisas e ouvindo o que não queria, afogado em palavras, e o som eterno de meus ídolos afogado em poeira na pilha dos discos guardados. Eu, que cheguei a entender o que outros depois de Charlie Parker queriam dizer (Miles Davis), que aprendi a amar o último grande gênio do jazz (Thelonious Monk), me vi reduzido a cultivar minha frustração tamborilando em mesas de bar, ao som de uma música saída apenas da imaginação.

A vinda do filho

José conhecia bem o caminho: mesmo na escuridão subiu o morro com facilidade, as pernas ágeis galgando a trilha estreita e tortuosa. Nem chegou a entrar no barraco – da porta mesmo chamou a mulher:

– Vamos, Maria, tá na hora.

A negra, que já o esperava, agarrou a trouxa, apagou o lampião e se juntou a ele.

– Eu trouxe o que pude – informou, como a se desculpar.

Foram descendo a ladeira, ele na frente, ela um pouco atrás, penosamente. O ventre enorme lhe dificultava os movimentos. Em pouco arfava, detendo-se a cada instante:

– Não posso mais.

– Vamos mulher – ele insistia: – A batida começa duma hora pra outra.

– Pra onde a gente vai?

Ela não esperava obter resposta. Sabia já o que para ela ia começar de uma hora para outra.

Ele só se deteve quando chegou ao nível da rua. Ficou olhando de um lado para outro, indeciso. A luz do poste na esquina iluminava seu rosto carregado de preocupação. Era um crioulo forte e desempenado, ainda jovem, mas o momento de emoção que vivia o tornava mais velho.

– Não sei: por aí – respondeu inesperadamente, e pôs-se a caminhar.

Ela o seguiu, submissa. Sentia já as primeiras dores. Para aumentar sua aflição, começou a chover.

– Para onde nós vamos? – ela perguntou novamente, desta vez com decisão: – Melhor a gente voltar...

– Voltar? Você está ficando doida? – e ele parou, irritado, de novo olhando ao redor.

De novo foram caminhando, agora sob a chuva cada vez mais forte. Logo se viram diante da imensa armação de cimento do viaduto em construção.

– Ali – apontou ele com decisão.

Chegaram a sorrir quando, molhados e ofegantes, se viram já ao abrigo da chuva, agachados naquela espécie de nicho, sob o viaduto, entre pedaços de tábua e montes de entulho.

– Eu tenho dinheiro aqui – disse ele apalpando o bolso: – O doutor me pagou hoje o conserto naquele armário.

– Que é que adianta? – ela resmungou, num gemido, já sentada no chão, pernas estendidas, mãos sobre o ventre. – A gente tem de se esconder.

– Vão prender todo mundo – ele retrucou.

– Que culpa que a gente tem?

– Nenhuma.

Carrancudo, ele parecia ter dado o assunto por encerrado. Ficaram calados algum tempo, dispostos a passar a noite ali. Ela aos poucos começou a contar, em meias palavras, o sonho que tivera na noite anterior: um homem estranho lhe dizia que seu filho ia ser muito importante e que ia nascer na noite de Natal, era para ela botar nele o nome de Jesus. Ele ouvia espantado, tanto mais que, descobrira agora, estavam na noite de Natal. Ela ia contando o que o homem dissera.

(O homem só não dissera que um dia o filho ia morrer, não numa cruz, mas crivado de balas numa estrada do estado do Rio, liquidado pelo Esquadrão da Morte.)

Psicopata ao volante

David Neves passava de carro às onze horas de certa noite de sábado por uma rua de Botafogo, quando um guarda o fez parar:

— Seus documentos, por favor.

Os documentos estavam em ordem, mas o carro não estava: tinha um dos faróis queimado.

— Vou ter de multar — advertiu o guarda.

— Está bem — respondeu David, conformado.

— Está bem? O senhor acha que está bem?

O guarda resolveu fazer uma vistoria mais caprichada, e deu logo com várias outras irregularidades:

— Eu sabia! Limpador de para-brisa quebrado, folga na direção, freio desregulado. Deve haver mais coisa, mas pra mim já chega. Ou o senhor acha pouco?

— Não, para mim também já chega.

— Vou ter de recolher o carro, não pode trafegar nessas condições.

— Está bem — concordou David.

— Não sei se o senhor me entendeu: eu disse que vou ter de recolher o carro.

— Entendi sim: o senhor disse que vai ter de recolher o carro. E eu disse que está bem.

— O senhor fica aí só dizendo está bem.

— Que é que o senhor queria que eu dissesse? Respeito sua autoridade.

— Pois então vamos.

— Está bem.

Ficaram parados, olhando um para o outro. O guarda, perplexo: será que ele não está entendendo? qual é a sua, amizade? E David, impassível: pode desistir, velhinho, que de mim tu não vê a cor do burro de um tostão. E ali ficariam o resto da noite a se olhar em silêncio, a autoridade e o cidadão flagrado em delito, se o guarda enfim não se decidisse:

– O senhor quer que eu mande vir o reboque ou prefere levar o carro para o depósito o senhor mesmo?

– O senhor é que manda.

– Se quiser, pode levar o senhor mesmo.

Sem se abalar, David pôs o motor em movimento:

– Onde é o depósito?

O guarda contornou rapidamente o carro pela frente, indo sentar-se na boleia:

– Onde é o depósito... O senhor pensou que ia sozinho? Tinha graça!

Lá foram os dois por Botafogo afora, a caminho do depósito.

– O senhor não pode imaginar o aborrecimento que ainda vai ter por causa disso – o guarda dizia.

– Pois é – David concordava: – Eu imagino.

O guarda o olhava, cada vez mais intrigado:

– Já pensou na aporrinhação que vai ter? A pé, logo numa noite de sábado. Vai ver que tinha aí o seu programinha para esta noite... E amanhã é domingo, só vai poder pensar em liberar o carro a partir de segunda-feira. Isto é, depois de pagar as multas todas...

– É isso aí – e David o olhou, penalizado: – Estou pensando também no senhor, se aborrecendo por minha causa, perdendo tempo comigo numa noite de sábado, vai ver até que estava de folga hoje...

– Pois então? – reanimado, o guarda farejou um entendimento: –Se o senhor quisesse, a gente podia dar um jeito... O senhor sabe, com boa vontade, tudo se arranja.

– É isso aí, tudo se arranja. Onde fica mesmo o depósito?

O guarda não disse mais nada, a olhá-lo, fascinado. De repente ordenou, já à altura do Mourisco:

– Pare o carro! Eu salto aqui.

David parou o carro e o guarda saltou, batendo a porta, que por pouco não se despregou das dobradiças. Antes de se afastar, porém, debruçou-se na janela e gritou:

– O senhor é um psicopata!

A última crônica

A caminho de casa, entro num botequim da Gávea para tomar um café junto ao balcão. Na realidade estou adiando o momento de escrever. A perspectiva me assusta. Gostaria de estar inspirado, de coroar com êxito mais um ano nesta busca do pitoresco ou do irrisório no cotidiano de cada um. Eu pretendia apenas recolher da vida diária algo de seu disperso conteúdo humano, fruto da convivência, que a faz mais digna de ser vivida. Visava ao circunstancial, ao episódico. Nesta perseguição do acidental, quer num flagrante de esquina, quer nas palavras de uma criança ou num incidente doméstico, torno-me simples espectador e perco a noção do essencial. Sem mais nada para contar, curvo a cabeça e tomo meu café, enquanto o verso do poeta se repete na lembrança: "assim eu quereria o meu último poema". Não sou poeta e estou sem assunto. Lanço então um último olhar fora de mim, onde vivem os assuntos que merecem uma crônica.

Ao fundo do botequim um casal de negros acaba de sentar-se, numa das últimas mesas de mármore ao longo da parede de espelhos. A compostura da humildade, na contenção de gestos e palavras, deixa-se acentuar pela presença de uma negrinha de seus três anos, laço na cabeça, toda arrumadinha no vestido pobre, que se instalou também à mesa: mal ousa balançar as perninhas curtas ou correr os olhos grandes de curiosidade ao redor. Três seres esquivos que compõem em torno à mesa a instituição tradicional da família, célula da sociedade. Vejo, porém, que se preparam para algo mais que matar a fome.

Passo a observá-los. O pai, depois de contar o dinheiro que discretamente retirou do bolso, aborda o garçom, inclinando-se para trás na cadeira, e aponta no balcão um pedaço de bolo sob a redoma. A mãe limita-se a ficar olhando, imóvel, vagamente ansiosa, como se aguardasse a aprovação do garçom. Este ouve, concentrado, o pedido do homem e depois se afasta para atendê-lo. A mulher suspira, olhando para os lados, a reassegurar-se da naturalidade de sua presença ali. A meu lado o garçom encaminha a ordem do freguês. O homem atrás do balcão apanha a porção do bolo com a mão, larga-o no pratinho – um bolo simples, amarelo-escuro, apenas uma pequena fatia triangular.

A negrinha, contida na sua expectativa, olha a garrafa de Coca-Cola e o pratinho que o garçom deixou à sua frente. Por que não começa a comer? Vejo que os três, pai, mãe e filha, obedecem em torno à mesa um discreto ritual. A mãe remexe na bolsa de plástico preto e brilhante, retira qualquer coisa. O pai se mune de uma caixa de fósforos, e espera. A filha aguarda também, atenta como um animalzinho. Ninguém mais os observa além de mim.

São três velinhas brancas, minúsculas, que a mãe espeta caprichosamente na fatia do bolo. E enquanto ela serve a Coca-Cola, o pai risca o fósforo e acende as velas. Como a um gesto ensaiado, a menininha repousa o queixo no mármore e sopra com força, apagando as chamas. Imediatamente põe-se a bater palmas, muito compenetrada, cantando num balbucio, a que os pais se juntam, discretos: "parabéns pra você, parabéns pra você...". Depois a mãe recolhe as velas, torna a guardá-las na bolsa. A negrinha agarra finalmente o bolo com as duas mãos sôfregas e põe-se a comê-lo. A mulher está olhando para ela com ternura – ajeita-lhe a fitinha no cabelo crespo, limpa o farelo de bolo que lhe cai ao colo. O pai corre os olhos pelo botequim, satisfeito, como a se convencer intimamente do sucesso da celebração. De súbito, dá comigo a observá-lo, nossos olhos se encontram, ele se perturba, constrangido – vacila, ameaça abaixar a cabeça, mas acaba sustentando o olhar e enfim se abre num sorriso.

Assim eu quereria a minha última crônica: que fosse pura como esse sorriso.

Domingo azul do bar

Quando eu era menino, nunca olhei pela janela, mas fazia parte da paisagem dum quintal. Morei em Belo Horizonte, no Leme, Copacabana, Leblon, Botafogo, Silvestre, andei pelo Brasil e por outros países. Vi coisas, muitas coisas, só não vi a linda mulher nua que os homens já viram de suas janelas. Buscava um lugar que me servisse e encontrei Ipanema.

Composto de frases colhidas ao longo da releitura de seus livros de prosa, assim eu poderia traçar o perfil do autor de *O cego de Ipanema*. Buscou Ipanema e encontrou um cego.

Mas encontrou também o mar e os domingos azuis, mais tarde celebrados no seu belo livro de poesia, *O domingo azul do mar*:

Eu, prisioneiro, lia poemas nos parques,
Procurando palavras que espelhassem os domingos,
E uma esperança que não tenho.

Em vez da esperança, encontrou – ou reencontrou – o bar, quando chegou a ser um cão:

Fiquei anos e anos no fundo de um bar, olhando esmagadoramente um copo vazio. Apesar dos pesares, com a morte na alma, fui um cão. Cheguei a ser um cão. Latia. Cultivei termos simpáticos, fui uma vez ou outra ao teatro, fumei um cigarro entre dois atos, beijei a mão de uma senhora, colaborei na construção de uma ponte, jantei com vinho num restaurante, publicaram meu retrato na revista do serviço público com um adjetivo, comprei a crédito, chegaram a rir quando falei uma coisa engraçada (para um cão, bem entendido).

Acuado como um cão metafísico, eu gania para a eternidade.

É este o resumo de toda a sua vida? Não, ele não contou que veio para o Rio a meu chamado para conhecer Pablo Neruda, poeta já de sua admiração, e ficou para sempre. Hospedou-se comigo durante alguns dias, passou-se para a casa de Vinicius, desta para a do Rubem. Morou de permeio numa série de pensões – uma delas chamada Mon Rêve, que marcou época no período *bas-fond* de sua vida.

Depois se mandou para a Europa, correu mundo. Como no verso do outro poeta, viajou, brigou e aprendeu. À semelhança de Aldous Huxley, assessorado por um médico, tomou ácido lisérgico, fascinante experiência descrita em seu livro *O colunista do morro*. Depois se casou com Joan, suave e admirável inglesinha que veio ao Rio de férias e que mesmo sem falar português acabou sua companheira para sempre. Tiveram dois filhos: Daniel, íntimo dos passarinhos, a ponto de conversar com eles como São Francisco, e Gabriela, que por sua vez lhes deu a primeira neta, Carolina.

Mas falta falar no menino, que o acompanhou em tudo isso, e que às vezes é um homem:

Sou um menino de rua perdido na dramaticidade existencial da poesia. Há coisas que só acontecem ao time do Botafogo e a mim. E a insígnia do meu coração é também uma estrela solitária. Stanislaw Ponte Preta inventou, certa vez, que eu usava ventilador para pentear os cabelos. Mas não sou um cronista apenas, sou às vezes um homem, isto é, um grande caçador perante o eterno. Sou eu mesmo aquilo que procuro. Quando me encontrar, encontrarei a morte. Ou não?

A primeira vez que o vi, ele já era um rapazinho, cabelo caído na testa – e já de copo na mão: o Paulinho, "perdido na dramaticidade existencial da poesia". E eu, outro rapazinho, perdido na dramaticidade existencial da prosa. Numa festa em casa do cônsul inglês em Belo Horizonte, eu havia buscado com a namorada o recanto de uma varanda deserta, para ver se lhe furtava um beijo. E dei com ele ali, copo na mão, sozinho, a conversar consigo mesmo e a atrapalhar-nos com a sua presença indiscreta. Tive de adiar o beijo.

Mais tarde nosso primeiro encontro se faria em termos já literários, aos dezesseis ou dezessete anos, no ardor de uma conversa em que discutíamos se *Dom Quixote* era escrito em prosa ou em verso. E nos tornamos amigos para sempre.

Uma vez, e só uma vez, conheci a glória – foi quando publiquei meu primeiro artigo no jornal, sobre a poesia de Raul de Leoni.

Seu livro de estreia, *A palavra escrita*, teve uma tiragem mínima, quase clandestina, de 126 exemplares, publicada pelos poetas Geir Campos e Thiago de Melo nas suas refinadas Edições Hipocampo, em 1951.

Este esplêndido livro de poesia nos deixou a impressão de que o verso era para o poeta como um filtro de sua realidade, neutralizando-a, destruindo-a, para que a emoção não comprometesse a segurança da forma.

Esta paixão de destruir-me à toa...

Para ele, "a morte não tem sentido", o próprio tempo a consuma. Num de seus poemas mais bem realizados, vê-se morto num caixão, um pouco ao gosto de Vinicius de Moraes na "Balada do enterrado vivo", ou, mais certamente, de Pedro Nava em "O defunto":

Há um lado em mim que já morreu
Às vezes penso se esse lado não sou eu.

Paulo Mendes Campos tinha então 28 anos. Mais tarde, ele confessaria haver ressuscitado.

Morri em pé, no alto de uma colina, debaixo de um poste. Morri chorando e rindo de puro nervoso, aos 22 anos de idade. Só vim abrir os olhos às quatro horas da tarde, perto de uma estátua histórica. O número no jornal dizia 1959. Estava vivo de novo, mas tão perto dos quarenta anos que não valia a pena.

A nossa paixão pela Literatura (com L maiúsculo), vivida em comum com mais dois amigos. As primeiras grandes descobertas literárias, os nossos autores queridos, as citações em prosa e verso. As discussões noite adentro, as longas caminhadas pelas ruas mortas da cidade, as farras, as tropelias, as irreverências, os trotes ao telefone, as libações, o nosso banco das madrugadas na Praça da Liberdade onde nos deixávamos ficar, os quatro, "puxando angústia" até o amanhecer. (Em geral preferíamos ser apenas três, indiferentemente, para ter ensejo de falar mal do ausente.)

Às vezes ele era difícil, arredio. Certa ocasião ficou algum tempo rompido comigo, porque me recusei a lhe emprestar um livro que acabara de comprar. Outra vez, quando mais tarde fui para Nova York, deixou de responder minhas cartas durante seis meses, sob pretexto de impossibilidade material, por ter eu, ao partir, surrupiado sorrateiramente a sua caneta e levado comigo. Mas em geral nosso convívio era feito, como até hoje, de afeto e mútua compreensão.

E nos irmanávamos no mesmo sentimento de perplexidade diante da vida.

> Quem sou? Não sei. Uma Copacabana atulhada de aflições frívolas. Sou fraco: minha constituição não presta. De repente posso ficar doidinho da silva. E me acabar verde e amarelo. Parecido com o Brasil, sempre fui. Meus espaços vazios. Minhas contradições contundentes. Subdesenvolvido. Embandeirei-me de estrelas também. De repente sou silencioso, grande, humilde e pantanoso como o Mato Grosso.

Sempre admirei nele a excepcional agudeza de percepção para tudo quanto há de mais sutil no humor ou na poesia: aquele imponderável que às vezes saltava, por exemplo, de um verso do Bandeira, do Drummond ou do Mário, dito em voz alta no silêncio da noite mineira.

> Tenho absoluta certeza de que gosto de cebola, mas fico roído de dúvidas quando preciso decidir se gosto ou não gosto de Racine. De que me lembre agora, posso dizer ainda que gosto, com toda a certeza: poesia de Verlaine, humor de Machado de Assis, sal, jogar pelada, Joyce e Eliot, jabuticaba mineira no pé, mulher bonita e simpática, vinho bom, fotografias antigas. Gosto de coragem, justiça, conversa frívola mas ágil, mar perto de mim, água gelada, muitos trechos de Shakespeare, bolinho de feijão, aforismos de Valéry.

Temos em comum o gosto humilde da alegria, a partir do hábito de nos tratarmos por apelidos. Para ele sou o De Lesseps (Ferdinand de Lesseps), ou o Bacharel da Cananéia ("Cana", na intimidade); para mim, ele se chama Nicodemus, Nicanor, Nicomedes ou Nicobar, conforme a ocasião.

Tenho flores silvestres. Faço versos nas ocasiões. Estudei o que dava para passar. Mas nasci para dançar.

Ainda adolescentes, disputávamos a Belkiss para uma dança na festa de carnaval do Clube Belo Horizonte. E acabávamos sempre juntos, conversando ou em silêncio, um chope de permeio. Sem a Belkiss.

Sou atrevido quando me provoco. Choro quando não é necessário.

E o gosto da tristeza também, vivido em comum: certa noite, em visita a Belo Horizonte, fomos silenciosamente até o alto do Cruzeiro, para, a alguma distância um do outro, sem declarada razão, chorarmos longamente, e depois, sem uma palavra, regressarmos ao mundo dos vivos.

Não, não sei, jamais saberei o que é a maturidade.

E nos tornamos adultos, e nos mudamos para o Rio. O tempo rolou, sem interromper nosso convívio.

Por falar nisso, me esqueci de confessar com humildade que gosto de dinheiro. Não sei é como encontrá-lo em quantias satisfatórias; mas o pouco que chega até mim sempre foi recebido de mãos abertas. Durante algum tempo me transformei em cabide de empregos, todos eles modestos, ao gosto dos patrões. Somados os vencimentos, o dinheiro dava para eu viver magnificamente uns dez ou quinze dias.

Escreve de encomenda, como ele próprio afirma – argumentos para cinema ou televisão, textos publicitários, crítica literária, crônicas, contos:

– Só não escrevi romance porque ainda não me encomendaram.

Houve uma época em que a necessidade de ganhar a vida nos irmanou naquilo que chamávamos jocosamente a nossa "Companhia de Fazeção de Textos".[*]

Os textos tinham de ser convencionais, cheios de lugares-comuns, pois os clientes não aceitariam qualquer inovação ou ousadia de linguagem. Eram para ser falados com voz impostada em filmes, documentários de publicidade disfarçada ou mesmo ostensiva que os cinemas exibiam. Quando ambos tínhamos encomendas, dividíamos entre nós a tarefa e os parcos proventos daquela chateação. Tudo tinha de ser medido e calculado, palavra por palavra, para que cada fala correspondesse à metade de duração da respectiva sequência. Parecíamos dois malucos:

— Me arranja aí três palavras. Estou precisando de alguma coisa assim: pá-rá-rá, pá-pá, pá-pá.

— Deixa eu ver. Por que você não põe só pá, pá e pá?

Chegamos à perfeição de compor uma lista de palavras e expressões, como *arrancada para o progresso, esforço titânico, movimento ciclópico, desafio do futuro*, e por aí afora, para os momentos de aperto.

Difícil arte essa, a de escrever para não dizer nada, em que são mestres os editorialistas de jornal. Escrever não é bem o termo: lucubrar talvez seja melhor. Lembrávamos sempre do que disse Sérgio Porto, quando um texto seu para televisão foi recusado, porque não estava como queriam:

— Me desculpem, mas pior do que isso não sei fazer.

Houve exceções, é lógico. O texto que fizemos para um filme sobre a Sudene, por exemplo, foi na época muito elogiado. É verdade que contáramos com um colaborador de grande sabedoria: o Rei Salomão. O texto era todo composto de versículos bíblicos do Livro dos Provérbios.

Enquanto isso, ele veio publicando discretamente os seus livros, uns de excelente prosa, outros da mais fina poesia. (Sem falar nas suas primorosas traduções, como as de poemas de Eliot, Auden e tantos outros.) Ainda agora lançou mais um livro de crônicas, *Os bares*

---

[*] "Minha (in)experiência de cinema", in: *Deixa o Alfredo Falar!* RJ: Record, 1976. (N.A.)

morrem numa quarta-feira. Aqui ele nos fala, numa prosa apurada, com segurança e encantamento – verdadeiro especialista que é – de bares, de Minas, de mulher e de poesia. E vamos reencontrar em seu livro *Poemas*, também recentemente lançado, o poeta Paulo Mendes Campos no que ele tem de melhor em inteligência e sensibilidade – os versos mais puros, em que a vida comparece luminosa e plena de poesia, mas sempre associada ao sentimento da morte:

> *Tenho olhos para não estar cego quando chegar*
> *Tenho mãos para pressenti-la no ar, quando chegar*
> *Quando de tudo que vivi chegar, todos os sonhos e insônias*
> *De minhas devassidões, anseios, aborrecimentos,*
> *Quando a grande e pequenina morte que carrego comigo chegar.*

Paulo Mendes Campos

Minhas janelas

Em geral as pessoas possuíram automóveis e se recordam de todos eles. Eu possuí janelas e ajuntei para a lembrança um sortido patrimônio de paisagens. Minha primeira providência em casa nova é instalar meus instrumentos de trabalho ao lado duma janela: mesa, máquina de escrever, dicionários, paciência. Além de pequenos objetos familiares: um globo de lata, uma galinha de barro, um Gorki de porcelana, um Buda de marfim e três cachimbos que há muitos anos esperam aparecer em mim o homem tranquilo e experiente que fume cachimbo. A janela também faz parte do equipamento profissional do escritor. Sem janelas, a literatura seria irremediavelmente hermética, feita de incompreensíveis pedaços de vida, lágrimas e risos loucos, fúrias e penas.

Tive muitas janelas, e nenhuma delas mais generosa e plena do que esta de que me despeço na manhã de hoje. Amanhã cedo mudarei de casa, de janela, e até de alma, pois o meu modo de ver e viver já não será o mesmo fatalmente. Não falo de mim, mas do que foram as janelas por meu intermédio.

Quando era menino, nunca olhei pela janela, mas fazia parte da paisagem dum quintal, doce e áspero a um só tempo, com seus mamoeiros bicados pelos passarinhos, as galinhas neuróticas em assembleia permanente, o canto intermitente do tanque, e o azul sem morte. (*Comme le monde était jeune, et que la mort était loin!*) Criança do meu tempo, do tempo das casas, só chegava à janela em dia de chuva, amassando o nariz contra a vidraça, para ver o mistério espetacular das águas desatadas, as enxurradas maravilhosas, as poças onde os moleques pobres e livres podiam brincar com euforia.

Portanto, só à medida que ganhamos corpo e tempo vamos aprendendo a conhecer a importância das janelas. Morei em Belo Horizonte, no Leme, Copacabana, Leblon, Botafogo, Silvestre, andei aí pelo Brasil e por outros países. Meus olhos deram para ruas quietas ou frenéticas, pátios melancólicos, morros cobertos de mataria, pedaços de mar. Vi coisas, muitas coisas, só não vi a linda mulher nua que os outros homens já viram de suas janelas. O resto eu vi. Vi um garoto pequenino comandando o mundo de cima dum telhado, vi um afogado dando à praia ao amanhecer, vi um homem batendo numa mulher, vi uma mulher batendo num homem, vi auroras profusas e chamejantes, vi poentes dramáticos, vi uma menina morrendo num pátio, vi as luminárias inquietantes dos transatlânticos, as traineiras indo e vindo, vi operários equilibrando-se em andaimes incríveis, vi um general a bater-se com um soneto, vi a tormenta, o sol, a tarde cristalina, o verde, o cinza, o vermelho, a folha, a flor, o fruto, o farol da ilha, o féretro passando, a moça saindo para as núpcias, a mãe voltando da maternidade com um filho, o bêbado matinal, o casal de velhinhos crepusculares, o mendigo irrompendo pela rua como um versículo do Novo Testamento, vi através de minhas janelas todas as formas inumeráveis da vida, e a noite que chegava para engolfar o mundo em escuridão.

Buscava um lugar que me servisse e encontrei Ipanema. Já me mudei muitas vezes dum bairro para outro, já me mudei até de cidade, mas, nos últimos anos só tenho trocado um lugar de Ipanema por outro lugar em Ipanema. Ando cansado de andanças, isto é, a idade vai chegando. Não quero mais ir, quero ficar; não quero mais procurar, quero conhecer o que já encontrei; para quem sou, as alegrias e as tristezas que já tenho estão de bom tamanho.

Vou perder dentro de poucas horas esta magnífica janela, incomparavelmente a melhor peça deste apartamento, e a mais vivificante de todas as janelas em que trabalhei e morei. Peço pois um minuto de silêncio, um minuto de silêncio em derradeira homenagem aos meus telhados de limo lá embaixo, minhas amendoeiras cambiantes, meus pinheiros líricos, minhas gaivotas, meu mar, minhas ilhas, minhas vagas, meus dias de ressaca, meus dias de calma, meus barcos; dou adeus para o meu mar noturno, invisível e trágico, e adeus para este mar cheio de luz.

Belo Horizonte

Baudelaire, Machado de Assis e Proust, escritores urbanos, viram com desgosto que as cidades mudam mais depressa que os homens.

Belo Horizonte é hoje para mim uma cidade soterrada. Em vinte anos eliminaram a minha cidade e edificaram uma cidade estranha. Para quem continuou morando lá, a amputação pode ter sido lenta, quase indolor; para mim foi uma cirurgia de urgência, a prestações, sem a inconsciência do anestésico.

Enterraram a minha cidade e muito de mim com ela. Em nome do progresso municipal, enterraram as minhas casas; enterraram os pisos de pedra das minhas ruas; enterraram os meus bares; minhas moças bonitas; meus bondes; minhas livrarias; banco de praça; folhagens; enterraram-me vivo na cidade morta.

Por cima de nós construíram casas modernas, arranha-céus, agências bancárias; pintaram tudo, deceparam as árvores, demoliram, mudaram fachadas, acrescentaram varandas, disfarçaram de novas as casas velhas, muraram o espaço livre, reviraram os jardins, mexeram por toda parte com uma sanha cruenta. Como se tivessem o propósito de desorientar-me, de destruir tudo que me estendia uma ponte entre o que sou e o que fui. Ai, Belo Horizonte!

Mas, feliz ou infelizmente, ainda não conseguiram soterrar de todo a minha cidade. Vou andando pela paisagem nova, desconhecida, pela paisagem que não me quer e eu não entendo, quando de repente, entre dois prédios hostis, esquecida por enquanto dos zangões imobiliários, surge, intacta e doce, a casa de Maria. Dói também a casa de Maria, mas é uma dor que conheço, íntima e amiga.

Não digo nada a ninguém, disfarço o espanto da descoberta para não chamar a atenção dos empreiteiros de demolições. Ah, se eles, os empreiteiros, soubessem! Se eles soubessem que aqui e ali repontam restos emocionantes da minha cidade em ruínas! Se eles soubessem que aqui e ali vou encontrando passadiços que me permitem cruzar o abismo! Eles viriam com as picaretas, as marretas estúpidas, as filosofices de progresso; derrubariam sem dó minhas últimas paredes, arrancariam meus últimos portões, os marcos das janelas que me impressionavam, as escadas de mármore por onde descia Suzana, as grades do colégio, as árvores e as pedras que ficaram, eles iriam aos alicerces para removê-los, para que não restasse nada, para que eu ficasse para sempre sem cidade natal, sem passado.

Assim vou por Belo Horizonte: mancando. Uma perna bate com dureza no piso do presente; a outra procura um apoio difícil nas pedras antigas. E à noite, no fim da caminhada, quando me deito, vou repondo tudo no lugar: as árvores copadas da avenida, os bares simpáticos, as rosas da praça, as lojas, as casas com jardins na frente e quintais no fundo.

Chegou a minha vez de demolir. Derrubo tudo que eles edificaram (os edificantes) e vou reconstruindo a cidade antiga. Às pessoas velhas devolvo a mocidade; às pessoas mortas devolvo o sopro da vida.

Aí telefono para o Hélio, para o Otto, para o Fernando; e vamos para a Praça da Liberdade puxar angústia, isto é, descer ao fundo escuro do poço, onde se acham as máscaras abomináveis da solidão, do amor e da morte.

Sombra

Sombra, explicava a Emília, não sei se para tranquilizar o marquês ou o visconde, é ar preto.

Criança, não me tranquilizei: do escuro só podiam surgir fantasmas, apagar a lâmpada era dar uma oportunidade aos duendes e demônios do quarto. Só a luz possuía o dom confortante de tocar deste mundo os habitantes do outro.

No ginásio, estudante de física, não me tranquilizei. Sombra é o resultado da interposição de um corpo opaco entre o observador e o corpo luminoso?

Não nasce de definições a tranquilidade. A qualquer hora, há muita sombra em nós, sinal de que muitos corpos luminosos deixam de banhar-nos com a sua luz desejável, sinal de que nos faltam felicidades, de que muitos sóis necessários se interromperam em sua viagem até nossos olhos.

Não perguntar o que um homem possui mas o que lhe falta. Isto é sombra. Não indagar de seus sentimentos mas saber o que ele não teve a ocasião de sentir. Sombra. Não importar com o que ele viveu mas prestar atenção à vida que não chegou até ele, que se interrompeu de encontro a circunstâncias invisíveis, imprevisíveis. A vida é um ofício de luz e trevas. Enquadrá-lo em sua constelação particular, saber se nasceu muito cedo para receber a luz da sua estrela ou se chegou ao mundo quando de há muito se extinguiu o astro que deveria iluminá-lo. *No light, but rather darkness visible.**

Chamamos de sombrias as criaturas que não recebem luz. Passam sob o sol, as estrelas, através das iluminações cambiantes da cidade, elevam-se a monumentos da terra, contemplam as criações humanas, cruzam por almas que pegam fogo, e não recebem a luz. Entre tais

---

* *Paraíso perdido*, de John Milton. (N.O.)

criaturas e a luz, um corpo opaco de vários nomes, duros e prosaicos. *Rage, rage against the dying of the light.**

Sombra é ar preto. Ao meio-dia, e este é o meu tempo, a sombra se abraça a nós e se confunde conosco. A vida e a morte no mesmo corpo. O sol fulgura sobre a minha cabeça, o fim se aproxima de meus pés, ponto final de meu domínio, ponto de partida para a solidão. Continuamos a caminhar, e a sombra cresce de nossos pés à nossa frente, enquanto o sol, perdendo-se atrás, resplandece inútil em nossas costas opacas. O homem, disse um que partiu há vinte e cinco séculos, é o sonho de uma sombra.

Ontem vi uma menininha descobrindo a sua sombra. Ela parava de espanto, olhava com os olhos arregalados, tentava agarrar a sombra, andava mais um pouco, virava de repente para ver se o (seu) fantasma ainda a seguia. Era a representação dramática do próprio poema infantil de Robert Stevenson:

I have a little shadow that goes in and out with me,
*And what can be the use of him is more than I can see.***

Indo e vindo, seguindo, rodeando, saltando, gesticulando com os seus bracinhos ternos, tropeçando, caindo, levantando-se, murmurando sua surpresa, implorando por uma explicação impossível, a menina começou a dançar o *ballet* que vai chamar-se a (sua) vida.

---

* Verso de "Do not go gentle into that good night", um dos poemas mais conhecidos de Dylan Thomas (1914-1953). (N.O.)

** Os dois versos iniciais do poema "My Shadow", do *A Child's Garden of Verses* (1913), de Robert Louis Stevenson (1850-1894). (N.O.)

O cego de Ipanema

Há bastante tempo que não o vejo e me pergunto se terá morrido ou adoecido. É um homem moço e branco. Caminha depressa e ritmado, a cabeça balançando no ato, como um instrumento, a captar os ruídos, os perigos, as ameaças da terra. Os cegos, habitantes do mundo esquemático, sabem aonde ir, desconhecendo nossas incertezas e perplexidades. Sua bengala bate na calçada, com um barulho seco e compassado, investigando o mundo geométrico. A cidade é um vasto diagrama, da qual ele conhece as distâncias, as curvas, os ângulos. Sua vida é uma série de operações matemáticas, enquanto a nossa costuma ser uma improvisação constante, uma tonteira, um desvario. Sua sobrevivência é um cálculo.

Ele parava ali na esquina, inclinava sua cabeça para o lado, de onde vêm ônibus monstruosos, automóveis traiçoeiros, animais violentos dessa selva de asfalto. Se da rua viesse o vago e inquieto ruído a que chamamos silêncio, ele a atravessava como um bicho assustado, sumia dentro da toca, que é um botequim sombrio. Às vezes, ao cruzar a rua, um automóvel encostado à calçada impedia-lhe a passagem. Ao chocar-se contra o obstáculo, seu corpo estremecia; ele disfarçava, como se tivesse apenas tropeçado, e permanecia por alguns momentos em plena rua, como se a frustração o obrigasse a desafiar a morte.

Mora em uma garagem, deixou crescer uma barba espessa e preta, só anda de tamancos. De profissão, por estranho que seja, faz chaves e conserta fechaduras, chaves perfeitas, chaves que só os cegos podem fazer. Vive (ou vivia) da garagem do botequim, onde bebe, conversa e escuta rádio. Os trabalhadores que almoçam lá o tratam afavelmente, os porteiros conversam com ele. Amigos meus que o viram a caminhar com agilidade e segurança não quiseram acreditar que fosse completamente cego. Outra vez, quando ele passava, uma pessoa a meu lado fez um comentário que parecia esquisito e, entretanto, apenas nascia da simplicidade com que devemos reconhecer a evidência:

– Já reparou como ele é elegante?

Seu rosto alçado, seu passo firme a disfarçar um temor quase imperceptível, seus olhos esvaziados de qualquer expressão familiar, suas roupas rotas compunham uma figura misteriosamente elegante, uma elegância hostil, uma elegância que nossas limitações e hábitos mentais jamais conseguirão exprimir.

Às vezes, revolta-se perigosamente contra seu fado. Há alguns anos, saíra do boteco e se postara em atitude estranha atrás de um carro encostado ao meio-fio. Esperei um pouco na esquina. Parecia estar à espreita de alguma coisa, uma espreita sem olhos, um pressentimento animal. A rua estava quieta, só um carro vinha descendo silenciosamente. O cego se contraía à medida que o automóvel se aproximava. Quando o carro chegou à altura do ponto onde se encontrava, ele saltou agilmente à sua frente. O motorista brecou a um palmo de seu corpo, enquanto o cego vibrava a bengala contra o motor, gritando: "Está pensando que você é o dono da rua?".

Outra vez, eu o vi num momento particular de mansidão e ternura. Um rapaz que limpava um Cadillac sobre o passeio deixou que ele apalpasse todo o carro. Suas mãos percorreram os para-lamas, o painel, os faróis e os frisos. Seu rosto se iluminava, deslumbrado, como se seus olhos vissem pela primeira vez uma grande cachoeira, o mar de encontro aos rochedos, uma tempestade, uma bela mulher.

E não me esqueço também de um domingo quando ele estava saindo do boteco. Sol morno e pesado. Meu irmão cego estava completamente bêbado. Encostava-se à parede em um equilíbrio improvável. Ao contrário de outros homens que se embriagam aos domingos, e cujo rosto fica irônico e feroz, ele mantinha uma expressão ostensiva de seriedade. A solidão de um cego rodeava a cena e a comentava. Era uma agonia magnífica. O cego de Ipanema representava naquele momento todas as alegorias da noite escura da alma, que é a nossa vida sobre a Terra. A poesia se servia dele para manifestar-se aos que passavam. Todos os cálculos do cego se desfaziam em meio à turbulência do álcool. Com esforço, despregava-se da parede, mas então já não encontrava o mundo. Tornava-se um homem trêmulo e desamparado, como qualquer um de nós. A agressividade, que lhe empresta segurança, desaparecera. A cegueira não mais o iluminava com seu sol opaco e furioso. Naquele instante ele era só um pobre cego. Seu corpo gingava para um lado, para o outro, sua bengala espetava o chão, evitando a queda. Voltava assustado à certeza da parede, para recomeçar momentos depois, a tentativa desesperada de desprender-se da embriaguez e da Terra, que é um globo cego girando no caos.

O canarinho

Atacado de senso de responsabilidade, num momento de descrença de si mesmo, Rubem Braga liquidou entre amigos, há um ano, a sua passarinhada. Às crianças aqui de casa tocaram um bicudo e um canário. O primeiro não aguentou a crise da puberdade, morrendo logo uns dias depois. O menino se consolou, forjando a teoria da imortalidade dos passarinhos; não morrera, afirmou-nos, com um fanatismo que impunha respeito ou piedade, apenas a sua alma voara para Pirapora, de onde viera. O garoto ficou firme, com a sua fé. A menina manteve a possessão do canário, desses comuns, chamados chapinha ou da terra, e que mais cantam por boa vontade que vocação. Não importa, conseguiu depressa um lugar em nossa afeição, que o tratávamos com alpiste, vitaminas e folhas de alface, procurando ainda arranjar-lhe um recanto mais cálido neste apartamento batido por umas raras réstias de sol, pois é quase de todo virado para o Sul.

Era um canário ordinário, nunca lera Bilac, e parecia feliz em sua gaiola. Nós o amávamos desse amor vagaroso e distraído com que enquadramos um bichinho em nossa órbita afetiva. Creio mesmo que se ama com mais força um animal sem raça, um pássaro comum, um cachorro vira-lata, o gato popular que anda pelos telhados. Com os animais de raça, há uma afetação que envenena um pouco o sentimento; com os bichos comuns, pelo contrário, o afeto é de uma gratuidade que nos faz bem.

Aos poucos surpreendi a mim, que nunca fui de bichos, e na infância não os tive, a programá-lo em minhas preocupações. Verificava o seu pequeno cocho de alpiste, renovava-lhe a água fresca, telefonava da rua quando chovia, meio encabulado perante mim mesmo com essa sentimentalidade serôdia, mas que havia de fazer!

Como nas fábulas infantis, um dia chegou o inverno, um inverno carioca, é verdade, perfeitamente suportável. Entretanto, como já disse, a posição do edifício não deixa o sol bater aqui, principalmente nesta época do ano. É a gente ficar algumas horas dentro de casa e sentir logo uma saudade física dos raios solares. Que seria então do canarinho, relegado agora à área, onde pelo menos ficava ao abrigo da viração marinha. Às vezes, quando sinto frio, vou à esquina, compro um jornal e o leio ali mesmo, ao sol, ao mesmo tempo que compreendo o mistério e a inquietação dos escandinavos, mergulhados em friagens e brumas durante uma boa temporada de suas vidas.

E o canarinho, pois? Levá-lo comigo dentro da gaiola, isso não, eu não teria coragem. Não devo ter reputação de muito sensato, e lá se iria (como diz Mário Quintana) o resto do prestígio que no meu bairro eu inda possa ter. Assim, vendo passarinho encorujado a um canto, decidimos doá-lo a um amigo comum, nosso e dos passarinhos, dono de um sítio. A comunicação foi feita às crianças depois do café. Pareciam estar de acordo, mas o menino, sem dar um pio, dirigiu-se até a área e soltou o canarinho. A empregada viu e veio contar-nos.

Mas cadê o menino? Voado? Foi um susto que demorou alguns minutos, pois não o achávamos em seus esconderijos habituais, enrolado na cortina, debaixo da cama, atrás da porta. Restava um armário muito estreito a ser investigado, e lá estava ele, quieto e encolhido no escuro como no útero materno, com uma cara de expressão tão dividida, que o choro da menina se desfez em uma gargalhada de lágrimas.

O canário também tinha sumido e, embora fosse quase certa a sua impossibilidade de ganhar a vida por conta própria, melhor assim, não voltasse nunca mais.

Mas voltou. Na hora do almoço, a empregada veio dizer-nos que ele estava na janela do edifício que se constrói ao lado, muito triste. É verdade. Lá está o canarinho, sem saber de onde veio, sem saber aonde ir, sem saber ao certo se gostamos dele, triste, arrepiado e com fome. Um ponto amarelo no paredão esbranquiçado, lá está o nosso canário-da-terra, a doer em nossos olhos.

Vai-te embora, canarinho, que não te quero mais. Mas ele fica, brincando de corvo, dizendo *never more*. Este refrão (*never more*) me deixa meio esquisito. Estou triste. Todo mundo aqui de casa está triste, ridiculamente triste, nesta manhã luminosa de junho.

Sobrevoando Ipanema

Era uma quinta-feira de maio e a gaivota vinha das Tijucas, em voo quase rasante sobre a falésia da avenida Niemeyer, longas asas armadas na corrente aérea que virava do Sul, lenta, levando o seu corpo leve e descarnado, seu esqueleto pontiagudo, geometricamente estruturado para reduzir ao mínimo a resistência do ar e da água. À esquerda, rochas morenas e suadas, um pouco mais acima os automóveis coloridos, mais alto as escarpas de pedras pardas, à direita o azul, embaixo as espumas leitosas. Para sobrepassar o morro que se alteava, ela pegou uma corrente que ascendia, seguiu estática em linha reta, transpôs uma piscina verde, entrou pelo Leblon em voo silencioso no exato momento em que um frade vermelho raspava a botina pelo chão para fazer uma curva na sua lambreta. Ela distendeu um pouco mais as asas, como se fosse um lenço de linho panejando no céu, naquele equilíbrio supremo que alvoroçou o espírito de Da Vinci. Sob um caramanchão do Jardim de Alá, um demente sentia-se perseguido, escondendo o rosto com as mãos. A gaivota, já almoçada, gratuita e vadia, fez uma parábola perfeita e foi olhar o garoto que pipilava euforicamente sobre a água turva do canal, ao lado de outro, que tinha um caniço e uma lata de azeitonas, onde se remexiam dois imponderáveis mamarreis. Um pé de vento deu um chute na árvore, atirando uma flor amarela sobre a cabeça de um escandinavo estendido em um banco de pedra, os braços abertos como um crucificado; o estrangeiro, que se extasiava de sol, sorriu comprometido com a delicadeza do momento e ajeitou a flor em sua lapela, para escândalo de duas babás pretas que iam passando com os seus uniformes brancos.

A gaivota adentrou-se um pouco mais para os lados do Bar Vinte, a tempo de surpreender um fiscal da Light, com uma cabeleira bíblica muito mais espaçosa que o seu quepe, a mastigar vagarento uma sardinha engordurada. Infletindo outra vez para a direita, ziguezagueou por alguns segundos na turbulência de uma viração mais ativa, reequilibrou-se sobre a rua Prudente de Morais, reparou nos ciprestes erguidos como espinhelas gigantescas, no lustro verde das folhas das amendoeiras, nos coqueiros desgrenhados. Pela janela de um edifício, viu um piano com um veleiro e um homem rotundo a praticar uma sonatina de Schmoll. Voando e revoando, ora se inclinava para um lado, ora para outro, quando o retinir branco de uma ambulância estilhaçou o ar. Nesse mesmo instante, escanhoado e feliz, um marechal deixava a barbearia e cruzava, com pasmo e inelutável desgosto, por um moço de bengala branca, de andar extraordinariamente apressado, embora fosse cego e estivesse bastante bêbedo. Além do mais, o cego cantarolava um samba e mascava chicles. Mas a gaivota e o marechal, sabendo ambos à saciedade que o mundo inaugura a toda hora uma porção de segredos, e a vida é curta para decifrá-los, continuaram em suas rotas.

A gaivota deu bom-dia a um casal de pombos, perdeu um pouco de altura, e aí me viu à janela, a oferecer uma folha de couve ao meu canário; mas fingiu que não me viu. Foi é olhar os gansos frenéticos sob o abacateiro do quintal aqui próximo. Uma jovem se deslocava para a praia, tão esbelta, tão serena, tão irresistível, tão harmonizada aos acordes da paisagem, tão bem estruturada no espaço, tão matinal e marinha, tão suave, tão intangível e hierática, tão feérica na sua beleza castanha, que só não voou e virou gaivota porque não quis.

Adiante, homens de calças arregaçadas e bustos nus destruíam a golpes de marreta uma casa ainda nova, e onde um flamboyant aguardava paciente a eclosão das flores. A gaivota tomou a direção da praia, evitou em linha oblíqua um helicóptero que brincava de espantar os cardumes, e para refrescar o corpo entrou em voo vertical sobre a linha de espuma, aproveitando-se do mergulho para pregar também um susto em um filhote de papa-terra. Depois, foi roçando a cauda pelo mar, enquanto decolava, bateu as asas com energia, espacejou-se depressa, ganhou *momentum*, e se foi de novo plainando com orgulho de pássaro de rapina através da manhã azuladíssima. Ao lado de uma senhora de coxas opulentas, havia um senhor espapaçado, soltando fumaça pela boca e pelo nariz, com sobrancelhas espessas e arqueadas como um escuro cormorão que viesse voando à contraluz.

Um menino magro, que levantava barragens contra o mar, viu a gaivota e chamou: "Vem aqui *gaviota*...". Ela, no entanto, descaiu para as bandas das ilhas, onde duas traineiras resfolgavam em busca de peixe. O mestre do barco consultou o seu relógio de pulso e era meio-dia. A minha doida gaivota retornou no sentido da terra, cruzou por cima da areia, retificou o voo na altura do asfalto, colocando-se paralela à crista dos primeiros edifícios. Os pequenos escolares saltavam dos ônibus com suas merendeiras, os operários em construção civil embrulhavam as latas de comida e voltavam ao trabalho, um rapaz de máscara submarina exibia no Arpoador um peixe de prata que gesticulava na claridade. Um automóvel quase atropelou um mendigo barbudo e sujo, mas de *blue-jeans*. A gaivota contornou as pedras, lançou um olhar a Copacabana e, navegando célere por cima dos edifícios, atingiu a lagoa Rodrigo de Freitas, sobrevoou uma favela cheia de crioulinhos barrigudos, impulsionou-se com mais vigor, foi voando, voando, silhueta silenciosa no espaço, perdeu-se no mar alto.

Sem dúvida, o mundo é enigmático. Mas, em sua viagem, ela absorvera alguma coisa mais simples do que a água e mais pura do que o peixe de cada dia, alguma coisa que está na cor e não é a cor, está na forma dos objetos e não é a forma, está no oceano, na luz solar, no vento, nas árvores, no marechal, na sombra que se desloca, mas que não é a sombra, o marechal, o vento, a luz solar, o oceano. Alguma coisa infinitamente sensível e unânime, que se esvai ao ser tocada, alguma coisa indefinidamente acima da compreensão das gaivotas.

Mané Garrincha

Quando ele avança tudo vale. A ética do futebol não vigora para Mané. O *fair-play* exigido pelos britânicos é posto à margem pelos marcadores, pelos juízes, pelas torcidas. Regras do *association* abrem estranhas exceções para ele. Uma conivência complacente se estabelece de imediato entre o árbitro e o marcador, o primeiro compreendendo o segundo, fechando os olhos às sarrafadas mais duras, aos carrinhos perigosos, aos trancos violentos, às obstruções mais evidentes. Quando esses recursos falecem, o marcador em desespero, sem medo ao ridículo, agarra a camisa de Garrincha. Aí o juiz apita a falta, mas sem advertir o faltoso: o recurso é limpo quando se trata de Garrincha.

"Todos os jogadores do mundo", ensina professor Nilton Santos, "são marcáveis, menos seu Mané. Mané em dia de Mané só com revólver". Nilton é o mais consciente dos fãs de Garrincha, costumando dizer que, se ainda jogou futebol depois dos trinta anos, foi por ser do mesmo time de seu Mané.

Quando Garrincha apareceu para treinar em General Severiano, a diretoria andava louca atrás dum ponta-direita. Nilton Santos, um pouco por comodismo, outro tanto por humorismo, marcava os candidatos à posição no grito. O ponta pegava a bola e, antes de conseguir dominá-la, já sabendo que andava por ali o melhor zagueiro do mundo, ouvia o grito: "Oi!". Bastava para que a bola lhe fugisse, sobrando para pés afeitos a trabalhá-la.

Uma tarde apareceu para treinar um menino de pernas tortas. Já no vestiário o técnico Gentil Cardoso, rindo-se, chamara a atenção de todos para o candidato: aquele sujeito poderia ser tudo na vida, menos jogador de futebol. Começado o treino, lá pelas tantas uma bola sobrou para Garrincha. Nilton proferiu o grito de costume, mas o menino torto matou a bola com facilidade e ficou esperando. Ferido pela ousadia, Nilton partiu para cima do garoto com decisão (Já joguei contra ele: é uma extração rápida e sem dor). Talvez naquele momento estivesse em jogo não só a bola, mas o destino de Garrincha. Se Nilton o desarmasse e lhe aplicasse como corretivo à petulância duas ou três fintas, Gentil Cardoso não esperaria muito para enviar o novato sem jeito para o chuveiro. Apesar desse perigo, e a despeito de estar enfrentando um jogador da mais alta categoria, Mané escolheu o caminho da porta estreita: driblar Nilton Santos. Talvez pensasse: ou dou uma finta neste cobra ou volto para o trabalho mal pago da fábrica.

Só três vezes em sua carreira Nilton Santos levou drible entre as pernas: a primeira foi ali naquele instante. A turma que não perde treino ficou boquiaberta; o lance não consagrou o estreante, mas abriu um crédito de curiosidade para Garrincha. Seu destino estava salvo.

Quem levou Garrincha para o Botafogo foi Arati, depois de apitar uma partida em Pau Grande, 3º distrito do município de Magé. Tendo começado a chutar bola aos dez anos de idade, Garrincha não teve outro clube além do Pau Grande Futebol Clube e o Botafogo. Apesar de sua modéstia inacreditável, duas vezes seu Mané, aconselhado pelos outros, desconfiou que tinha futebol suficiente para tornar-se profissional. Uma tarde bateu em São Januário. Era então o Vasco um quadro de craques experientes, cobertos de glória, uma espécie de Academia de Futebol, sem perspectivas para estreantes. Garrincha uniformizou-se, mas não chegou a ser apresentado à bola vascaína. Meses depois foi parar no Fluminense, conseguindo treinar meio tempo, já na hora da penumbra e do cansaço de Gradim, o técnico, que não deu pelo acontecimento que passou à sua frente.

No Botafogo Garrincha estreou na mesma semana em que apareceu, jogando no time de baixo. No domingo seguinte, a dramática torcida botafoguense via entrar em campo aquele extrema de pernas desajeitadas. Há coisas que só acontecem ao Botafogo, resmungaram nas sociais; um jogador de pernas tortas, essa não. O adversário era o Bonsucesso. Já antes do término do primeiro tempo, Manuel Francisco dos Santos tomava conta da posição, correndo como um potro, batendo na bola com segurança, fintando com estilo próprio, cobrando escanteios dos dois lados, sendo que do lado esquerdo a bola descrevia uma curva não prevista pela geometria euclidiana e pelos arqueiros.

Em suma, apareceu feito, praticando um futebol pessoal e desconcertante, ao qual só falta o dom da cabeçada.

Não quero ser modesto em matéria de futebol: descobri de imediato esse mundo novo – Garrincha – com a intuição alvoroçada de todas as alegrias que dele me viriam. Senti Pelé e Garrincha à primeira vista. Esse orgulho ninguém me tira.

Transformado em ídolo duma parte da torcida alvinegra (os eternos bobocas continuavam a negá-lo), Mané seria um dos artilheiros do campeonato de 1953 e, sem dúvida, a revelação do ano. Sob pseudônimo, escrevi para a *Revista da Semana* uma reportagem, lembrando que o ponta botafoguense deveria pelo menos ser convocado para os treinos da seleção brasileira que iria disputar na Suíça a Copa do Mundo de 1954. Zezé Moreira não tomou conhecimento nem de minha reportagem, nem de Garrincha. Fomos eliminados no jogo contra a Hungria, após uma campanha de classificação sem brilho e sem brio.

Há pouco tempo, um amigo meu, tricolor cordial, perguntou a Garrincha se era verdade que o clube dele era o Fluminense. Não, sempre tivera mais inclinação pelo Botafogo mesmo. "Mas um repórter", replicou o outro, "escreveu que você lhe confessou ser torcedor do Fluminense". Garrincha se riu e contou que o jornalista tinha lhe pedido o favor de poder divulgar essa mentira, pois dependia dum furo esportivo para continuar no emprego. E seu Mané acrescentou: "Eu nunca fui muito de futebol não!". É claro que começamos a rir. Garrincha ilustrou seu ponto de vista: "Ué, vocês querem saber duma coisa? No último jogo daquela Copa que teve aqui no Rio, eu não dei bola. Não ouvi nem rádio. Fui caçar passarinho. Rapaz, quando cheguei de tardinha lá em Pau Grande, levei um susto danado: tava todo mundo chorando. Pensei logo que fosse desastre de trem. Quando me contaram que o Brasil tinha perdido é que fiquei calmo e falei pro pessoal que era bobagem chorar por causa de futebol".

Enquanto 200 mil brasileiros penavam no Maracanã, enquanto todo o Brasil carpia diante do rádio, Garrincha caçava passarinho nas capoeiras da Raiz da Serra. Friaça fazia o primeiro gol, uma rolinha caía morta. Schiaffino empatava para os uruguaios, um tiziu levava chumbo. Gigghia enfiava a bola da amargura nacional entre Barbosa e a trave, Garrincha derrubava com um tiro uma outra garrincha.

Sim, foi um desastre de trem, o trem chamado Brasil descarrilou ao entrar na estação terminal; todos os brasileiros saíram gravemente feridos, menos Manuel Francisco dos Santos, o caçador que oito anos mais tarde arrasaria o plano quinquenal soviético para o futebol, destruindo depois o cartesianismo francês, comendo a Suécia impecável por uma perna. O caçador que doze anos mais tarde traria de novo para o Brasil a Copa Jules Rimet.

Um dia é da caça, outro do caçador. Nas horas vagas, seu Mané caça; nas horas de trabalho, é caçado. Foi caçando que ganhou o apelido de Garrincha com um N que o Aurélio não registra, mas que é também uma forma popular de designar a garricha ou garriça, ave feinha que os livros dizem pertencer à família dos troglotídeos, isto é, das cavernas.

Desde que a gente se coloca no próprio espaço, não reflete mais. Se tivesse que escolher os pensamentos que mais me instruem sobre o mundo e a vida, esse aforismo dos cadernos do pintor Georges Braque entraria na minha lista. A frase me vem muito à lembrança quando espio o fenômeno Garrincha. Não há paraíso terrestre melhor do que executar uma ação dentro do espaço que lhe é próprio. Não refletir mais, livrar-se da inteligência. Criar uma ação por uma fatalidade fácil. Dentro do nosso espaço.

A alegria do futebol de Garrincha está nisso: dentro do campo, ele se integra no espaço que lhe é próprio, não reflete mais, não perde tempo com a vagareza do raciocínio, não sofre a tentação dos desvios existentes no caminho da inteligência. Como um poeta tocado por um anjo, como um compositor seguindo a melodia que lhe cai do céu, como um bailarino atrelado ao ritmo, Garrincha joga futebol por pura inspiração, por magia, sem sofrimento, sem reservas, sem planos. O futebol requintadamente intelectual de Didi é sofrido e sujeito a todas as falhas do intelecto. Garrincha, pelo contrário, se suas condições físicas estão perfeitas, se nada lhe pesa na alma, é como se fosse um boneco a que se desse corda: não reflete mais. Garrincha é como Rimbaud: gênio em estado nascente. Se um técnico desprovido de sensibilidade decide funcionar como *cérebro* de Garrincha, tentando ser a *consciência* que lhe falta, isto é, transmitindo-lhe instruções concretas, lógicas, coercitivas, pronto – é o fim. O grande mago perde a espontaneidade, o espaço, o instinto, a força. Em vez do milagre, que ele sabe fazer, ensinam-lhe a fazer um truque sensato. Não pode haver maior tolice.

João Saldanha sabia que não há instrução possível para Garrincha. Se a virtude do Mané nada tem a ver com a lógica, não será através da lógica que lhe corrigiremos os possíveis defeitos. E defeitos e virtudes não são partes que se possam isolar em Garrincha, que escreve certo por linhas tortas. Suas pernas são os símbolos desconexos dessa ilogicidade criadora.

O jornalista Armando Nogueira tem uma teoria muito boa sobre o drible de seu Mané, apesar de Mario Filho não concordar com ele e comigo. "O drible", diz Armandinho, "é, em essência, fingir que se vai fazer uma coisa e fazer outra; fingir, por exemplo que se vai sair pela esquerda, e sair pela direita. Pois o Garrincha", conclui o comentarista, "é a negação do drible. Ele pega a bola e para; o marcador sabe que ele vai sair pela direita; seu Mané mostra com o corpo que vai sair pela direita; quando finge que vai sair pela esquerda, ninguém acredita: ele vai sair pela direita; o público todo sabe que ele vai sair pela direita; seu Mané mostra mais uma vez que vai sair pela direita; a essa altura, a convicção do marcador é granítica: ele vai sair pela direita; Garrincha parte e sai pela direita. Um murmúrio de espanto percorre o estádio: o esperado aconteceu, o antônimo do drible aconteceu".

Descobri há tempos uma graça espantosa nessa *finta* de Garrincha: às vezes o adversário retarda o mais possível a entrada em cima dele, na improvável esperança duma oportunidade melhor. Garrincha avança um pouco, o adversário recua. Que faz então? Tenta o marcador, oferecendo-lhe um pouco da bola, adiantando esta a um ponto suficiente para encher de cobiça o pobre João. João parte para a bola de acordo com o princípio de Nenê Prancha: como quem parte para um prato de comida. Seu Mané então sai pela direita.

Um conto em vinte e seis anos

Foi em 1945. Realizava-se em São Paulo, em fevereiro, o primeiro congresso brasileiro de escritores. A sério. Tratava-se antes de tudo (como foi feito) de rasgar no dente a mordaça do Estado Novo, com uma declaração de princípios contra a ditadura. Carlos Lacerda e Caio Prado Jr. brilhavam nos debates. Oswald de Andrade, centrando seu veneno contra a burguesia argentária, reassumia um jeito doce de tratar os amigos. Mário de Andrade, que ia ser fulminado de angina pouco depois, pairava em serenidade e misteriosas previsões. Sérgio Buarque de Holanda e Vinicius de Moraes bebiam cerveja e cantavam até o raiar da aurora, ou mais, aquele samba de Noel: "Você me pediu cem mil réis". Chico ainda não sabia falar.

Nós, os mineiros, que vexame! Nossa delegação, com duas e não sei se três exceções, era uma eufórica e alienada malta de moleques. Queríamos a democracia sem abrir mão da nossa gratuidade, espantosa, e fruto verde dos nossos desajustamentos de origem. Devíamos ser umas crianças intoleráveis, mas os outros nos tratavam com bastante complacência, principalmente o Mário, que aturava com afeto a nossa incapacidade de conversar a sério, aderindo sempre.

Quanta palhaçada! A começar por mim. Apostei que arrancaria lágrimas duma quase veneranda senhora portuguesa, em um quarto de hora, versando a seu lado sobre o tema: sinos ao entardecer nas aldeias de Portugal (que eu nunca tinha visto nem ouvido). Ela entregou os pontos em cinco minutos; foi tão fácil que não quis receber a aposta.

O pior foi quando um companheiro nosso, num acesso de lirismo e loucura escocesa, agarrou nos braços, como um menino, o grande e pequeno Monteiro Lobato, e saiu com ele em disparada pela avenida São João. Lobato, possesso, bradava: "Pusilânime!", e o nosso amigo tentava explicar-lhe que estava apenas realizando uma (complicada) aspiração de infância: carregar no colo o mágico do seu mundo infantil.

Osvaldo Alves chegou atrasado e preferiu ficar conosco no City Hotel, onde não havia lugar para ele. Tinha cama sobrando, e de manhã, ao entrar o café, o romancista se escondia dentro do armário. Mas uma noite ele chegou de antenas pifadas, indo direto para o armário, onde dormiu muitas horas e ressuscitou entrevado.

Houve depois uma fabulosa boca-livre na casa do pintor Lasar Segall. Murilo Rubião já era um contista do extraordinário, de elaboração ralentada, castigada, não porque o torturasse tanto a forma, mas porque sempre pretendeu captar as verdadeiras ressonâncias humanas de uma história. O Murilo estava sorumbático durante a festa, desligado como os seus personagens, e bebia muito devagar. Era o meu companheiro de quarto. Retornamos ao hotel desafinados, eu insatisfeito porque a noite estertorava em minhas mãos vazias, e ele... sorumbático. Primeiro, expulsei o gato do quarto. Morava no hotel um gato anão, anão e neurótico, que passava o tempo todo espreitando, agarrando e comendo um passarinho invisível.

Rubião vestiu, muito distinto, o robe por cima do pijama e perguntou se a luz me incomodava. Respondi que sim, mas não tinha importância, eu estava apagado. Ele muniu-se de caneta e bloco e começou a lavorar. O homem aí (calculei) tem um conto enrolado dentro dele. *In the heart or in the head*? Shakespeare também não soube responder a este enigma.

Lá pelas tantas, acordei com o gato doido pegando passarinhão em minha barriga. Era coisa do Sabino, é claro. Rubião continuava lá, aureolado pela claridade do abajur, castigando, pigarreando, amassando papel, alisando sua calva mais bonita que a de Flaubert. Dormi logo, depois de ter depositado o anão no quarto do Otto, e acordei quando os paulistanos já tinham tomado um milhão de providências. Rubião ia de embalo, pálido e sereno, como quem fez a sua obrigação. Sobre a mesa pousava apenas uma folha de papel azulado; o resto do bloco estava rabiscado e atulhado dentro da cesta. No alto do papel vinha escrito: "O convidado". Abaixo: "Conto de Murilo Rubião". Dez linhas riscadas, ilegíveis. Depois, assim (fim do conto: o convidado não existe). Só Rubião chegara a essa desagradável conclusão depois de toda uma festa perdida e horas de luta.

Mais tarde, no Franciscano, disse-me que não achara o fio do conto (nem esperava por isso, tão depressa), mas o essencial estava no papo: o convidado não existe.

Bota aí um Amazonas de águas passando por baixo da ponte, meus encontros espaçados com o Rubião (e o convidado, sai ou não sai? – Acho que sai, acho que sai) e viagens e óbitos e guerras e o Vinicius noivando de novo e o Chico virando homem, uma inundação de acontecimentos. O convidado sai, Rubiônis? Acho que sai, acho que sai.

Quando os americanos desceram na Lua pela segunda vez, não aguentei mais: fui ali na agência nova do Leblon e passei um telegrama: "Murilo velho o convidado existe o que não existe é a festa abraços Paulo". Como não respondeu (nem por telegrama, nem por carta, nem por telefone, nem, mineiramente, por mensageiro amigo), retornei ao brejo da dúvida: o convidado existe? Pois anteontem um amigo comum telefonou para dizer que me trazia de Minas uma sensacional surpresa. Eram treze laudas e meia datilografadas em espaço triplo: "O convidado" – conto de Murilo Rubião.

Vinte e seis anos depois! Li como quem bebe um chope depois de percorrer a avenida Brasil, querendo chegar ao fim para pedir outro chope ou ler de novo. E vi, com alívio, mas também com o amargor que transmitem os admiráveis contos rubiônicos, que o convidado, de fato, não existe.

Manchete, Rio de Janeiro, 8 de maio de 1971.

Copacabana-Ipanemaleblon

No princípio era Copacabana, a *ampla laguna* dos poetas, dos pintores e das prostitutas, três *pês* que parecem andar juntos há muito tempo e por toda parte. O Alcazar do Posto 4 era tudo em nossa vida: o bar, o lar, o chope emoliente, a arte, o oceano, a sociedade e principalmente o amor eterno/casual. A guerra se liquidava, o Estado Novo não podia assimilar a glória da Força Expedicionária, o sorriso era fácil e todos exalavam odores revolucionários, dos mais líricos aos mais radicais.

Augusto Frederico Schmidt, que habitava o décimo andar do edifício do Alcazar, com janelas abertas para os ventos atlânticos, uma noite desceu do enorme automóvel, cravo na lapela, charuto entre os dedos, e proferiu com dramaticidade: "Caiu como um fruto podre".

Getúlio Vargas fora deposto.

A partir daí, Copacabana, começando a perder o espaço e o charme, foi adquirindo uma feição anônima de formigueiro tumultuado.

O grande cisma se deu em 1945. Foi em dezembro desse ano que Copacabana e Ipanema se desentenderam. A batalha foi marcada para as dez da manhã, mas começou com uma hora de atraso. Era nas areias de Ipanema. Mais uma vez o poeta Schmidt desceu do enorme automóvel, dessa feita metido num calção preto e trazendo nas mãos uma bola branca e virgem. Marcaram-se os gols com as camisas coloridas. O time de Ipanema contava com Aníbal Machado (tão calvo e simpático quanto a bola), Lauro Escorei (que trazia para o nosso meio o timbre paulista), Vinicius de Moraes (que já gostava de uísque), Carlos Echenique (que gostava de dar um jeito nos problemas dos amigos), Carlos Thiré (tão calvo quanto Aníbal) e um médico também calvo e de óculos, que entrou de contrabando e foi o melhor da partida. Do time de Copacabana faziam parte o dono da bola, Di Cavalcanti, Rubem Braga, Fernando Sabino (campeão de natação mas perna de pau em futebol), Orígenes Lessa, Newton Freitas, Moacir Werneck de Castro, o escultor José Pedrosa e eu.

A torcida, composta de senhoras e senhoritas, em vez de chupar picolé, devorava melancia. O centroavante Schmidt, ao dar início à partida, tentou fazer uma firula, furou a bola parada, deslocou o centro de gravidade e caiu sentado. Reiniciado o jogo, já estávamos esgotados pelo riso.

Pouco a registrar: Vinicius (também conhecido por Menisco de Moraes) saiu capengando para a companhia das mulheres aos dois minutos de jogo; Braga deu uma traulitada no médico, deixando-nos meio encabulados; para Di Cavalcanti, esfuziante goleiro, toda bola que passava era alta, acima do inexistente travessão.

No final Copacabana venceu por três a um; mas foi uma vitória pirrônica; enamorados da graça mais viçosa de Ipanema, escritores e pintores começavam a desquitar-se da ampla laguna.

Libido *versus* batatas

Uma das nossas contradições fundamentais é a gente desejar viver na cidade grande e levar no inconsciente a intenção de criar em torno de nós a aldeia natal. Essa complicada operação mental explica o prestígio dos bairros parisienses da margem esquerda, do Chelsea de Londres, do Village de Nova York e da vila de Ipanema. Sabemos que a tranquilidade e a solidariedade da vila são imprescindíveis à respiração normal do psiquismo; mesmo assim, no dia do destino enfiamos as roupas do baú e partimos para a cidade, onde as aflições são certas, mas podem vir misturadas com o prazer. É por sensualidade (gula, luxúria, soberba) que trocamos a paz preguiçosa da vila pelo festival demoníaco da metrópole.

Não sei se algum psiquiatra, da linha freudiana ou herética, já tentou explicar o êxodo rural através do impulso libidinoso. Quanto a mim, creio com simplicidade e sem ciência analítica que o cartaz sexual da urbe é um fator de peso no despovoamento do campo. O processo de racionalização é simplório: a terra de meu pai está cansada para as batatas; talvez na cidade eu melhore de vida. E os jovens lavradores descem aos magotes para os grandes centros, agravando a poluição humana e deixando perplexo o ministro da Agricultura.

Vila Ipanema

Os índios diziam *ipanema*, ou seja, água ruim, água tola. Havia cajueiros nos areais da futura Vieira Souto; o caju era a fruta predileta dos indígenas, ao qual atribuíam, com uma previsão científica de séculos, qualidades medicinais. Mais tarde as margens da lagoa Rodrigo de Freitas viram chegar os canaviais. A urbanização ainda rude de vila Ipanema começou com os caminhos abertos pelo barão e coronel José Silva.

Duas chácaras na rua do Sapé (hoje Dias Ferreira) resumiam o Leblon. Numa delas, o comerciante Seixas Magalhães escondia escravos fugidos, que levaram camélias para a princesa Isabel em 1888. A avenida Vieira Souto é do fim do século passado. Seu prolongamento foi feito quando terminou a Primeira Grande Guerra. Os bondes foram chegando morosamente. Mas o local continuava um acaba-mundo, onde nada podia acontecer. Uma vez aconteceu: foi nas areias de Ipanema que Pinheiro Machado, em 1903, feriu levemente Edmundo Bittencourt com um tiro de pistola, quando o prestígio romântico do duelo já se estrebuchava.

Na revolta de 1935, Ipanema surge nos noticiários: Luís Carlos Prestes se refugiava na rua Barão da Torre, e na rua Paul Redfern morava Harry Berger, comunista alemão.

A avenida Bartolomeu Mitre de hoje pretendia dar acesso a um balneário que não deu certo. Anos depois, durante a Segunda Guerra, já as areias do Leblon serviam de tépido colchão aos alienados, os inocentes do poeta, que não viam o navio entrar, mas passavam um óleo suave nas costas e esqueciam.

Aí está, em pílula comprimida, a história de Ipanema-Leblon até o fim da Segunda Guerra, quando o portão da casa de Aníbal Machado se abre para os amigos.

Amigo de Aníbal Machado era quem chegasse, de qualquer país, de qualquer idade, de qualquer cor, de alta ou reduzida voltagem intelectual. Pela casa do escritor mineiro passaram algumas das figuras mais interessantes do mundo contemporâneo e alguns dos panacas mais exaustivos do sistema solar.

Servia-se batida, de maracujá e limão. Ficou-me de todas as reuniões de sábado uma ideia aglutinada, mais ou menos assim: a pintora portuguesa Maria Helena Vieira da Silva e o poeta Murilo Mendes conversam sobre Mozart; Carlos Lacerda fala em francês com um general iugoslavo; Jean-Louis Barrault, o surrealista Labisse e Martins Gonçalves discutem teatro; Rubem Braga, com um ar chateado, que pode passar a eufórico de repente, sorve o cálice devagar; Fernando Sabino faz mágicas para um grupo de crianças; Oscar Niemeyer, meio escondido pela bandeira da janela, fala em voz baixa; um pletórico poeta panamenho, chamado Roque Javier Laurenza, conversa com um metafórico poeta panamenho chamado Homero Icaza Sánchez; Michel Simon está à procura de Aníbal (com acento na última); ninguém sabe quem é o americano, nem o africano, mas os três rapazes tchecos, pelo menos de cara, são conhecidos; há duas moças lindas que chegaram de Pernambuco, mas falam português com sotaque germânico; o poeta Paulo Armando está querendo briga com um cientista quadrado de Alagoas; a bonita jovem de olhos azuis é bailarina e se chama naturalmente Tamara... D. Selma, a anfitriá, serena, de olhos bondosos, parece estar à varanda de uma fazenda, a olhar um rio passando, e não a confusão humana. Numa saleta os brotos dançam o *boogie-woogie* da moda; como nos filmes de Ginger Rogers, de repente param e formam um círculo em torno de um único par: o Fred Astaire é Vinicius de Moraes, sempre.

Era uma boa casa de dois pavimentos, na rua Visconde de Pirajá, com um pequeno jardim na frente e um estúdio nos fundos, sufocada pelos arranha-céus. Os vulpinos das imobiliárias procuravam Aníbal e ofereciam-lhe a felicidade, em dinheiro. Ele resistiu com a dignidade de quem passou a infância num casarão de Sabará. Sua família resistiu quanto pôde, mas acabou vendendo a casa, prometendo entretanto continuar mantendo na nova, também em Ipanema, sua tradição de hospitalidade. Representantes de todas as províncias brasileiras e de quase todas as nações do mundo passaram por ali e conheceram o estilo de vida de Ipanema. Até então, *a casa de Aníbal* era tudo que Ipanema podia oferecer de singular. Com a exceção de Tônia Carrero, que para nós era a Mariinha.

Há uma famosa canção de Lupicínio Rodrigues em torno duma personagem feminina que iluminava mais a sala do que a luz do refletor. Tônia Carrero, casada com o desenhista Carlos Thiré, iluminava Ipanema, as salas, a praia, as ruas. Jamais vi uma beleza tão clássica coexistir com um temperamento tão esportivo e descontraído. Quando Mariinha entrava na sala, só por um denodado esforço de compostura social a gente podia olhar para outra pessoa.

A casa de Vinicius

Casado com Tati, mãe de Suzana e Pedro, Vinicius também tinha uma casa, mas no Leblon, na atual rua San Martin, entre Carlos Góis e Cupertino Durão. (Quem quiser decorar pela ordem as ruas transversais do Leblon, diga PAG CC JJ BUVAGAR JA, iniciais das ruas a partir do Jardim de Alá: Pereira Guimarães, Afrânio de Melo Franco, Guilhem, Carlos Góis, Cupertino Durão, José Linhares, João Lira, Bartolomeu Mitre, Urquiza, Venâncio Flores, Artigas, Guilhermina, Aristides Espínola, Rita Ludolf, Jerônimo Monteiro, Albuquerque.)

Também com dois pavimentos, era uma casa menor, arranjada com muito jeito pelas mãos hábeis de Tati, que só não era capaz de compor uma decoração diplomática para o cônsul (de segunda classe?) Vinicius de Moraes. O poeta foi o único membro dos corpos diplomáticos do globo que não conseguiu adquirir ou manter os excelentes artigos manufaturados pelos quais distinguimos (e invejamos) os homens da *carrière*. Nunca nos apareceu com lãs inglesas espetaculares; com gravatas e sapatos italianos de fazer babar o elegante aborígine; com malas de couro argentino; com máquinas de escrever, vitrolas, câmaras e os demais *gadgets* caprichados da indústria americana; creio mesmo que até as canetas dele sempre foram dessas comuns que a gente compra no balcão do charuteiro.

Outro dramalhão era colocar o cônsul no caminho que conduz ao Itamaraty: não há ninguém que fique acordado com tanta facilidade durante a noite e que sinta uma repulsa tão cataléptica pelo dia. Sei disso por ter sido hóspede do casal durante algum tempo. E não falo em tom de superioridade, pois quase sempre também eu só despertava quando a mão de obra para colocar o poeta nos trâmites burocráticos atingia a barreira do som.

Na sala de Tati e Vinicius (com um belo retrato do poeta, feito pelo menos convencional dos retratistas, Portinari) estavam sempre Rubem Braga e Zora, Carlos Leão e Rute, Fernando Sabino e Helena, Otto Lara Resende e Helena, Lauro Escorel e Sara, Moacir Werneck de

Castro, Otávio Dias Leite. Aí Pablo Neruda leu para nós, em agosto de 1945, um longo poema sobre as alturas incaicas.

Bebia-se com destemor, é verdade, mas naquele tempo o uísque era sempre do melhor e os nossos fígados jovens ainda podiam transformar o álcool etílico em arroubos de amor e poesia.

Quando comecei, timidamente, a falar para Neruda que conhecera em Belo Horizonte dois chilenos que se diziam grandes amigos dele na juventude, o poeta colocou a mão no meu ombro: *Todo es verdad*. Não precisei dizer mais nada; as histórias fantásticas de brigas e noitadas boêmias eram verdadeiras. É um alívio saber que o fantástico existe e que os forasteiros que passam pela nossa província nem sempre estão mentindo.

A casa de Vinicius de Moraes foi demolida. Entrou para o Livro do Tombo da doce-amarga memória, que é uma constante mental de todos os homens de letras, sejam eles os Dantes de uma época ou doces e ridículos fabricantes de trovinhas. O edifício que pretenderam construir no terreno não vingou; há vinte anos que o esqueleto de cimento envelhece na chuva, na corrosão da maresia, na amarugem do tempo. No segundo andar dessa ruína precoce posta-se sempre um vigia de cor escura; só os olhos dele brilham na penumbra; é uma sensação esquisita. Sei disso porque ainda sou no espaço vizinho daquele tempo removido.

O bar e restaurante Zeppelin era diferente, com cadeiras de palhinha e paredes revestidas pelo verde mais arrogante e desentoado que já existiu: o verde-Oskar.

Oskar, que chegou ao Brasil com o circo Sarrasani, era forte, bonito e alemão. Era e é, mantendo ainda hoje o Zeppelin de Friburgo.

Outro alemão, o diretor de teatro Willy Keller, não entrava no restaurante porque uma vez deparou lá com uma mesa grande, cheia de alemães e brasileiros; era na época do Estado Novo; no centro da mesa estava colocada uma torta enorme, decorada por um desenho feito de camarões graúdos; os camarões formavam a cruz suástica e o Keller avermelhava-se de santa ira com o nazismo. Só não lembro se o bródio comemorava uma vitória da *Blitzkrieg* ou o aniversário de Hitler.

Mas o Oskar era um bom sujeito e creio que sua ideologia não ia além dos pitus simbólicos. Uma noite, um bêbado de calção de banho, deu uma cadeirada no Zé Montilla, o garçom mais feio da zona sul.

234

Oskar levantou o agressor nos braços e o colocou fora, na calçada. Acontece que começou a chover e o rapaz continuava no chão, olhando indiferente para dentro do bar. Oskar levantou o bêbado nos braços e o trouxe de novo para dentro, dando-lhe o aquecimento moral e físico de um cálice de cachaça. É muito difícil, para um brasileiro, entender alemão.

Formávamos uma mesa comprida no Zeppelin antigo. Um dos seus frequentadores diários foi uma das figuras mais queridas de Ipanema, o paraense Raimundo Nogueira, pintor de qualidade, tocador de violão, espirituoso, pescador de largo sorriso, Flamengo de chorar, amigo de todo mundo, arquiteto autodidata e bom de boca. Para ele, tucunaré, mesmo frito, era ótimo; o pato era uma dádiva de Deus na cozinha paraense; gambá era uma beleza; os queijos que andam dentro do embrulho eram os melhores; arroz puro era das coisas mais gostosas da vida; era um árabe perto de uma cebola; não havia nada como carne-seca, a não ser galinha ao molho pardo; pirarucu era ainda melhor do que jacaré; quiabo no caruru era genial; churrasco bem-feito era sério; com cinco mil anos de tradição a comida chinesa só podia ser o fino; de doce de coco não é vantagem gostar; italiano sabe o que faz, e daí por diante.

Raimundo Nogueira acrescentava: "Gosto muito de comer, o que me atrapalha é o medo". E caía de olhos reluzentes na lentilha garni, que era também o prato preferido de Stanislaw Ponte Preta, só que este mantinha um princípio culinário: "Dois ovos não atrapalham prato nenhum".

Foi no Zeppelin que ouvimos a Copa do Chile e celebramos a vitória final do Brasil, com uma "louca" querendo beijar os homens depois de cada gol nosso. O moço ficou tão excitado que teve de ser expulso de campo.

Children's corner
Encostado ao Zeppelin, fica um bar menor, de soberbos pastéis, o Calipso. Ari Barroso, Caymmi, Vinicius e Tom Jobim preferiam o primeiro; Lamartine Babo vinha da Tijuca para tomar seus uisquinhos no Calipso. Telefonou-me de manhã, muito cedo, aflito, precisava falar urgentemente comigo. Negócio era o seguinte: Rubem Braga

na véspera o apresentara a uma linda americana chamada Maureen; os olhos verdes da moça e o uísque entraram de parceria na mesma hora para que ele compusesse um fox cujo refrão era Maureen. Esta, encantada, queria a partitura da música.

"Imagine só agora o meu drama", dizia-me Lamartine, constrangido, "ao acordar hoje. Fui trautear o fox, e o mesmo é de cabo a rabo uma canção americana de 1928. Estou desmoralizado! Que é que eu faço?" Respondi: "Antes de mais nada, assovie o fox". Ele começou, parou, olhou para cima, recomeçou, parou de novo e exclamou: "Que bandido, o americano também roubou o fox inteirinho duma sinfonia de Tchaikovsky!". E assoviou o movimento da sinfonia. Era uma criança o bom Lamartine.

Ari Barroso era um pé de vento, audível antes de tornar-se visível, pois antes de aparecer à porta já vinha contando uma história, que geralmente começava assim: "Vocês não imaginam a coi-sa fa-bu-lo-sa que acabou de acontecer!".

Revelou-me que sempre fazia tanto zum-zum, ao chegar a um local cheio de gente, por ser um tímido; para conquistar normalidade do comportamento, nada melhor, para o tímido, do que interromper a conversa dos presentes e contar uma aventura um pouco fora do comum, mesmo que fosse inventada.

A Copa da Suécia foi ouvida e festejada no Calipso. (Ari Barroso, até então, implicava muito com o futebol de Garrincha, que ele considerava um driblador maluquinho. Eu, fã do jogador, chiava.) O bar era uma explosão de alegria quando a voz aguda de Ari penetrou na massa de barulho como um punhal. Gritou meu nome, juntou as mãos em prece e continuou gritando: "Venho aqui, Mendes Campos, para penitenciar-me: o maior jogador do mundo chama-se Garrincha!".

Ipanema era o nosso *children's corner*. Brasileiro que não brinca pelo menos duas horas por dia acaba no consultório do psiquiatra, pois está contrariando a índole de uma raça variada, colorida e pueril como um caleidoscópio.

Havia ainda, na praça General Osório, que já foi Marechal Floriano Peixoto, defronte do chafariz das Saracuras (relíquia do velho convento da Ajuda), o bar Jangadeiros. Era uma caixa acústica, que obrigava uma pessoa a berrar para o companheiro de mesa; mas o chope era fresco e não amargava. O tumulto natural frequentemente era decuplicado em decibéis pelo bumbo de Rui Carvalho e pandeiros e tamborins do resto da corriola. Não quer dizer que fosse proximidade do Carnaval ou feriado nacional: o bumbo de Rui Carvalho simplesmente acontecia, como acontecem o trovão e os outros fenômenos da natureza.

Uma tarde, Lúcio Rangel e Lulu Silva Araújo tiveram a boa intenção de deixar o Jangadeiros e voltar para casa, no Leblon. Os táxis tinham sumido por encanto. Ora, logo ali na esquina estacionavam esses carrinhos planos, para pequenas mudanças, conduzidos invariavelmente por bravos lusitanos, que o carioca impiedosamente chama de *burros sem rabo*. O português jamais havia conduzido carga humana, mas o preço da viagem foi ajustado. Um sentou-se mais à frente, o outro atrás, e lá foram eles – como os pioneiros Gago Coutinho e Sacadura Cabral – em desfile pela rua Visconde de Pirajá, atirando beijos à multidão espantada e divertida, como fazem aquelas mulheres de seios opulentos a cavaleiro dos carros alegóricos. Foi um momento de festa (*children's corner*) na rua atarefada.

Havia cavalos noturnos em Ipanema e no Leblon. Perambulavam nas horas mortas, misturando relinchos aos ruídos de bondes e ondas, comiam as plantas dos nossos minúsculos jardins. Os cavalos noturnos povoavam a imaginação do inglês Jim Abercrombie, que durante anos tentou extrair de mim um poema sobre os mesmos. Fiz o que pude, mas as minhas estâncias não prestaram e foram atiradas no caos. Até hoje Jim costuma perguntar-me: "Você se lembra, Paul, dos cavalos?". Seus olhos claros relampejam um poema sem palavras. Acabei concluindo que o poeta era Jim e o cavalo era eu. Eu é que andava pelas ruas do bairro a mastigar o capim da pedra, eu é que não tinha competência para verbalizar o animal da noite e o destino.

E havia burrinhos e carneirinhos, que levavam as crianças a passear.

Tarzá é um português ainda mais forte do que o apelido insinua. Quando cavalgou o burrico que pastava na avenida Ataulfo de Paiva, o animal arriou. Tarzá pôs o burro nas costas e deu um trote com ele: "Já que não me aguentas, seu filho duma égua...".

Leblonipanema tem um folclore. Para os moradores antigos estas histórias ilustram muito mais o bairro (ou os dois bairros gêmeos) do que as vedetes que se exibem para o sol na praia da rua Montenegro. Nara Leão, Gal Costa, Maria Bethânia, Elis Regina, Odete Lara, chegaram e merecem brilhar, mas o que o ipanemense gosta de contar para todo mundo são as histórias do Cabelinho, do Tarzã, do Rubi, do Gagá, do Almirante Botequim, do Ugo Bidê, confinados à paisagem, rebeldes a qualquer tentativa de locomovê-los.

No máximo, os ipanemenses ortodoxos são capazes de locomover-se com o bar que se muda de lugar, como aconteceu com o Jangadeiros. Ou de ficar, mas protestando, contra o bar que se assenta no mesmo local, mas muda de nome, como aconteceu com o Veloso, que passou a chamar-se Garota de Ipanema. Apesar de o Tom Jobim ser admirado por todos eles, prefeririam que se conservasse o nome antigo.

Ipanema mudou (e continua mudando) tão celeremente que há por parte do morador uma necessidade ansiosa de se agarrar a um hábito, a uma tradição, a um nome, por mais precários e recentes que sejam.

Ninguém passa pelo rio heraclitiano duas vezes. Nem pela rua Visconde de Pirajá: há sempre uma casa que sumiu, um edifício que arrancou os tapumes e se mostrou, um restaurante que virou banco ou um banco que engoliu o açougue. É uma alarmante mutação o que nos faz apegados a uma tradição que se esfuma a todo instante. Nosso raciocínio (dentro do coração, não dentro da cabeça) é forçosamente quadrado: Ipanema está passando, não como um rio, como um fusca a jato; ora, se Ipanema está passando, também eu estou indo aos emboléus.

É por isso que os mais sensíveis e cândidos andam procurando recantos mais estáveis nos remansos da Barra da Tijuca. Principalmente os músicos, que a existência deles tem um ritmo ainda mais apressado que o nosso. A Barra virou assim a esperança inconsciente de se erguer uma barragem contra a velocidade da vida.

O fazendeiro do ar

Quem anda depressa nas ruas, mas passa muitas horas vagarentas na rede, é Rubem Braga. É nosso *fazendeiro do ar*. A fazenda localiza-se na rua Barão da Torre, atrás da praça General Osório.

A varanda fronteira dá para o oceano Atlântico, que o poeta costuma vasculhar com uma luneta poderosa, como se fora um lobo do mar aposentado (tenho a impressão de que o personagem existe num conto de Conrad). As janelas do fundo dão para o morro. Na frente, à direita, pode-se ver a olho nu uma colmeia de consultórios médicos e dentários. À esquerda, com o auxílio da luneta, é possível ver Millôr Fernandes em seu estúdio, às vezes trabalhando.

O arquipélago das Cagarras está bem na frente, com a laje da Cagarra, a Cagarra, a Palmas e a Comprida; atrás ficam a Redonda, a laje da Redonda, a Filhote. Mais para a esquerda, a ilha Rasa, com o farol triste que entrou com um ponto de exclamação num verso de Carlos Drummond de Andrade.

Há muitos anos, o próprio Braga, depois de visitar a ilha Rasa, obteve para o triste faroleiro uma geladeira e uma televisão, ou seja, uma sobrevivência mais dilatada e olhos. Robinson voltou a ver o mundo que o exilara na cegueira da ilha em troca de salário. E podia conservar o leite que ordenhava das cabras. Se não me engano, foi Paulo Bittencourt quem financiou um desses presentes reais.

Rubem, como disse, é hoje o único lavrador de Ipanema. A gleba está situada num décimo terceiro andar. A área construída não é muito espaçosa, mas as alas laterais dão para um plantio respeitável, o que foi feito há algum tempo pelo mestre Zanine. Há pitangueira, mamoeiro, mangueira, cajueiro, goiabeira e outras espécies frutíferas. Flores e plantas de folhas carnudas. A grama veio da Índia. A horta fica no fundo, perto da cozinha.

Como o Braga não é nada vegetariano, costumo ir lá fazer a minha feira, e volto para casa com as couves, as alfaces e os tomates mais legais da zona sul.

Na safra de pitangas, entretanto, jamais a minha empregada vem dizer que o dr. Rubem Braga está ao telefone. Ele mesmo come tudo, receoso de que um amigo vidrado como eu em pitanga possa surgir e compartilhar dessa rascante frutinha, que, infelizmente, como a jabuticaba, é de se comer no pé.

O cronista vai de embalo na rede maranhense. Os amigos em torno sugam os copitos, enquanto os beija-flores sugam o néctar dos rubros capuchinhos. Os profetas do Aleijadinho, em vão, gesticulam para Ipanema em miniaturas de bronze. Rubem diz, com a voz sonolenta, que só agora entende de fato como dá praga em lavoura: é inacreditável a quantidade de lagartas, de insetos alados, de pulguinhas e pulgões que também compareçam à cobertura, mal-informados de que a reforma agrária chegou a Ipanema.

Uma voz de mulher quer saber se ele está. Deve estar, minha senhora, no alto de um cajueiro de Cachoeiro do Itapemirim. Sempre foi de dormir em rede e com muita gente em torno conversando.

Onde todos se encontram

Ipanema encerra o Country Club, o mais fechado do Brasil, dizem. Sei que, a não ser a fazenda de Rubem, é o único espaço ainda aberto no bairro, e já lambido pela língua untuosa dos imobiliários. Mas, apesar do proclamado hermetismo, o Country não quis ou não pôde fugir à comunicabilidade de Ipanema. Basta dizer que seus frequentadores mais assíduos e típicos são boêmios de excelente cepa, como o Aluízio Sales, o Nelsinho Batista, o Miguel Faria, o Zé Luiz Ferraz. O bar, com o pianíssimo piano de Raul Mascarenhas, sim, é que é dos mais simpáticos do Brasil.

O outro clube de Ipanema, o Caiçaras, fica numa ilha cinematográfica da lagoa Rodrigo de Freitas. A ilha tem crescido muito. Mas, quando dizem que cresce durante a noite, o Comodoro sorri com aquela segurança de quem conhece a sua rota.

Como o tráfego de Ipanema faz uma zoeira sólida, quando as pessoas querem conversar qualquer coisa mais amena ou mais séria procuram os bares e restaurantes do Leblon. Que, é claro, possuem suas clientelas habituais.

O mais famoso é o Antonio's, na avenida Bartolomeu Mitre, que foi presidente da Argentina e um bom tradutor da *Divina comédia*.

A solicitude dos proprietários, os espanhóis Florentino e Manolo, supre a angústia de espaço e um aparelho de ar refrigerado que jamais cumpriu seu dever.

O Antonio's é a terceira (para alguns, a segunda) casa do pessoal da TV Globo: Walter Clark, Boni, Borjalo, João Luís, Armando Nogueira, Roniquito... É lá que o Chacrinha despe a farda de velho guerreiro e come um filé com fritas. É lá que se encontram os musicais, o Vinicius, o Tom, o Chico Buarque, o Toquinho. E os de cinema: o Joaquim Pedro, o Glauber, o Cacá Diegues, o Rui Guerra. O teatro: a Tônia Carrero, a Fernanda Montenegro, a Odete Lara. A arquitetura: o Maurício Roberto, o Marcos Vasconcelos. As letras, o Braga, o Sabino, o Carlinhos de Oliveira.

O pintor mais assíduo sempre foi Di Cavalcanti.

O Antonio's tem fases que surgem e desaparecem sem explicação. Houve um tempo em que ficava entupido de grã-finos; houve uma larga temporada de paulistas; houve uma de pugilismo quase diário; houve uma estação de mulheres resplendentes e uma estação de mulheres opacas; houve um período no qual apareciam lá uns homens de chapéu, que pediam cerveja e ficavam olhando para nada, com um jeito de que ouviam tudo.

A casa agora está aparentemente com a pressão normal, mas que ninguém se iluda: alguma coisa vem por aí, que os bares são como as pessoas, e o Antonio's sofre de neurose ansiosa.

O Antonio's e o Carlinhos Oliveira pulsam compassadamente, e eu nunca sei se a pressão do Carlinhos contagia o bar ou se é o contrário. É o ninho do Carlinhos. Lá ele folheia os jornais pela manhã, escreve seus entalhados trabalhos, toma enormes aperitivos, almoça, telefona, namora, encontra amigos, quebra galhos, bebe os uísques da noite e, de vez em quando, dá uma espinafração em alguém, preferencialmente um amigo do peito.

No outro dia podemos encontrá-lo às gargalhadas com o espinafrado, o Tom, por exemplo. Manolo, Florentino e Antônio Carlos Jobim nasceram para compreender o Carlinhos. E este nasceu para amá-los. Briga de amor não dói.

Há outros bares e restaurantes de sucesso. Na rua Dias Ferreira, há alguns anos, fui levado para um pequeno restaurante que se chamava La Mole. Com meia dúzia de mesas, fora inaugurado havia três dias. Não havia ninguém, mas o dono do La Mole sabia cozinhar a comida e o freguês. (Sérgio Porto foi um dos frequentadores.) Em poucos dias, o restaurante passou a ficar lotado; puseram mesas na calçada, invadiram uma loja de peças de automóvel ao lado, acabaram comendo também um vizinho que vendia frutos do mar. A comida continua boa. O italiano morreu, mas foi substituído por um nordestino, que nasceu para ser italiano dono de restaurante: o Chico.

Ali perto, há menos de dois anos, reformaram um boteco e começaram a servir comidinha caseira bem-feita e barata: até casais reluzentes do Country Club costumam aparecer no Final do Leblon, para verificar se jabá com jerimum é mesmo gostoso.

O Recreio do Leblon tem o prestígio do filé e do silêncio. O Degrau e o Alvaro's fazem bons pratos do dia; na hora do aperitivo, do almoço e dos licores, são frequentados por gente em geral madura, jornalistas, escritores, artistas de televisão, aviadores comerciais e civis (há um monte deles no Leblon), tratadores de cavalos e gente mais ou menos aposentada. À noite a fauna é outra: barbudinhos e garotas de minissaia tomam cuba-libre e conversam (animadamente) sobre cinema novo e música pra frente. As roupas, as caras, as vozes e os gestos de todos são tão parecidos que a minha impressão é de que se trata de um coro teatral, incompreensível, mas muito bem-ensaiado, montado ali todas as noites a fim de fundir-me a cuca. Ou, talvez, a fim de que eu não entre ou pelo menos não me demore. É o que faço.

Do lado de Ipanema, há as boates (estou por fora) e o Teixeirinha (na Carreta), capaz de quebrar o galho de quem prefira churrasco assim ou assado. E os outros todos, mas a verdade é que não estou aqui para fazer o guia gastronômico de Ipanema.

A fossa das serpentes

Uma noite Liliane Lacerda de Menezes e o escultor Alfredo Ceschiatti chegaram ao Zeppelin. Tinham visto um filme que se chamava *A fossa das serpentes*. A história tratava de loucos e de hospícios, e os dois estavam impressionadíssimos. Começaram ambos a nomear pessoas conhecidas que "estavam na fossa" ou à beira da fossa. Foi nessa noite que se cunhou a expressão "estar na fossa". Estava presente e dou este meu testemunho por escrito, pois desde aquele tempo, há uns doze anos, discute-se frivolamente pela imprensa quem teria inventado a fossa. Foram eles, Liliane e Ceschiatti.

O curioso é que a palavra precedeu a sensação. Antes, todos se sentiam mais ou menos bem em Ipanema. Rapazes e moças pegavam jacaré no Arpoador, jogavam peteca, frescobol, bebiam chope, improvisavam festinhas. Popularizada a expressão, a fossa passou a existir.

Alguns, uns poucos, descobriram que viviam na fossa e não sabiam; foi como se tivessem encontrado o mal que lhes roía sem doer. Passou a doer.

Outros, muitos, acharam bonito estar na fossa, e passaram a representar (talvez até a sentir) a vivência da fossa. Como aquela moça que era bela, praieira e inconsequente. Sumira do mapa. Dei de cara na rua com a irmã dela e pedi notícias de Albertina desaparecida. Resposta: "Coitada! Não sai mais de casa, você não pode imaginar. Está na maior fossa, meu filho! Albertina pensa o dia inteiro na situação do Sudeste Asiático!".

Continuei meu caminho (embora às vezes também pense na situação do Sudeste Asiático) e cheguei à praia. Carlinhos Niemeyer e Jorge Artur Graça, com denodo olímpico, disputavam uma partida de frescobol. O ex-governador Negrão de Lima tomava banho de sol. As garotas de Ipanema desfilavam no ritmo que embalou a inspiração da famosa dupla. A praia parecia uma fossa luminosa. Só que a fossa pra valer não é aqui, é lá, no Sudeste Asiático.

In memoriam

Faltam duas pessoas em Ipanema: Leila Diniz e Zequinha Estelita. Zequinha morreu primeiro. Todas as pessoas do bairro (bem, as pessoas que frequentam os locais públicos e fazem a crônica das ruas, das Orais) gostavam muito de Zequinha. Por outro lado: todas essas mesmas pessoas já tinham brigado pelo menos uma vez com ele. A briga podia ser uma troca rápida de insultos ou uma troca rápida de tabefes. Era ele o carinhoso impulsivo e ninguém continuava depois a ronronar de rancor. Às vezes fazia um banzé daqueles no bar, muito de onda, deixando extravasar seu excesso de energia. Daí a minutos estava rindo de si mesmo, acomodado às exigências absurdas de seu psiquismo, sereno como a lagoa Rodrigo de Freitas, onde morreu afogado dentro de um automóvel na manhã quente de uma segunda-feira. Estivera com ele umas duas horas antes e beijara-lhe a testa: pela primeira vez o flamengo Zequinha Estelita deixara de aceitar uma provocação estúpida de uns torcedores que festejavam o campeonato do Vasco.

Leila Diniz era a verdadeira garota de Ipanema.

Era a espontaneidade.

A graça.

A simpatia.

O sumo das virtudes femininas de Ipanema.

O âmago da questão

Há rivalidades entre Ipanema e Leblon?

Nada mais do que a emulação que leva dois irmãos a trocarem cócegas e tapinhas. O ipanemense diz que o Leblon é o subúrbio de Ipanema; o lebloniano diz que Ipanema já virou Copacabana. Os trânsfugas da Barra da Tijuca limitam-se a proclamar que afinal encontraram o Paraíso Carioca, mas só se arredam do Leblon e de Ipanema para dormir. Para defender-se deles é dizer que moramos em um lugar pronto (mentira), enquanto eles moram numa construção.

O fecho de um samba de Luiz Reis sobre o Leblon é uma provocação: fala do caricaturista Otelo, *que mora em Ipanema mas vive no Leblon, pois o Leblon é que é o bom*. O samba é que era bom e foi muito cantado, mas a provocação não colou.

Uma vez, Fernando Sabino e eu trouxemos para as nossas bandas o escritor americano John dos Passos. O romancista, que já havia estado no Brasil, ficou ligeiramente irritado por ter sido na primeira viagem apresentado somente a Copacabana; Ipanema-Leblon (dizia) era muito mais bonito e agradável.

A verdade nua, crua e dura é esta: Copacabana é o estúpido parâmetro de urbanização carioca. Toda a zona sul se copacabaniza como uma nódoa que se alastra. Não há salvação. Ipanema, por ter sido a primeira visada, está sendo engolida mais depressa, o Leblon um pouco mais devagar, e a Barra da Tijuca que se cuide, apesar dos dispositivos legais que pretendem protegê-la. O mal-de-copacabana já se espalhou para fora, para muito longe da Guanabara, implantando-se em dezenas de pontos litorâneos. É mal sem cura.

Vieram todos para cá em busca da tranquilidade, saudosos da província, ou em conflito copacabanal, o Tom Jobim, o Fernando Sabino, o José Carlos Oliveira, o Hélio Pellegrino, o Millôr Fernandes, o Rubem Braga, o José Honório Rodrigues, o Afrânio Coutinho, o Otelo Caçador, o Darwin Brandão, a Olga Savary, o Jaguar, o Chico Buarque de Hollanda, o Lúcio Rangel, o Scliar, o Armando Nogueira, o Antonio Callado, o Ferdy Carneiro, o Homero Homem, o José Guilherme Mendes, o João Saldanha, o Lan, o marechal Dutra, o general Siseno, o médico, o engenheiro, o empresário, a viúva, o boa-vida, o aviador, o cantor, o cômico, a maneca, o jornalista, o banqueiro...

Essa mistura era boa e revitalizante, mas deu aos demais uma ideia de festival. Ipanema e Leblon passaram a ser, nas promoções, os bairros onde todo mundo mora. Não morar em Ipanema ou no Leblon era, nas promoções, ser inferior a todo mundo. Resultado: o mundo todo se desloca pouco a pouco para Ipanema-Leblon.

Triste farol da ilha Rasa!

Encenação da morte

Já ganhei da morte várias vezes, já matei em mim mortes de vários tamanhos e feitios. Preciso me explicar. Se daqui a um minuto posso estar vivo ou morto, daqui a um minuto, qualquer que seja a minha condição aparente, serei o ringue duma briga entre a vida e a morte. A todo momento sou apenas um ângulo, reto, agudo ou obtuso, entre a vida e a morte.

A vida nos quer, a morte nos quer. Somos o resultado da tensão ocasionada pelas duas forças que nos puxam. Esse equilíbrio não é estável. Amplo, diverso e elástico é o campo de força da vida, e vale a mesma coisa para o campo da morte. Se ficamos facilmente deprimidos ou exaltados é em razão das oscilações de intensidade desses dois campos magnéticos, sendo o tédio o relativo equilíbrio entre os dois. Às vezes é mais intensa a pressão da vida, outras vezes é mais intensa a pressão da morte. Não se diz com isso que a exaltação seja a morte e a depressão seja a vida. Há exaltações e exultações que se polarizam na morte, assim como há sistemas de depressão que gravitam em torno da vida. O estranho, do ponto de vista biológico, é que somos medularmente solidários com ambos os estados de imantação mais intensa, os da vida e os da morte. Não aproveitamos apenas a vida, mas usufruímos também as experiências da morte, desde que estas não nos matem. Tudo dependerá da resistência, não da nossa vontade, do nosso mistério: se o mergulhador descer um pouco mais a desigualdade de pressões lhe será fatal; se o centro de gravidade da Torre de Pisa se deslocar mais um pouco, ela ruirá; enquanto não ruir, a torre usufruirá de sua inclinação, do mesmo modo que os mergulhadores vivem um estado de euforia nos estágios submarinos que precedem a profundidade mortal.

Mas a morte pode sobrevir não só de doenças, mas de acidentes ou duma organização de circunstâncias que chamamos acaso. Pois acho que a morte, por doença ou acidente, é sempre a mesma; quando se apodera de nós, seja por uma queda de pressão, seja por uma queda de elevador, é que se rompeu o equilíbrio; o centro de gravidade do sistema se deslocou o mínimo necessário; o mergulhador foi um pouco longe demais na sua ousadia pesada e eufórica.

A morte quer apossar-se de nós a todo instante. Ela mesma é a coisa instante. Para isso, reveste-se de todos os disfarces, representando ocasionalmente em nós papéis que se repetem por longas temporadas. Outras vezes, sua atuação é eletronicamente rápida e múltipla como um teatro de variedades: entre duas batidas do coração, a morte entra lá dentro, lá dentro de toda a tessitura humana, representa uma peça completa e se retira de cena, para retornar no intervalo de duas pancadas, com uma novidade, um novo guarda-roupa, uma nova encenação, um novo argumento. A esse alucinante virtuosismo teatral da morte, devemos a perplexidade do conhecimento. Num único instante, simultaneamente, podemos ter a impressão de que agarramos afinal a realidade do mundo e que ela fugiu de nós para todo o sempre. E o que chamamos vida também aproveitou o intervalo entre as duas pancadas cardíacas para representar dentro de nós uma peça simultânea e diferente.

Ganhei várias vezes da morte, isto é, inúmeras vezes os papéis que a morte representou para mim não chegaram a ser convincentes ou não chegaram a fazer grande sucesso. Matei várias mortes. Muitas delas eram diáfanas como as asas da mais tênue borboleta; não existem palavras para relatar esses duelos microscópicos, instantâneos, sutis. Que se passa no coração entre duas pancadas?

Há no entanto mortes grosseiras que entram em nós, mortes rudes, que empolgam a representação das mortes delicadas; dessas mortes populares, sim, temos medidas humanas para falar.

As mortes que perseguem a infância são em geral grossas, estúpidas. No meu tempo, anterior aos antibióticos, disfarçadas em infecções purulentas, elas arrastavam uma criança por longos meses de sofrimento. Quando não venciam, extenuavam de tal forma a criança, que a pobrezinha se predispunha a preferir a morte à luta pela vida.

Mas nem sempre as mortes que acometem uma criança são desse gênero brutal e infeccioso. Conheci quando menino, por exemplo, a presença da morte por afogamento, deleitando-me caridosamente na intimidade da água, sendo a sensualidade da natureza uma das mais comuns representações da morte durante a infância.

Aos dez ou onze anos assisti também em mim a vivas representações da morte por santidade, a morte disfarçada na sedução que me provocavam, apesar duma certa doçura enjoativa, que aliás me salvou, um Guy de Fontgalland ou um Domingos Sávio. Meus pais nunca se deram conta de que estive a pique de ir para o céu quando me fiz santo, melhor, quando a morte representou para a minha alma, nova mas torva e dissentida, o auto da santidade.

Na adolescência, a morte pode advir do próprio sentido da palavra, pois *adolescere* é crescer – e sabemos que o simples crescimento é uma tensão excessiva que pode ser mortal.

Entre doze e treze anos busquei sempre a morte acrobática, aonde me chamavam os espetáculos de circo e as aventuras de Tarzan. Essa morte era tão atraente que até hoje não me livrei da puerilidade de ter sido um maravilhoso ginasta de árvores, pedreiras e casas em construção.

Se até os dezoito anos conservei o prazer da morte esportiva, por excesso de velocidade ou de altitude, um ano depois o teatro da morte renovaria em mim seu elenco. Vivi então, até as nervuras da coisa, a lenta paixão da folha morta, rolando aqui, ali, imagem milenar do romantismo. Li-Po, Villon, Verlaine... Resmunguei a canção de outono ao vento mau que me levava pelas madrugadas imprevisíveis. Conservo ainda o sabor dessa morte por sujeição à literatura, na qual uma quadra outonal de todo alegórica fazia o principal papel num coração estraçalhado pela própria primavera.

A pantomima que se seguiu tem o título de morte por solidão, quando reproduzi em contorções íntimas a parábola do homem só. Conheci, ainda pela mesma época, a morte por assassinato, que não chegou a fuzilar-me; a morte por absurdo, que não chegou a provar-me; a morte por tuberculose, que nem cheguei a contrair; a morte por desregramento nervoso, que não chegou a enlouquecer-me; a morte por heroísmo, que parou a caminho; a morte pelo tango, que não chegou a danar-me; a morte por amor, que não chegou a incendiar-me, quase; a morte pela humanidade, que não chegou a crucificar-me. Quanto à morte por suicídio, no sentido convencional do termo, nunca se dignou a seduzir-me de frente; vislumbrei mal e mal um lago de parque, a vertigem dum topo, o engenho singelo do tambor, a tranquilidade da alma do veneno dentro do frasco.

Mas outro dia dei dentro de mim com uma morte tão madura, tão forte, tão homem, tão irrespondível, tão parecida comigo, que fiquei no mais confuso dos sentimentos. Esta eu não posso matar, esta é a minha morte. Encontrando Vinicius de Moraes daí a pouco, contei-lhe o ocorrido. Mas o Vinicius, que entende muito de morte, depois de questionar-me sobre os pormenores, disse que nesse terreno há sempre margem de erros, e que talvez tenha eu ainda de andar um bocado mais antes de encontrar a minha morte. Pode ser. Não sei. Quem sabe?

Réquiem para os bares mortos

M e perdia à toa pelas grutas. À noite, conchas iluminadas, a ressoar em profundezas submarinas. Fugindo à tormenta, entrei unia vez no Bar Nacional, e lá se erguia – portentoso – um velho alto e cavo a declamar os sonetos de Mallarmé. Foi uma visão definitiva.

Antros de perdição – sim, é verdade – os bares são odiados por mães, esposas, filhos. A bebida quase sempre é ordinária; os moços que servem não prestam; os proprietários são ávidos.

Mas depois os bares morrem e de seus túmulos surgem os espelhos, os mármores, os painéis históricos e a matéria plástica das agências bancárias.

O tempo trança e destrança os velhos frequentadores, cúmplices dum espaço, de duas ou três anedotas, duma canção dissipada, comparsas duma certa mistura de luz e sombra. Então os velhos frequentadores são como peixes desentocados, e os bares antigos perdem as arestas, as escamas pontiagudas, os vômitos repugnantes. Ali os amigos foram mais amigos, os inimigos mais inimigos, as mulheres mais coniventes; e a vida tinha um programa.

Hoje sou um homem entornado. Mas no tempo do Alvear, por exemplo, alcei-me nas tristezas mais lindas de beira-mar.

Ama-se o bar morto porque se possui o dom – o dom é ilusão – de coagular o tempo. Habitamos essas gotas luminosas. Elas revolvem à nossa frente, aparentemente opacas. Mas, se aproximamos a visão, esses cristais começam a funcionar como um palco. Descortina-se em luz amarelada o bar do Hotel Central: há ostras na bandeja, fatias coradas de rosbife e uma garrafa de Old Parr. São três à mesa: um mau pintor, um mau milionário e um mau almirante. Apesar de simpáticos, nunca nos falamos. Mas hoje (quando é hoje?) eu os visito com frequência nesse coágulo de treva e refulgência onde os três convivas se abrigaram da morte. À meia-noite, o milionário faz a barba com uma gilete nua, molhando o rosto em uísque.

250

O Vermelhinho, com um pouco de exagero, foi um entreposto de todas as motivações. Poetas negros – reaparecidos pela primeira vez depois do Simbolismo – defendiam do naufrágio da raça, apertando-os contra o peito, originais que nunca seriam publicados. Foi uma época de facilitário poético, com um crédito de esperança a perder-se de vista: não se fechava a porta da glória a ninguém. As estradas do país se entrecruzavam no Vermelhinho, que ainda guardava embrulhos e recados. A geração tomava batida com fervor e a esquerda festiva punha seus primeiros ovos, discretamente, nas cadeiras de palhinha. Acreditava-se em samba. A vida tinha um caminho, a vida tinha mais vinho nos juncos do Vermelhinho.

Em frente, no alto, entre vegetações grossas, ficava o bar da ABI. Ostentava a princípio um certo rigor suíço, prematuramente desmoralizado. Alemães, árabes, italianos, nordestinos, gaúchos, o velho Braga e os mineiros abrasileiraram depressa o terraço. Mais de uma senhora tornou-se mãe de repente entre as grossas vegetações; e instituiu-se por força o espeto.

Hoje sou um homem esvaziado de seu conteúdo. Vou atingindo a perfeição do vazio, seguindo sem muito receio por esses Tibetes da conformação. Mas cumpri as estações do caminho, paguei tudo aquilo que aprendi.

Bar morto, bêbado morto, caminho morto. Há azulões no crepúsculo ou uma saudade de azulões. É sempre safra de cajus quando me surge o Pardellas. Consumo de novo as tardes consumidas. Aí me sento com charuto de Eustáquio, os óculos de Santa e um tomo das *Origens da França Contemporânea*, conduzido por Zé Lins nas tardes de antigamente.

Ali a vida era conto e canto. Mas no Recreio velho as sombras se aglutinaram. Quem mastiga sem convicção peito de boi com molho de raiz forte?

Recreio velho, rogai por nós. Túnel da Lapa, rogai por nós. Chave de Ouro, rogai por nós. Hoje sou um homem sem mais nada. Rogo por vós. Rogo por vós um céu, com o vosso firmamento, vossos luzeiros, vossos ornatos, vossos homens imaginosos, vossas freguesas perdidas. E depois me recolho do chão em que fui derramado e subo até vós.

Bom dia, ressaca

Não é nada fácil despedir uma ressaca instalada em seu quarto, disposta a ficar o dia todo, sobretudo quando a gente já deixou de ser há muito o que se chama um broto. Ressacas em geral são fiéis e suscetíveis; para driblá-las, hay que ser de circo, qualquer distração – como nas aventuras acrobáticas – podendo causar a morte do artista.

Primeira providência: quando você desprega os olhos e vê que ela está mesmo a seu lado, não demonstrar o mais ligeiro sinal de surpresa, mas recebê-la com uma ternura um tanto distraída:

– Bom dia, ressaquinha.

Respire fundo três vezes. Não dar maior atenção aos vagidos dela, suas caretas, àquele hálito de abominável melancolia. Não se considere um crápula, um homem sem palavra, que isso é o que ela deseja. Mantenha a cabeça imóvel a fim de não denunciar com um gemido a sua dor sísmica. Esqueça os seus compromissos, por mais graves que sejam (o remorso é uma das brechas por onde pode penetrar a fera), fingindo-se absolutamente livre, como se dispusesse de seu tempo à vontade. É de todo necessário que ela não desconfie do seu encontro na cidade com um gerente de banco.

Se ela lhe oferecer maldosamente um cigarro, aceite-o, para abandoná-lo depois de três ou quatro lentas tragadas. Olhar pela janela é sempre perigoso: pode estar fazendo um magnífico dia chuvoso e frio, mas pode também uivar lá fora um sinistro e tormentoso astro-rei. Não é efeito literário: este é o nome do sol nos estados de ressaca. A visão macabra de um dia luminoso costuma esmorecer sem remédio os ressacados de mais hábil talento.

Por mais violenta que seja a sua vontade de tossir, não o faça; a convulsão poderia trazer-lhe consequências imprevisíveis, sendo compensador qualquer sacrifício no sentido de adiar esse desejo para momento mais propício.

Evitar o café. Proceda como se fosse dormir ainda, sem cair na leviandade de prometer que jamais... Essa capitulação, além de falsa, condiciona uma desmoralização interior que insufla forças novas à inimiga.

As ressacas não morrem de amores pela cama, existindo algumas, no entanto, extremamente espertas, que se acomodam indefinidamente ao leito. Mande buscar um jornal: contorne os cronistas da noite, mergulhe com paciência nas seções de economia, caso você aprecie futebol, e nas páginas esportivas, caso se interesse por economia. A atitude pode desorientá-la alguma coisa.

Sem levar a mão ao coração (e se o fizer, não revele pelo menos o seu nervosismo pela taquicardia), peça um jarro de água geladíssima e duas aspirinas. Como o gato, a ressaca teme água fria. Espere o momento preciso. No que a ressaca bobear, arraste-se até o chuveiro, escancare a torneira, escove os dentes. O jorro da água, prenunciando o impacto frio, amolece um pouco mais a tristonha. Em seguida, com o destemor digno de um almirante batavo, enfrente o chuveiro, sem importar que a água o sufoque um pouco, pois a sufocação deverá também atingi-la. Reze três padre-nossos e três ave-marias, e comece a tossir.

Existindo o mar perto de sua casa, ótimo; não existindo, paciência. Almoce, não deixe de almoçar, faça-me o favor. Se gostar de jiló, pode-se ter em conta de um homem privilegiado, pois todas as ressacas de minhas relações, como quase todo mundo, detestam jiló. Fígado fresco de galinha é outro alimento que elas nada apreciam. Bebida, o ideal por enquanto é mate gelado.

Toque na vitrola discos de Bach ou Debussy, mas somente peças para piano ou cravo, jamais sinfônicas. Uma boa ressaca é tarada por música orquestral. Fuja das arestas do rock'n'roll, das espirais do bolero, dos círculos concêntricos da valsa vienense.

Deite-se no divã e leia mais um pouco, de preferência uma história boba de revista frívola. Jamais poemas de Baudelaire com aqueles crânios plantados de bandeiras negras!

Quando a ressaca já estiver bastante aborrecida com esse tratamento, é cair na rua, cometendo no primeiro botequim a violência final, um chope bem-tirado, um só. E vá enfrentar o gerente. Mas há ressacas versáteis, assim como há sujeitos indefesos. Posto o quê, não aceitaremos reclamações.

O bom humor de Lamartine

Nássara me contou que, há muitos anos, estava em um café na companhia de Francisco Alves e Luís Barbosa. O caricaturista era mocinho e queria colocar na praça suas primeiras composições carnavalescas. Os dois outros lhe falaram no talento de um rapaz, fiapo de gente, que deveria chegar. Daí a pouco, Nássara era apresentado a um sujeito magrinho, todo sorriso, mas que não chegava a ter nem mesmo um físico de concorrente. Diga-se de passagem que a música popular andava numa fase transitória, muito pouco brasileira, sofrendo de um pedantismo insuportável nas letras, nas interpretações e na melodia. Chico Alves pede ao moço magro para cantar alguma coisa nova. Lamartine limpou a garganta com satisfação, trauteou a introdução de uma marcha e foi cantando com alegria e sem voz:

Quem foi que inventou Brasil?
Foi seu Cabral, foi seu Cabral,
No dia 21 de abril,
Dois meses depois do Carnaval.

Nássara deixou esquecidas dentro do bolso as composições que desejava apresentar, e entendeu logo que o moço magro já tinha vencido antes de correr. A música popular estava salva, tinha encontrado o caminho da simplicidade, da jovialidade, do brasileirismo autêntico.

Lamartine Babo foi o sujeito menos triste que conheci. Se alguma vez se queixava da vida era para fazer uma brincadeira. Eu, que sempre me impacientei bastante comigo mesmo e outras pessoas puxadas a triste, explorava descaradamente seu bom humor. Em nossos encontros fortuitos, fosse a que hora fosse, em qualquer lugar, antes de falar qualquer coisa, eu o agarrava pelo braço e pedia: "Mete lá o *Rancho das flores*". Às vezes, ele alegava pressa ou a impropriedade do local, mas jamais conseguiu (ou quis de fato) escapar. Que havia eu de fazer? Ele dispunha em quantidade generosa do que me escasseava: alegria. Eu, desempregado da alegria, tinha que lhe dar essas "facadas" de bom humor.

Só uma vez o vi preocupado. Lamartine me telefonou e marcou um encontro comigo. Contou-me que na véspera tinha tomado uns uísques com Rubem Braga e uma linda moça americana chamada Maureen. A uma certa altura, buscando "musicar" o nome da americana, inventou ali na hora, para seu próprio espanto, um foxtrote de grande bossa. A jovem, é claro, entusiasmou-se com a composição que inspirara e lhe pediu que trouxesse o fox escrito no dia seguinte. Além do valor da própria homenagem, ela queria fazer fosquinhas com a música em um ex-namorado. Lamartine anotou o telefone dela e prometeu tudo de pedra e cal. Pois o problema, me dizia ele consternado, era apenas o seguinte: ao acordar, lembrou-se logo do episódio e teve medo de não se lembrar da melodia. Tentou assoviá-la e o conseguiu, mas – que vergonha – o fox que pensava ter composto era, de cabo a rabo, uma música americana que fizera grande sucesso em 1928, por aí. E agora? Que iria Maureen pensar dele? Quanto mais ele dramatizava, mais eu me ria. Pensando que eu não estava entendendo a gravidade do caso, começou a trautear o fox, a fim de que eu avaliasse melhor a identidade de seu crime. De repente, parou, bateu a mão na testa e exclamou: "Meu Deus, este fox também é um plágio descarado; isso é de uma sinfonia de Tchaikovsky". E passou alegremente a cantarolar a sinfonia.

Mais um exemplo de seu bom humor. Uma vez, foi a uma repartição dos telégrafos tratar de um assunto qualquer. Enquanto esperava diante do balcão, viu que um funcionário da casa tirava um lápis do bolso e transmitia em pancadas de Morse, para um companheiro ao lado, a seguinte mensagem: "Feio e magro". Lamartine, que já fora telegrafista, puxou também um lápis e transmitiu sobre o balcão a resposta: "Feio, magro e telegrafista".

E ele mesmo me contou animadamente esta história: alguém que se dava o nome de Vera, e dizia ter dezoito anos, começou a enviar-lhe cartas bem-escritas e sérias, datadas de Boa Esperança. Impressionado com a inteligência de Vera, com seus argutos pensamentos sobre a vida, Lamartine foi ficando sensibilizado, a imaginação trabalhando, passando da curiosidade vaga a uma atenção quase obsessiva. Respondia às cartas, instigava a moça à discussão dos assuntos mais graves a fim de prová-la. As respostas vinham em estilo caprichado e anunciavam um espírito extremamente perspicaz e profundo para uma pessoa tão jovem.

Apesar de a missivista sempre dizer que o encontro pessoal era impossível, um dia ele não resistiu mais, meteu-se em um trem e foi a Boa Esperança. Recebido com todas as homenagens no clube recreativo local, tratou logo de tentar descobrir a identidade da moça. Nada, ninguém queria dizer nada. Riam estranhamente e não diziam coisa nenhuma. Disposto a não sair dali sem desvendar o segredo, pôs-se a namorar a mais balzaquiana e menos sedutora das moças presentes, dançou com ela, passou-lhe uma conversa em grande estilo, até que a jovem, compadecida e lisonjeada, confessou quem era Vera, a inteligente autora das cartas: o irmão dela.

Antes cair das nuvens que de um terceiro andar, dizia o Machado. Era a pura verdade, o puro anticlímax: o irmão da moça, professor de latim no ginásio, era o autor das bem-traçadas. O pior é que toda a cidade, sem exceção, sabia do acontecido e se divertia às custas dele; o professor chegava a ler em público no clube as cartas enternecidas de Lamartine, como também lia, para a gozação geral, as respostas que ia enviando ao enamorado.

Qualquer outro, se não chegasse a dizer uns bons palavrões, pelo menos ficaria arrasado com a grotesca frustração. Mas Lamartine Babo foi um mestre do bom humor. "No trem, quando voltei, me disse, não me dei por achado e fiz aquele *Serra da Boa Esperança que uma esperança encerra...*" E, rindo-se de si mesmo, repetia em voz alta: "Bem-feito, Lamartine, quem te mandou ser romântico?". Esse era mesmo um bom sujeito.

Os mais belos versos da MPB

Manuel Bandeira dizia que se fizessem no Brasil, como fizeram na França, um concurso para apurar o mais belo verso da nossa língua, talvez votasse naquele em que diz Orestes Barbosa: "Tu pisavas os astros distraída".

Andou por aqui um diplomata panamenho, Roque Javier Laurenza, que cultuava religiosamente a poesia universal. Sérgio Porto contava que ia com ele pela avenida Atlântica, rumo a uma média com pão e manteiga, distraído e feliz, cantarolando o "Chão de estrelas". Em dado momento o panamenho o agarrou pelo braço: "*Por Dios! Repite lo que cantaste*. Repete o que cantaste para eu saber se é mesmo verdade o que ouvi". Sérgio repetiu: "Tu pisavas os astros distraída". Ali mesmo Roque Laurenza jurou que acabara de ouvir o verso mais lindo da poesia brasileira.

As quatro sextilhas de "Chão de estrelas" talvez contenham pelo menos vinte e três dos versos mais bonitos do nosso cancioneiro popular. Pois infelizmente o vigésimo quarto decassílabo desse poema desafina bastante dos outros. "É a cabrocha, o luar e o violão" é um anticlímax depois do palco iluminado, dos guizos falsos da alegria, do chão salpicado de estrelas e das cintilações poéticas do poema de Orestes. Até a melodia se ressente e perde o embalo no verso final. Mas, sem dúvida nenhuma, Orestes Barbosa e Noel Rosa são os mais altos poetas da nossa música popular.

Há nas canções do primeiro um poder visual fora do comum. Visualizar a emoção é marca certa do poeta forte. As melhores canções de Orestes parecem roteiros cinematográficos, e o conjunto de todas elas é o *script* de uma época do Rio. Há versos magníficos, tais como: "A lua é um clichê dourado impresso em papel azul", "O teu vulto de pássaro cansado", "Aquela que eu procuro é uma escultura sem pintura", "No Rio dos sonetos de Bilac só de fraque é que se frequentava o cabaré", "Os fios telegráficos da rua são curiosas pautas musicais", "Passando pelas frestas da janela, a luz fez uma lúgubre aquarela – Deixou-me a flor do asfalto", "No apartamento agora em abandono, vejo um mantô grená que ela não quis", "Lua, lâmpada acesa da tristeza", "Na serpente de seda de teus braços", "Dorme, fecha este olhar entardecente", "O mar de franjas e plumas em gargalhadas de espumas", "Tens o Oriente na boca, linda mulher de voz rouca, ó turca do meu Brasil", "Hoje choro o seu domínio, desce um luar de alumínio"...

Noel e Orestes urbanizaram o astro popular, que era rural ou favelado. Uma das mais bonitas composições do segundo chama-se exatamente "Arranha-céu": "Cansei de esperar por ela/ toda a noite na janela,/ vendo a cidade a luzir/ nesses delírios nervosos/ dos anúncios luminosos/ que são a vida a mentir" ...

Outra é "Vestido de lágrimas", que assim começa: "Vou me mudar soluçante,/ de apartamento elegante/ que tem do antigo fulgor/ lindos biombos ornados/ de crisântemos doirados,/ cenários do nosso amor". É um barato.

José Veríssimo já anunciava o essencial para a compreensão da poesia popular ao escrever que "essas hipérboles gongóricas, de mau gosto em qualquer outra poesia, são o encanto maior da modinha". Quem teme o mau gosto, o exagero, o pernosticismo, não deve pisar em terreiro de música do povo. Isso de querer fazer onda para elevar a qualidade das letras da nossa música é careta, é rebolado de falsa cultura.

Uma das nossas maravilhosas canções populares é um prodigioso rococó popular; chama-se "Rosa" e já inspirou um poema erudito de Vinicius de Moraes. A música também é um alumbramento, mas os versos serão realmente de Pixinguinha? São seis estrofes que se enramam pelo ar como uma trepadeira colorida, seis estrofes de um barroco enfeitadíssimo e descarado: "Tu és divina e graciosa/ estátua majestosa do amor/ por Deus esculturada/ e formada com ardor/ da alma da mais linda flor/ de mais ativo olor,/ que na vida é preferida/ pelo beija-flor".

Rebuscado de expressões eruditas ou de expressões da gíria, o cancioneiro popular do Brasil sempre foi dengoso. O dr. José Veríssimo já achava sublime em seu tempo uma quadra como esta: "Eu queria, ela queria,/ eu pedia, ela não dava;/ eu chegava, ela fugia,/ eu fugia, ela chorava". E o próprio escritor paraense foi a Marajó colher esta joia: "Lá vem a lua saindo/ por detrás da sumaúma,/ tanta mulata bonita,/ minha rede sem nenhuma".

Teófilo Braga derivava nessa modinha das serranilhas e outras cantigas portuguesas, esquecidas em Portugal e conservadas no Brasil a partir do século XVII.

Na lírica dos nossos cantadores estão muitos dos versos mais bonitos do nosso povo. De Jacó Passarinho, cearense de Aracati: "Eu vi teu rastro na areia, me abaixei, cobri com lenço". De Josué Romano sobre seu pai, o cantador Romano da Mãe-D'água: "Tinha a ciência da abelha, tinha a força do oceano!". Do cearense Pedro Nonato: "Na boca de quem não presta, quem é bom não tem valia". De anônimo materialista: "Eu só creio no que vejo e acredito no que pego!". Por isso mesmo: "Reza para quem morreu é como luz para cego". De João Ataíde: "Quando o rico geme, o pobre é quem sente a dor". Do mesmo, antes de Jacques Prévert e Juliette Gréco: "Eu sou como Deus me fez, quem me quisé é assim". Dum cantador do Juazeiro: "Eu quero falá contigo debaixo dum bom sombrio". Do analfabeto Anselmo: "Eu já cantei com o Maldito e achei ele um bom rapaz". De Serrador são as dez maravilhas do mundo: "Há dez coisas neste mundo/ que toda gente procura:/ é dinheiro e é bondade,/ água fria e formosura,/ cavalo bom e mulhé,/ requeijão com rapadura,/ morá sem sê agregado,/ comê carne com gordura".

Muitos escritores escreveram de propósito para músicos ou tiveram seus versos musicados em serestas; entre eles, José de Alencar, Casimiro de Abreu, Laurindo Rabelo, Machado de Assis, Luís Murat, Gonçalves Crespo, Guimarães Passos, Alphonsus de Guimaraens, Martins Fontes, Manuel Bandeira, Jorge de Lima, Murilo Araújo, Jorge Amado, Guimarães Rosa. É nesse terreno romântico que os seresteiros populares e os escritores eruditos melhor se entendem: aí os primeiros podem ganhar importâncias culturais e os segundos podem brincar com as singelezas da emoção plebeia.

Há muitos anos, no velho *Diário Carioca*, Prudente de Morais Neto, Pompeu de Sousa e eu descobrimos que o mestre San Tiago Dantas sabia de cor e cantava afinado as nossas serestas todas. Todas? Acho que sim. E não demonstrou predileção por nenhuma, amava todas.

Mas não posso fazer o mesmo. Tenho de escolher. Minha primeira pedida para seresteiro disposto é "A última estrofe", de Cândido das Neves, o Índio: "Lua, vinha perto a madrugada/ quando em ânsias minha amada/ nos meus braços desmaiou.../ E o beijo do pecado/ o teu véu estrelado/ a luzir glorificou"...

Catulo da Paixão Cearense muitas vezes exagera no pernosticismo ("dos agros pesares o nigérrimo pesar"), mas, corrigido pela sobriedade de Paulo Tapajós, ganha tenência.

"Luar de Paquetá", de Hermes Fontes, é decerto um carro-chefe: "As nereidas incessantes/ abrem lírios ao luar,/ a água em prece burburinha,/ e em redor da Capelinha/ vai rezando o verbo amar".

Também inesquecível é a simplicidade de Freire Júnior: "Oh! linda imagem de mulher que me seduz!/Ah! se eu pudesse tu estarias no altar!! És a rainha do meu sonho, és a luz,/ és malandrinha, não precisas trabalhar". Enquadrar uma santa malandra não é mole. Maior simplicidade se encontra numa velha marcha-rancho: "Maria, acorda que é dia,/ a terra está toda em flor/ e o sol apareceu lá no céu,/ anunciando o nosso amor". Uma vez cantarolei estes versos para Tom Jobim e ele me disse: "É isso aí! Isso é que é a poesia popular brasileira. Canta de novo. De quem é?".

Já Prudente de Morais Neto gostava de repetir a "Boneca" de A. Cabral e Benedito Lacerda: "Eu vi numa vitrine de cristal,/ sobre um soberbo pedestal,/ uma boneca encantadora,/ no bazar das ilusões,/ no reino das fascinações,/ num sonho multicor,/ todo de amor".

Mas era o finalzinho da valsa que mais o exaltava: "Enfim eu vi nesta boneca uma perfeita Vênus".

Mário Lago é outro letrista de gabarito: "Mostrei-te um novo caminho/ onde com muito carinho/ levei-te numa ilusão./ Tudo porém foi inútil,/ eras no fundo uma fútil/ e foste de mão em mão". Em "Saudade da Amélia" Mário Lago exprimiria definitivamente a emoção popular, contraindo num tema ("às vezes passava fome a meu lado e achava bonito não ter o que comer") o impasse dos que trocam de mulher e quebram a cara.

Outro estupendo clássico é "Deusa da minha rua", de Jorge Faraj e Newton Teixeira: "A deusa da minha rua/ tem os olhos onde a lua/ costuma se embriagar./ Nos seus olhos eu suponho/ que o sol num dourado sonho/ vai claridade buscar". E mais adiante a linda imagem:

"Na rua uma poça d'água,/ espelho da minha mágoa,/ transporta o céu para o chão".

Felizmente deu certo: um dos mais dignos poemas da nossa lírica popular é uma oferta póstuma a Noel Rosa, uma coroa entrelaçada por Sebastião Fonseca e Sílvio Caldas: "Vila Isabel veste luto,/ pelas esquinas escuto/ violões em funeral,/ choram bordões, choram primas,/ soluçam todas as rimas/ numa saudade imortal". E o comovido: "Adeus, cigarra vadia,/ que mesmo em tua agonia/ cantavas para morrer".

Deixo de citar os escritores ilustres que biscatearam na feira popularesca, como Juraci Camargo ("Favela", "Adeus, Guacira") e Paschoal Carlos Magno ("Pierrô"). Mas, tivesse de escolher um poema de Olegário Mariano, ficaria com o desossado "De papo pro ar": "Não quero outra vida/ pescando no rio de Jereré".

Um que transava do erudito para o popular com graça e espontaneidade era Manuel Bandeira. Os versos que escreveu para Jaime Ovalle ("Modinha" e "Azulão") são cantados por pessoas que nada sabem sobre o poeta.

Luís Peixoto, Bororó ("Da cor do pecado") e Herivelto Martins são outros letristas que nos falam no gênero mais dolente da serenata, do choro, do samba-canção. Nessa mesma faixa é admirável a obra de Lupicínio Rodrigues, quase sempre excelente. Pois pouco antes de morrer, declarou ele numa entrevista gravada que seus melhores versos eram aqueles do "felicidade foi embora" e o da "vergonha é a herança maior que meu pai me deixou". Acho que são exatamente os piores. Fico com aquele bordeleiro da mulher que "ilumina mais a sala do que a luz do refletor"; aliás é este um dos mais intensos poemas populares.

Às vezes sambista de telecoteco, mas principalmente príncipe da canção praieira é Dorival Caymmi, que a gente tanto admira como compositor, poeta e cantor. É um caso à parte, um craque à parte. Raras vezes concedeu parceria a alguém, como foi no caso de "É doce morrer no mar", que tem versos de Jorge Amado. A toada "O bem do mar", pouco divulgada, é dos mais belos poemas de Caymmi. "Dora" é outra beleza.

No samba rasgado bandeio-me de ouvido e coração para os poemas antigos feitos pelos rapazes que eram chamados de malandros, moradores do morro e do subúrbio. Sinhô é o poeta pioneiro. É de se abrir exceção para Ari Barroso, capaz em suas letras de ir do ruinzinho ao sublime; "Inquietação" e "Camisa amarela" são sublimes.

O irônico Marques Rebelo se desmanchava de ternura com "Divina dama", de Cartola. Também do divino Cartola, como reza Lúcio Rangel, é o verso magnífico que sacudia Sérgio Porto: "Semente de amor sei que sou de nascença". Citei certo?

Ismael Silva e Nílton Bastos entram para a história poética popular principalmente com "Se você jurar" e "Sofrer é da vida". Houve tardes antigas em que Vinicius de Moraes ficava no café Vermelhinho a repetir enleado: "Tens um olhar que me consome, / por caridade, meu bem, me diga teu nome". E Lúcio Rangel chegava para fazer a segunda voz.

Lamartine Babo era impecável nas letras de marchinhas e ranchos. Quantas vezes eu o obriguei (não se fazia de rogado) a repetir "Os rouxinóis".

João de Barro e Alberto Ribeiro são outros dois da melhor cepa; o maior espetáculo da música popular se deu em 1950, no jogo entre o Brasil e a Espanha, quando a multidão começou a cantar "Touradas em Madri". Foi de arrepiar.

Tenho um fraco todo especial pelas parcerias melodiosas de J. Cascata e Leonel Azevedo; gosto muito das marchas de Hervê Cordovil, de Nássara ("um lindo pierrô de outras eras, eterno sonhador de mil quimeras"); pelos sambas de Assis Valente, pelas marchas de Haroldo Lobo, pelas letras muito vivas de Haroldo Barbosa; sou fã de Wilson Batista, Ataulfo Alves e Geraldo Pereira ("Escurinho" é um primor); Pedro Caetano é dos bons; as letras de Ribeiro Cunha, Henrique Gonzales e Miguel Gustavo, para Moreira da Silva, são exemplares, modelos da vivacidade mental do carioca; Zé Kéti e Sérgio Ricardo têm bonitos poemas; Gadé e Heitor dos Prazeres eram grandes; Sadi Cabral escreveu "Mulher", um poema que Custódio Mesquita musicou esplendidamente; Evaldo Rui escreveu para o mesmo compositor o excelente "Saia do meu caminho"; "Agora é cinza", de Alcibíades Barcelos e Marçal, é de primeiro plano, como "Praça Onze", de Herivelto Martins e Grande Otelo; Antônio Maria escreveu um frevo que evoca a nostalgia do Recife até para quem não viveu lá naquele tempo; Almirante não errava; Antônio Carlos de Sousa e Silva e Nélson Souto fizeram "Você voltou"; Humberto Teixeira e Luís Gonzaga acertaram no alvo em "Asa branca"; entre as letras que escreveu Tom Jobim, "Águas de março" é também uma bossa nova; Vinicius de Moraes, ao passar para a poesia popular, não levou consigo a casca de erudito, e foi assim que escreveu de fato das melhores letras do nosso cancioneiro; Billy Blanco é fora de série quando registra ou cria a linguagem do Rio; Caetano Veloso mexe bem com as palavras; Chico Buarque de Hollanda é outro que trança com muita invenção tanto a melodia quanto o poema.

Mas o maior de todos aqui citados, e dos que não tenho tempo de citar, é Noel Rosa. Os melhores versos da nossa lírica popular são encontrados facilmente nas palavras espontâneas do rapaz de Vila Isabel.

Humor e lirismo. Noel não exprimia nada de fora: era o carioca; era o Rio de Janeiro. Tem muito dengo mas não é pernóstico, a não ser em caricaturas.

"Você me pediu cem mil réis/ pra comprar um soirée/ e um tamborim./ O organdi anda barato pra cachorro/ e um gato lá no morro/ não é tão caro assim". O historiador Sérgio Buarque de Holanda, pai de Chico, era capaz de cantar isso uma noite inteira. Vi, ouvi e historio.

"Até amanhã, se Deus quiser,/ se não chover, eu volto/ pra te ver, oh mulher./ De ti, gosto mais que outra qualquer,/ não vou por gosto,/ o destino é quem quer." O realismo enfim entrava na canção da despedida, mais ou menos igual desde a Idade Média.

"O orvalho vem caindo,/ vai molhar o meu chapéu/ e também vão sumindo/ as estrelas lá do céu." O homem da serenata deixava de ser uma abstração e passava a usar chapéu.

"Modéstia à parte,/ meus senhores, eu sou da Vila!" Como dizem os críticos professorais, era através do regional que o samba passava a buscar o universal.

"Quem é você que não sabe o que diz,/ meu Deus do céu,/ que palpite infeliz." Era o rádio que voltava a permitir o velho desafio musical dos cantadores.

"Voltaste novamente pro subúrbio,/ vai haver muito distúrbio,/ vai fechar o botequim,/ voltaste, o despeito te acompanha/ e te guia na campanha/ que tu fazes contra mim." Como já me disse uma vez Aracy de Almeida, Noel sabia rimar *pra cacilda*. Pura verdade.

"Queria ser pandeiro/ pra sentir o dia inteiro/ a tua mão na minha pele a batucar"... As imagens passam a ficar cosidas, casadas.

"A colombina entrou no botequim,/ bebeu, bebeu, saiu assim, assim"... Os símbolos antigos viram de carne e osso.

"De lutas não entendo abacate/ pois o meu grande alfaiate/ não faz roupa pra brigar." Era o humor que se atualizava.

"Dançamos um samba, trocamos um tango por uma palestra.../ Só saímos de lá meia hora depois de descer a orquestra." Era a crônica que se fazia cantada.

"Quando o apito/ da fábrica de tecidos/ vem ferir os meus ouvidos/ eu me lembro de você." O cotidiano incorporava-se ao lirismo.

"A poeira cinzenta/ da dúvida me atormenta." Era o impressionismo.

"O maior castigo que eu te dou/ é não te bater/ pois sei que gostas de apanhar." Freud entrava na roda de samba.

"Às pessoas que eu detesto/ diga sempre que eu não presto." Era o fim do lirismo que consulta as cartas do amante exemplar.

"Nasci no Estácio/ e fui educada na roda de bamba/ e fui diplomada na Escola de Samba,/ sou independente, como se vê." A rua era o samba.

"Batuque é um privilégio/ ninguém aprende samba no colégio." É tudo. Falou e disse Noel Rosa, cem por cento poeta do povo.

Manchete, Rio de Janeiro, 2 de novembro de 1974.

Meu amigo Sérgio Porto

No Brasil, depois dos sensacionais bilhetinhos, Jânio Quadros cria a confusão com a renúncia. A Copa do Mundo, que Mané Garrincha trouxe do Chile, não pode servir de antídoto contra o esfarelamento do valor do dinheiro. Os militares fazem uma revolução e pouco depois o impossível acontecia: Lacerda e Goulart tentavam uma "frente ampla".

Combates no Oriente Médio, agitações estudantis em todo o mundo, violências policiais, terrorismo, fome.

Foi nessa cultura que floriu o humorismo de Stanislaw Ponte Preta. Ele morreu na primeira hora de 30 de setembro de 1968, no mesmo ano em que eram assassinados Robert Kennedy e Martin Luther King. Ao sentir-se mal, disse para a empregada: "Estou apagando. Vira o rosto pra lá que eu não quero ver mulher chorando perto de mim".

Por que do estrume mortal daquela época deu flor a graça de Sérgio Porto? Possivelmente porque nos perigos históricos mais brutais é que a frivolidade humana mais se assanha, chocando-se sofrimento e besteira. A champanhota do café-society fazia um contraste grotesco com os esqueletos de Biafra; a efervescência erótica tornava mais patética a carne humana incendiada no Vietnã; a arregimentação de milhões de chineses tornava mais ridículos os traseiros que se retorciam no prazer solitário do *twist*; a minissaia era mais discutida que Marcuse; os desabamentos das encostas do Rio eram esquecidos com a primeira onda musical apalhaçada.

O forte de Stanislaw Ponte Preta era justamente extrair humorismo dos fatos, das notícias da imprensa. Leitores enviavam-lhe recortes de jornais, colaborando mais ou menos com a metade das histórias contadas no *Festival de besteiras que assola o país*. Pouco antes de morrer ele lançava um jornalzinho humorístico, chamado *A Carapuça*: era ele mais uma vez à procura de piadas concretas.

O nome todo era Sérgio Marcos Rangel Porto. Nasceu numa casa de Copacabana, na rua Leopoldo Miguez, e lá continuou morando depois que a casa foi substituída por um edifício. Menino de peladas na praia, pegava no gol e tinha o apelido de Boião. Por chutar bola dentro da sala de aula, foi expulso do Colégio Mallet Soares, onde fez o primário. Mais taludo, sempre no gol, foi várias vezes campeão da areia, ao lado de Heleno de Freitas, o craque, Sandro Moreyra, João Saldanha, três botafoguenses de temperamento. Mas Sérgio sempre foi do Fluminense, onde jogou basquete e voleibol. Nos últimos anos praticamente só comparecia ao Maracanã nos jogos do tricolor. Só durante os noventa minutos do jogo do seu time (ou do selecionado brasileiro) ele perdia totalmente a graça, de rosto afogueado e unha do indicador entre os dentes.

O estudante de arquitetura não passou do terceiro ano, depois do ginásio no Ottati e pré-vestibular no Juruena. Entrou para o Banco do Brasil e começou a beliscar no jornalismo, escrevendo crítica de cinema no *Jornal do Povo*, onde ficava de ouvido atento às piadas do barão de Itararé.

Eu o conheci muito mais bancário do que jornalista, quando ele escrevia crônicas sobre jazz na revista *Sombra*, um mensário grã-fino no qual Lúcio Rangel fazia milagres para injetar inteligência.

Era no tempo da gravata, dos sapatos lustrosos, dos cabelos bem-aparados. Sérgio era impecável na sua aparência e só os íntimos o conheciam por dentro, e o por dentro dele era bem simples: uma ágil comicidade de raciocínio e uma pronta sensibilidade diante de todas as coisas que merecem o desgaste do afeto. Anos mais tarde, ele me diria, queixoso: "O diabo é que pensam que eu sou um cínico e ninguém acredita que eu sou um sentimentalão".

Éramos um bando de pedestres, forçados a ficar na cidade sem condução depois do trabalho. Sentávamos praça num bar da Esplanada do Castelo até que o uísque do mesmo de honesto passava a duvidoso e de duvidoso passava a intolerável. Mudávamos de bar. Foi assim que percorremos o Pardellas, o Grande Ponto, o Vilariño, o Serrador e o Juca's Bar. Com o primeiro desafogo do transporte, ainda podíamos chegar, depois de uma passada pelo Recreio velho, aos bares mais cômodos de Copacabana, o Maxim's, o Michel, o Farolito. Ninguém pensava em apartamento próprio e as noites acabavam no Vogue, onde as moças e as jovens senhoras eram lindíssimas, limpíssimas e alienadíssimas.

Esse roteiro foi cursado praticamente por toda uma geração conhecida: Lúcio Rangel, Ari Barroso, Antônio Maria, Aracy de Almeida, Sílvio Caldas, Dolores Duran, José Lins do Rego, Rubem Braga, Rosário Fusco, Simeão Leal, João Condé, Vinicius de Moraes, Flávio de Aquino, Santa Rosa, Augusto Rodrigues, Di Cavalcanti...

Não se falava de arte ou de literatura, mas de música popular, principalmente do jazz negro de New Orleans. Jelly Roll, Morton, Bechet e Armstrong exprimiam tudo o que desejávamos. As prodigiosas memórias de Sérgio e Lúcio nos forneciam todos os subsídios históricos de que precisássemos, pois a turma cantava mais do que falava.

Uma vez Vinicius de Moraes chegou depois de longa temporada diplomática nos Estados Unidos. Havia batido um longo papo com Louis Armstrong. No bar Michel, nas primeiras horas da noite, ainda portanto com pouco combustível na cuca, a ilustre orquestra não demorou a formar-se. Instrumentos invisíveis foram sendo distribuídos entre Sérgio, Vinicius, Fernando Sabino, José Sanz, Lúcio Rangel, Sílvio Túlio Cardoso. Eram o saxofone, o piano, o contrabaixo, o trompete, o trombone, a bateria.

Não me deram nada e tive que ficar de espectador. Mas valeu a pena. A orquestra tocou por mais de duas horas, alheada das mulheres bonitas que entravam e até esquecida de renovar os copos. A certa altura Sérgio pediu a Vinicius que trocassem de instrumentos, ele queria o piano, ficasse o poeta com o saxofone. Feito. Só que os dois, compenetrados e desligados, trocaram de lugar efetivamente, como se diante da cadeira de Vinicius estivessem de fato as teclas de um piano. Foi a *jam session* mais surrealista da história do jazz.

O humorista começou a surgir no *Comício*, um semanário boêmio e descontraído, onde também apareceram as primeiras crônicas de Antônio Maria. Mas foi no *Diário Carioca*, também boêmio e impagável, que nasceu Stanislaw Ponte Preta, que tem raízes no Serafim Ponte Grande, de Oswald Andrade, e em sugestões de Lúcio Rangel e do pintor Santa Rosa. Convidado por Haroldo Barbosa, precisando melhorar o orçamento, Sérgio foi fazer graça no rádio, depois de passar um mês a aprender na cozinha dos programas humorísticos da rádio Mayrink Veiga. Em 1955 Stanislaw Ponte Preta está na *Última Hora*, onde criou suas personagens e ficou famoso de um mês para o outro. Ali instituiu, contracenando com as elegantes mais bem-vestidas de Jacinto de Thormes, as dez mais bem-despidas do ano. Eram as certinhas da *fototeca Lalau*. Teve a ideia quando ouviu de seu pai na rua este comentário: "Olhe ali que moça mais certa!". E quem conhece Américo Porto sabe que um certo tempero do humorismo do filho sempre existiu nas observações espontâneas do pai.

Foi numa prima de sua mãe que ele buscou os primeiros traços de sua mais célebre personagem, a macróbia e sapiente Tia Zulmira, sempre a dizer coisas engraçadas. Sérgio uma vez morreu de rir ao ouvir daquela sua parenta este comentário: "Por uma perereca o mangue não põe luto".

Tia Zulmira é uma dessas criaturas que acontecem: saiu de Vila Isabel, onde nasceu, por não achar nada bonito o monumento a Noel Rosa. Passou anos e anos em Paris, dividindo quase o seu tempo entre o Folies Bergère, onde era vedete, e a Sorbonne, onde era um crânio. Casou-se várias vezes, deslumbrou a Europa, foi correspondente do *Times* na Jamaica, colaborou com madame Curie, brigou nos áureos tempos com Darwin, por causa de um macaco, ensinou dança a Nijinski, relatividade a Einstein, psicanálise a Freud, automobilismo ao argentino Fangio, tourear a Dominguín, cinema a Chaplin, e deu algumas dicas para o dr. Salk. Vivia, já velha mas sempre sapiente, num casarão da Boca do Mato, fazendo pastéis que um sobrinho vendia na estação do Méier. Não tinha papas na língua e, entre muitas outras coisas, detestava mulher gorda em garupa de lambreta.

Primo Altamirando também ficou logo famoso em todo o Brasil. O nefando nasceu num ano tão diferente que nele o São Cristóvão foi campeão carioca (1926). Ainda de fraldas praticou todas as maldades que as crianças costumam fazer dos dez aos quinze anos, como, por exemplo, botar o canarinho belga no liquidificador. Foi expulso da escola primária ao ser apanhado falando muito mal de São Francisco de Assis. Pioneiro de plantação de maconha do Rio. Vivendo do dinheiro de algumas velhotas, inimigo de todos os códigos, considerava-se um homem realizado. E, ao saber de pesquisas no campo da fecundação em laboratório, dizia: "Por mais eficaz que seja o método novo de fazer criança, a turma jamais abandonará o antigo".

Raras vezes Stanislaw deixava a sátira dos fatos e partia para uma caricatura coletiva:

"O negócio aconteceu num café. Tinha uma porção de sujeitos sentados nesse café. Havia brasileiros, portugueses, franceses, argelinos, alemães, o diabo.

"De repente, um alemão, forte pra cachorro, levantou e gritou que não havia homem pra ele ali dentro. Houve a surpresa inicial, motivada pela provocação, e logo um turco, tão forte como o alemão, levantou-se de lá e perguntou: 'Isso é comigo?'. 'Pode ser com você também', respondeu o alemão.

"Aí então o turco avançou para o alemão e levou uma traulitada tão segura que caiu no chão. Vai daí o alemão repetiu que não havia homem ali dentro pra ele. Queimou-se então o português, que era maior que o turco. Queimou-se e não conversou. Partiu pra cima do alemão e não teve outra sorte. Levou um murro debaixo dos queixos e caiu sem sentidos.

"O alemão limpou as mãos, deu mais um gole no chope e fez ver aos presentes que o que dizia era certo. Não havia homem para ele ali naquele café. Levantou-se também um inglês troncudo pra cachorro e também entrou bem. E depois do inglês foi a vez de um francês, depois um norueguês etc. etc. Até que, lá do canto do café, levantou-se um brasileiro magrinho, cheio de picardia para perguntar, como os outros: 'Isso é comigo?'

"O alemão voltou a dizer que podia ser. Então o brasileiro deu um sorriso cheio de bossa e veio gingando assim pro lado do alemão. Parou perto, balançou o corpo e... PIMBA! O alemão deu-lhe uma pancada na cabeça com tanta força que quase desmonta o brasileiro.

"Como, minha senhora? Qual é o final da história? Pois a história termina aí, madama. Termina aí que é pros brasileiros perderem essa mania de pisar macio e pensar que são mais malandros do que os outros."

De que morreu Sérgio Porto? Todos os seus amigos dizem a mesma coisa: do coração e do trabalho.

Era um monstro para trabalhar esse homem de trânsito livre entre todas as coisas gratuitas da vida e que poucos meses antes de morrer gemia de pesar ao ter de deixar um quarto de hotel: gostaria de ficar descansando pelo menos um mês.

Lembro-me dele quando chegamos a Buenos Aires, em 1959, no dia do jogo dramático entre o Brasil e o Uruguai (aquele 3 a 1, que teve briga durante e depois). Vi Sérgio em várias atitudes diferentes naquele mesmo dia: fazendo uma piada para o médico argentino que lhe pediu o atestado de vacina (ele apertou a mão do doutor, muito sério, dizendo: "*Vacunación para usted también*"); durante o jogo ele deu um empurrão nos peitos dum argentino que chamava os brasileiros de covardes (por causa do jogador Chinesinho, que saiu correndo na hora do pau); chorou quando Paulo Valentim fez o terceiro gol; riu-se às gargalhadas quando Garrincha passou indiferente entre os uruguaios furiosos e entrou no ônibus com um sanduíche enorme na boca e outro na mão; conversou longamente comigo sobre suas aflições sentimentais; e ceou com grande entusiasmo.

Manchete, Rio de Janeiro, 30 de novembro de 1974.

Sérgio Porto/ Stanislaw Ponte Preta

Prefácio de Sérgio Porto

Quando os diretores da Editora do Autor me entregaram os originais de *Tia Zulmira e Eu*, para prefaciar, justificaram a incumbência dizendo que ninguém melhor do que eu conhece a obra e o autor. De fato, Stanislaw Ponte Preta[*] foi criado junto comigo e, praticamente, é meu irmão de criação. Moramos na mesma casa, tivemos a mesma infância e muitas vezes comemos no mesmo prato. Hoje, no entanto, embora vivendo ambos do jornalismo, já não somos tão ligados: raramente nos vemos, poucos são os nossos gostos comuns e acredito que seria uma temeridade da minha parte se continuasse companheiro fraterno do irrequieto autor deste livro, nas suas andanças e intemperanças por este mundo de Deus.

Stanislaw surgiu na imprensa por uma contingência da própria imprensa. Foi numa época em que os cronistas mundanos dominavam as páginas dos jornais, com suas colunas cheias de neologismos e autossuficiência. Antes disso – segundo suas próprias palavras – só assinara promissórias. Convidado, porém, para ser mais um cronista mundano, num jornal que não se perdoava o fato de não ter, no seu corpo de redatores, um inventor de palavras e expressões como "piu-piu", "champanhota", "fúria louca", "bola branca", "flor azul" e outras baboseiras, Stanislaw aceitou a incumbência, com a condição de não se ater aos vazios personagens do "café-society", estendendo sua coluna até outros setores, inclusive o do "divertissement", que ele mais tarde classificaria como "teatro rebolado".

Lembro-me perfeitamente dos preparativos de estreia do então desconhecido Stanislaw. Achava que, acima de tudo, devia ser petulante, para competir com os cronistas mundanos, que – no seu entender – por mais importante que fosse a notícia a publicar, falavam sempre de si mesmos antes de dar a notícia. Coisas como "este colunista está

---

[*] Stanislaw Ponte Preta é um heterônimo do escritor e crítico musical Sérgio Porto. (N.O.)

seguramente informado" ou "confirmando mais um *furo* deste colunista" etc. etc.

Stanislaw nesse setor foi incomparável; ninguém conseguiu (e acredito que ninguém conseguirá) ultrapassá-lo em autoimportância. E as expressões que criou acabaram ganhando mundo, como o já citado "teatro rebolado", o "picadinho-relations" e outras mais, sem contar o "bossa nova", que já merece dicionário.

Este *Tia Zulmira e Eu*, que andei folheando, porque não suporto uma leitura mais detida dos escritos do autor, talvez porque me sinta comprometido com suas irreverências – afinal fomos criados juntos – é um apanhado, com certo critério de seleção, das coisas que andou dizendo, das ideias que andou espalhando em vários jornais e revistas do Rio. Sua Tia Zulmira, senhora respeitável que conheço e admiro, entra nele *en passant*. O autor, com sua irreverência, não se peja de comprometer a parenta em tão levianos escritos.

Foi esta, aliás, a razão do afastamento que hoje mantenho de Stanislaw. O leitor há de – por força – compreender o quanto é comprometedora, para um jornalista modesto e que tem esperanças de ser levado a sério, a companhia constante de amigo tão atrabiliário. E já aqui me apresso a terminar este prefácio, temendo que – ao lê-lo – o autor acrescente mais uma página no fim do livro, para chamar o prefaciador de cocoroca.

A casa demolida

Seriam ao todo umas trinta fotografias. Já nem me lembrava mais delas, e talvez que ficassem para sempre ali, perdidas entre papéis inúteis que sabe lá Deus por que guardamos.

Encontrá-las foi, sem dúvida, pior e, se algum dia imaginasse que havia de passar pelo momento que passei, não teria batido fotografia nenhuma. Na hora, porém, achara uma boa ideia tirar os retratos, única maneira – pensei – de conservar na lembrança os cantos queridos daquela casa onde nasci e vivi os primeiros vinte e quatro felizes anos de minha vida.

Como se precisássemos de máquina fotográfica para guardar na memória as coisas que nos são caras!

Foi nas vésperas de sair, antes de retirarem os móveis, que me entregara à tarefa de fotografar tudo aquilo, tal como era até então. Gastei alguns filmes, que, mais tarde revelados, ficaram esquecidos, durante anos, na gaveta cheia de papéis, cartas, recibos e outras inutilidades.

Esta era a escada, que rangia no quinto degrau, e que era preciso pular para não acordar Mamãe. Precaução, aliás, de pouca valia, porque ela não dormia mesmo, enquanto o último dos filhos a chegar não pulasse o quinto degrau e não se recolhesse, convencido que chegava sem fazer barulho.

A ideia de fotografar este canto do jardim deveu-se – é claro – ao banco de madeira, cúmplice de tantos colóquios amorosos, geralmente inocentes, que eram inocentes as meninas daquele tempo. Ao fundo, quase encostado ao muro do vizinho, a acácia que floria todos os anos e que a moça pedante que estudava botânica um dia chamou de "linda árvore leguminosa ornamental". As flores, quando vinham, eram tantas, que não havia motivo de ciúmes, quando alguns galhos amarelos pendiam para o outro lado do muro. Mesmo assim, ao ler pela primeira vez o soneto de Raul de Leoni, lembrei-me da acácia e lamentei o fato de ela também ser ingrata e ir florir na vizinhança.

Isto aqui era a sala de jantar. A mesa grande, antiga, ficava bem ao centro, rodeada por seis cadeiras, havendo ainda mais duas sobressalentes, ao lado de cada janela, para o caso de aparecerem visitas. Quando vinham os primos recorria-se à cozinha, suas cadeiras toscas, seus bancos... tantos eram os primos!

Nas paredes, além dos pratos chineses – orgulho do velho – a indefectível "Ceia do Senhor", em reprodução pequena e discreta, e um quadro de autor desconhecido. Tão desconhecido que sua obra desde o dia da mudança está enrolada num lençol velho, guardada num armário, túmulo do pintor desconhecido.

Além das três fotografias – da escada, do jardim e da sala de jantar – existem ainda uma de cada quarto, duas da cozinha, outra do escritório de Papai. O resto é tudo do quintal. São quinze ao todo e, embora pareçam muitas, não chegam a cumprir sua missão, que, afinal, era retratar os lugares gratos à recordação.

O quintal era grande, muito grande, e maior que ele os momentos vividos ali pelo menino que hoje olha estas fotos emocionado. Cada recanto lembrava um brinquedo, um episódio. Ah Poeta, perdoe o plágio, mas resistir quem há de? Gemia em cada canto uma tristeza, chorava em cada canto uma saudade. Agora, se ainda morasse na casa, talvez que tudo estivesse modificado na aparência, não mais que na aparência, porque, na lembrança do menino, ficou o quintal daquele tempo.

Rasgo as fotografias. De que vale sofrer por um passado que demoliram com a casa? Pedra por pedra, tijolo por tijolo, telha por telha, tudo se desmanchou. A saudade é inquebrantável, mas as fotografias eu também posso desmanchar. Vou atirando os pedacinhos pela janela, como se lá na rua houvesse uma parada, mas onde apenas há o desfile da minha saudade. E os papeizinhos vão saindo a voejar pela janela deste apartamento de quinto andar, num prédio construído onde um dia foi a casa.

Olha, Manuel Bandeira: a casa demoliram, mas o menino ainda existe.

O ídolo

Faz muito tempo, um dia nós saímos rua abaixo. De calção bem curtinho, toalha no pescoço, íamos para a praia, como fazíamos todas as tardes, jogar futebol na areia.

Aos poucos iam chegando todos; uns pulavam o paredão e vinham bater bola, outros ficavam lá por cima mesmo, de conversa, esperando os retardatários. Quando não faltava mais ninguém, começava a distribuição de camisas.

Aproximei-me de um grupo, já metido no seu "uniforme", quando alguém segurou-me pelo braço para apresentar o novo jogador. Era um garoto magro, moreno, de cabelos muito lisos. Veio com um andar gingante, apertou-me a mão com um sorriso e, logo em seguida, o jogo começava.

Nada de pontapés sem bola, nem trancos, nem nada. Tudo correndo normal, a gente gritando os nomes uns dos outros, pedindo ou mandando passes, alegres e divertidos, que não havia nada mais alegre e divertido do que jogar futebol na areia. Naqueles tempos mudava-se de clube mas as amizades ficavam. Por isso, companheiros e adversários, éramos amigos de todas as horas, de todos os futebóis passados e futuros.

Mas naquele dia foi diferente. Sem ninguém compreender por que, o jogador novo, de repente, saiu dando murros no ar, esbravejando cheio de ódio, a dizer que não era palhaço, que quebrava a cara do primeiro que lhe fizesse um *foul*.

Quando o jogo acabou, na rua acima, de volta para casa, alguém me disse, comentando a briga: – "Aquele camarada é maluco!".

Ainda não era. Era, isso sim, um grande jogador de futebol. Cada verão que entrava encontrava-o a jogar melhor, sempre perfeito e sempre a reclamar aos berros e palavrões. Mas já ninguém ligava; aquilo era normal nele.

Os anos começaram a pesar nas nossas costas, dificultando-nos o folego e a corrida atrás da bola. Um a um todos foram entregando as suas camisas suadas para nunca mais. Só ele ficou, magro, alto, de cabelos lisos e andar gingante, a gritar com os companheiros nos campos de verdade. Primeiro campeão amador, depois um craque profissional que aos poucos ia ganhando cartaz.

Embora o melhor jogador do time, seu clube só foi campeão no dia em que ele saiu. Brigava com todo o mundo e, em vez de ajudar, inibia os companheiros. Mas isso não impediu que tomasse o lugar do grande Leônidas no selecionado, como também não impediu que se tornasse um ídolo da torcida. Os jornais mentiam a seu respeito, inventavam histórias, diziam que ele, fora do campo, era um *gentleman*.

Mas não era. Nem dentro nem fora do campo ele era *gentleman*. Apenas um homem de nervos esbandalhados, vítima de um irrecuperável desequilíbrio nervoso. Das arquibancadas era difícil notar e os jornais puseram em moda a palavra temperamental, para definir o seu mau gênio.

Uma noite, estávamos jantando no Bar Alemão, quando contou a novidade: – "Vou esta semana para a Argentina".

E foi mesmo, levando com ele um séquito de cronistas e locutores esportivos. Tal era a sua fama que o jogo de estreia foi irradiado para todo o Brasil. Fez os dois gols que garantiram a vitória ao seu clube, ficou mais famoso ainda, mas passados uns quinze dias, estava incompatibilizado com atletas e dirigentes.

Voltou para o Brasil, foi campeão carioca e brasileiro e o maior criador de casos da época. Tentou a Colômbia, ganhou rios de dinheiro e deixou tudo lá, porque brigou, foi multado e resolveu fugir para casa.

Sua última oportunidade, teve-a numa modesta partida de futebol. Num pequeno campo de subúrbio, quase chorava pedindo uma bola que ninguém lhe passava, com medo de que se transformasse em ídolo, novamente. E, afinal, talvez tivessem razão; estavam defendendo o sossego de muitos, contra a carreira de um, apenas.

Quando entrou no vestiário teve uma violenta crise de nervos; o que se repetiria mais tarde com maior frequência, obrigando a família a interná-lo num sanatório, para uma estação de repouso.

Seu irmão me contou – há tempos – que os médicos tinham esperanças de salvá-lo da loucura, e essas esperanças tornaram-se maiores no dia em que veio ao Rio, de visita.

Agora estou sabendo que foi internado, talvez para sempre. E fico a imaginar que, infelizmente, o diagnóstico certo foi aquele, feito há vinte anos atrás, quando subíamos a rua, depois do futebol na areia:

– Aquele camarada é maluco – disseram.

Gol de padre

Da janela eu vejo os garotos no pátio do colégio, durante o recreio. Sempre me dá uma certa saudade, porque eu já fui menino. Aliás, embora pareça incrível, até mesmo pessoas como o Sr. Jânio Quadros ou Dom Hélder Câmara ou mesmo a veneranda Tia Zulmira já foram crianças. O importante é não deixar nunca que o menino morra completamente dentro da gente, quando a gente fica adulta. Pobre daquele que abdicar completamente de gostos infantis. Ficará velho muito mais depressa. O menino que a pessoa conserva em si é um obstáculo no caminho da velhice.

Dizem até que é por isso que os chineses – de incontestável sabedoria – conservam o hábito de soltar papagaio (ou pipa, se preferem) mesmo depois de homens feitos. Não sei se é verdade. Nunca fui chinês.

Mas, quando começa o recreio no colégio, da minha janela vejo o pátio e, quando a campainha toca, para o intervalo das aulas, paro de trabalhar e fico na janela, como se estivesse no recreio também.

Agora mesmo os meninos estão lá, saindo de todas as portas para o meio do pátio, onde um padre, com uma bola de futebol novinha debaixo do braço, escolhe os times para um jogo de futebol. Os garotos reclamam esta ou aquela escolha, mas o padre deve ter fama de zangado, pois basta alguém reclamar, que ele, com um simples olhar, cala o reclamante.

– Você, do lado de cá; você aí, para o lado de lá – vai ordenando o austero sacerdote.

Quando os times já estão formados, ele vai até o meio do pátio, onde seria o meio do campo, se ali houvesse um campo demarcado, coloca a bola no chão e supervisiona um "par ou ímpar" entre os dois centroavantes. O vencedor dará a saída.

Ministro de Deus deve ser superior às paixões clubísticas e vejo o padre apitar o jogo com tal precisão e com tamanha autoridade que fico a imaginar: um padre, em dia de decisão de campeonato, pode perfeitamente resolver o problema sempre premente da arbitragem.

Um garoto pegou a bola em *off-side* clamoroso, como dizem os locutores esportivos. O padre apita, mas o garoto finge que não ouve, foge pelo centro e emenda um bico, que passa pelo *quíper* adversário e vai para o fundo das redes imaginárias. Todo o time do goleador grita e corre para abraçar o companheiro. O padre, impassível, está apontando para o local onde o jogador pegou a bola em *off-side*.

Este juiz é fogo, expulsou o que fizera o gol, por não ter respeitado o seu apito, e expulsou um outro do mesmo time, porque reclamara contra a sua decisão. Depois olha em volta, vê dois garotos sentados num banquinho, lá atrás, e chama-os para substituir os indisciplinados. Os dois correm felizes para preencher as vagas. Sua Senhoria dá nova saída e prossegue a "pelada".

Futebol de garoto é muito mais de ataque do que de defesa. Os técnicos do nosso futebol, que tanto têm contribuído para enfear o espetáculo do esporte do século, armando mais as defesas do que os ataques, na ânsia de não perder o emprego diante de uma goleada adversária, podiam aprender muito com futebol de garoto. O principal é marcar mais gols, e não – como querem os ditos técnicos – sofrer menos gols.

Baseados nesta verdade nascida com o próprio futebol, o escore no jogo dos garotos, neste momento, é de 14 a 12. E aí vem mais gol. O padre acaba de marcar um pênalti contra o time do lado de lá. Um garoto da defesa segurou outro garoto do ataque adversário e tirou-lhe a camisa para fora das calças, sob estrepitosa gargalhada de todo o recreio, menos do padre. Este deu o pênalti, mas com a cara amarrada que vinha conservando até ali.

Bola na marca, camisa pra dentro das calças outra vez, o garoto que sofrera a falta correu e diminuiu a diferença. Agora está 14 a 13, mas não há tempo para o empate. A campainha soa estridente no pátio do colégio e o "juiz" dá por encerrado o tempo regulamentar, com a vitória do time do lado de cá.

Pouco a pouco os meninos vão retornando para suas salas, pelas mesmas portas por onde saíram. O padre ficou sozinho no pátio. Caminhou até a bola e colocou-a outra vez debaixo do braço, sempre com um ar sério e compenetrado. Eu já estava a pensar que ele era desses que deixaram de ser meninos para sempre, quando ele me surpreende.

Olha para os lados, certifica-se de que está sozinho no recreio e então joga a bola para o ar, controla no peito e deixa a bichinha rolar para o chão. Levanta a batina e sai veloz pela ponta, dribla um zagueiro imaginário e, na corrida, emenda no canto, inaugurando o marcador.

Só faltou, ao baixar novamente a batina, voltar correndo para o meio do campo, com os braços levantados a gritar: Goooooooooollll!!!!

Com a ajuda de Deus

Tia Zulmira, pesquisadora do nosso folclore, descobre mais um conto anônimo. Conforme os senhores estão fartos de saber, quando uma coisa não tem dono, passa a ser do tal de folclore. Assim é com este conto muito interessante que a sábia macróbia colheu alhures.

Diz que era um lugar de terra seca e desgraçada, mas um matuto perseverante um dia conseguiu comprar um terreninho e começou a trabalhar nele e, como não existe terra bem-tratada que deixe quem a tratou bem na mão, o matuto acabou dono da plantação mais bonita do lugar.

Foi quando chegou o padre. O padre chegou, olhou para aquele verde repousante e perguntou quem conseguira aquilo. O matuto explicou que fora ele, com muita luta e muito suor.

– E a ajuda de Deus – emendou o sacerdote.

O matuto concordou. Disse que no começo era de desanimar, mas deu um duro desgraçado, capinou, arou, adubou e limpou todas as pragas locais.

– E com a ajuda de Deus – frisou o padre.

O matuto fez que sim com a cabeça. Plantou milho, plantou legumes, passou noites inteiras regando tudo com cuidado e a plantação floresceu que era uma beleza. O padre já ia dizer que fora com a ajuda de Deus, quando o matuto acrescentou:

– Mas deu gafanhoto por aqui e comeu tudo.

O matuto ficou esperando que o padre dissesse que deu gafanhoto com a ajuda de Deus, mas o padre ficou calado. Então o matuto prosseguiu. Disse que não esmorecera. Replantara tudo, regara de novo, cuidara da terra como de um filho querido e o resultado estava ali, naquela verdejante plantação.

– Com a ajuda de Deus – voltou a afirmar o padre.

Aí o matuto achou chato e acrescentou:

– Sim, com a ajuda de Deus. Mas antes, quando Ele fazia tudo sozinho, o senhor precisava ver, seu padre. Esta terra não valia nada.

Levantadores de copo

Eram quatro e estavam ali já ia pra algum tempo, entornando seu uisquinho. Não cometeríamos a leviandade de dizer que era um uísque honesto porque por uísque e mulher quem bota a mão no fogo está arriscado a ser apelidado de maneta. E sabem como é, bebida batizada sobe mais que carne, na COFAP. Os quatro, por conseguinte, estavam meio triscados.

A conversa não era novidade. Aquela conversa mesmo, de bêbedo, de língua grossa. Um cantarolava um samba, o outro soltava um palavrão dizendo que o samba era ruim. Vinha uma discussão inconsequente, os outros dois separavam, e voltavam a encher os copos.

Aí a discussão ficava mais acalorada, até que entrasse uma mulher no bar. Logo as quatro vozes, dos quatro bêbedos, arrefeciam. Não há nada melhor para diminuir tom de voz, em conversa de bêbedo, do que entrada de mulher no bar. Mas, mal a distinta se incorporava aos móveis e utensílios do ambiente, tornavam à conversa em voz alta.

Foi ficando mais tarde, eles foram ficando mais bêbedos. Então veio o enfermeiro (desculpem, mas garçom de bar de bêbedo é muito mais enfermeiro do que garçom). Trouxe a nota, explicou direitinho porque era quanto era etc. etc., e, depois de conservar nos lábios aquele sorriso estático de todos os que ouvem espinafração de bêbedo e levam a coisa por conta das alcalinas, agradeceu a gorjeta, abriu a porta e deixou aquele cambaleante quarteto ganhar a rua.

Os quatro, ali no sereno, respiraram fundo, para limpar os pulmões da fumaça do bar e foram seguindo calçada abaixo, rumo a suas residências. Eram casados os quatro entornados que ali iam. Mas a bebida era muita para que qualquer um deles se preocupasse com a possibilidade de futuras espinafrações daquela que um dia – em plena clareza de seus atos – inscreveram como esposa naquele livrão negro que tem em todo cartório que se preze.

Afinal chegaram. Pararam em frente a uma casa e um deles, depois

Sérgio Porto/Stanislaw Ponte Preta · 283

de errar várias vezes, conseguiu apertar o botão da campainha. Uma senhora sonolenta abriu a porta e foi logo entrando de sola.

– Bonito papel! Quase três da madrugada e os senhores completamente bêbedos, não é?

Foi aí que um dos bêbedos pediu:

– Sem bronca, minha senhora. Veja logo qual de nós quatro é o seu marido que os outros três querem ir para casa.

O inferninho e o Gervásio

O cara que me contou esta história não conhece o Gervásio, nem se lembra quem lhe contou. Eu também não conheço o Gervásio nem quem teria contado a história ao cara que me contou, portanto, conto para vocês, mas vou logo explicando que não estou inventando nada.

Deu-se que o Gervásio tinha uma esposa dessas ditas "amélias", embora gorda e com bastante saúde. Porém, Mme. Gervásio não era de sair de casa, nem de muitas badalações. Um cineminha de vez em quando e ela ficava satisfeita.

Mas deu-se também que o Gervásio fez 25 anos de casado e baixou-lhe um remorso meio chato. Afinal, nunca passeava, a coitada, e, diante do remoer de consciência, resolveu dar uma de bonzinho e, ao chegar em casa, naquele fim de tarde, anunciou:

– Mulher, mete um vestido melhorzinho que a gente vai jantar fora!

A mulher nem acreditou, mas pegou a promessa pelo rabo e foi se empetecar. Vestiu aquele do casamento da sobrinha e se mandou com o Gervásio para Copacabana. O jantar – prometia o Gervásio – seria da maior bacanidade.

Em chegando ao bairro que o Conselheiro Acácio chamaria de "floresta de cimento armado", começou o problema da escolha. O táxi rodava pelo asfalto e o Gervásio ia lembrando: vamos ao Nino's? Ao Bife de Ouro? Ao Château? Ao Antonio's? Chalet Suisse? Le Bistrô?

A mulher – talvez por timidez – ia recusando um por um. Até que passaram em frente a um inferninho desses onde o diabo não entra para não ficar com complexo de inferioridade. A mulher olhou o letreiro e disse:

– Vamos jantar aqui.

– Aqui??? – estranhou o Gervásio. – Mas isto é inferninho!

– Não importa – disse a mulher. – Eu sempre tive curiosidade de ver como é um negócio desses por dentro.

O Gervásio ainda escabreou um pouquinho, dizendo que aquilo não era digno dela, mas a mulher ponderou que ele a deixara escolher e, por isso, era ali mesmo que queria jantar. Vocês compreendem, né? Mulher-família tem a maior curiosidade para saber como é que as outras se viram.

Saíram do táxi e, já na entrada, o porteiro do inferninho saiu-se com um "Boa noite, Dr. Gervásio" marotíssimo. Felizmente a mulher não ouviu. O pior foi lá dentro. O *maître d'hotel* abriu-se no maior sorriso e perguntou:

— Dr. Gervásio, a mesa de sempre? — e foi logo se encaminhando para a mesa de pista.

Gervásio enfiou o macuco no embornal e aguentou as pontas, ainda crédulo na inocência da mulher. Deu uma olhada para ela, assim como quem não quer nada, e não percebeu maiores complicações. Mas a insistência dos serviçais de inferninho é comovedora. Já estava o garçom ali ao pé do casal, perguntando:

— A senhorita deseja o quê? — e, para Gervásio: — Para o senhor o uísque de sempre, não, Dr. Gervásio?

A mulher abriu a boca pela primeira vez, para dizer:

— O Gervásio hoje não vai beber. Só vai jantar.

— Perfeito — concordou o garçom. — Neste caso, o seu franguinho desossado, não é mesmo?

O Gervásio nem reagiu. Limitou-se a balançar a cabeça, num aceno afirmativo. E, depois, foi uma dureza engolir aquele frango que parecia feito de palha e matéria plástica. O ambiente foi ficando muito mais para urubu do que pra colibri, principalmente depois que o pianista veio à mesa e perguntou se o Dr. Gervásio não queria dançar com sua dama "aquele samba reboladinho".

Daí para o fim, a única atitude daquele marido que fazia 25 anos de casado e comemorava o evento foi pagar a conta e sair de fininho. Na saída, o porteiro meteu outro "Boa noite, Dr. Gervásio", e abriu a porta do primeiro táxi estacionado em frente.

Foi a dupla entrar na viatura e o motorista, numa solicitude de quem está acostumado a gorjetas gordas, querer saber:

— Para o hotel da Barra, doutor?

Aí ela engrossou de vez: — Seu moleque, seu vagabundo! Então é por isso que você se "esforça" tanto, fazendo extras, não é mesmo? Responde, palhaço!

O Gervásio quis tomar uma atitude digna, mas o motorista encostou o carro, que ainda não tinha andado cem metros, e lascou:

– Dr. Gervásio, não faça cerimônia: o senhor querendo eu dou umas bolachas nessa vagabunda, que ela se aquieta logo.

O guarda que falava português

Londres, 63 – Cheguei a Londres esta tarde. A Rainha ainda não sabe de nada. Estou vindo de Hamburgo (anônimo, naturalmente, para evitar convites de Buckingham Palace) e ainda esta manhã, na citada cidade alemã, quando comprava cigarros numa esquina, em companhia de alguns brasileiros, fui abordado por um guarda gordo e rosado, que perguntou:

– Vocês prasilerras?

Dissemos que sim, que éramos, e ele – abrindo-se num sorriso de satisfação – fez um esforço enorme para explicar que já tinha estado uma vez em Santa Catarina, visitando parentes:

– Eu saberr uma pouco de porrtuguais.

O pessoal rodeou o nossa amizade e ele, querendo mostrar os seus conhecimentos da Flor do Lácio, apontou para a própria perna, e disse:

– Meu perrna.

A turma gostou e um confirmou:

– Isso mesmo: perna – e virando-se para os outros: – Ele fala português mesmo, turma.

– Yayá – disse o guarda, sem saber que Yayá, no Brasil, é apelido de baiana. Depois, botou o dedo na ponta do nariz e lascou:

– A narriz.

Era. Acertara de novo. Isto mesmo: nariz. O pessoal incentivava e o alemão exultava. Antes de cometer a mancada final, ainda acertou "o cabeça", "a minha cabelo", e "o minha olho". Mas entrou bem, quando, apertando as próprias bochechas, pensou um bocadinho e disse, com ar vitorioso:

– O meu bundinha!

Zulmira e o poeta

A velha ermitã está danada com a bisbilhotice minha, que aliás foi motivada por bisbilhotice maior, do coleguinha Paulo Mendes Campos. Deu-se que eu estava aqui posto em sossego, com a minha possante Telefunken ligada, a ouvir a "Sonata para violino em sol menor", de Claude Debussy, na execução de Arthur Grumiaux, acompanhado ao piano por Istvan Hajdu, quando, ainda no primeiro movimento, isto é, o "Allegro vivo", tocou o telefone. Era o Paulinho Mendes Campos que, logo de saída, veio com uma estranha pergunta:

— Onde estava sua Tia Zulmira em 1911?

Fiz um esforço de memória e respondi:

— Estava na Europa, ministrando um curso de francês na Sorbonne e era a vedeta do Folies Bergère.

Foi então que o Paulinho, do outro lado do fio, permitiu-se uma exclamação de regozijo e me perguntou se eu não achava muito estranha a coincidência, pois mais de uma vez, em seus poemas, o parnasiano Raimundo cita o nome de Zulmira. Aliás, devo explicar aos caros leitores, que era uma velha cisma nossa – minha e do Mendes Campos – achar que a sábia senhora foi cacho do poeta das pombas.

Claro que Tia Zulmira sempre negou o fato, quando cuidadosamente inquirida pelo sobrinho dileto, mas nem por isso nossa cisma diminuiu. É só dar uma passada na obra de Raimundo Correia para reparar que há versos e mais versos que só podiam ter sido inspirados pela ermitã bocadomatense. Senão, vejamos: em "Sonho turco", o poeta mete lá:

Mulheres e cavalos com fartura,
Bons cavalos e esplêndidas mulheres.

Isso só pode ser coisa da velha que nunca escondeu amar nos homens os exageros amorosos. No mesmo poema, inclusive, há outro verso que cheira a coisa de titia:

Como polígamo e amoroso galo
A asa arrastando a inúmeras esposas
Nem sabe qual prefira.

É verdade que, na biografia de Zulmira, Raimundo Correia não aparece como um dos seus maridos legais (legais no sentido jurídico da palavra, pois de vários Tia Zulmira tem queixas quanto ao principal), mas já não parece haver dúvida quanto a um caso ocorrido entre os dois, provavelmente num recanto qualquer da Europa: na alegre Paris, na austera Londres, ou na sossegada Amsterdá.

Vejam esta passagem:

Que, das três coisas, uma só nos basta:
— Tocar viola, fumar cachimbo ou dormir.

E aquele, ainda: "São fidalgos que voltam da caçada" (verso que Zulmira costuma evocar, quando vê os grã-finos bêbados, voltando do Sacha's). Ou este outro: "Que o amor não é completamente cego". Ainda mais este: "Que aos tristes o menor prazer assusta".

Todo esse material foi colhido pelo Paulinho para me convencer que Tia Zulmira realmente influenciou Raimundo Correia. Mas agora vinha com a prova definitiva. Pigarreou no telefone e falou:

— Vou te recitar um soneto de Raimundo Correia que acabo de descobrir num livro dele. Tua cara vai cair, companheiro. E lascou esta preciosidade:

Quando Zulmira se casou... Zulmira
Era o mimo, a frescura, a mocidade!
— lânguido gesto, estranha suavidade
Na voz — soluço de inefável lira;

Um candor, que não há quem não prefira
A tudo, e esse ar de angélica bondade,
Que embelece a mulher, mesmo na idade
Em que, esquiva, a beleza se retira...

Não sei por que chorando toda a gente,
Quando Zulmira se casou, estava:
Belo era o noivo... que razões havia?

A mãe e a irmã choravam tristemente;
Só o pai de Zulmira não chorava...
E era o pai afinal quem mais sofria.

Ora, isto é mais definitivo ainda quando se sabe que o pai de titia tinha nela a filha favorita e também quando se sabe que Yayá (irmã de Zulmira) e Vovó Eponina (sua mãe) eram duas manteigas derretidas. Agradeci ao Paulinho a descoberta do soneto. Desliguei o telefone e liguei para Tia Zulmira, recitando-o para ela. Titia ficou muda do lado de lá e se traiu para sempre quando, a uma insinuação minha de que tivera um troço com o "poeta das pombas", exclamou irritada:

— Ele não era tão das pombas assim como se propala.

Por vários motivos principais

Durante uma recepção elegante, a flor dos Ponte Pretas estava a mastigar o excelente jantar, quando uma senhora que me fora apresentada pouco antes disse que adorou meus livros e que está ávida de ler o próximo.

– Como vai se chamar?

Fiquei meio chateado de revelar o nome do próximo livro. Ela podia me interpretar mal. Como ela insistisse, porém, eu disse:

– *Vaca porém honesta.**

Madame deu um sorriso amarelo mas acabou concordando que o nome era engraçado, muito original. Depois – confessando-se sempre leitora implacável, dessas que sabem até de cor o que a gente escreve –, madame pediu para que não deixássemos de incluir aquela crônica do afogado.

– Qual? – perguntei.

– Aquela do camarada que ia se afogando, aí os carros foram parando na praia de Botafogo para ver se salvavam o homem. Depois um carro bateu no outro, houve confusão e até hoje ninguém sabe se o afogado morreu ou salvou-se. Lembra-se? Aquela é uma de suas melhores crônicas.

Foi então que eu contei pra ela o caso do colecionador de partituras famosas, que um dia foi a um editor de música procurando o original de certa sonata que fora composta por Haydn e Schumann juntos. O editor ficou olhando para ele e o colecionador esclareceu: – Sei que essa partitura é raríssima, mas eu pagaria qualquer preço por ela.

– Vai ser um pouco difícil – disse o editor – conseguir uma partitura composta por Haydn e Schumann juntos, por vários motivos. Primeiro: quando Schumann nasceu, Haydn tinha morrido no ano anterior.

---

* O título, mais tarde, foi trocado, porque a vaca protestou. (N.A.)

A leitora que se lembra de tudo que eu escrevi estranhou e perguntou:

– Por que me contou essa história?

– Porque lembra a história que estamos vivendo agora. A crônica sobre o afogado que a senhora diz ser uma das minhas melhores crônicas... quem escreveu foi Fernando Sabino.

Ela achou engraçadíssimo. Papai agrada em festa.

O operário e o leão

Esta fábula foi recolhida no folclore europeu pela veneranda Tia Zulmira, sábia ermitã da Boca do Mato, que ultimamente tem gastado seu precioso tempo justamente em pesquisas folclóricas.

Era uma vez um leão. Este leão trabalhava num circo que havia num reino distante e era considerado pelo povo do reino como um dos leões mais ferozes do mundo. Tal era o cartaz do leão que, quando ele trabalhava, o circo enchia mais que discurso de Flávio Cavalcanti, na televisão.

Um dia – foi num domingo – o povo daquele reino, que vinha sendo vítima dos reformadores contumazes de todos os reinos, países, principados e republiquetas, ouviu dizer que o leão ia aparecer em um número novo. E então todo mundo foi ao circo, ver a coisa, e se distrair um pouco.

Mas eis que, de repente, o feroz leão deu um pulo dentro da jaula e arrebentou as grades, fugindo para a rua. O pânico estabeleceu-se imediatamente. Todo mundo correu, menos um rapaz franzino que estava parado numa esquina, esperando a namorada. O leão avançou para o rapaz que, sendo muito valente, puxou um canivete que tinha, para fazer ponta em fósforo e economizar o palito. E só com aquele canivetinho, ele matou o leão. A fera pulou em cima dele e ele teve tanta sorte que acertou uma canivetada na jugular do leão, que morreu de anemia ali mesmo.

Foi uma coisa espetacular. Logo o povo todo correu para festejar o rapaz e veio a imprensa, veio o rádio, a televisão e até as altas autoridades. Um ministro perguntou logo, diante da coragem do rapaz, se ele era chefe de esquadrilha de aviões de combate. Mas o rapaz não era. Um oficial de Marinha quis saber se o rapaz era piloto de submarino suicida. Mas o rapaz não era. Não pertencia a qualquer das forças armadas daquele reino.

– Mas então, que é que você é? – perguntou o diretor do maior jornal dali.

– Eu sou operário – respondeu o rapaz.

E no dia seguinte, todos os jornais do reino publicavam em manchete: "Leão acuado e indefeso morto por feroz agente comunista".

O boateiro

Esta historinha – evidentemente fictícia – corre em Recife, onde o número de boateiros, desde o movimento militar de 1 de abril, cresceu assustadoramente, embora Recife já fosse a cidade onde há mais boateiro em todo o Brasil, segundo o testemunho de vários pernambucanos hoje em badalações cariocas.

Diz que era um sujeito tão boateiro, que chegava a arrepiar. Onde houvesse um grupinho conversando, ele entrava na conversa e, em pouco tempo, estava informando: "Já prenderam o novo Presidente!", "Na Bahia os comunistas estão incendiando as igrejas", "Mataram agorinha o Cardeal", enfim, essas bossas. O boateiro encheu tanto, que um coronel resolveu dar-lhe uma lição. Mandou prender o sujeito e, no quartel, levou-o até um paredão, colocou um pelotão de fuzilamento na frente, vendou-lhe os olhos e berrou: "Fogooo!!!". Ouviu-se aquele barulho de tiros e o boateiro caiu desmaiado.

Sim, caiu desmaiado porque o coronel queria apenas dar-lhe um susto. Quando o boateiro acordou, na enfermaria do quartel, o coronel falou pra ele:

– Olhe, seu pilantra. Isto foi apenas para lhe dar uma lição. Fica espalhando mais boato idiota por aí, que eu lhe mando prender outra vez e aí não vou fuzilar com bala de festim não.

Vai daí soltou o cara, que saiu meio escaldado pela rua e logo na primeira esquina encontrou uns conhecidos:

– Quais são as novidades? – perguntaram os conhecidos.

O boateiro olhou pros lados, tomou um ar de cumplicidade e disse baixinho: – O nosso Exército está completamente sem munição.

Dolores

Estava fazendo tanto frio que nós desistimos. Cada um arrumou o que era seu e fomos saindo, cada um pro seu lado. Eu vinha tranquilo, certo de que seria uma noite calma, dormida longamente, como há muito tempo. Dormir esquecido de mim mesmo, sem sonhar, sem nenhuma preocupação. "Amanhã faz uma manhã linda, de sol, de azul e ar leve" – pensei. E sorri à ideia de levar as crianças à praia. Quando o carro parou na porta do bar, o porteiro veio correndo: "A Dolores foi assassinada..." e seus olhos eram um misto de sangue e lágrimas. E acrescentou: "Eu juro". Mas não sabia explicar direito. A empregada viera à procura de Jean Pierre, o cantor, que era um grande amigo de Dolores. Dolores estava morta, mas tinham chamado assistência. Um outro, que ouvia, concordou: "A assistência e a Polícia". Corri para um telefone e chamei Mister Eco. Atendeu com voz de sono, pedindo para não brincar com essas coisas. E se fosse verdade? "Passo aí, Mister. Vista-se, vamos até lá." Ninguém sabia direito se era verdade ou não, então o melhor era passar lá. Ele concordou, tomei outro táxi e, quando passei, ele já estava na porta, sério, pensando no pior. Entrou e ninguém falou. Eu só pensava que devia ter morrido mesmo, mas morta como? Por quem? Dolores nunca fez mal a ninguém, a não ser a ela mesma. Era assim. Não acreditava no perigo.

Por duas vezes acordara numa tenda de oxigênio. Numa dessas vezes eu estava presente. Lembro que abriu os olhos e perguntou, sorrindo: "Coração?". Todos em volta acenamos que sim. Ela dormiu de novo. O Mister pediu mais pressa ao chofer. Estava nervoso. A Bochechinha morrer assim. Não podia ser verdade. Tão alegre, ué! Fui lembrando Dolores, até ali. Sempre que a encontrava, já virava o rosto de lado, para o "Cumprimento". Apertava sua bochecha e só então ela queria saber "qual era o lance". Seu jeito de falar e de cantar. Sempre rouca... mas sempre cantando. Naquela noite, no Clube da Chave,

Sérgio Porto/Stanislaw Ponte Preta · 297

nós todos com um bruto sono, mas sem coragem para levantar da mesa. Dolores cantava ao piano "Sometimes I Feel Like a Motherless Child". Naquele tempo, estava apaixonada pelos *spirituals* e tirava todos ao piano. "Bochechinha, vamos embora!" Ela obedeceu, mas exigia um bife antes, num botequim qualquer. "Você sabe, Irmão? Eu vou me mandar daqui." Eu era "Irmão", e fraternalmente disse que não era preciso. Bobagem, outros amores viriam. Para animar disse uma besteira qualquer. Ela sorriu e não quis o bife: "Esta vaca era honesta. Morreu mas não se entregou" – e empurrou o prato. Paguei, saímos. Bochechinha foi dormir. Era muito assim. Dolores não gostava de dormir cedo. Mesmo depois de sofrer o primeiro enfarte. Depois do segundo é que se cuidou um pouquinho mais. Por pouco tempo, porém. Vida de artista, boêmia como ela só. Gostava era daquilo de ficar depois de tudo acabado, sentada no piano, cantando ou compondo. Às vezes era um violão vindo ninguém sabia de onde. Voltou a ser o que era, porque sua personalidade era impressionante. Nada mudou Dolores, nem depois que casou, nem depois da adotar a criancinha. Adorava a todos. Só se afastava de alguém quando sentia que estava prejudicando o amigo. Uma vez foi embora. Esteve no Uruguai, na Argentina, andou pelo Sul do país. Quando voltou e me viu virou o rosto e comentou: "Engordei seis quilos. Estou mais Bochechinha ainda". Mas isto ela só disse depois que eu apertei. Mister Eco abre a boca, murmura qualquer coisa que eu não entendi. Perguntei o que era. Nem respondeu. Fiquei pensando na noite de quinta-feira passada. Não sei por que, de repente me deu vontade de ir ver a Bochechinha. Saí do restaurante e toquei para o bar. Quando entrei ela gritou do canto: "Salve, Irmão!" Não fui até sua mesa. Eram uns rapazes que eu não conheço. Sentei ao lado do piano. Em pouco ela veio e de lá, do microfone, explicou: "Já aprendi a canção do gringo". O gringo era Charles Aznavour e nós concordamos que sua mais bela canção era "Ay, Mourir pour Toi". Cantou como ela sabia cantar. Dolores era de um impressionante ecletismo e, com o mesmo sentimento, saía-se bem num samba ligeiro, num melódico americano ou numa canção francesa. Foi – durante muito tempo – a melhor *crooner* da noite carioca. Foi e será, porque não vai aparecer outra igual nunca mais. Na segunda parte engasgou na letra, solfejou e sorriu. Raul Mascarenhas estava no piano, Magé ponteava a guitarra. Talvez houvesse também um contrabaixo. Sei lá. Estava ficando bêbado. Levantei e acenei de longe. Ela, do microfone, apertou a própria bochecha, num até breve. Depois não vi mais. "É nesta rua" – disse o Mister ao chofer. O carro manobrou e parou na porta do prédio. Havia um carro da Polícia na porta. Nós nos entreolhamos, mas ainda aí ninguém disse nada. O ator Jorge Dória estava na porta. Não sabia de nada, mas morava no prédio e abriu a porta. Entramos os três, subimos calados e, quando a porta do elevador se abriu, havia moças chorando no corredor. Gigi – o do Bacará –, Mário – o do Little Club – olhavam-nos espantados. Foi Gigi quem confirmou: Era verdade sim. A Bochechinha chegara às seis da manhã, dissera à empregada para acordá-la somete na hora de ir trabalhar. Não fora assassinada. Ninguém mataria Dolores, fui pensando de novo. Mister Eco voltou para o elevador, chorando. Entrei na sala. Só o Comissário falava. Queria saber como tinha sido até às seis. Marisa – a gata mansa – explicava baixinho. "E depois fomos ao Kilt, onde tomamos mais um para ir dormir." O Comissário não sabia o que era Kilt. "Um bar" – expliquei – e vi que todos me olhavam. Marisa calou-se e eu soletrei: K-I-L-T. O Comissário era um velho conhecido. Agradeceu. Perguntei detalhes. Não havia. Morrera do coração. Um colapso, talvez. Pelo jeito morrera aí pelas 11 da manhã. A empregada só entrara no quarto às 10 da noite. E eu entrava agora. "Quer ver o rosto?" Fiz que sim com a cabeça e alguém levantou o lençol. Dolores dormia com as duas mãos entre o travesseiro e a cabeça. Não sabia de nada, porque sorria. Não sabia também que, desta vez, não poderia abrir os olhos e perguntar: "Coração?".

Assombração musical

A noite tinha sido uma autêntica pernada pelos mais diferentes bares e boates e o papo que começara no Casa Grande já estava quase terminando no El Cordobés, depois que o excelente Gasolina tinha cantado. E foi Paulinho da Viola quem começou a contar a última história da noite. Paulinho, com seu jeito de menino, ia contando que está "agora morando no Solar da Fossa". E explicava pra gente:

– O Solar é muito bom. Mas, de vez em quando, acontece cada uma que eu vou te contar.

E entre a narrativa do Paulinho, foi chegando mais gente. Era só para ouvir a história. O compositor continuava:

– Chamam o Solar de retiro de todo mundo que está na fossa. Mas isso atualmente não está colando. Lá só tem um que vive na fossa e o apelido dele é Rogério Caos. Mas o interessante aconteceu outro dia. Estávamos no quarto, tocando um violãozinho malandro, ajeitando umas composições moderninhas, quando a porta abriu e entrou o Rogério. Logo atrás apareceu uma mulher muito bonita. Eu pensei que a mulher estava com o Rogério. Aliás, todos nós. Mas qual, meu irmão, a mulher não estava com ninguém e todos pensavam que ela fosse amiga de alguém.

– Mas Paulinho, e daí?

– Bem, daí o negócio foi piorando. Enquanto a gente tocava e cantava, a mulher começou a fazer as cenas mais sensuais do ano. Tava toda provocante. Bonita como era, já estava até prejudicando os acordes.

– E ninguém reagiu? Ela ficou nua? – perguntou. Apressadinho.

– Bem, ela inclusive chegou a perguntar qual de nós quatro iria amá-la. Que ela desejava o amor de um de nós, que necessitava desse amor por causa de um problema que não poderia explicar, que seria um bem, o diabo. Tinha nego querendo já chamar a Polícia, pois o diabo da mulher tava incomodando. E quando tudo parecia que ia continuar, a mulher sumiu. Como por encanto.

A noite já ia mesmo terminar. A turma foi levantando, todo mundo pensando no assunto. Cada um para o seu quarto, rumos diferentes, corpo cansado, mas a história não saía da cabeça de ninguém. Foi quando Sérgio Cabral olhou para o Paulinho e disse muito sério:

– Paulinho, não fica impressionado com isso não. Quem entrou no quarto de vocês foi o fantasma da Messalina. Sabe, ela adorava essas coisas, e se fosse viva adoraria morar no "Solar da Fossa".

Os Vinicius de Moraes

Eu confesso a vocês que descobri o segredo do coleguinha jornalista, poeta, diplomata e teleco-tequista Vinicius de Moraes numa tarde em que ambos (não ambos os Vinicius, como ficara provado mais tarde, mas ambos: eu e ele) tomávamos umas e outras no Bar Calypso, num desses crepúsculos vespertinos de Ipanema que já baixam pedindo um chope. Estávamos lá "entornando", quando chegou minha hora de subir para Petrópolis:

— Poetinha, eu vou me mandar — disse eu.

Ele suspirou, ante a perspectiva de ter de ficar sozinho e desejou boa viagem. Eu entrei no carro e subi para Petrópolis, onde cheguei certo de que nenhum carro passara pelo meu, na estrada. No entanto, parei na avenida 15 da cidade serrana, manobrei o carro e coloquei na vaga indo tomar mais um na Confeitaria Copacabana. Quando entrei e olhei para as mesas, vi que um camarada me saudava lá de dentro: era Vinicius de Moraes.

Foi nessa tarde — repito — que eu descobri que Vinicius era, pelo menos, dois.

Está claro que pode haver mais de dois. Duvido até que as múltiplas atividades de Vinicius (reparem que seu nome já é no plural para enganar os trouxas) possam ser realizadas só por dois deles. Acredito mesmo que haja uma meia dúzia de Vinicius: um para poesia, um para diplomacia, outro para samba, um quarto para jornalista e o resto para mulher. Desses, os mais assoberbados talvez sejam os últimos.

Eu acho, outrossim, que sou o único ao qual Vinicius (não sei qual deles) deu a pala de que eles são uma equipe e não um homem, por isso fico rindo dos coleguinhas que disputam o privilégio de noticiar o Vinicius certo na hora exata. Os jornais de ontem, por exemplo, estavam muito pitorescos sobre Vinicius (todos os Vinicius). Em *Última Hora* a confreirinha jornalista Teresa Cesário Alvim, num esforço de reportagem, dizia: "Vinicius de Moraes anda a todo vapor, de uns tempos para cá. Tomou pressão em Petrópolis e desceu a serra carregado de ideias, jorrando inspiração para todos os lados". (Coitada da Teresa, não sabe que há Vinicius pela aí tudo.)

Já o coleguinha Jacinto de Thormes, no mesmo dia, na mesma *UH* e talvez escrevendo à mesma hora, dizia: "O Senhor Vinicius de Moraes está fazendo uma temporada de repouso na Clínica São Vicente". De fato, há um dos Vinicius que está repousando, o que explica as notícias tão desencontradas de dois colunistas, no mesmo jornal, no mesmo dia.

No mesmo dia, aliás, o Carlos Alberto escrevia na sua coluna: "O poeta Vinicius de Moraes, ontem de madrugada, conversando no Restaurante Fiorentina". É verdade. Vinicius estava lá no Fiorentina, numa roda batendo papo. Dezenas de testemunhas podem provar o que o Carlos Alberto disse. Estava também tomando oxigênio, na Clínica São Vicente, estava em casa com amigos, compondo sambas ao som do violão de Baden Powell, estava no Cine Alvorada, assistindo a *Morangos silvestres* (o porteiro me disse que o Vinicius já assistiu à fita quatro vezes, mas é mentira. Vários Vinicius ainda não viram).

Como, minha senhora? A senhora não acredita que Vinicius seja uma porção? Azar o seu, dona. Um dia ainda se fará um programa de televisão com Vinicius ao violão, acompanhando outro Vinicius que canta, junto com um quarteto vocal de Vinicius. Sem videoteipe.

Quem tem razão é Tia Zulmira, quando diz que, se Vinicius de Moraes fosse um só, não seria Vinicius de Moraes, seria Vinicio de Moral.

José Carlos Oliveira

Solo para flauta

Escrever. Tenho que escrever. Neste momento é necessário, mas não se trata de necessidade. Domingo, por exemplo, não tenho obrigação de escrever, e entretanto escrevo. Quando entro em férias, escrevo mais que quando em atividade remunerada. Donde viria isso, essa compulsão inefável e cruel de que sou vítima e cúmplice desde garotinho? Não me consta que um operário sinta prazer em trabalhar durante, digamos assim, a telenovela das oito da noite. Se lhe obrigassem a isso, ou se lhe pedissem isso, ou se simplesmente lhe fizessem tal insinuação, ele imediatamente recorreria a um trecho da legislação trabalhista – a qual, mesmo defeituosa, contém algumas garantias que já se podem considerar sagradas. No entanto eu trabalho vendo novela de TV. Tenho sempre um caderninho de apontamentos e uma esferográfica. Não me desligo de minha atividade nem mesmo durante os comerciais.

Neste momento, luto contra uma sonolência que me visita em horas mais ou menos previsíveis. Tem ela afinidade com o desfalecimento. Estando em convalescença, minado o meu organismo pela ingestão de produtos químicos, o sono se aproxima com promessas de recuperação, mas eu recuso a sua meiga imposição. Não me agrada dormir no sentido em que as pessoas geralmente dormem, obedientes à tirania do relógio e à ordem das atividades sociais produtivas. Na verdade, forcei minha consciência a viajar numa região de permanente sonambulismo, e isto já vem desde os 20 anos de idade, quando aderi com um atraso de 30 anos ao movimento surrealista. Feito o lavrador inferido de um verso implacavelmente lúcido de Saint-John Perse, navego "o solo arável do sono". Nessa região me sinto bem, balbuciante, em surdina, em penumbra, escutando o silêncio que ali adquire clarões de sinfonia. Não há dúvida, se algo se assemelha ao meu despertar é esse desmaio de que me aproximo com disposições de sedutor e cuja aproximação rejeito, negaceio, mantenho sob o controle da inteligência reduzida às dimensões de um grão de arroz.

Ser noturno, encontro aqui uma doçura que paradoxalmente poucos reconhecem, posto que quase sempre se associa essa disposição noturna a uma volição luciferiana, portanto plena de luz e feroz por definição. Nenhuma ferocidade aqui: penumbra, surdina, radioso silêncio de sinfonia. Ou talvez o "Bolero" de Ravel, estampido proposto ao deleite de tímpanos surdos.

Aí está, escrevo, sou um animal que escreve, absurdo como a lesma que vai deixando a rendada gosma no canteiro cujas flores ela suga – vampiro, ela murcha, fenece, assassina.

Meiga, na sala, a voz rouca, comendo uma pera, lendo um livro meu, uma garotinha loura me faz pensar em Renoir numa crise de melancolia, pincelando uma rosada *fausse maigre*. O riso rouco me transporta ao passado, ao alumbramento infantojuvenil em face da *jeune-fille*, esse passado é rouco e sombreado e mágico, a garotinha tem uma qualidade seráfica, mortal vista agora, mortífera vista no instante em que a vi – tantas iguais a ela vi, e de minha garganta subia então um canto sofrido, tristonho, antigo...

Haverá ainda compreensão para uma literatura de sutilezas, de carnaduras tênues, quase tão somente cores e sons macios, sigilosos? Ah! quanta saudade tenho da aurora da minha vida... Era feliz o mundo exterior, o grato susto de saber que Deus povoara o mundo delas, as meninas que comem pera de pernas esticadas e cruzadas...

Escrevo, escrevo. Continuarei.

Chegada ao Rio

— *Então é este o mar...*

Ele chegara na estação das chuvas; não tinha vinte anos. Nascido e temperado numa ilha, era letrado em ventos e ondas; e pela forma da Lua conhecia a disposição dos siris entre as pedras submersas. Mas aquele mar, o da infância, estava muito próximo; e as ruas, os morros, as variações de temperatura, os rostos das pessoas, o descascado de certas varandas azuis, tudo lhe era excessivamente familiar. Ora, uma ilha decifrada é uma ilha inútil. Então chegou de trem à grande cidade. Procurou emprego, não achou; comida, não achou; ficou lendo Saint-Exupéry na biblioteca do SAPS, na Praça da Bandeira, enquanto no primeiro pavimento os talheres cantavam nas bandejas de alumínio: tinha fome, suava frio, mas era um rapaz valente. Debaixo da chuva, nos dias cinzentos, agarrava-se à esperança e ao orgulho.

Chegou então o momento crucial. Não era mais possível continuar daquela maneira. A morte na chuva, por inanição, numa cidade de dois milhões de desconhecidos, não era propriamente o destino que almejava. Trouxera uma passagem de volta naquele mesmo trem cor de formiga no qual viajara dois dias, e agora estava decidido a voltar.

Na Galeria Cruzeiro, encontrou um conhecido da província. Beberam chope. O outro emprestou-lhe algum dinheiro: muito pouco, mas dava para comer um sanduiche e ainda sobravam uns vinte cruzeiros. Despediu-se mais que depressa, pois o chope no estômago vazio deixara-o completamente zonzo, e foi comer o sanduiche. Depois, com vinte cruzeiros, tendo a cidade inteira à sua disposição pelo fato de não possuir qualquer canto onde pudesse deitar-se dizendo: "Aqui eu moro", pegou um lotação murmurando: "Vou ver o mar. Ainda não vi o mar. Vou ver o mar". E foi.

Então o mar surgiu bramindo no escuro e o rapaz estava encharcado de chuva. Nada tinha a perder: com as mãos nos bolsos, foi andando ao longo do mar no bairro adormecido. O som familiar tranquilizava-o; era um som, como um seio. Sentiu-se feliz e valente na estação das chuvas, e murmurou: "Agora eu vi o valente mar e ele me pede para ficar". Ficou.

Novembro, 1961.

O rosto no espelho

Diviso meu rosto no espelhinho do lotação. Tirei os óculos por causa do calor, de modo que não posso distinguir minhas feições, mas vejo o contorno magro e a palidez da pele. Quem manda (penso eu) ficares a dissipar tua saúde a pretexto de ganhar experiência e de esquecer a única mulher que verdadeiramente amaste... Agora pareces uma caveira esverdeada: assim, quem te quererá? A julgar pelo teu aspecto, terás no máximo mais cinco anos de vida, e eu pergunto: – Quando te fores, quem escreverá teus livros? quem criará os teus filhos? quem vai saborear em teu lugar tranquila maturidade? Bem sabes que só se vive uma vez, de modo que, para teu próprio bem, devias mudar de conduta enquanto é tempo. Dormirias antes de meia-noite. Beberias água somente. Comerias carne grelhada, privar-te-ias de manteiga e das saborosas empadinhas de camarão que desmancham na boca; farias ginástica ao nascer do dia, não te preocuparias durante as refeições, renunciarias às fantasias e dúvidas que te queimam os miolos; entregar-te-ias a uma serena amizade com pessoa de temperamento simples, uma senhorita prendada como existem tantas; lerias somente romances policiais e escolherias na imprensa, para teu deleite, as seções mais amenas, como as palavras cruzadas, o horóscopo e o joguinho dos sete erros; viverias, enfim, cautelosamente. Assim, em pouco tempo, serias um cidadão perfeitamente integrado na sociedade em que vives, e poderias aspirar a uma velhice longa e calma; morrerias venerável, merecendo este epitáfio edificante: – "Aqui jaz um homem de bem". Haverá mais belo destino para um pobre bípede cujo planeta gira era torno do Sol?

Tendo apanhado o lotação na Cinelândia, cheguei completamente outro ao Túnel Novo. Olhei para trás com tristeza e remorso, prometendo a mim mesmo que, dali por diante a minha vida seria diferente. Almejava aquele epitáfio edificante, e me senti feliz quando o veículo percorreu a escuridão para investir contra a claridade do

Leme, exatamente como a minha alma, deixando as trevas da incerteza, mergulhara na luz bom senso e da respeitabilidade.

O lotação freou no primeiro quarteirão da Barata Ribeiro e o meu lastimável rosto ergueu-se no espelhinho. Verifiquei então que não era eu quem se refletia nele, mas o rapaz do banco da frente, o qual pagou a passagem e desceu, com sua cara triste, para um destino repugnante. Quanto a mim, respirei fundo e fiquei em dúvida se passaria a noite no Jirau ou no Sacha's. Aqui jaz um homem de bem... Quá, quá, quá!

Dezembro, 1961.

Steiner

Nesta crônica do fim do mundo, quando já estamos convencidos de que não há salvação para ninguém, nos defrontamos com a oportunidade do intelectual. Em plena maturidade, Steiner leva uma existência harmoniosa, com a esposa e duas crianças, logrando refugiar-se da dissoluta noite nos livros, na música, na pintura, no convívio com amigos igualmente cultos. É austero, nobre, elegante e discreto, embora, nas ocasiões propícias, revele automática solidariedade com os simples, ou seja, aqueles cuja estrutura psicológica pode ser desvendada num relance. Assim: "Você será feliz quando puder reconhecer que gosta mais dele do que de si mesma", diz ele à namorada do repórter que é o elemento de ligação entre os diversos episódios.

Entretanto, há um travo em tudo o que diz, um travo nos olhos, na voz, uma relutante amargura perante tudo. Claro: Steiner sabe que nada somos, que somos a aparição de coisa alguma. Devemos conferir a tudo, então, um valor, a solenidade, precisamente aquilo que ele apreende num quadro de Morandi. De fato, não há alternativa para quem interroga o sentido de sua própria existência: ou a centelha que brilha na escuridão; por acaso, sem qualquer custódia e sem outro destino que não seja a mesma escuridão; ou consideramos sagrada a centelha, ou só nos resta destruí-la.

De Morandi, que nos mostra a verdade sem ornamento, somos conduzidos a uma varanda de onde se vê a noite. Steiner menciona a sua incerteza existencial. Tem tudo, certamente; vive num universo equilibrado. Mas o equilíbrio, a harmonia, a paz são estados inquietadores. Gostaria de perder-se na noite romana; viver outra vida. *Tudo quieto... de repente, um telefone toca... e tudo desmorona.* Tranquilidade é alienação. Mas lá fora, já vimos, o tédio envenena. Steiner nos dá agora a chave: "Sou demasiado sério para ser um diletante, mas não o bastante para comprometer-me". Resumindo: – não acredita em nada.

Os holofotes vasculham a obscuridade. Assim também o homem procura uma verdade sem encontrá-la. As luzes denunciam a distância, denunciam o nosso isolamento. Pascal: *Le silence éternel* etc. Fellini parece dizer: – Quem perdeu a inocência, e todos perdemos, a não ser esses anjos rurais de que, em todo caso, o oceano da vida nos separou para sempre; quem perdeu a inocência estará para sempre enquadrado na equação existencialista, oscilando perpetuamente entre o tédio da inautenticidade e a angústia que é o preço do autêntico.

*

A situação de Steiner me atrai. Naturalmente: é a situação fundamental. Quem sou? Nada, não sou nada; devo construir-me. Mas esse trabalho não acaba nunca; e será interrompido. Sou uma pétala de fogo que tremula no vento que eu sou. Devo proteger a chama para ofertá-la à morte casual, como quem conduz uma vela a um altar? Mas a vida é sagrada? Sou responsável pela chama, é claro; mas não encontro qualquer motivo para protegê-la, e pelo contrário tudo parece disposto de modo a que, finalmente, eu mesmo me leve pela mão ao lugar do sacrifício, e ali esmague a pétala para maior glória do imortal sarcasmo que me lançou neste mundo.

Mas, se não pedi para nascer, consenti na continuação da tragédia. Obliterado pelos demônios da volúpia, fecundei um solo. E eis a carne da minha carne introduzida, para repeti-lo, no cenário do meu negro destino. Sob as estrelas, Steiner corrige seu erro: poderá dizer doravante (mas para ele não há doravante), como Machado de Assis, que não transmitiu a ninguém o legado de nossa miséria. Em seguida, introduz uma bala na cabeça, ficando o seu espesso corpo na posição do *Pensador* de Rodin.

"Nem a mim mesmo ousei explicar o gesto de Steiner" – declarou Fellini. – "Como se pode explicar um pedaço da Lua que cai sobre a Terra?" Sim, porque as razões de um suicida só se tornam claras para outro suicida. Aproximar-se do problema é já afeiçoar-se à autodestruição. O impasse ocorre quando a vida ruge e se impõe, e dizemos: "É impossível que ele tivesse razão, uma vez que percorri pacientemente o mesmo caminho e me disponho a continuar". E não foi justa a morte das crianças: em nome da humanidade etc. O sentimento gregário, como se sabe, é inspirado pela necessidade que cada qual tem de impedir que o vizinho escape ao sofrimento de que cada qual não ousa escapar, isto é, à própria vida, à angústia que lhe é peculiar, ao encontro com o nada que as aparências dissimulam, aparências em cujo nome tantos homens transformam em inclinação positiva a velha tendência destrutiva, entregando a vida a um ideal – porque o sentimento gregário conservador espouca continuadamente como a rolha de uma garrafa de champanha, anunciando que outro homem, outro grupo de homens, outra geração de existentes sustenta que o homem veio ao mundo para morrer, tendo portanto o direito, o dever e o constrangimento de escolher a sua morte, antes que esta o escolha.

Delicadamente, solenemente, amorosamente, dissimuladamente Steiner se afeiçoa à morte enquanto pensamos que se afeiçoa à vida. Diviniza tudo – é um Deus enigmático, pois desaparecerá. Só os deuses desaparecem. Amam, trabalham, sofrem, desesperam – e de repente não há mais nada. Estes são os deuses, que amo. E surgem de novo, e novamente amam, trabalham, sofrem, fazem florescer as luzes da civilização, movem as montanhas, fumam ópio, degradam-se, odeiam-se, esquecem, envelhecem, jazem transformados em cinza e sal, e novamente surgem nas garupas dos búfalos, sobre os rochedos, nas cavernas, à beira dos rios e na ilharga dos oceanos – comerciando, sofrendo, amando, exprimindo suas dúvidas, desesperando, sempre perdendo a batalha, os deuses da aparência, os deuses que amo. No meio do tempo que avança, quando todos se preocupam com o amanhã, porque não existe nada a não ser o amanhã, o outra-vez, o de-novo, a mesma-coisa – alguém interrompe a marcha. Impossível prestar atenção a esse protesto solitário: só os suicidas se compreendem, temos a responsabilidade do amanhã. Steiner, ó Steiner!

Novembro, 1960.

Evocação dos bares

Ainda existe, Lúcio Cardoso, aquele barzinho da Lapa, debaixo dos Arcos, onde eu, você, o poeta Gullar e o Binho passávamos longas tardes comendo siri e bebendo vinho branco. Você era o único escritor realizado ali presente. Nós outros estávamos iniciando a carreira. O Gullar era desesperado, o Binho surrealista, eu tinha um medo danado da vida. Construíamos grandes montanhas com as cascas de siri, onde as moscas fervilhavam. E não havia nada a fazer, porque você sempre foi disponível e nós, naquela época, não gostávamos de trabalhar. O bondinho de Santa Teresa trepidava sobre nossas cabeças, e, em torno de nós, o trânsito espesso da Lapa. Às vezes, aparecia um bêbedo e, vendo que éramos pessoas ilustres, porque só falávamos de coisas incompreensíveis, sentava-se conosco e bebia do nosso vinho e comia dos nossos siris. A vida naquele tempo era amável, ligeiramente amarga e sem dificuldade, porque cada qual podia muito bem morrer no dia seguinte – não tragicamente, mas – como dizia Rimbaud – *par delicatesse*. Agora, mudamos de bar e nos compenetramos do futuro, esse tempo também, Lúcio, não volta mais.

Agora, Lúcio Cardoso, cidadão de Ipanema, frequenta o Veloso, na esquina da rua Montenegro. Este é um bar encantador, porque todos os fregueses se conhecem. Há poucas mesas e, às vezes, as lindas moças do Arpoador dão o ar da sua graça. O vento do mar passa naquela calçada, agitando-lhes os cabelos. Ali é nada menos do que o quarteirão mais ilustre – literariamente falando – de todo o Rio de Janeiro. Quem não mora lá está sempre nas imediações, e mais cedo ou mais tarde há de instalar-se ali.

Lúcio Cardoso teve uma surpresa agradável outro dia: durante o lançamento festivo do seu *Diário* (primeiro volume), entre figuras de projeção, como Dona Elba Sette Câmara, o poeta Manuel Bandeira, o contista Aníbal Machado e muitos outros, lá se encontravam, na livraria, incorporados, todos os fregueses habituais do Veloso, incluindo o Dr. Vicente, bondoso, de ar sonolento.

*

Há pessoas que se ligam aos lugares onde moram de tal maneira que não se pode pensar em um sem pensar em outro. Não se pode falar de Rachel de Queiroz sem aludir, indiretamente, à Ilha do Governador; e a Lapa e Manuel Bandeira são dois nomes muito próximos um do outro. De Lúcio Cardoso não se pode falar sem pensar, primeiro, em Minas Gerais, e em seguida em alguns bares. Minas é o paraíso infernal que ele tem no coração. É o paraíso porque foi perdido; o inferno, porque nesse lugar mitológico sopra constantemente um vento maligno que, às vezes, apaga o lume dos castiçais. Minas e infância, para Lúcio Cardoso, são a mesma coisa; o Rio se confunde com sua maturidade.

Você se lembra, Lúcio? Você publicou o primeiro volume do seu *Diário*, cujo lançamento foi uma festa em que tanto nos divertimos, e me lembrei então dos bares onde nos encontramos casualmente. Você desaparece – está escrevendo – e muitas vezes me pergunto: – onde anda o Lúcio? Já sei: quando não está escrevendo, está descobrindo e revelando algum bar. A quantos bares nos afeiçoamos, nesta cidade onde até os botequins, para quem é curioso, possuem sua especialidade. Ou é a batida de limão, ou são pequenas mesas num compartimento espaçoso e vazio, ou a linguiça frita que vai tão bem com uma cerveja, ou ainda a vista que se descortina de sua varanda. Cada bar deve ser descoberto, como um porão, como o fundo do mar, como todas as coisas. Pensei que seria interessante evocar os bares por onde você tem passado.

*

Havia um bar famoso no centro da cidade: o Café Vermelhinho. Sua especialidade era o chope. Ali se reuniam escritores e artistas. Muitas páginas foram escritas sobre o Vermelhinho: crônicas, poemas, reportagens. O provinciano que vinha tentar arte ou literatura na capital não podia deixar de passar por lá. O Vermelhinho iniciava seu movimento propriamente dito às 5 da tarde, indo até 8 e meia. Sua batida de limão também era memorável. No último dia do ano, a cronista Eneida e o saudoso Sansão Castelo Branco promoviam uma festa no bar e todo mundo se divertia. Hoje essa festa se transformou no *réveillon* quase sempre realizado no Au Bon Gourmet, ainda sob supervisão de Eneida e do poeta Thiago de Mello.

No Vermelhinho, Lúcio Cardoso discutia literatura com Marcos Konder Reis e artes plásticas com o falecido Santa Rosa. O Vermelhinho, ninguém sabe qual o motivo, degenerou atualmente num restaurante-café-em-pé, e ninguém mais vai lá. Porém sua época de ouro estará para sempre misturada à crônica do Rio. No Vermelhinho faziam-se e se desfaziam aventuras de amor, Solano Trindade levava para lá as suas incríveis mulatas, e até a Divisão de Ordem Política e Social se fazia presente, todo entardecer, na pessoa de um espião que todo mundo sabia quem era e cuja função era saber quantos comunistas frequentavam aquele bar... Quando o café se fechava, alguns frequentadores iam para o 13º andar da ABI, no terraço, onde se ficava bebericando sob as estrelas. Eram noites agradáveis na companhia de Alceu Marinho Rego, Homero Homem, Osvaldo Alves e depois a gente ia comer comida síria na Cinelândia. Esse tempo, seguramente, não volta mais.

8 de dezembro de 1960.

Brasil, Pelé

Lá do outro lado está a multidão, com suas roupas multicores. Com as cores da multidão poderíamos tecer as formas de todas as bandeiras. E lá no gramado está o menino negro, Édson, delicado toureiro. Lá no gramado está o menino negro, com os pés plantados no chão e a cintura em movimento circular. Um bamboleio dos rins, nada mais do que uma dança dos rins – os pés fortemente plantados no chão – e todo o desenho se desfaz no gramado, a bola é dele. A bola é dele. Com a bola ele avança, galopa, o seu ombro é uma navalha e corta um lado dos adversários. A bola é dele e ele é da bola e dessa aliança nasce uma alegria e essa alegria nos arrepia. Hoje é só ele quem joga, o time não funciona, Gérson está pensando em outra coisa, Julinho devia ter ficado na beira do rio a pescar, o Feola está com as mãos cruzadas sobre a barriga a pedir a Deus que a bola fique com Ele. Então lá vai *ele*, com o ombro de navalha, a ponta do pé transfigurada em focinho de foca, passando por trás das pessoas e a bola pelo outro lado, a brincar de vamos fingir que vamos passar por aqui e vamos passar por lá, e – lá vai a bola aos pés de Rinaldo, e o chute de Rinaldo é um prolongamento do corpo de Pelé. Gol. Os sorveteiros lá do outro lado conduzem suas caixas amarelas em linha de colar ao longo da bandeira de mil cores que é a multidão amalgamada. Pelé se eleva do chão e, no ar, brande contra a noite o punho fechado em forma de tocha e em sinal de vitória.

Chove no mapa do Brasil; faz frio. Nos botequins do interior, chega pelo rádio a notícia do gol. Em pé, junto ao balcão, os homens bebem cachaça alternada com cerveja. Eles bebem cachaça, fazem careta, cospem no chão e passam a mão na boca molhada. Todos com a imaginação voltada para o Maracanã: a imaginação joga tanto quanto Pelé. Que é Pelé? Quem é ele? Pelé são todos aqueles que bebem cachaça em pé no balcão; Pelé são as notícias do Brasil para os que estão presos. Os doentes perguntam às freiras, nos brancos hospitais:

"Quem vence?" – e as freiras: "Acho que Pelé está bem" – e, enfim, o Brasil prossegue, os doentes adormecem sobre o ferimento, as desavenças passam e o sentimento da consanguinidade permanece. Pelé nos une, não nos separa; Pelé é mediador, nós nos encontramos nele.

A garota de Ipanema

Tenho uma amiga que decidiu ser mãe solteira. É maior de idade e estava apaixonada por um homem. Esperou o casamento e nada. (Isto é, esperou que ele se desquitasse para depois irem viver juntos, como está na moda atualmente). Mas o homem, nada. E quando ela compreendeu que aquela aventura terminaria, decidiu que, pelo menos, guardaria dele um filho. Ela é independente e não tem problemas financeiros; e queria um filho cujo pai fosse aquele homem, e não outro. Então, ei-la grávida.

Pouco a pouco, com dificuldade e susto, me habituo a essa ideia de que as mulheres são independentes. Levei anos sofrendo por causa desse susto. O problema era substituir os padrões morais da província pela condescendência (ou generosidade) da metrópole. Eu era um ciumento feroz e exigia exclusividade em tudo. Quando a minha amada olhava para um homem, era como se eu estivesse perdendo sangue. E quando finalmente tudo terminou (sem que, ai de mim, nada tivesse terminado no meu coração), viajei sem paz, bebi, mordi os dedos. Ainda hoje, depois de tantos novos amores e outros tantos deslumbramentos e aflições, há em mim uma fidelidade tácita, e ainda me sinto ligado a ela. É pura metafísica, o meu amor. (De qualquer modo, Freud sustenta que para o homem normal o verdadeiro amor será sempre o primeiro.)

Agora vejo essas moças que não precisam dos homens para sobreviver, e que não se preocupam com o julgamento alheio. Vejo essas outras que passam pelos meus dias e que, mais tarde, se vão (ou eu me vou) sem grandes dramas. O amor ganha uma nova fisionomia: começa pela amizade e se prolonga além da separação. Romeu e Julieta no século XX são vistos juntos, no Castelinho, depois que o tédio, e não as suas respectivas famílias, os separou. Já que a maior fonte de sofrimento espiritual é a certeza de que as coisas terminam, eles começam melancolicamente enlaçados, fruindo um do outro aquele momento de intensidade e de paz, mas sem qualquer ilusão.

Lá vai a moça com o filho no ventre, sem aliança no anular esquerdo, sorridente e serenada. Lá vai ela com o seu melhor amigo – aquele que compreendeu a sua liberdade. Mas eu ainda tenho alguns restos de espanto e, como o velho Conde de uma narrativa escandinava, abro a minha janela sobre as Constelações e me ponho a meditar sobre a complexidade do Universo.

O besouro

Segunda-feira saboreávamos um vinho e falávamos sobre a solidão das mulheres no Ocidente. Havia pouca gente na varanda cujo toldo o vento fustigava. Um casal, alguns rapazes de comportamento sexual duvidoso, o meu amigo e eu. Estávamos ali, assim, como tantas vezes, em tantos bares, quando chegaram os investigadores. Ou detetives? Tiras, enfim. Todos com cara de tira e roupa de tira e sapatos de tira. Entraram e cercaram a mesa onde estavam os quatro rapazes de olhos de mel. Os quatro se levantaram e os tiras (que também eram quatro) revistaram os afeminados. Depois veio a nossa vez: aproximou-se o tira magro (magro como só um tira sabe ser) e disse ao meu amigo: "Por favor, posso revistá-lo?".

– Mas, meu caro – respondeu ele –, basta olhar para a minha cara para ver que não sou um meliante.

O tira não sorriu, não disse mais nada. Ficou esperando, tranquilo, que o meu amigo se levantasse. Quando o viu de pé, procurou as famosas armas em seus bolsos. Procurou, inclusive, nos bolsinhos e nas bainhas. Não encontrando nada, pediu-me a mim que me erguesse por minha vez. Obedeci. Ele meteu a mão no bolso interno do meu *anorak*, que comprei em Paris por um preço alucinante, e apanhou a caixa de fósforos que sempre trago ali. É uma caixa sem fósforo. O tira abriu-a e viu lá dentro, o meu besouro de estimação.

– Que negócio é esse? – perguntou ele.

– Oh! – exclamei. – Um besouro.

– E que faz você com um besouro dentro de uma caixa de fósforos, às 10 horas da noite?

– Esse besouro, meu senhor, veio vindo no vento, bateu na minha testa e caiu em decúbito dorsal no solo do meu país. Apanhei-o e, como estivesse morto, dei-lhe uma tumba condigna. A caixa sem fósforos. Ali vive ele – ou melhor, ali morre ele há dias, o besouro, sem zumbido, seco. É, meu chapa. Creio que não há nenhuma lei proibindo alguém de guardar um besouro dentro de uma caixa sem fósforos, ou há?

O meu discurso não produziu o menor resultado, isto é, o tira continuou imperturbável a contemplar aquela joia que é um besouro morto. Notando o seu interesse, perguntei-lhe se também colecionava, como era o meu caso, toda espécie de bicho voador, incluindo baratas. Desde criança tenho um museu desse tipo. Ele não respondeu. Fechou a caixa sem fósforos e me devolveu o que de fato me pertencia. Pediu meus documentos. Dei-lhe o meu passaporte. Ele examinou longamente o meu retrato, porém não opinou se lhe agradava ou não. Simplesmente olhou, olhou, depois devolveu. Disse boa noite e foi revistar a mulher e o homem que estavam na mesa ao lado. Depois, com seus companheiros de investigação, partiu para outros bares.

Pobres tiras! Vocês não entendem nada de besouros! Aquele que estava na caixa de fósforos finge de morto quando vê a polícia. Quando a polícia vai embora, ele ressuscita e continua a zumbir as suas fórmulas revolucionárias. Trata-se de um besouro comunista.

Vamos entrar na lista, querida?

Olha moça, se o nosso nome estiver na lista, vai ser uma libertação. Você que conhece uma prima afastada do Coronel Gustavo Borges, vê se consegue que ela nos ponha na lista; ou então vamos escrever uma carta anônima fingindo que algum inimigo nosso nos denuncia. De uma forma ou de outra, é importante que estejamos na lista: o Brasil ficará à nossa disposição, para o amor e para a fuga. Vamos fugir precipitadamente, levando apenas os apetrechos dos foragidos: escova de dentes, algumas mudas de roupa, documentos falsos. Você se chamará Maria Luísa Guimarães, para efeito de enganar as autoridades; e eu me chamarei Moacir da Costa. Você usará uma peruca loura, eu deixarei crescer um bigodinho iniludivelmente democrático; e só apareceremos em público com óculos escuros. Iremos para um lugar pequenino, onde morem pessoas modestas, onde o grande acontecimento cotidiano seja a passagem do trem das quatro da tarde; ficaremos numa encantadora pensão com banheiro no corredor e com uma placa na porta: "Refeições avulsas". Todas as manhãs iremos à missa, para que ninguém diga que somos ateus; e de madrugada, com baldes de piche e pincéis, escreveremos em todos os muros: *Fogo na canalha comunista!* Assim, ninguém descobrirá as nossas verdadeiras convicções.

À noite, na pracinha, a cidade nos verá enlaçados, e todos começarão a perguntar que casal é aquele. A mulher mais ferina do lugar virá sentar-se ao nosso lado e, dissimuladamente, prestará atenção à nossa conversa. Ah! Nós nos divertiremos conversando em francês, dizendo coisas terríveis em francês, como por exemplo:

— *Tu es folle.*

— *Oui... Et toi aussi, tu es fou...*

A velhota, a sirigaita, puxará conversa, perguntará quem somos, de onde estamos vindo. E nós lhe diremos:

— Nascemos um para o outro, viemos do ventre materno diretamente para este encontro. A minha residência fixa é nos braços desta senhora, e ela por sua vez tem seu endereço no meu coração. O nome dela é Meu Amor, e somos xarás. Pretendemos seguir viagem na direção do futuro. Alguma outra pergunta?

— Minha senhora, isto são coisas do tempo antigo. Já há pessoas casadas em excesso neste mundo, de modo que nós dois decidimos variar um pouco. Somos de opinião que os verdadeiros amantes devem residir em lugar incerto e não sabido, e que é nos olhos deles que se encontra o fulgor, o sacramento de sua comunhão. Não temos filhos, nem netos, nem mãe nem pai, nem avô nem avó, nem irmão nem irmã; somos impermeáveis à família e à amizade, somos apenas duas pessoas, não temos nada a ver com o mundo ao qual Vossa Excelência pertence...

Ela então espalhará pela cidade: "Aqueles dois não são comunistas, não são casados nem nada. São doidos".

E viveremos felizes, na clandestinidade, durante os dez anos estabelecidos pelo Ato Institucional e por mais dez anos, estabelecidos por nossa própria conta. Vinte anos!

Vamos, meu amor, vamos pedir para que nos ponham na lista. Quando a polícia vier fugiremos, a felicidade nos espera!

Peripécias de uma bata — 1

Como descrever aquele minivestido? Um corpete de mangas curtas que se abre num saiote em balão. Não consta no dicionário com este significado, mas o uso consagrou a identidade entre roupa e vocábulo: bata. Era uma bata para mulher grávida. Minibata. No corpo de Lena, que esperava seu primeiro filho, ficava uma gracinha. Magra e longilínea sem ser muito alta, mal entrada na casa dos 20 aninhos, desfilava grácil a sua barriguinha de sete meses, pontuda, inverossímil. Parecia trazer no ventre uma minicriança. E as longas pernas soltas, desnudas bem acima dos joelhos, douradas de sol.

Embora multicolorida em formas geométricas, a bata sugeria uma explosão primaveril de florezinhas, lembrando a juventude silvestre de certas mulheres. Trescalava um perfume visual de bosque; pertencia à família de maria-joana (com as duas trancinhas curtas), e também à estilização desse gênero, tal como o vemos em quadrilhas de roça improvisadas nas grandes cidades durante as festas juninas; além disso, entrava gloriosa na multidão urbana da época – a dos hippies, paz e amor, podes crer, tudo bem – qual é? Enfim, uma graça!

Nasceu a criança – um menino de seus três quilos, guloso, esperto e rápido como o diabo, pois quando dei por mim já lá estava ele andando e falando. Somos vizinhos de praça, de vez em quando atravesso a praça e subo quatro andares para telefonar da casa de Lena. Numa dessas vezes toquei a campainha, abriu-se a porta e aquele menino, tão pequenino quando na barriga da mãe, era agora um senhor guri desembaraçado e televisivo. Isto: televisivo. Recebeu-me com uma fórmula adulta. Perguntei: "A Lena está?". Ele respondeu como o faria um mordomo na mansão de Lorde Ascot:

– Está no banho. Entre, por favor.

"Entre, por favor..." Ora vejam! É assim que a televisão bombardeia os cérebros infantis com frases polidas, mas britânicas – isto é, sem laivo de hipocrisia ou pedantismo, depois elas crescem e entram em rebelião, aderem a tartamudeio: – "*tá curtindo* uma *chuveirada*; se *vira* por aí, que quando ela *tá* numa *boa*, demora *paca*..."

Nessa altura, a mãe dele estava desquitada e andava à procura do homem com o qual vive atualmente – também desquitado – e descendo no elevador há três semanas perguntei por ele. "Está numa ótima", respondeu. "Emagreceu, ficou enxuto. Trabalha naquilo que gosta. E tem sido muito bem-amado..." Não falou "bem-amado", mas "bem" outra coisa – referindo-se às alegrias sexuais que um proporciona ao outro. Dez anos atrás eu havia previsto e anunciado essa troca de papéis, com a mulher assumindo finalmente o seu lugar na selva do sensualismo. Seria ela a caçadora e ele a caça, ou se entrelaçariam caçador e caça, tendo ambos o mesmo direito à volúpia e ao êxtase. Anunciei isso dez anos antes de se tornar um fato cotidiano, no exato momento em que a garota de Ipanema, referindo-se a seu namoradinho, começou a dizer que era "um pão". Ora, um pão, come-se.

Eis então que os tamborins amadureceram o carnaval. E a sua abertura seria na zona sul, com o desfile da Banda de Ipanema. Era um sábado, minha vida andava tumultuada, eu não tinha mulher, nem sequer um gato povoava a minha solidão. Às duas horas da tarde, estando marcada para as cinco a concentração na Praça General Osório, faltava-me a fantasia de preceito para os integrantes da Ala das Piranhas. A Ala das Piranhas, a mais grotesca e engraçada do bloco, é um ajuntamento de homens vestidos de mulher – três gerações, às vezes o avô, o pai e o filho, e todos os demais conhecidos no bairro, médicos, arquitetos, advogados, funcionários da cúpula governamental (carioca, está claro), artistas e o mais que há em Ipanema. Tudo vestido com roupas e adereços de mulher, cada qual mais medonho em seu travesti.

Atravessei a praça, subi quatro andares e pedi socorro a Lena, que também ia desfilar. Ela remexeu seus guardados e me vestiu a bata. Pendurei no pescoço alguns colares de flores de papel, calcei sandálias havaianas e enfiei na cabeça um chapéu de chinchila, cor de gato angorá, sem costura, que amassa e desamassa com abas largas – um chapéu que Greta Garbo usaria sem hesitação. E me mandei, bandalho, para a Ala das Piranhas.

Depois do carnaval, um coquetel. Lena encontrou um nosso amigo comum, o Fernando. Ele disse, com expressão convincente:

– Estou zangado com você.

– Por quê?

José Carlos Oliveira · 327

— Porque encontrei o Carlinhos Oliveira na Banda de Ipanema, vestindo aquela bata lindíssima que lhe dei de presente quando você estava esperando o bebê.

— Mas Fernando... Ele não tinha fantasia...

— Pois é, mas você podia ter oferecido outro vestido. A Banda é para avacalhar, não é? As Piranhas não se vestem para avacalhar? Então você devia ter escolhido um vestido mais simples, desbotado, rasgado... Enfim, um trapo... No entanto, deu a ele justamente aquela bata... Minha querida, eu perdi uma tarde inteira em Roma procurando aquela bata para você... Andei de loja em loja... Porque eu te amo, você sabe, e não ia lhe trazer um presente vulgar. Pois bem, sabe quem desenhou aquela bata? A Roberta di Camerino! Aquilo é uma joia, querida. E foi acabar logo na Ala das Piranhas!

Felizmente era um coquetel. Num coquetel, todos os assuntos são interrompidos pelas reticências; chegam outras pessoas, cada qual com o copo na mão, as preocupações tomam outro rumo. Lena não me disse nada a respeito, na ocasião; só fui saber do "caso di Camerino" agora, enquanto lhe descrevia as peripécias que ainda aguardavam aquela bata...

Uma noite com os hippies

Provo o gosto do extremo abandono, saboreio o isolamento inconcebível, acordo e já não sei qual é o dia, de que mês, de que ano, nem mesmo onde me encontro. Estou numa sala escura, mas aquecida pela amizade. Estou só. Tenho amigos, mas é só. O telefone toca. Espero. Ninguém atende. Estou efetivamente só. Atendo. É um amigo, desses que em Ipanema na hora certa nos confortam. – O dono da casa não está – digo eu. – Ou está dormindo. A mulher dele e as crianças foram visitar a vó. Mas eu não conheço o plano deste apartamento e estou aqui, no escuro, sem saber para onde andar. – Fique tranquilo – disse ele. – Calma. Se você quiser ir embora, basta dar cinco passos na direção de sua mão direita. Se quiser fazer pipi, cinco passos na direção da mão esquerda. Para acender a lâmpada, à sua esquerda tem um abajur. Estou salvo. E caio na comunidade das crianças desconsoladas. Estou sentado num cavalete e os homens barbudos, serenos, sorridentes, me contemplam. Meninas grávidas me contemplam. Alguém toca violão. São pessoas que perderam a fé em tudo, menos no amor. Está pintando o rango – anunciam. Quer dizer: estas crianças, que vivem em comunidade, vão comer. Um deles conseguiu descolar uma nota, quer dizer, arranjou dinheiro, e assim o jantar do grupo está assegurado. Eles comem. São felizes. Em canecas de alumínio bebemos a água que Iemanjá abençoou. Nisto me assalta uma tremenda ternura pela água. Ao som do violão, no decorrer da ceia dos hippies, sem pudor, faço o elogio da água. Assim: – Meus pequeninos irmãos, a água não tem inimigos. Você pode massacrar os miseráveis em Bangladesh e pode condenar os artistas a cinco anos de trabalhos forçados. Você pode odiar o seu semelhante e por ele pode ser odiado. Mas você não pode ser contra a água. Meus pequeninos irmãos, ninguém pode ser contra a água. A água nunca fez mal a ninguém. A água é santa. É com água que se mata a sede. Esta água, nesta caneca, merece o nosso respeito. A água que vem na moringa não tem inimigos. Até mesmo o deserto ama a água. Portanto, saudemos a água que tem gosto de amor. Saudemos a água. Eles ergueram suas canecas e brindamos à água. Viva a água. E eu suspeitei que os hippies, essas criancinhas desconsoladas, não apenas inventaram a moderna psiquiatria como lhe conferiram o prestígio da sociologia. Pensei que André Breton, vivo entre os hippies, estaria em sua casa. Pensei também: "Minha geração é idiota. Quero de volta a minha juventude, para lhe dar outro rumo". A moringa passa de boca em boca. A água nos mata a sede. Aqui, a enfermidade mental se vê bombardeada pelo amor do próximo, de forma que futuramente as comunidades hippies terão o prestígio de estações de cura. – Qual é, amizade? Para que sofrer? Para que chorar? Para que se alimentar de ressentimento, se temos comida no prato e água na moringa? Vivemos com higiene e respeito mútuo. Qual é, pois, a tua, amizade? Sem essa. Nós nunca mais seremos hipócritas, e você está convidado a se despir da hipocrisia. Avassalado pelo amor, encosto-me num canto e durmo. Acordo no dia seguinte, entre os hippies que dormem serenos. Sou de outra geração e devo dar testemunho do meu tempo. Mas é aqui, entre as crianças, que a sombra da felicidade ou a migalha possível de felicidade se aproxima de nós. Agora estou no meio da rua, debaixo do sol. A festa continua, e a desorientação.

Vinicius e o português

Estava o poeta Vinicius em agradável papo com seu amigo Tom, o qual de vez em quando passava a mão pelo cabelo naquele seu jeito todo especial, quando tocou o telefone e disse o poeta:

– Atende, Tonzinho.

Do outro lado da linha Tom, que voltou faz pouco dos States e ainda não se acostumou com as diferentes pronúncias aqui vigentes, ouviu uma voz que perguntava pelo Vinicius e que lhe pareceu lusitana. Ofereceu o telefone ao poeta:

– É um português. Quer falar com você.

Vinicius atônito, agradavelmente atônito:

– Alô?

– É o senhor Vinicius de Moraes? – perguntou lá o gajo, com forte sotaque, aliás pronúncia.

– Ele mesmo.

– Aqui fala o Oliveira.

– Qual Oliveira?

– O Oliveira do bar, senhor Vinicius. Como então, vossa excelência me dependura quarenta *cruzairos belhos*, digo novos, e desaparece?

Vinicius: pausa; pensamento; tentativa de recordação.

– Mas eu devo alguma coisa ao senhor?

– *Antão* o senhor não lembra? Bebeste além da conta, dois e três dias, noite após noite, e me deixaste a fatura como legado...

– Quando foi isso?

– Fazem dez anos, *doutoire*.

Vinicius: um súbito remorso. O poeta ruboriza. E faz a pergunta fatal:

– É do Alcazar?

– Qual Alcazar qual o quê! Aqui fala o Oliveira. O Oliveira, homem, do bar do Oliveira!

– Ah... Do bar do Oliveira... (O poeta tenta desesperadamente localizar no espaço e no tempo aquele bar e aquele nome.)

– Não te lembras, pois? Ficas a fazer teus versinhos todo este tempo e não te lembras de mim?

– Bem, o senhor me desculpe... Eu andei viajando...

– Pois então eu não sei que andaste viajando? Tenho seguido tuas peripécias pelos *jurnais*... Tu estavas a fazer a "Garota de Ipanema" e eu a pensar: "Este gajo me deve uma boa nota, pá!". Quarenta mil cruzeiros antigos, vate! Vê se despertas para a realidade, homem!

Vinicius se rende. Pede um minuto de pausa e diz a Tom:

– Quebra esse galho para mim. Tonzinho... Tem um camarada aí que diz que me conhece... Fala com ele, fala...

Tom em tom imperioso:

– Cavalheiro, qual é o problema?

– Bem... O problema... – e o português estourou na gargalhada. Em seguida os três – Vinicius, português e Tom estavam morrendo de rir.

Era Otto Lara Resende que, tendo ouvido a interpretação inicial de Tom, decidira dar um susto no poeta e ao mesmo tempo treinar a *pronúncia*.

Jornal do Brasil, Rio de Janeiro, 20 de julho de 1967.

Edu, coração de ouro

No ano passado, Domingos de Oliveira estourou na praça com um filme delicioso: *Todas as mulheres do mundo*. Seus amigos e admiradores reconheceram o fundamento da história: um sofrimento de amor, uma homenagem a Leila Diniz. Era mais perigoso do que um filme de autor, porque a câmara fazia durante todo o tempo uma referência autobiográfica. Mas o público aderiu francamente a essa aventura; e os críticos, no mesmo momento em que aplaudiam, asseguravam que dificilmente o jovem cineasta poderia fazer outro filme assim alegre e assim triste.

Agora Domingos ataca outra vez com *Edu, coração de ouro*. Muitos já viram nessa nova obra a mesma fórmula de *Todas as mulheres* – motivo pelo qual Edu tem sido negado pelos entendidos. Mas eu garanto que não é a mesma fórmula. Trata-se de uma obsessão renovada – a repetição do estilo e da melancolia.

Sobre uma narrativa de Eduardo Prado, Domingos de Oliveira descreve na tela alguns instantes da vida do garotão Edu, alienado de Ipanema. Mulheres, bebedeiras, brincadeiras. Paulo José, o herói, repete o show de interpretação que deu em *Todas as mulheres*. E Domingos de Oliveira deixa entrever as cinco ou quinze películas que ainda há de realizar: uma comédia ligeira à italiana, outro poema de amor, uma canção desesperada – e, no meio do caos esplendidamente fotografado, a intrusão do sobrenatural: a cena em que Leila Diniz é perseguida por Fauzi Arap, em *Todas as mulheres*, e a misteriosa, poética arremetida de Ziembinsky em *Edu, coração de ouro*.

Graças a Deus, o filme tem defeitos. Os personagens falam demais – entretanto, dizem coisas engraçadas. E o personagem-título tem muito do Marcelo Mastroianni de *A doce vida*. Vemos na tela um poeta frustrado e um austero, secreto manejador de marionetes. Ambos os personagens foram extraídos do episódio de Steiner, momento supremo na ópera de Fellini. Mas a originalidade de Domingos de Oliveira prevalece do princípio ao fim – aquele riso repassado de amargura que deixa o espectador à mercê do coração (de ouro) do cineasta.

Torço pelo sucesso de *Edu*. E subscrevo a ironia de Domingos quando nos mostra o poeta alienado, diante dos pobres estupefatos, preparando cuidadosamente o seu suicídio na forca. É preciso ter muito talento para inocular verossimilhança numa cena dessas. Portanto, a partir de segunda-feira, vamos todos aplaudir Leila Diniz, Joana Fomm, Paulo José, Mário Carneiro, Domingos de Oliveira e até mesmo Hugo Bidê e Yan Michalsky, que interferem na ação sem prejudicá-la.

Jornal do Brasil, Rio de Janeiro, 17 de janeiro de 1968.

Meu inimigo artificial

Na bela festa de fim de ano oferecida por Walter Clark e Ilka Soares. Vou entrando e dou de cara com Nelson Rodrigues. Nelson e eu somos inimigos artificiais. Como verdadeiros tigres de papel, recentemente travamos uma feroz batalha na qual entrei de gaiato, e da qual ele se aproveitou para fazer publicidade de sua peça *Bonitinha, mas ordinária...*

Depois disso rompemos relações. É meio chato a pessoa frequentar os mesmos lugares e fingir que não conhece o outro. O quê? Eu não conheço Nelson Rodrigues? Claro que conheço. Já trabalhamos juntos, já trocamos ideias sobre o amor, a morte, a literatura, o teatro. Mas se há uma coisa mais difícil do que romper relações, é reatá-las. Um belo dia, Nelson pede desculpas em sua coluna de *O Globo*. Fiquei quieto. No dia seguinte, lá vem ele repetindo seu apelo à reconciliação. E eu na moita. Ele não contava com o meu silêncio, principalmente porque estava em cartaz o seu *Álbum de família*: a reabertura de uma polêmica, ou o reinício de um diálogo, teriam o mesmo valor publicitário. Então Nelson fingiu estar zangado e decepcionado comigo. Que eu lhe negara a mão, ou coisa parecida...

Continuei no meu canto, indiferente.

Mas, se alguma vez o ódio iluminou o meu coração, bem depressa apaguei essa fogueira de azinhavre. Aprendi com Jean-Paul Sartre que o importante na vida é tentar compreender. E nasci brasileiro: que é que eu posso fazer? Sou brasileiro por fatalidade, temperamento e vocação. Um dia a cegonha me jogou aqui nesta porcaria de país, e eu tive que ir crescendo aqui mesmo. Na adolescência fiz tudo para pensar e sentir em francês, mas não deu certo. Abandonei-me, então, ao meu destino – isto é, deixei-me crucificar entre o Corção e o Chacrinha, estas duas extremidades do homem cordial.

Pois bem. Lá vou eu entrando na bonita casa e dando de cara com Nelson Rodrigues. Vem cá, Nelson: me dá um abraço. E assim fizemos as pazes.

E agora?

Agora estou triste, porque sou forçado a me reconhecer incapaz de fazer inimigos. É claro que muita gente me detesta; mas eu não detesto ninguém. A recíproca não é verdadeira...

Mas chega de sentimentalismo. Feliz 1968, Nelson Rodrigues.

Jornal do Brasil, Rio de Janeiro, 6 de janeiro de 1968.

A volta de Carlinhos Oliveira

Acordo de um sonho. Sonhei a contemplação objetiva dos acontecimentos. A mim mesmo sonhei, sonhando; empurrei-me para a terceira pessoa e me vi de longe, desfigurado, generoso.

Hoje volto a ser quem sou. Tumulto, rancor, melancolia, escândalo. O espetáculo que se descortina das minhas retinas não me fascina, horroriza. Digo adeus ao jornalismo e remergulho na literatura. Volto a morrer dia por dia. Volto a servir humilhação e drama, pois esta é a minha maneira de construir uma ponte entre o Rio e Niterói.

Estou cansado. Ontem dormi tarde, bebi muito. Posso escrever um romance autobiográfico de 500 páginas começando sempre assim, capítulo por capítulo: "Ontem dormi tarde, bebi muito". E por que não fazê-lo? Ao longo das páginas talvez se esclareça a origem dessa destruição, esse namoro com a morte que é, literalmente, o meu pão de cada dia. A 50 metros da minha dose de uísque alguém dá um tiro na cabeça; o meu suicídio é lento e relutante. Venho da classe mais pobre, da miséria, passando por uma breve classe média solidamente agarrada às suas mesquinhas esperanças, erguida ao nível da risonha demência que encontramos descrita em novelas baratas. Não era o meu mundo. Era o meu imundo. Aos 17 anos, Rimbaud disponível numa sociedade em transformação, alcancei resolutamente a esfera dos ricos, traindo a minha origem, superando-a e descobrindo, atônito, a boa comida, os bons modos, a hipocrisia, as perversões sexuais, os automóveis de luxo e a impunidade dos criminosos, tudo isso representando para mim, naqueles dias e ainda hoje, a tal esfera dos ricos, na qual fui recebido de braços abertos. Por meu intermédio o rei e a rainha reencontraram o príncipe herdeiro sequestrado no berço e, por conseguinte, fui educado por uma feiticeira. Minha juventude era maravilhosa e grotesca, eu tinha saudade da perdição.

Uma brusca, deliberada mudança de ambiente me devolve à insegurança, muitas vezes à fome, à infância reconquistada. Tenho à minha frente um destino moderado de escritor, uma carreira que pode levar à Academia, ao Senado, com um pouco de sorte serei embaixador na Inglaterra. Mas me perco nas alucinações surrealistas e na rigorosa ética existencialista, cujo desfecho lógico é o fracasso. Mas que fracasso estrondoso! As cortesãs me sequestram no meio da rua e me enclausuram nos palácios, os milionários conspiram contra os meus anseios de morte e ostracismo! Sou Carlinhos Oliveira, o bem-amado, o mulherengo, o espirituoso, o imprevisível. Evtuchenko do Terceiro Mundo. Cronista das adolescentes febris de Ipanema, companheiro de viagem dos capitães da indústria, confidente de agiotas, cujas amantes se vestem em Paris e não perdem a temporada teatral de Nova Iorque. Ainda uma vez a fantasia aniquila o fatalismo histórico e social. A criança, que pelas condições de crescimento se sente irmã dos órfãos de Biafra, tem acesso aos mais requintados salões, discute iguarias sofisticadas, saboreia vinhos de safras privilegiadas. Carlinhos Oliveira, ninguém discute, é o derradeiro *clochard*; com seu aspecto mendigo ele circula num musical colorido de Hollywood. Resta saber se o fim será feliz.

Jornal do Brasil, Rio de Janeiro, 28 de agosto de 1969.

Bibliografia

RUBEM BRAGA [1913-1990]

■ Crônica

O conde e o passarinho. Rio de Janeiro: José Olympio, 1936.

Morro do isolamento. SP: Brasiliense, 1944.
[Reunião dos dois primeiros livros. 2ª edição. RJ: Editora do Autor, 1961.]

Com a FEB na Itália. Rio de Janeiro: Zélio Valverde, 1945. Edição com 12 fotos.
[*Crônicas de guerra.* 2ª edição. RJ: Editora do Autor, 1964.]

Um pé de milho. Rio de Janeiro: José Olympio, 1948.
[2ª edição. Rio de Janeiro: Editora do Autor, 1964.]

O homem rouco. Rio de Janeiro: José Olympio, 1949.
[2ª edição. Rio de Janeiro: Editora do Autor, 1964.]

Dois repórteres no Paraná (com Arnaldo Pedroso d'Horta). Curitiba: Edição da Câmara de Expansão Económica do Paraná, 1953.

A borboleta amarela. RJ: José Olympio, 1955.
[3ª edição. Rio de Janeiro: Editora do Autor, 1963; 4ª edição. RJ: Editora Sabiá, 1969.]

A cidade e a roça. RJ: José Olympio, 1957.
[2ª edição. Rio de Janeiro: Editora do Autor, 1964. A partir da 4ª edição, o autor mudou o título para *O verão e as mulheres.*]

Ai de ti, Copacabana! Rio de Janeiro: Editora do Autor, 1960.

A traição das elegantes. Rio de Janeiro: Editora Sabiá, 1967.

Uma viagem capixaba de Carybé e Rubem Braga. Vitória: Departamento Estadual de Cultura do Espírito Santo, 1981.

Crônicas do Espírito Santo [1984]. Ilustrações de Carybé. 2ª edição. Vitória: Rede Gazeta de Comunicação/Universidade Federal do Espírito Santo, Prefeitura Municipal de Vitória, 1994.

Recado de primavera. Rio de Janeiro: Record, 1984.

As boas coisas da vida. Rio de Janeiro: Record, 1988.

■ Antologia
50 crônicas escolhidas. Rio de Janeiro: José Olympio, 1951.

100 crônicas escolhidas. Rio de Janeiro: José Olympio, 1958.

200 crônicas escolhidas. Organização do autor. Seleção Fernando Sabino. Rio de Janeiro: Record, 1977.

Os melhores contos de Rubem Braga. Seleção e prefácio de Davi Arrigucci Jr. SP: Global, 1985.

■ Póstumos
Uma fada no front. Seleção Carlos Reverbel. Porto Alegre: Artes & Ofícios, 1994.

1939 – Um episódio em Porto Alegre (Uma fada no front). RJ: Record, 2002. 2ª edição.

Casa dos Braga: memória de infância. Rio de Janeiro: Record, 1997.

Um cartão de Paris. Seleção Domício Proença Filho. Rio de Janeiro: Record, 1997.

Aventuras. Seleção Domício Proença Filho. Rio de Janeiro: Record, 2000.

Retratos parisienses. Seleção Augusto Massi. Rio de Janeiro: José Olympio, 2013.

O poeta e outras crônicas de literatura e vida. Seleção Gustavo Henrique Tuna. Rio de Janeiro: Global, 2017.

Bilhete a um candidato & outras crônicas sobre política brasileira. Org. Bernardo Buarque de Hollanda. Belo Horizonte: Autêntica, 2016.

Os moços cantam & outras crônicas sobre música. Org. Carlos Didier. Belo Horizonte: Autêntica, 2016.

Os segredos todos de Djanira & outras crônicas sobre artes e artistas. Org. André Seffrin. Belo Horizonte: Autêntica, 2016.

Ensaio

Três primitivos (crônicas sobre pintores). Rio de Janeiro: Serviço de Documentação do Ministério da Educação, 1954.

Disco

Rubem Braga. Rio de Janeiro: Selo Festa, 1964.

Lado A

1. "Ai de ti, Copacabana". 2. "Soneto de verão". 3. "Poema em Ipanema numa 4ª feira sem esperança".

Lado B

1. "Procura-se". 2. "Quarto de moça".

Biografias e perfis do cronista

Rubem Braga: literatura comentada. Seleção de textos, notas, estudos biográfico, histórico e crítico de Paulo Franchetti e Alcir Pécora. SP: Abril Educação, 1980.

Na cobertura de Rubem Braga, de José Castello. Rio de Janeiro: José Olympio, 1996.

Rubem Braga: um cigano fazendeiro do ar, de Marco Antonio de Carvalho. SP: Biblioteca Azul, 2007.

Rubem Braga – cadernos de literatura. SP: Instituto Moreira Salles, 2011.

VINICIUS DE MORAES [1913-1980]

Crônica

Para viver um grande amor. Rio de Janeiro: Editora do Autor, 1962.

Para uma menina com uma flor. Rio de Janeiro: Editora do Autor, 1966.

Póstuma

O cinema de meus olhos. Org. Carlos Augusto Calil. São Paulo: Companhia das Letras, 1991.

Samba falado: crônicas musicais. Org. Miguel Jost, Sergio Cohn e Simone Campos. Rio de Janeiro: Azougue, 2008.

■ **Discos**

Vinicius de Moraes e Paulo Mendes Campos. Rio de Janeiro: Selo Festa, 1955.
Lado A
1. "Soneto da fidelidade". 2. "Balada da moça do Miramar". 3. "Soneto do amor total". 4. "A morte de madrugada". 5. "Soneto da separação". 6. "Pátria minha". 7. "Poética".
Lado B
1. "Infância". 2. "O homem da cidade". 3. "Pesquisa". 4. "Despede seu pudor. 5. "Poema didático". 6. "If"

Vinicius de Moraes [Compacto]. Rio de Janeiro: Selo Festa, 1963.
Lado A
1. "O mergulhador". 2. "Soneto nº 2 - de meditação". 3. "Os acrobatas".
Lado B
4. "A hora íntima". 5. "Receita de mulher"

Vinicius em Portugal. Rio de Janeiro: Selo Festa, 1969.
Lado A
1. "A uma mulher". 2. "A volta da mulher morena". 3. "Soneto da intimidade". 4. Soneto a Katherine Mansfield. 5. "Ternura". 6. "O falso mendigo". 7. O desespero da piedade".
Lado B
1. "Quarto soneto de meditação". 2. "Cântico". 3. "Sob o trópico de câncer".

■ **Biografias e perfis do cronista**

Vinicius de Moraes – literatura comentada. Seleção de textos, notas, estudos biográficos de Carlos Felipe Moisés. SP: Abril Educação, 1980.

Vinicius de Moraes: a fala da paixão, de Geraldo Carneiro. Coleção Encanto Radical. SP: Brasiliense, 1984.

Vinicius de Moraes: o poeta da paixão, de José Castello. SP: Companhia das Letras, 1994.

Vinicius sem ponto final, de João Carlos Pecci. SP: Saraiva, 1994.

Vinicius de Moraes, de Eucanaã Ferraz. Coleção Folha Explica. SP: Publifolha, 2006.

Cancioneiro Vinicius de Moraes: biografia e obras escolhidas, de Sergio Augusto. 2 vols. Rio de Janeiro: Jobim Music, 2007.

Vinicius de Moraes – um poeta dentro da vida. Org. Heloisa Faria. Rio de Janeiro: 19 Design, 2011.

FERNANDO SABINO [1923-2004]

■ Crônica
A cidade vazia. Rio de Janeiro: O Cruzeiro, 1950.

O homem nu. Rio de Janeiro: Editora do Autor, 1960.

A mulher do vizinho. Rio de Janeiro: Editora do Autor, 1962.

A companheira de viagem. Rio de Janeiro: Editora do Autor, 1965.

A inglesa deslumbrada. Rio de Janeiro: Sabiá, 1967.

Gente I e *Gente II*. Rio de Janeiro: Record, 1975.

Deixa o Alfredo falar! Rio de Janeiro: Record, 1976.

A falta que ela me faz. Rio de Janeiro: Record, 1980.

O gato sou eu. Rio de Janeiro: Record, 1983.

A chave do enigma. Rio de Janeiro: Record, 1997.

No fim dá certo. Rio de Janeiro: Record, 1998.

Livro aberto: páginas soltas ao longo do tempo. Rio de Janeiro: Record, 2001.

■ Antologias
As melhores crônicas. Rio de Janeiro: Record, 1987.

■ Biografias e perfis do cronista
Fernando Sabino: literatura comentada. Seleção de textos, notas, estudos biográfico, histórico e crítico de Flora Christina Bender. SP: Abril Educação, 1981.

O tabuleiro das damas – esboço de autobiografia, de Fernando Sabino. RJ: Record, 1988.

Fernando Sabino: reencontro, de Arnaldo Bloch. RJ: Relume Dumará/ Secretaria Municipal de Cultura, 2000.

PAULO MENDES CAMPOS [1922-1991]

O cego de Ipanema. Rio de Janeiro: Editora do Autor, 1960.

Homenzinho na ventania. Rio de Janeiro: Editora do Autor, 1962.

O colunista do morro. Rio de Janeiro: Editora do Autor, 1965.

Hora do recreio. Rio de Janeiro: Editora Sabiá, 1967.

O anjo bêbado. Rio de Janeiro: Editora Sabiá, 1969.

Os bares morrem numa quarta-feira. SP: Ática, 1980.

Antologias
Crônicas escolhidas. SP: Ática, 1981.

Póstumas
Balé do pato e outras crônicas. SP: Ática, 1998.

Murais de Vinicius e outros perfis. Org. Flávio Pinheiro. Rio de Janeiro: Civilização Brasileira, 2000.

Artigo indefinido (crônicas literárias). Org. Flávio Pinheiro. RJ: Civilização Brasileira, 2000.

Brasil brasileiro (crônicas do país, das cidades e do povo). Org. Flávio Pinheiro. RJ: Civilização Brasileira, 2000.

O gol é necessário (crônicas esportivas). Org. Flávio Pinheiro. RJ: Civilização Brasileira, 2000.

Cisne de feltro (crônicas autobiográficas). Org. Flávio Pinheiro. RJ: Civilização Brasileira, 2001.

Alhos e bugalhos (crônicas humorísticas). RJ: Civilização Brasileira, 2001.

O amor acaba (crônicas líricas e existenciais). 2ª edição. Org. Flávio Pinheiro. SP: Companhia das Letras, 2013.

O mais estranho dos países (crônicas e perfis). Org. Flávio Pinheiro. SP: 2013.

De um caderno cinzento (Crônicas, aforismos e outras epifanias). Org. Elvia Bezerra. SP: Companhia das Letras, 2015.

Disco
Paulo Mendes Campos [Compacto]. RJ: Selo Festa, 1964.
Lado A
1. "Um homem pobre". 2. "Camafeu"
Lado B
1. "O hóspede". 2. "Uma coisa ou outra"

SÉRGIO PORTO & STANISLAW PONTE PRETA [1923-1968]

Crônicas

Sérgio Porto
O homem ao lado. RJ: José Olympio, 1958.

A casa demolida. RJ: Editora do Autor, 1963. [Reedição ampliada e revista de *O homem ao lado*.]

"Garota de Ipanema", *in*: *A cidade e as ruas*. Prefácio de Fausto Cunha. Dez novelas inspiradas em bairros cariocas (textos de Marques Rebelo, Adonias Filho, Esdras do Nascimento, M. Cavalcanti Proença, entre outros). RJ: Lidador, 1965.

As cariocas [seis novelas]. Prefácio de Jorge Amado. RJ: Civilização Brasileira, 1966.

"O casal", "Conto de Natal", "Pescaria", "Conversa de camelô", "O perfume", entre outras crônicas, *in*: *Dez em humor*. Prefácio de Carlinho Oliveira. Obra coletiva da qual participam, entre outros, Millôr Fernandes, Ziraldo, Jaguar e Henfil. RJ: Expressão e Cultura, 1968.

Bibliografia · 347

Stanislaw Ponte Preta
Tia Zulmira e Eu. RJ: Editora do Autor, 1961.

Primo Altamirando e Elas, Stanislaw Ponte Preta. RJ: Editora do Autor, 1962. [4ª edição. RJ: Editora Sábia, 1968].

Rosamundo e os Outros. RJ: Editora do Autor, 1963.

Garoto linha dura. RJ: Editora do Autor, 1964.

Febeapá 1: festival de besteira que assola o país. RJ: Editora do Autor, 1966.

Febeapá 2: festival de besteira que assola o país. RJ: Editora Sabiá, 1967.

Febeapá 3: a máquina de fazer doido. RJ: Editora Sabiá, 1968.

Na terra do crioulo doido. RJ: Editora Sabiá, 1968.

A Carapuça, semanário hepático-filosófico, editado por Stanislaw Ponte Preta, Groenlândia, GB, n. 1, 22 ago. 1968.

■ Póstumas
Máximas inéditas de Tia Zulmira, de Stanislaw Ponte Preta. RJ: Codecri, 1976.

O melhor de Stanislaw Ponte Preta. RJ: José Olympio, 1976.

Dois amigos e um chato. SP: Moderna, 1983.

Bola na rede: a batalha do Bi, de Stanislaw Ponte Preta. RJ: Civilização Brasileira, 1993.

Gol de padre e outras crônicas, de Stanislaw Ponte Preta. SP: Ática, 2001.

A Revista do Lalau, de Sergio Porto. Org. Luís Pimentel. RJ: Agir, 2008.

■ Ensaio
Pequena história do jazz, de Sérgio Porto. RJ: Os Cadernos de Cultura, Ministério da Educação e Saúde, 1953.

"É esta a gíria de hoje", *in*: *Rio de Janeiro em prosa e verso*, organização de Manuel Bandeira e Carlos Drummond de Andrade. RJ: José Olympio, 1965.

■ Disco
Stanislaw Ponte Preta por Sérgio Porto. RJ: Selo Festa, 1968.
Lado A – 1. "Poema épico" (do livro *Garoto linha-dura*). 2. "A charneca" (do livro *Primo Altamirando e Elas*). 3. "Não sei se você se lembra" (do livro *Garoto linha-dura*).
Lado B – 1. "O domingo" (do livro *Primo Altamirando e Elas*). 2. "O grande mistério" (do livro *Rosamundo e os Outros*).

■ Biografias e perfis
Sérgio Porto (Stanislaw Ponte Preta): literatura comentada. Seleção, notas estudos biográfico, histórico e crítico de Maria Célia Rua de Almeida Paulillo. SP: Abril, 1981.

Dupla exposição: Stanislaw Sérgio Ponte Porto Preta, de Renato Sérgio. RJ: Ediouro, 1998.

De Copacabana à Boca do Mato: o Rio de Janeiro de Sérgio Porto e Stanislaw Ponte Preta, de Cláudia Mesquita. RJ: Casa de Rui Barbosa, 2008.

Fepeabá 2, de Carlos Drummond de Andrade, *Jornal do Brasil*, 5 abr. 1984.

Garota linha dura, de Carlos Drummond de Andrade, *Jornal do Brasil*, 20 set. 1984.

JOSÉ CARLOS OLIVEIRA [1934-1986]

■ Crônica
Os olhos dourados do ódio. RJ: José Álvaro Editor, 1962.
A revolução das bonecas. RJ: Editora Sabiá, 1967.
O saltimbanco azul. Porto Alegre: L&PM, 1979.

■ Póstuma
Diário da Patetocracia: crônicas brasileiras, 1968. Org. Bernardo de Mendonça. Pesquisa Luciana Viégas. RJ: Graphia, 1995.

O rebelde precoce: crônicas da adolescência. Seleção, ensaio biográfico e estudo crítico de Jason Tércio. Vitória: Gráfica Espírito Santo/Universidade Federal do Espírito Santo, 2003.

O homem na varanda do Antonio's. Org. Jason Tércio. RJ: Civilização Brasileira, 2004.

Diário selvagem. Org. Jason Tércio. RJ: Civilização Brasileira, 2005.

Flanando em Paris. Org. Jason Tércio. RJ: Civilização Brasileira, 2005.

O Rio é assim: crônica de uma cidade (1953-1984). Org. Jason Tércio. RJ: Agir, 2005.

Máscaras e codinomes: o espetáculo da política brasileira (1961-1984). Org. Jason Tércio. RJ: Civilização Brasileira, 2006.

Biografias e perfis

Órfão da tempestade: a vida de Carlinhos Oliveira e da sua geração, entre o terror e o êxtase, de Jason Tércio. RJ: Objetiva, 1999.

Copyright © 2021 Herdeiros de Rubem Braga, Vinicius de Moraes,
Fernando Sabino, Paulo Mendes Campos, Sérgio Porto e José Carlos Oliveira

Todos os direitos reservados pela Autêntica Editora Ltda.
Nenhuma parte desta publicação poderá ser reproduzida, seja
por meios mecânicos, eletrônicos, seja via cópia xerográfica,
sem a autorização prévia da Editora.

CONCEPÇÃO E EDITORA RESPONSÁVEL
Maria Amélia Mello

PROJETO GRÁFICO
Diogo Droschi

EDITORA ASSISTENTE
Rafaela Lamas

REVISÃO
Luanna Luchesi
Júlia Sousa

FOTOGRAFIAS
Paulo Garcez

Dados Internacionais de Catalogação na Publicação (CIP)
(Câmara Brasileira do Livro, SP, Brasil)

Os Sabiás da crônica / Rubem Braga ... [et al.] ; organização Augusto Massi. – 1. ed. ; 1. reimp. – Belo Horizonte, MG : Autêntica, 2021.

Outros autores : Vinicius de Moraes, Fernando Sabino, Paulo Mendes Campos, Stanislaw Ponte Preta, José Carlos Oliveira.

ISBN 978-85-513-0638-3

1. Crônicas brasileiras I. Braga, Rubem. II. Moraes, Vinicius de. III. Sabino, Fernando. IV. Campos, Paulo Mendes. V. Preta, Stanislaw Ponte. VI. Oliveira, José Carlos. VII. Massi, Augusto.

21-57013   CDD-B869.8

Índices para catálogo sistemático:
1. Crônicas : Literatura brasileira B869.8

Aline Graziele Benitez - Bibliotecária - CRB-1/3129

Belo Horizonte
Rua Carlos Turner, 420
Silveira . 31140-520
Belo Horizonte . MG
Tel.: (55 31) 3465 4500

São Paulo
Av. Paulista, 2.073 . Conjunto Nacional
Horsa I . Sala 309 . Cerqueira César
01311-940 . São Paulo . SP
Tel.: (55 11) 3034 4468

www.grupoautentica.com.br
SAC: atendimentoleitor@grupoautentica.com.br

Este livro foi composto com tipografia Adobe Garamond Pro e
impresso em papel Off-White 90 g/m² na Formato Artes Gráficas.